三弥井古典文庫

南総里見八犬伝　名場面集

湯浅佳子 編

目次

解　説

一　作品の背景

『南総里見八犬伝』（曲亭馬琴著、柳川重信ほか画、九十八巻百六冊、以下『八犬伝』と称す）は、文化十一年（一八一四）から天保十三年（一八四二）年の二十八年をかけて成された長編読本《よみほん》である。

読本とは、寛延年間（一七四八〜一七五〇）から幕末にかけて、上方と江戸を中心に刊行された近世小説の一分野である。日本の従来の文学世界を主体としつつ、『水滸伝』をはじめとする中国の白話小説の構成法や芸術的真実性を顧慮した著述法、雅俗折衷の文体、稗史《はいし》（正史ではない歴史的著述の意）としての小説性、通俗性、勧善懲悪や因果応報の理念を取り入れることで、従来の八文字屋本浮世草子からの脱却を図り、独自の小説様式を展開させていく。

読本の嚆矢は、寛延二年（一七四九）刊の『古今奇談　英草紙《はなぶさぞうし》』（近路行者（都賀庭鐘《つがていしょう》）著、五巻五冊）で、それから『忠臣水滸伝』（山東京伝著、北尾重政《きたおしげまさ》画、前後編各五巻五冊、前編寛政十一年（一七九九）、後編享和元年（一八〇一）刊）までを初期読本（前期上方読本）、以降を後期読本（後期江戸読本）とする。『忠臣水滸伝』は、半紙本で、巻頭に主要登場人物の姿絵（繍像《しゅうぞう》）を載せ、また中国白話文翻訳調の格調のある文体を取り入れることによって、従来の読本にはない新奇さを得、以降の江戸読本の一様式を確立させる。

『忠臣水滸伝』の好評より、山東京伝は『復讐奇談《ふくしゅうきだん》安積沼《あさかのぬま》』（北尾重政画、五巻五冊、享和三年（一八〇三）刊）、『優曇華《うどんげ》物語《ものがたり》』（喜多武清画、五巻七冊、文化元年（一八〇四）刊）、『桜姫全伝《さくらひめぜんでん》曙草紙《あけぼのぞうし》』（歌川豊国画、五巻五冊、文化二年（一八〇五）刊）を刊行するが、馬琴もまた京伝の作風に倣いつつ、初の半紙本型読本『復讐《かたきうち》月氷奇縁《げっぴょうきえん》』（流光斎如圭《りゅうこうさいじょけい》画、五巻五冊、文化二年刊）、『復讐奇譚《ふくしゅうきだん》稚枝《わかえの》鳩《はと》』（歌川豊国画、五巻五冊、文化二年刊）を出す。以降馬琴は、仏教長編小説と演劇に取材した『新《しん》累《かさね》解脱《げだつ》物語《ものがたり》』（葛飾北斎画、五巻五冊、文化四年（一八〇七）刊）、浄瑠璃に中国小説をからませた『三七全伝《さんしちぜんでん》南柯夢《なんかのゆめ》』（葛飾北斎画、六巻六冊、文化五年（一八〇八）刊）、軍記物を利用した『俊寛僧都《しゅんかんそうず》島物語《しまものがたり》』（歌川豊広画、八巻八冊、文化五年刊）と作を重ね、次第に独自の作風を試みるようになる。中でも不遇の英雄源為朝《みなもとのためとも》の一代記を描いた『鎮西八郎為朝外伝《ちんぜいはちろうためともがいでん》椿説弓張月《ちんせつゆみはりづき》』（葛飾北斎画、前・後・続編各六巻、拾遺・残編各五巻、文化四年～文化八年（一八一一）刊）は、所謂〈史伝もの〉読本の初期の代表作である。『保元物語』や『中山伝信録《ちゅうざんでんしんろく》』『琉球談』等の資料に中国白話小説『水滸後伝』の趣向を取り入れ、仮想の歴史世界の中で登場人物の一生を描く小説的方法（演義体）を体得していった。その後馬琴は、文化十一（一八一四）年から『南総里見八犬伝』を、文化十二年から朝夷義秀の伝説を描いた『朝夷巡島記《あさいなしまめぐりのき》』（初編～六編、曲亭馬琴著、歌川豊広画、七・八編、松亭金水《しょうていきんすい》著、葛飾為斎画、～安政五年（一八五八）刊）を、また文政十二年（一八二九）から『近世説美少年録《きんせせつびしょうねんろく》』（歌川国貞画ほか、～弘化五年（一八四八）刊、四十六冊）、天保三年（一八三二）から『開巻驚奇侠客《かいかんきょうききょうかく》伝《でん》』（曲亭馬琴・蒜園主人《さんえんしゅじん》著、渓斎英泉《けいさいえいせん》画、五集二十五巻二十八冊、～嘉永二年（一八四九）刊）と、複数の〈史伝もの〉の長編読本を並行して書き始める。

そのうち『南総里見八犬伝』は、『水滸伝』の、百八個の天罡星《てんごうせい》と地煞《ちさつ》星《せい》が伏魔殿から飛散し、やがて百八人の豪傑が梁山泊《りょうざんぱく》に終結するという話や、『三国志演義』の諸話を、伏姫切腹や八犬士の活躍の諸場面に取り入れて全体の構図とし、また戦国時代の房総半島の地誌や里見義実をめぐる史実を『房総志料《ぼうそうしりょう》』『里見九代記』『里見軍記』『房総治乱記』に、さらに伏姫と八房の婚姻譚を『捜神記《そうじんき》』『事文類聚』の槃瓠説話や日本の昔話「犬聟入」に取り入れるなど和漢の書や諸伝説に広く取材している。九十八巻百六冊、百八十回という日本古典文学史上最大の長編小説を破綻なく緊密に展開していくために、馬琴は「主客《しゅかく》・伏線・襯染《しんせん》・照応・反対・省筆・隠微《いんび》」という七つの構想法を、『三国志演義』の主題と手法を説いた清の批評家毛声山《もうせいざん》の「三国志読法」等、中国の文芸批評をもとに考案し、『八犬伝』第九輯中帙附言に「稗史七法則」として述べている。このうち特に「隠微」については「作者の文外の深意あり」として読者には悟り難い面があるとしつつ、『水《すい》滸後伝批評半閑窓談《ここうでんひひょうはんかんそうだん》』（一冊、天保元年四月日付）や殿村篠斎《とのむらじょうさい》宛書簡に「隠微」について言及し、勧善懲悪の理念を作品の架空の登場人物の人生の中に密かに忍び込ませる作法であることを述べている。そうした手法によって、馬琴は勧懲の正しく行われる理想世界を小説に描いたのである。

二　作品の理念

『南総里見八犬伝』は、安房国（現在の千葉県南房総地方）の国主里見義実の息女伏姫と八房という犬との間に生まれた八人の犬士が、苦難の中で成長し、戦いの中で離合集散を繰り返しながら、やがて里見家を再興するという物語である。八犬士は、伏姫の胎内より生じた気が全国に飛散し、それぞれ別の母親の腹を借りて誕生した者たちである。八犬士にはいずれも体のどこかに牡丹の花の痣があり、また各々が仁義礼智忠信孝悌の八行《はっこう》の玉を所持し、それが八犬士としての証しとなる。

『八犬伝』の物語の区切り方については諸説あるが、そのうち石川秀巳(1)に全編を三部に分ける説があり、『八犬伝』の物語全体の構造を分かりやすく捉えている。第一部を冒頭の結城合戦から伏姫の切腹の場面まで、次に第二部の八犬士の列伝部を、信乃を中心とした八犬士の列伝、古那屋での場面から犬士たちの集合離散の物語、蟇田素藤・妙椿退治を経て結城大法会での八犬士結集までの場面とし、さらに第三部を里見家の対管領戦から大団円までの場面とするものである。この構造論は、『八犬伝』の物語が登場人物の諸因縁の発生と終結のモチーフに基づいて、構想の転回を持ちながら物語が進んでいくことを示したものであるが、興味深いことは、『八犬伝』が第二部で終結することなく第三部へとあらたに展開していったことについて、第二部列伝部の中で生じた登場人物たちの間の未解決のままの諸因縁を、八犬士と山内顕定・扇谷定正ら管領たちとの戦い、対管領戦によって解消させようと図ったためとする指摘(2)である。

対管領戦は、『八犬伝』の後半部分において大きな割合を占めるのだが、その意味については濱田啓介(3)の論にも、対管領戦とは、いまだ処理できない大悪としての領主達との問題の解決であるとし、また、そこでの親兵衛の仁については、里見家の政治的徳としての仁を示したものであると述べる。さらに高田衛[4]によると、結城大法要の後にも対管領戦が書き続られたことの理由とは、里見家が管領に敵対することから起こる、京都に対する抗命を避けるための、稗史小説的な解決であったとする。またそこでの親兵衛の「仁」とは、八犬士連合と里見王国実現との関係を再構築するためのイデオロギーとして存在していると指摘する。以上の諸氏の指摘するように、対管領戦とは、それまでの『八犬伝』の物語に描かれた人物間の諸因縁と密接に関わるものであり、親兵衛の仁はその戦いの中で重要な意味を持っている。

第九輯巻七で、富山に入った里見義実の目前に現れた犬江親兵衛は、伏姫神との別れ際に受けたという伏姫の言葉を義実に次のように伝える。

世の億万人に、捷《すぐ》れて五常八行を、做得《なしえ》んことは易《やす》からねど、就中《なかんづく》仁をのみ、孔子《くし》も輒《たやす》く許さゞりしは、素是《もとこれ》天とその徳を、等《ひと》くしがたき故なりけり。自然なるを天と叫做《よびな》し、人に在りては仁といふ。伱《そなた》は親の義侠《ぎけう》によりて、仁の一字を得たりしかば、その名を仁と喚《よば》るれども、我おそらく、その徳を、天と等しく做《な》し得んや。縦至仁《たとひしじん》に至らずとも、婦人の仁に倣《なら》ふことなく、今より勉《つと》めて殺生《せつせう》を、好《この》まで忠恕惻隠《ちうじよそくいん》を、心とせば事足《た》りてん。

（第九輯巻之七第百四回）

伏姫の教えとは、殺生を好まずに、仁、「忠恕惻隠」の心（他人に対して思いやりの深いこと、憐みの心）を旨とすべきことであった。こうした親兵衛（伏姫神）の語る仁の教えについて、例えば鈴木《すずき》正三《しょうさん》の仮名法語《かなほうご》（教説を仮名文で平易に述べたもの）『盲安杖《もうあんじょう》』[5]（一巻、慶安四年（一六五一）刊）にも次のような同様の説がある。

殺生《せつしやう》を好《この》む事、仁の心なき故なり、短命《たんめい》は殺生《せつしやう》より来《きた》るといへり。（中略）仁の教《をしへ》にいはく、「自《じ》を忘《わす》れ他《た》を恵《めぐ》み、あやうきをすくひ、極《きはま》れるを助《たす》け、情《なさけ》を先《さき》として、憐《あはれ》む心有《ある》を仁とす」といへり。

親兵衛は伏姫神の教えに従いつつ、まず捕らえた蟇田素藤の助命を義成に進言する（第九輯、巻之九、第百八回）。また妙椿の妖術の罠により、一旦は親兵衛を疎んじた里見義成も、扇谷・上杉両管領との水陸戦を始めるにあたり、八犬士らに、真の敵でなければ殺してはいけないこと、敵の大将は生け捕りにすべきで、首を討ってはいけないと説く（巻之三十四上、第百五十七回）。その後は、この義成の仁を旨とする戦法が取られ、小文吾は妙見島の戦いで命の代わりとして敵の髻《もとどり》を切り、また犬川荘助とともに稲戸由充《いなのとよりみつ》を助け（第百六十三回、第百六十四回）、親兵衛は定正の愛子である上杉朝寧《ともやす》の命を救う（巻四十二上、第百七十回）。親兵衛はまた、国府台の戦いの後、神薬を用いて人命救助を行うべきことを進言するが、信乃はそれを次のように評した。

犬江が揣《はか》る所、婦人の仁に似たりなゝど、いふ者もあらんを、我《わが》思ふよしはしからず。夫《それ》博《ひろ》く愛するは、則《すなはち》天地の心なり。敵ながらも仙丹もて、活《いか》して環《かへ》し遣《つかは》さば、必《かならず》や両管領《りやうくわんれい》も、後《のち》竟《つひ》に我君の、大仁至徳《たいじんしとく》に感服して、悔《くひ》て怨《うらみ》を解《とく》なるべし。

（第九輯巻之四十二上、第百六十九回）

この信乃の言葉のように、親兵衛に託された伏姫の仁（婦人の仁）は、先の濱田・高田が指摘するように、対管領戦に至っては、八犬士を介して里見家の大仁至徳へと展開しようとしている。国府台の戦いの際に、親兵衛ら施薬の頭人が敵兵の亡骸に神薬を与えたところ、蘇生した雑兵の中には里見家に帰服したいと思う者も多かったが、神薬のしるしがなく蘇らなかった亡骸は、「命数《めいすう》限りある者か、然《さ》らずば其性《そのさが》不仁にて、積悪《せきあく》の者なるべし」（第百七十回）という。このように親兵衛らは、神薬によって兵士たちの中の善人を救済していくという、戦争の道理を超えた勧善懲悪思想と、殺生を戒め悉皆成仏を説く仏教的な色彩の濃い道理に基づいて戦いを行うのである。そうしたいわば「天地の心」、神的な立場によっての里見家の戦術は、伏姫神の加護によって始めて可能になる。里見家が神薬を用いた意図は、人と人とが生命を奪い合う戦いを目指したのではなく、また人命の存亡を里見軍が預かることもなく、戦争によって兵士たちが死傷することを兵士たちの自身の報いとしようとするもので、人智を越えた神の領域によって人の生死を判断させようとするものである。

かつて里見義実は、玉梓の命を軽んじたことで、玉梓の怨念を生じさせ、それが『八犬伝』の物語の発端となった。その後義実は、八房に対し戯れに「敵の大将の首を取ってきたなら伏姫を娶らせよう」と語り、八房に伏姫への欲情を起こさせてしまう。伏姫の、「君子の一言はどんな早馬を使っても取り消すことはできない」という義実への諫言は、図らずも、かつて義実が玉梓に対して犯した言葉の過ちをも咎めるものであった。父義実の罪を引き受けた伏姫は、里見家の将来のために、父義実の政道に過ちのないことを民に知らしめるため、また八房に取り憑いた玉梓の怨念を去らせるために、身を犠牲にして八房の妻になることを申し出、八房と富山山中に籠もり、八房に来世での人果を得させるためにひたすら法華経を読み聞かせる。

犬や獣が法華経を聞いて来世に人間に生まれるという話は、例えば『今昔物語集』[6]には巻十四の第十六話「元興寺蓮尊《がんこうじのれんそん》、持法花経知前世報語《ほけきょうをたもちてぜんせのむくいをしれること》第十六」をはじめ数話が見られる。また、玉梓が八房に転生したように、逆に人間が犬に生まれ変わる話としては、近世期の仏教説話『近代見聞善悪業報因縁集《きんだいけんもんぜんあくごっほういんねんしゅう》』[7]（五巻一冊、露宿著、天明八年（一七八八）刊）巻之四に、「愛着《あいぢやく》の一念《いちねん》犬に生れ妻に附纏《つきまと》ふ事」という話がある。隣村の庄屋の子犬が夫に死なれた寡婦を慕い、そばを離れないので、寡婦は子犬を寝床に入れて寝させていたが、夢に夫が現れ、犬に生まれ変わったと告げられたので寡婦は恥じ、良哉和尚を呼んだ。和尚が犬に説法を与え、紙に何かを書いて焼いて水に入れたのを子犬に飲ませると、犬はその後どこかへ消え去ったという。この話には次のような評が付せられている。

犬に生《うま》れて旧《むかし》の婦《ふ》を慕《した》ふと言ふは、婬貪《いんとん》に執着《しうぢやく》強き故なり。今和尚の方便《はうべん》に因《よ》つて、愚痴《ぐち》執着《しうぢやく》の心すこし開《ひら》けたりと見へて、跡を隠《かく》して去りけりと見ゆ。

この良哉和尚の話のような、畜生にも及ぶ仏の救済譚と同じように、伏姫もまた八房へ法華経を読み聞かせるという慈悲を施している。八房がいつとなく読経に耳を傾けるようになったことに気づいた伏姫は、

犬の梵音《ぼんおん》を歓《よろこ》べる事、古き草紙《さうし》に夥《あまた》見ゆめり。仏の慈悲は穢土《ゑど》穢物《ゑもつ》を嫌ひ給はず。されば天《あま》飛ぶ鳥、地を走る獣《けだもの》、草葉《くさば》に聚《すだ》く虫、江河《わたつみ》の鱗介《うろくず》まで、悉皆成仏《しつかいじやうぶつ》せざることなし。

（第二輯巻之一第十二回）

と考えるのだが、このように犬が法華経を聞くことで人果を得ることは、仏が万物へ施す慈悲によるものなのである。

また仏の慈悲と、博愛・慈しみ・思いやりを旨とする仁の心とを同意とする言説については、例えば仮名草子《かなぞうし》（近世初期に刊行された、仮名文による文芸教訓書）『為愚痴物語《いぐちものがたり》』[8]（八巻八冊、寛文二年（一六六二）刊）に、

外典《げでん》五常《しやう》の道にも、仁道《じんたう》ははしめにおきて、是を第一とす。是も、じひしやうぢきを、こんぼんとして、あやうきを見ては、わか身をころして、もつて、人をたすけ、人をよくめくみ、あはれむを以て、仁者の本意《い》とす。されは、孔子《こうし》も、仁者はよく人をよみんす、よく人をにくみんす、と、いへり。是を以て、仏の道をも、わきまへ知へきにやあらん。（巻之八第七）

と、仁道とは、慈悲正直を根本とし、身を犠牲にして人を助け恵み憐れむことであり、仏の道に通う心であることを説いている。また仏教長編説話（仏教の教説に基づき描かれた長編物語）『西院河《さいいんが》原口号伝《わらくごうでん》』[9]（章瑞著、五巻五冊、宝暦十一年（一七六一）刊）にも、藤左衛門景信《かげのぶ》が一子藤太郎重信《しげのぶ》の悪事に怒って勘当するが、やがて後悔して神仏に親子の再会を祈ると、八幡末社の化身である翁が現れ、親子の災いは、以前に景信が蛇を殺して息子を喜ばせたという「無益ノ殺生」が「仁ノ道ニ背《ソム》」いたこととの報いだと語る場面がある（巻之一「景信八幡宮に祈ル」）。このように、むやみな殺生を慎むことが仁の道であるという『西院河原口号伝』や、また『為愚痴物語』に見られるような儒

の教えを仏教的立場に立って説いた言説は、『八犬伝』で、八房の死を救い法華経を読み聞かせた伏姫の慈悲の意味と同じである。伏姫は玉梓の災いを一身に受けた者として、父義実が玉梓から呪われた過ちを再び繰り返させないために、八房に慈悲を施し、人智を越えたところの仁を親兵衛に託したのである。

高田衛[10]は、八房に跨る伏姫の背景に〈騎乗の神性〉としての八字文殊聖像の印象があると述べ、また信多純一[11]は、『八犬伝』の伏姫と親兵衛をはじめとする諸物語の背景に『冨士山の本地』の神仏習合の世界があることを指摘した。両氏の論は、富山山中での伏姫に神仏的な性格が備わっていることを明らかにしたものである。

伏姫の八房への慈悲は、法華経読誦の功徳と役行者の加護を受けつつ、富山山中で育まれていった。高田[12]によると、富山の山中他界で伏姫が親兵衛を手づから養育する話の背景には山姥と金太郎の印象があり、伏姫には山姥としての怪異性を秘めた聖なる母神が、また親兵衛には伏姫神から愛護を受けた者としての超人的な活躍と勇力を持った幼い子神《みこがみ》という特権性が賦与され、それゆえに親兵衛は「仁」の玉の所有者として設定されているという。

伏姫は物語中に二度、山中での生活をする女人として描かれている。一つは富山での八房との生活であり、もう一つは伏姫神として親兵衛を養育したことである。この二度目の伏姫の山中生活とよく似た場面としては、馬琴の長編読本『椿説弓張月《ちんせつゆみはりづき》』にも、肥後国の木原山中に隠れ住んで木の実を拾う白縫《しらぬい》と舜天丸《すてまる》母子の姿が描かれており〈後編巻之六第二十九回〉、その白縫の姿にも、子を育む山姥の印象がある。また、山中で女人と動物が分け隔てなく生活を共にする話については、例えば同じく馬琴の中編読本『旬殿実実記《しゅんでんじつじつき》』（十巻十冊、文化五年（一八〇八）江戸須原屋市兵衛刊、葛飾北斎画）に、女主人公の阿旬《おしゅん》が深山で猿夫婦とともに生活し、身重の雌猿の手助けをするという場面がある。ここでは人間と獣同士が共生し、互いを慈しむ様子が描かれ、それが後に阿旬の母を救う契機となっている。このように、山中とは子を育む母の胎内のような印象を持ち、善女から善果を導き出す場所でもある。そのような意味で『旬殿実実記』と『八犬伝』が同じ話の構図を持つことについては、既に指摘⒀したことがある。そうした『旬殿実実記』の阿旬の話をふまえつつ、『八犬伝』ではさらに法華経を仲立ちとした伏姫の八房への慈しみの心が強調され、それが八犬士を世に出す重要な契機として示されている。伏姫の霊が里見家再興のために親兵衛に託した仁とは、かつて伏姫が富山で八房に対して施した慈愛の心をふまえつつ、それを伏姫の「婦人の仁」から「至仁」へと至らせるように親兵衛に託したものだったのである。対管領戦において八犬士は、伏姫が八房に施した慈悲と同じように、仁戦によって敵兵を救済することで、両管領の憎しみを去らせ、敵方の戦意を消失させようとする。こうして親兵衛の仁は、かつての伏姫と八房の山中での物語の主題と深く関わりながら展開していくのである。

石川秀巳⒁は、結局編で伏姫から八房、そして八犬士の間に、「宿因」を象徴する牡丹の痣と玉の文字や伏姫神伝授の神薬が消滅したことは、それらに象徴される因果の力の消滅を表すものであり、また物語の終焉をも示していると指摘する。そのように、因果の系譜から伏姫の仁の意味を考てみると、牡丹の痣とはまた、伏姫が八房に施した慈悲の証しともいえる。先述した『今昔物語集』巻十四の、畜生が法華経を聞いたことによって人に生まれ変わるという話の中には、安勝《あんしょう》という僧が長谷観音のお告げを受け、前世に黒牛であったためにその習性によって肌の色が極めて黒く生まれたこと、来世に兜率天上に至るためにただ熱心に法華経を読誦すべきことを知ったという話がある[15]（「僧安勝《そうあんしょう》、持法花知前生報語《ほけをたもちてぜんしょうのむくいをしれること》第二十」）。『八犬伝』の八犬士に現れる牡丹の痣は、前世に畜生であったことの証しとしての、この『今昔物語集』の安勝の肌の色の意味に通じている。また、『今昔物語集』の安勝は、観音のお告げを信じて「弥《いよいよ》法花経ヲ読誦シテ怠ル事無」かったのだが、八犬士もまた同じように、伏姫神の遺志を受けて仁を旨とし仁に従った。また『今昔物語集』の安勝は、その後「遂《つひ》ニ最後ノ時ニ臨《のぞみ》テ、終リ貴クテ失《うせ》ニケル」のだが、八犬士は八犬仙となって隠棲する。このように、人物が前世で畜生であったことの証しを持ち、現世で法華経（仁）をよく信仰することによって仏果を得る（仙人の境地に達する）という話しの型において、『八犬伝』の仁をめぐる因縁の物語は、法華経の功徳を説いた『今昔物語集』の僧安勝の話の構図と類似しており、『八犬伝』の物語世界が仏教説話に基づいて構築されていることの一つの例証となっている。

　以上のような『八犬伝』の仁をめぐる問題のほか、物語世界の背景にある理念については、神道や儒学との関わりから馬琴の思想的立場を論じた播本眞一[16]の諸論等が備わる。『八犬伝』は、主君から家臣へ、また親から子へ、子からその子孫へと受け継がれる悪縁の中で、神仏の加護を受けながら人の道を貫こうとする犬士の物語である。『八犬伝』が伝奇的物語と言われるのは、さまざまな事件や情話とともに、人智を超えたところの霊験譚が諸処に描かれ、物語全体を支配する力として描かれるためである。その中で、人道の旨とされ、また勧善懲悪を施す理念である仁もまた、神仏の意図として位置づけられている。『八犬伝』には、人と神仏との融合の世界にこそ仁の道が実現しうるという、読本作品に託された馬琴の世界観がうかがえると言えるだろう。

三　『八犬伝』諸本、書誌についての参考文献

今回底本としたのは、国立国会図書館蔵本（請求番号：本別三／二）である。

国会図書館本の書誌については、林美一「『八犬伝』の初板本」「続『八犬伝』の初板本」（『日本古書通信』二十の六・二十三の十、一九五五年六月・一九五八年十月）、『秘板・八犬伝』（一九八五年、緑園書房）、鈴木重三「馬琴読本諸版書誌ノート―挿絵を中心に―」（『文学』一九六八年三月・五月、『絵本と浮世絵』一九七九年、美術出版社に収録）、および板坂則子「『南総里見八犬伝』の諸板本（上）（下）」（『近世文芸』二十九号、一九七八年六月・三十一号、一九七九年九月）の諸説に詳しく、馬琴旧蔵の初摺本として特に良質の本とされている。

なお、『八犬伝』の諸板本の書誌および出版に関するその他の論考としては、木村三四吾「西荘文庫の馬琴書簡（八）・（九）」（『ビブリア』十四・十五、一九五九年六月・十月）、鈴木重三『故松浦貞俊氏蔵本　曲亭馬琴自筆稿本　南総里見八犬伝　第四輯巻二』（一九七一年、日本古典文学会）解題、小池藤五郎『南総里見八犬伝　三』（一九八五年、岩波書店）解説、朝倉留美子「『南総里見八犬伝』

諸本考（前編）・（後編）」（『読本研究』第六輯下・第七輯下、一九九二年九月、一九九三年九月、渓水社）、濱田啓介『南総里見八犬伝』十二（新潮日本古典集成別巻、二〇〇四年、新潮社）解説、服部仁「柳川重信画の刷物と『八犬伝』の表紙」（『東海近世』十四、二〇〇四年十二月）等がある。

＊本稿を成すにあたり、図書の閲覧、複写・撮影および掲載の許可を下さった国立国会図書館、東京大学総合図書館、八戸市立図書館、また図書閲覧の許可を下さった諸図書館、ならびにカバー画像の提供をお許しくださいました館山市立博物館に御礼を申し上げます。

また、本書執筆のお話ならびに学習院大学日本語日本文学研究室所蔵本の閲覧をお許し下さった鈴木健一氏、図書閲覧のご配慮を下さった中野謙一氏、国文学研究資料館蔵本の閲覧等のご配慮を下さった大高洋司氏、『八犬伝』に関連して様々なご教示をいただいた北京日本学研究センターの張龍妹氏に篤く御礼を申し上げます。また、三弥井書店編集部の吉田智恵氏にはひとかたならぬご厚意にあずかりました。ここに心より御礼を申し上げます。

（注）

（1）石川秀巳「八犬士列伝の新構想—『南総里見八犬伝』ノート—」（『和洋女子大学紀要』第二十八集、文系編、一九八八年三月）、「団円構想の転回—『南総里見八犬伝』ノート—」（『和洋女子大学紀要』第三十一集、文系編、一九九一年三月）、「物語世界の終熄—『南総里見八犬伝』私論—」（『読本研究新集』第四集二〇〇三年六月）。

（2）石川秀巳「物語の終熄―『南総里見八犬伝』私論―」論文。
（3）濱田啓介「『南総里見八犬伝』私見―八犬伝の構想に於ける対管領戦の意義」（『近世小説・営為と様式に関する私見』一九九三年、京都大学出版会）。
（4）高田衛『完本　八犬伝の世界』（二〇〇五年、筑摩書房）第五章「悪女と怪物」。
（5）『盲安杖』の本文は、日本古典文学大系『仮名法語集』（宮坂宥勝校注、一九六四年、岩波書店）による。二四九頁、二五六頁。
（6）『今昔物語集』の本文は、新日本古典文学大系『今昔物語集』三（池上洵一校注、一九九九年、岩波書店）による。三一六頁～三一七頁。
（7）『近代見聞善悪業報因縁集』の本文は、叢書江戸文庫『仏教説話集成』二（西田耕三校訂、一九九八年、国書刊行会）による。五二三頁～五二四頁。
（8）『為愚痴物語』の本文は、『仮名草子集成』第二巻（朝倉治彦編、一九八一年、東京堂出版）による。三一三頁。
（9）『西院河原口号伝』の本文は、叢書江戸文庫『仏教説話集成』一（西田耕三校訂、一九九〇年、国書刊行会）による。四〇三頁～四〇四頁。
（10）高田衛『完本　八犬伝の世界』第二章「八大童子の幻影」。
（11）信多純一『里見八犬伝の世界』（二〇〇四年、岩波書店）第四章～第八章。
（12）高田衛『完本　八犬伝の世界』第六章「母子神の物語」。
（13）拙稿「『旬殿実実記』と『南総里見八犬伝』」（『近世部会誌』第一号、二〇〇七年一月、日本文学協会近世部会編）。
（14）石川秀巳「物語世界の終熄―『南総里見八犬伝』私見―」論文。
（15）（6）に同じ。三二二～三二三頁。

（16）播本眞一「『南総里見八犬伝』の神々―素藤・妙椿譚をめぐって―」（日本文学研究論文集成『馬琴』（板坂則子編、二〇〇〇年、若草書房）、初出『国語と国文学』七十三の五）、「馬琴の立場―儒・仏・老・神をめぐって―」（『文学』第五巻第三号、二〇〇四年五月）。

（参考文献）


麻生磯次「馬琴の読本に及せる支那文学の影響」（『江戸文学と中国文学』（一九五五年、三省堂）第三章）。

中村幸彦「初期読本の作者達」「後期読本の推移」（『中村幸彦著述集』第四巻（一九九一年、中央公論社）「近世小説史」第六章）、「滝沢馬琴の小説観」（『中村幸彦著述集』第一巻「近世文芸思潮論」第十三章、初出一九六三年十月）。

横山邦治『読本の研究―江戸と上方と―』（一九七四年、風間書房）、『日本古典文学大辞典』第六巻「読本」解説（一九八八年、岩波書店）。

水野稔「馬琴文学の形成」（『江戸小説論叢』、一九七四年、中央公論社）、「馬琴文学の世界―江戸の読本」（図説日本の古典 一九 曲亭馬琴、一九八九年、集英社）。

内田保廣「京伝と馬琴」（岩波講座日本文学史 第十巻「一九世紀の文学」一九九六年、岩波書店）。

徳田武「『南総里見八犬伝』の世界」（新潮古典文学アルバム 二十三 滝沢馬琴、一九九七年、新潮社）。

大高洋司『忠臣水滸伝』（読本善本叢刊、一九九八年、和泉書院）解題。

高田衛「『南総里見八犬伝』」（『滝沢馬琴 百年以降の知音を俟つ』（二〇〇六年、ミネルヴァ書房）第六章）。

濱田啓介「「勧善懲悪」補紙」（『馬琴』日本文学研究論文集成、板坂則子編、二〇〇〇年、若草書房）。初出『近世小説・営為と様式に関する私見』一九九三年、京都大学出版会）。

凡例

一、本文は、国立国会図書館蔵本（本別三／二）を底本とした。

二、挿絵は底本に拠ったが、一部を東京大学総合図書館蔵本（E二四／一三二二）および八戸市立図書館蔵本（南一五／八六）に拠った。

三、本文校訂に際して、次のような措置を行った。

①本文は、校訂者によって適宜段落を設けた。また和歌・歌詞については、改行して二文字下げた。

②底本の文の区切りの白丸、および割注の区切りの黒丸については、句点・読点・並列点に直し、文末の黒丸は省いた上で、適宜句読点・中黒を施した。

③漢字は、常用漢字表・人名用漢字表にある文字については新字体を用い、前記以外の漢字は現在通行の旧字体を用いた。

④底本の草体字・異体字（略字・俗字・合成字等）は、通行の字体に改めたが、「歎」「恠」「坐」「尓」など、当時慣用と思われるもので一部原文通りに残したものがある。

⑤助詞・助動詞の「也」「歟」「耶」「哉」等については平仮名に直した。

⑥底本の本文にある濁音の符合は、原則として本文の表記に従った。ただし、濁点のずれは改め、漢字に付された濁点・半濁点など不必要なものは削除した。

⑦踊り字のうち、漢字に使用された「〱」「ゝ」は「々」に改めた。
⑧文中の割注は〔　〕で示した。
⑨誤字・誤刻と判断されるものについては、正しく改めた。
⑩かなづかいと送りがなは底本とおりとした。ただし、明らかに誤字、重複、脱字等が認められる場合は、底本の表記を改めた。
⑪底本に付された振り仮名は、適宜省いた。ただし左側に付された語注（カタカナルビ）および文中の割注はすべて保存した。
⑫本文に適宜段落を設け、会話文および心内文の一部については「　」『　』を補った。また書名には『　』を補った。
⑬本作品中には僅かながら差別的表現が見られるが、作品の学問的な意義を鑑み、原文どおりに記した。

四、本文校訂に際しては、『南総里見八犬伝』（全十巻、小池藤五郎校訂、一九八四年〜一九八五年、岩波書店）および『南総里見八犬伝』（新潮日本古典集成　別巻、全十二巻、濱田啓介校訂、二〇〇三年〜二〇〇四年、新潮社）の凡例を参考とした。また、あらすじと現代語訳に際しては、『秋成・馬琴』（鑑賞　日本古典文学　第三十五巻、水野稔編、一九七七年、角川書店）、『南総里見八犬伝』（日本の文学　古典編　四十五、徳田武氏校注、一九八七年、ほるぷ社）を参考にした。

南総里見八犬伝名場面集

肇輯

◆巻之一第一回◆

あらすじ

時は戦乱の世である。嘉吉元年（一四四一）、京の将軍足利義教《よしのり》と鎌倉将軍足利持氏《もちうじ》が対立し、持氏の恩顧を受けた武士たちは結城氏《ゆうきし》のもとに結集して敵軍を迎え討ったが、里見季基《すえもと》をはじめとする結城軍は敢え無く敗戦する。世に言う結城合戦である。季基は、嫡男義実《よしざね》を逃がして討死する。義実は無念さに、落城する城を振り返りつつ、里見家の老党杉倉氏元《うじもと》・堀内貞行《さだゆき》とともに相模路を落ち、三浦の浜辺へたどり着いた。

◆義実龍を見る◆

本文

こゝより追来《おひく》る敵なければ、主従《しゆうぐ》不思議に虎口《こゝう》を脱《のが》れて、その夜《よ》は白屋《くさのや》に宿りを投《もと》め、旦立《あさだち》の置土産《おきみやげ》に、馬物具《うまものゝぐ》をあるじにとらせて、姿を窶《やつ》し、笠《かさ》をふかくし、東西《とうさい》すべて敵地なれども、聊《いさゝか》志《こゝろざ》すかたなきにあらねば、相模路《さがみぢ》へ走りつゝ、第三日《だいみつか》にして三浦《みうら》なる、矢取《やとり》の入江に着給《つき》ふ。

固《もと》より裹《つゝ》む糧《かて》もなく、盤纏《ろよう》乏《とも》しき落人《おちうど》と、なりも果《はて》たる主従は、いといたう餓疲《うへつか》れて、松が根に尻《しり》をかけ、遥《はるか》に後《おく》れし堀内蔵人貞行《ほりうちくらんどさだゆき》を俟着《まちつけ》て、安房《あは》の州《くに》へ渡さんとて、轍《わだち》の鮒《ふな》の息吻《いきつき》あへず、見わたす方《かた》は目も迥《はる》に、入江に続く青海原《あをうなはら》、波しづかにて白鷗《はくおう》眠《ねふ》る。比《ころ》は卯月《うづき》の夏霞《なつがすみ》、挽遺《ひきのこ》したる鋸山《のこぎりやま》、「彼《あれ》か」とばかり指《ゆびさ》せば、こゝにも鑿《のみ》もて穿《うがち》なし、刀《かたな》して削るがごとき、青壁《せいへき》峙《そはたち》て見るめ危《あやう》き、長汀曲浦《ちやうていきよくほ》の旅の路《みち》、心を砕《くだ》くならひなるに、雨を含《ふくめ》る漁村《ぎよそん》の柳《やなぎ》、夕《ゆふべ》を送る遠寺《ゑんじ》の鐘《かね》、いとゞ哀《あは》れを催《もよほ》すものから、かくてあるべき身にしあらねば、頻《しきり》に津《わたり》をいそげども、舩一艘《いつそう》もなかりけり。

通釈

ここからは追ってくる敵もいなかったので、主従は不思議と危機を脱し、その夜は草ぶきの粗末な家に宿を求め、早朝に出立する置土産として、馬や武具を宿主に与え、姿を窶し笠を深くして顔を隠し、周りは全て敵地なのだけれども、いささか志す縁者もないわけではなかったので、相模路へ落ち、第三日目に三浦の矢取の浦に到着なさった。

もともと包み持って来た食料もなく、路用の乏しい落人と成り果てた主従は、大変餓え疲れて、松の根に腰をかけて、遥かに遅れた掘内と蔵人《くらんど》貞行を待ちうけて安房の国へ渡ろうと危急に焦って、見渡す方の遥かかなたには、入江に続く青海原が広がり、波も静かに白鴎が眠っている。頃は四月、夏霞をたなびかせている鋸山とは「あれか」とばかり指差すと、そちらにも鑿で穴を開け、刀で削ったような切り立った青い山肌が峙って、見た目も危く、はるかに続く曲がりくねった海浜を辿る旅路には心を悩ますのが常ながら、雨を含んだ漁村の柳、夕べを告げる遠寺の鐘は、たいそう哀れを催すものである。しかし、そうしてもいられない身であるので、頻りに渡航を急ぐのだが、あたりに船は一艘もないのであった。

本文

時に磯山《いそやま》、雲叢立《むらだち》て、海面俄頃《うみつらにはか》に晦《くろみ》わたり、磁石《ぢしやく》に塵《ちり》の吸《すは》るゝごとく、潮水《うしほ》頻《しき》に逆上《さかのぼ》り、風颯《さと》おとす程こそあれ、雨は彼鞆岡《かのともおか》の篠《しの》より繁《しげ》く降《ふり》そゝぎ、雷光《いなひかり》まなくして、雷《かみ》さへおどろ〱しく、落《おち》かゝるべく鳴撲《なりはため》けば、仮僮《わらはべ》どもは劇騒《あわてさわ》ぎて、苫屋《とまや》々々に走入《はしりい》り、裡《うち》より鎖《とざ》して、敲《たゝ》けども開《あ》けず。かくてぞ義実主従《よしさねしゆうぐ》は、笠《かさ》やどりせんよしのなければ、入江の松の下蔭《したかげ》に、笠《かさ》を翳《かざ》して立《たち》給ふ。

さる程に、風雨ます〱烈《はげし》くて、或《あるひ》は晦《くら》く、或は明《あか》く、よせては砕《くだ》け、砕けては、又立《たち》かへる浪《なみ》を包《つゝみ》て、廻翔《まひさが》る雲の中《うち》に「物こそあれ」と見る目《め》観《まばゆ》く、忽然《こつぜん》として白竜顕《はくりうあらは》れ、光を放ち、浪をまき立《たて》、南を投《さし》てぞ飛去《とびさり》ける。且《しばらく》して、雨霽《はれ》、雲おさまり、日は没《いり》ながら影はなほ、海に残りて波をいろとり、梢《こずゑ》を伝《つた》ふ松の雫《しづく》、吹払《ふきはら》ふ風に散る玉は、沙石《いさご》の中《うち》に輾没《まろびい》る。山は遠《とほう》して、翠《みどり》ふかく、巌《いはほ》は青《あをう》して、いまだ乾《かは》かず、瞻望《ながめ》に倦《あか》ぬ絶景佳境《ぜつけいかきやう》も、身の憂《うき》ときはこゝろ止《とま》らず。氏元《うぢもと》は義実《よしさね》の、衣《きぬ》の湿吹気《しぶき》を払ひなどして、後《おく》れたる貞行《さだゆき》を、今か〱と俟《まつ》程に、義実海面《うみつら》を指《ゆびさ》して、「向《さき》に雨いと烈しくて、立騒《たちさわ》ぎたる浪の間《あはひ》に、叢《むら》雲《くも》頻《しき》りに廻翔《まひさが》り、彼岩《あのいは》のほとりより、白《はく》龍《りう》《○シロキタツ》の升《のぼ》りしを、木曽介《きそのすけ》は見ざりしか」と問《とは》れて直《ひた》と足を跪《つまだて》、「龍《たつ》とは認め候はねど、あやしき物の股《もゝ》かとおぼしく、輝《てり》かゞやくこと鱗《うろこ》のごときを、僅《はつか》に見て候」といへば義実《よしざね》うち点頭《うなづき》、「さればこそその事なれ。われはその尾と足のみ見たり。全身を見ざりしこと、憾《うら》むべく惜《をしむ》べし。（略）」

通釈

その時、磯辺にある山に雲が群立ち、海面が急に一面黒くなり、磁石に塵が吸われるように、潮水が頻りに波立ち、風がさっと吹く音がしたと思うと、雨は例の鞆岡《ともおか》の篠に降る雨よりも頻りに降り注ぎ、雷光絶え間なく、雷さえ恐ろしく、落ちかかるように鳴り響くので、子どもたちは慌て騒いでそれぞれのあばら家へ走り入って、内から鍵をして、叩いても開けようとしない。こうして義実主従は、雨宿りする術もないので、入江の松の下陰に笠を翳して立ちなさった。

そうするうちに風雨はますます激しく、ある時は暗く、ある時は明るく、寄せては砕け、砕けてはまた引いていく波を包んで、盛んに揺れ動めく雲の中に、「何かいる」と見る目にも眩く、忽然と白竜が現れ、光を放ち、波を巻き立て、南を指して飛び去っていった。しばらくすると雨は止み、雲は治まり、日は沈んだけれども光はなお海に残って波を彩り、松の梢を伝う雫、それを吹き払う風に散る水玉は砂の中に転がり入る。山は遠く緑深く、巌は青くいまだ乾いていない。しかし、眺めに飽きないすばらしい景色や場所も、身の辛い時には心に留まらないものだ。氏元は義実の衣服の飛沫を払ったりして、遅れている貞行を今か今かと待つうちに、義実は海面を指差して、「さっき雨が大変激しく、荒れていた波の間に、群雲が頻りに揺れ動めいて、あの岩の辺りから白竜が昇っていくのを、木曽介は見なかったか」と問われて、木曽介は真っ直ぐに爪先立って「竜とは確かめませんでしたが、怪しい物の股かと思われ、光り輝く鱗のようなものを僅かに見ました」と言うと、義実は頷き、「そう、まさにその事だ。私はその尾と足だけを見た。しかし、全身を見なかったことは、恨むべく惜しむべきことだ。（略）」

あらすじ

義実は竜についての様々な知識を杉倉氏元に説き聞かせる。そのうちに、遅れた堀内貞行が船に乗ってやってきたので、三人はかつて里見家の領国であった安房を目指して船出する。

当時安房は、安房郡を安西景連《あんざいかげつら》が、朝夷郡《あさひなのこおり》を麻呂信時《まろのぶとき》が、長狭《ながさ》と平郡《へぐり》の二郡を神余光弘《じんよみつひろ》がそれぞれ支配していた。このうち、神余の家臣山下定包《さだかね》は、神余の妾玉梓《たまづさ》と密通し、謀略で定包を殺して滝田の城主となる。そこに安房に到着した義実は景連と信時に見参し、共に悪臣定包を討とうともちかけると、景時は義実に一つの条件を出す。それは、出陣の際に軍神に捧げるための鯉を三日以内に献上せよというものであった。早速義実は鯉探しに安房国中の川池を巡るが、三日たっても鯉は全く見つからない。疲れ果てた義実主従は、白箸《しらはし》河の辺でとうとうため息をついてしまった。

（巻之一第一回〜巻之二第四回）

里見よしさね
義実《よしさね》三浦《みうら》に白龍《はくりう》を見る
杉倉木曽之介氏元

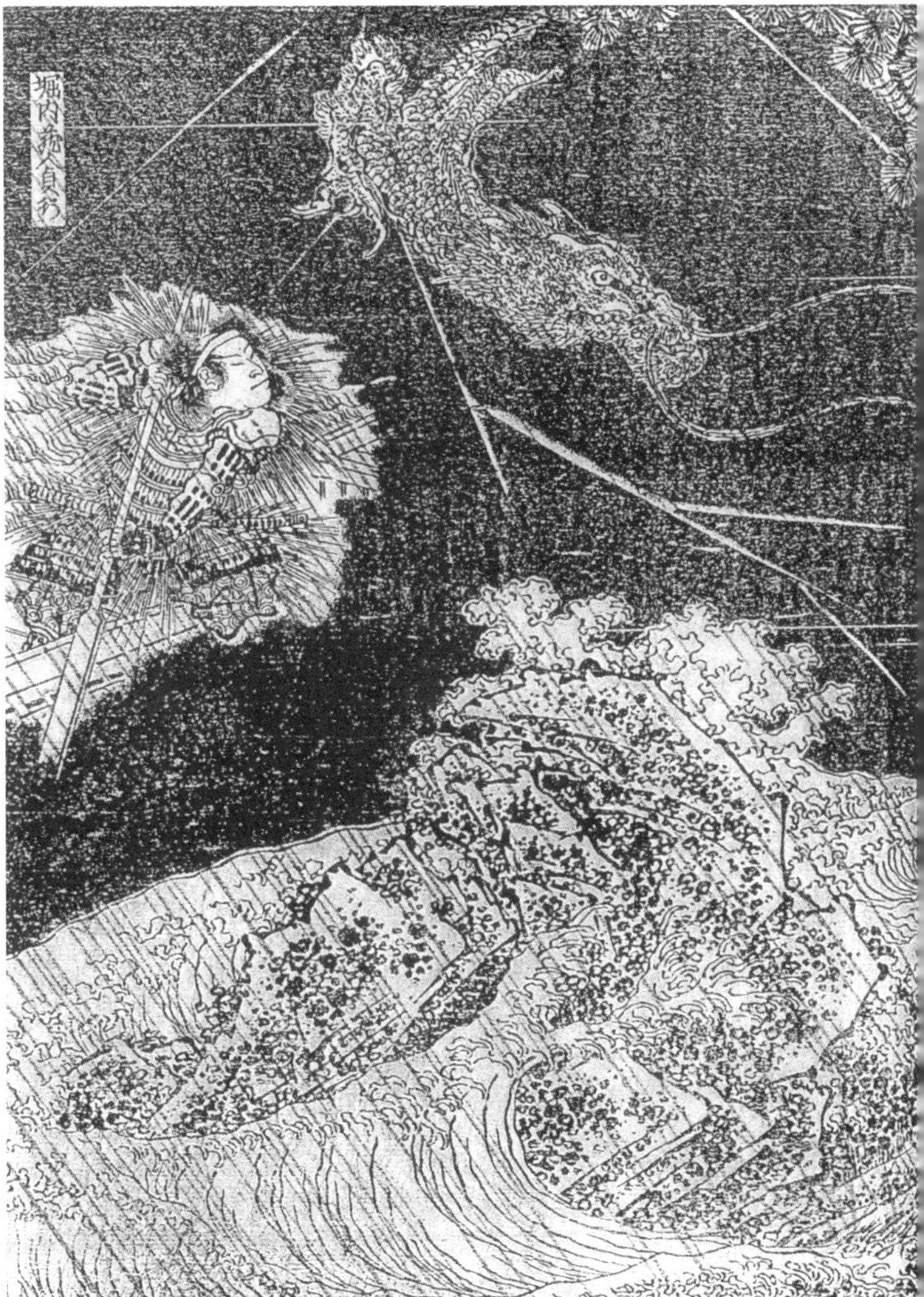

7　肇輯義実龍を見る

◆巻之二第四回「金碗との出会い」◆

本文

浩処《かゝるところ》に河下《かはしも》より、声《こゑ》高やかに唄《うた》ひつゝ、こなたを望《さし》て来るものあり。主従《しゆう〲》これを見かへれば、最蓬《いときたな》げなる乞児《かたゐ》なり。什麽《そも》いかなる打扮《いでたち》ぞ。ふり乱したる髪《かみ》は、春の末黒《すぐろ》の芒《すゝき》の如く、搔垂《かきたれ》たる裳《ものすそ》は、秋の浦による海松《みる》に似たり。手ともいはず、顔ともいはず、あやしき瘡《かさ》のいできたる、人の皮膚《はだへ》はなきものをや。熟《じゆく》せる茘枝《れいし》、裂《さげ》たる柘榴《ざくろ》、巨《ふり》たる蟇《ひき》の脊《そびら》といふとも、かくまではあらじかし。さても命は惜《をし》きものかな。世に疎《うとま》れ、人に嫌《きらは》れても、得死《えしな》ざりける。うち見ても忌々《いま〲》しきに、渠《かれ》は何《なに》とも思はざるにや、底斜《そこなゝめ》なる面桶《めんつう》をうち鳴らし、訛《だみ》たる声して唄《うた》ふを聞けば、

里見えて、〱、白帆《しらほ》走らせ風もよし。安房《あは》の水門《みなと》による舩《ふね》は、浪《なみ》に砕《くだ》けず、潮《しほ》にも朽《くち》ず、人もこそ引け、われもひかなん。

くり返《かへ》しつゝ来る程に、やがて河辺《かはべ》に立《たち》とゞまり、彼人々《かのひと〲》の釣するを、つく〲とうち見てをり。流るゝ濃血《うなぢ》の臭《くさ》ければ、主従《しゆう〲》は鼻を掩《おほ》ふて、「とく逝《いね》かし」とおもふものから、乞児《かたゐ》は立《たつ》つこと久《ひさしう》して、近くよりつゝひとり〱に、笠《かさ》の内をさし覗《のぞ》き、「あな刀祢《との》ばらの釣《つり》ざまこそこゝろ得ね。或《あるひ》は鯽《ふな》、或《あるひ》は鰕《えび》、鉤《はり》を呑《のむ》をば皆捨《すて》て、何《なに》をか獲《え》まく思ひ給ふ」としば〱問《とは》れて氏元《うぢもと》は、已《やむ》ことを得ず頭《かうべ》を回《めぐら》し、「否《いな》、わが欲《ほり》するものは鯉《こひ》なり。他魚《あだしうを》

は好《このま》しからず。無益《むやく》の殺生《せつせう》せじと思へば、一ッもとゞめず放せし」といふを乞児《かたゐ》は聞《きゝ》あへず、腹を抱《かゝえ》てうち笑ひ、「こゝにて鯉を求《もとめ》給ふは、佐渡《さど》にして狐《きつね》を訊《たづね》、伊豆大嶋《いづのおほしま》に馬を問《とふ》より、なほ労して功なき所為《わざ》なり。いまだ聞召《きこしめさ》れずや。安房《あは》一国《いつこく》には鯉を生《せう》ぜず、又甲《か》斐《ひ》にも鯉なしとぞ。是《これ》その風土《ふうど》によるものか。又一説に、一国十郡《いつこくじうぐん》ならざれば、彼魚《かのうを》はなきものなり。波巨《はきよ》の冠《くわん》たるものなればといへり。そのなき物を求め給ふは、実に無益《むやく》の殺生ならん」とあざみ傲《ほこ》りつ、掌《て》を拍《うち》て、又呵々《かや〳〵》とうち笑へば、義実おぼえず竿《さを》を捨《すて》、「現《げに》巨魚《ごぎよ》は池中《ちゝう》に生《せう》せず、大鵬《たいほう》は燕雀《えんじやく》の林に遊ばず。われいかなれば世を狭《せば》み、天高けれども跼《せくゞま》り、地は厚《あつ》けれども蹐《ぬきあし》して、安房《あは》一郡《いちぐん》の主《ぬし》にすら容《い》られず。然《さ》るを喩《たとへ》を龍《たつ》に取り、今《いま》又鯉に久後《ゆくすゑ》を、思ひよせしは愚痴《ぐち》なりき。元来《もとより》鯉はこの地方《ところ》に、なしとしりつゝ『釣《つり》せよ』といひつる人の心の底は、濁江《にごりえ》ながら影見えて、ふかき伎倆《たくみ》と今ぞしる。もしこの乞児《かたゐ》に逢《あは》ざりせば、彼毒計《かのどくけい》にあてられなん。危《あやう》かりし」と今更に、只管驚嘆《ひたすらきやうたん》し給へば、乞児《かたゐ》はこれを慰《なぐさめ》て、「さのみ悔《くや》しく思ひ給ふな。陸奥《みちのく》にも鯉はなし。彼処《かしこ》は五十四郡《ぐん》なり。しかれば鯉の生《せう》すると、生《せう》せざるとはその国郡《くにこふり》の、大小《だいせう》によるものかは。かゝれば一国《いつこく》十郡《ぐん》に充《みた》ざれば、鯉なしといふものは、牽強附会《けんけうふくわい》の臆説《おくせつ》ならずや。十室《とかど》の邑《むら》にも忠信《ちうしん》あり。譬《たとへ》ば里見の御曹司《おんぞうし》、上毛《かみつけ》に人となりて、一个国《いつかこく》を知るによしなく、この処に漂泊《ひやうはく》して、膝《ひざ》を容《い》るゝの室《いへ》なき如し」といふに主従《しゆう〳〵》目を注《くは》して、乞児《かたゐ》の顔をうち熟視《まも》る。

そが中に義実は、うち聞毎《きくごと》に嘆息《たんそく》し、「人は形貌《かたち》によらぬものかな。汝《なんぢ》が弁論《べんろん》、乞児《かたゐ》に似ず。楚《そ》の狂接輿《きやうせつよ》の類《たぐひ》なるか。又彼光明皇后《かのくわうめうくわうぐう》に、垢《あか》を掻《か》ゝせし権者《こんじや》の類《たぐひ》か。固《もと》より吾《われ》をしるものか。その名を聞《きか》まほしけれ」と訝《いぶか》り給へば、莞然《につこ》と咲《えみ》、「こゝは人の往還《ゆきゝ》繁《しげ》かり。誘《いざ》給へ」とて先に立《たて》ば、主従はなほ訝《いぶかり》ながら、遽《いそがは》しく竿《さを》をおさめて、後《あと》に跟《つき》つゝゆく程に、小松原《こまつはら》の郷《さと》近き、山蔭《やまかげ》に誘引《いざなひ》て、おのが脊《そびら》にうち被《き》たる、菰《こも》を脱《ぬぎ》て塵《ちり》うち払ひ、樹下《このもと》にうち布《し》きて、義実を居《すゑ》まゐらすれば、氏元と貞行は、夏草を折敷《をりしき》て、主《しゆう》の左右についゐたり。

通釈

そこへ川下から、声高やかに唄いながらこちらに向かって来る者がいた。義実主従が振り返ると、たいへん汚げな物乞いであった。どんな様子かというと、振り乱した髪は春の野焼きの後の黒薄のようで、垂れ下がった衣は秋の浦に打ち上げられた海藻のようだ。手や顔のいたるところに不気味な瘡ができている様は、まさに人の皮膚ではないようだ。熟れた茘枝《れいし》か、或いは裂けた石榴《ざくろ》のようで、老いた蝦蟇の背中であってもこれほど醜くはあるまい。それでも命は惜しいのだろう、世間に疎まれ、人に嫌われても、死ぬことはできないのである。ちょっと見ても忌々しい姿なのに、彼は何とも思わないのか、底が斜めに歪んだ面桶を打ち鳴らし、濁った声で歌うのを聞くと、

里見えて、里見えて、白帆走らせ風もよし。安房の港に寄る船は、浪に砕けず、潮にも朽ちない。
人も引けよ、私も引こう。

繰り返し唄いながら来るうちに、やがて川辺に立ち留まり、義実たちが釣りをするのをつくづくと眺めている。流れる濃血が臭いので、主従は鼻を覆って「早く去ってしまえ」と思うのだが、物乞いはそこに長い間立ち止まり、近寄りながら一人ひとりの笠の内をさし覗き、「ああ、殿方の釣の仕方は納得ゆかない。鮒や海老が餌を飲むのを皆捨てて、何を釣ろうとお思いか」としばしば問われて、氏元は、仕方なく振り返り、「いや、私が釣りたいのは鯉だ。ほかの魚は好ましくないのだ。無益な殺生をすまいと思うので、一匹も留めずに放したのだ」と言うのを物乞いは聞くが早いか、腹を抱えて笑い、「ここで鯉をお探しになるのは、まるで佐渡で狐を探し、伊豆大島で馬を求めることより、なお労あって甲斐のない行為です。いまだご存じないのか。安房一国には鯉は生まれない。また、甲斐国にも鯉はいないといいます。これはその風土によるものでしょうか。又一説に、一国が十郡でなければ鯉はいないものだ、鯉は魚類の王たる物だからといいます。その無い物を探しなさるのは、実に無益の殺生なのでは」と嘲り得意気に、掌を打って、又「わっはっは」と笑ったので、義実は思わず竿を投げ捨て、「まったく、大きな魚は池の中に生れず、鵬《おおとり》は燕や雀のような小鳥のいる林には飛び回らないものだという。私はどうして世の中を狭くし、天は高いのに縮こまり、地は厚いのに抜き足して、安房一郡の主にすら受け入れられないのだろう。それなのに、さっきは、自分を竜に喩え、今は又、鯉に今後の運命を喩えたのは愚かであった。もともと鯉はこの地方にいないと知りながら『釣りをせよ』と言った人の心の底は、濁りながらもその正体が見えて、深い謀略だったと今分かった。もしこの物乞いに会わなかったなら、その毒計に当てられていただろう。危うかった」と、今さらにひたすら驚嘆なさったので、物乞いは義実を慰めて、「そんなに悔しく思われますな。陸奥にも鯉はいないといいますが、そこは五十四郡です。ですから、鯉を生ずる、生じないというのは、その国郡の大小によることがありましょうか。それならば、一国十郡に満たないなら鯉はいないという説は、牽強付会の臆説ではないでしょうか。わずか十家しかない村の人々にも忠信の心はあるといいます。喩えて言うなら里見の御曹司は、上野国で成人となり、この一カ国を知る術が無く、この地に漂泊して安心して留まる家のないようなものです」と言うと、義実主従は目を合わせて物乞いの顔をじっと見つめた。

義実は、物乞いの言葉を聞くごとに嘆息して、「人は見かけによらぬものだな。おまえの弁説は物乞いらしくもない。楚国の狂接輿《きょうせつよ》の類か。又は、あの光明皇后に垢を掻かせた仏者の類か。もともと私を知っていたのか。その名を聞きたいものだ」と訝りなさると、物乞いはにっこりと微笑んで、「ここは人の行き来が多い。さあこちらへ」と先に行くので、主従はなお訝りながら、急いで竿をしまって後についていくうちに、物乞いは小松原の村近い山陰へ案内し、自分の背に被っていた菰《こも》を脱いで塵を払い、木の下に敷いて義実を座らせ申し上げると、氏元と貞行は、夏草を折り敷いて、主君の左右に畏まって座った。

あらすじ

物乞いは義実に恭しく礼をして神余《じんよ》長狭介光弘《ながさのすけみつひろ》の家人の金碗《かなまり》八郎孝吉《はちろうたかよし》であると名乗り、次のようなことを語る。孝吉は、滝田城を乗っ取った山下定包とその愛人の玉梓の悪行に耐えかね、城を逐電し、身体を漆でただれさせて姿を変え、物乞いになって山下を討つ機を狙っていたという。これを聞いた義実は孝吉の忠義心に心を動かされ、その同志となる。

孝吉は安房国小湊《こみなと》の誕生寺で夜中に火事を起こして住民を集め、人々の心を動かして義実の軍を結成する。義実は孝吉を捕虜と見せかけ、戦さをすることなくして山下の家臣萎毛酷六《しえたげこくろく》の東条の城に入り、占領した。さらに義実は、杉倉氏元に城を守らせ、孝吉とともに山下定包の滝田城へと出陣する。道中義実を慕う人々が次々と加わり、千騎の大軍となった。

山下定包は心奢って玉梓と酒池肉林の享楽を尽くしていたところ、敵軍来襲の知らせを受けて慌てる。土地の民を結集させた義実軍は、里見家の先祖である源氏の御旗を掲げて滝田城を包囲する。しかし滝田城は頑丈であり、義実はこれをなかなか占領できない。山下・里見軍の睨み合いは続いた。

義実はそこで一計を案じる。数十羽の鳩の

足に、定包の悪行を批判した文書を付けて滝田城へ飛ばした。敵兵たちは手にした文書を読み、動揺し、義実を仁君と認め、これに味方した。

定包の家臣、岩熊鈍平《いわくまどんぺい》と妻立戸五郎《つまたてとごろう》は、兵たちの叛心を知り、我が身を守るために酒宴中の定包を殺す。鈍平らは、滝田の城に入った義実に定包の首を見せ、それによって我が身の助命を求めたが、金碗孝吉に悪心を暴かれ処刑される。さて次に裁かれるのは定包の愛妾玉梓である。（巻之二第四回～巻之三第六回）

◆巻之三第六回「玉梓の処刑」◆

本文

無慙《むざん》なるかな玉梓《たまつさ》は、姿の花も心から、夜半《よは》の嵐に吹萎《ふきしを》れ、天羅脱《てんらのが》れず縛《いましめ》の、索《なわ》に牽《ひか》る丶姫瓜《ひめうり》や、何《なに》となる子の音《おと》に騒《さわ》ぐ、雀色時《すゞめいろとき》ならねども、見るめは暗き孫廂《まごひさし》、推《おし》すえられつ、予《かね》て知る、孝吉《たかよし》に愧《はぢら》ひて、霎時《しばし》も頭《かうべ》を擡《もたげ》得《え》ず。

金碗《かなまり》は「面《おもて》をあげよ」と呼《よび》かけて小膝《こひざ》をす丶め、「玉梓《たまつさ》、汝《なんぢ》は前国主《せんこくしゆ》の側室《そばめ》なりとはしらざるものなし。寵《ちやう》に誇りて主君を蕩《とらか》し、政道《せいとう》にさへ手をかけて、忠臣《ちうしん》を傷賊《そこなひ》たる、その罪これひとつなり。身は只綾羅《たゞれうら》に纏《まと》はして、玉を炊《かし》き桂《かつら》を焼《たき》、富貴《ふうき》歓楽《くわんらく》極《きわま》りなけれど、なほ嗛《あきた》らで、定包《さだかね》と密通せり。その罪これ二ッなり。これらは人の告《つぐ》るを待《また》ず、孝吉がしることになん。かくて山下定包《さだかね》が逆謀《ぎやくぼう》既に縡成《ことなり》て、両郡を奪ひし日より、汝はその婦妻《ふさい》となりて、愧《はづ》る色なく、憚《はゞか》ることなく、城陥《おちい》るまで得死《えしな》ざりしは、造悪《ぞうあく》の業報《ごうほう》なり。生《いき》ては縲絏《いましめのなわ》に繋《つなが》れ、死しては祀《まつ》らざる鬼とならん。天罰国罰《てんばつこくばつ》思ひしるや」と声高やかに叱《しつ》すれば、玉梓やうやく頭《かうべ》を擡《もたげ》、「いはるゝ所こゝろ得がたし。女はよろづあは〳〵しくて、三界《さんかい》に家なきもの、夫《をとこ》の家を家とすなれば、百年《もゝとせ》の苦も楽も、他人《あだしひと》によるといはずや。況《まい》てわらはは先君《せんくん》の正室《ほんさい》には侍らず。光弘《みつひろ》なくなり給ひては、よるべなき身を生憎《あやにく》に、山下ぬしに思《おもは》れて、深窓《ふかきまど》に冊《かしつか》れ、再寝《またね》の夢を結びあへず、囚《とらは》れとなりし事、過世《すくせ》の因果《いんぐわ》にあらんずらん。又、給事《みやつかへ》のはじめより、私《わたくし》にまつりごちて、忠臣《ちうしん》を傷《そこなひ》たる、山下ぬしに情由《わけ》ありし、といふは傍《かたへ》の妬娼《そねみ》にて、実《まこと》あるべき事には侍らず。譬《たとひ》ば神余《じんよ》の老党若党《ろうだうわかたう》、禄高く職《つかさ》重きも、大かたならず二君《じくん》に仕《つかへ》て、露ばかりも恥とせず。おん身が如きは憖《なまじい》に、主君を凌《しの》ぎて逐電《ちくてん》し、更に里見《さとみ》に随《したがふ》て、滝田《たきた》の城を落し給へど、兎《う》の毛《け》ばかりも先君のおん為にはなるよしなし。しかれば各《おの〳〵》栄利《ゑのり》の為に、彼《かれ》に仕《つかへ》、これに従ふ。男子《をのこ》すらかくの如し。女子《をなこ》のうへには筑摩《つくま》の鍋《なべ》を、かさぬるも世におほかり。然《さ》るを何《なに》ぞや玉梓ひとり、なき事さへに罪をおはして、飽《あく》まで憎ませ給はする、いと承《うけ》がたき誣言《しひごと》や」と眼尻《まなしり》かへして怨《ゑん》ずれば、八郎席《はちらうせき》を撲地《はた》と鼓《うち》、「そは過言《くわごん》なり。舌長《したなが》し。既に汝が奸曲《かんきよく》は、推量の説ならず。十目《しうもく》の視《み》る所、十指《しうし》の指《ゆびさ》す所なり。しかるをなほ承伏《ぜうぶく》せず、みづから許して喩《たとへ》を引《ひく》、外面如菩薩《げめんによぼさつ》、内心夜叉《ないしんやしゃ》、顔と心はうらうへなる、汝は錦の嚢《ふくろ》に包《つゝめ》る、毒石《どくせき》に異ならず。

さる逞《たくま》しき女子ならずは、いかでか城を傾くべき。しらずや酷六《こくろく》・鈍平《どんへい》等《ら》は、神余《じんよ》譜代《ふだい》の老党《ろうだう》なれども、利の為に義を忘れ、逆に随《したが》ひ悪をませし、冥罰《めうばつ》遂《つひ》に脱《まぬか》れず、皆八劍《やつさき》にせられたり。又孝吉《たかよし》はこれと異なり。灰を呑《のみ》、漆《うるし》して、姿を変《かへ》て故君《こくん》の仇《あた》を、狙撃《ねらひうた》んと思ふのみ。単身《みひとつ》にしてその事得遂《えとげ》ず、五指《ごし》のかはる〳〵に弾《はぢか》んより、一拳《いつけん》にますことなければ、里見の君に随従《ずいじゆう》して、袒肩《だんけん》の躬方《みかた》を集め、今定包《さだかね》を族滅《ぞくめつ》して、志を致したり。かくてもわがなす所、兎《う》の毛ばかりも先君に、益あることなしといふや。豚《ゐのこ》を抱《いだ》きて臭《くさ》きを忘るゝ、婦女子《をなこ》の愚痴《ぐち》とはいふ物から、みづから許してなか〳〵に、人を咎《とがむ》るはいかにぞや。覚期《かくご》せよ」と敦圉《いきまけ》ば、玉梓《たまつさ》道理に責《せめ》られて、思はずも嘆息し、「寔《まこと》に妾《わらは》罪ありなん。しかりとも、里見殿は仁君《じんくん》なり。東条《とうでふ》にても、こゝにても、賞を重くし罰《ばつ》を軽《かろ》くし、敵城《てきぜう》の士卒《しそつ》といふとも、参るものは殺し給はず、用ひ給ふと聞《きゝ》侍《はべ》り。よしやその罪あればあれ、婦女子《をなこ》は物の数にも侍らじ。願ふはわらはを赦《ゆる》させ給ひて、故郷《こけう》へ還《かへ》し給はらば、こよなかるべき幸《さいはひ》ならん。男女《をとこをんな》と差《しな》かはれども、むかしは共に神余《じんよ》の家に仕給《つかへたま》ひし八郎《はちらう》ぬし、旧《ふるき》好《よしみ》はかゝる時、執《とり》なしして給ひね」と莞然《につこ》と咲《えみ》つゝ、向上《みあげ》たる、顔はさながら海棠《かいだう》の、雨を帯たる風情《ふぜい》にて、匂ひこぼるゝ黒髪《くろかみ》は、肩に掛るも妖嬌《たほやか》に、春柳《はるのやなぎ》の糸垂《いとたれ》て、人を招くに彷彿《さもに》たり。

義実は上座《かみくら》に、近臣夥《あまた》侍《はべ》らして、この件《くだり》の截断《さいだん》を、うち聞《きゝ》てをはせしが、「玉なすごとき玉梓《たまつさ》が、さばかりの疵《きず》ありぬとも、非を悔《くひ》て助命《ぢよめい》を乞《こ》ふ、これも亦不便《またふびん》なり。赦《ゆる》さばや」とおぼせしかば、「孝吉〳〵」と間近く召《め》させて、「玉梓《たまつさ》その罪軽《かろ》きにあらねど、女子《をなこ》なれば助《たすく》るとも、賞罰《せうばつ》の方立《みちたゝ》ざるにはあらじ。この旨《むね》よろしく計《はから》へかし」と叮嚀《ねんころ》に仰《おふす》れは、金《かな》碗《まり》八郎貌《かたち》を更《あらた》め、「御諚《ごでう》では候へども、定包《さだかね》に亜《つ》ぐ逆賊《ぎやくぞく》は、件《くだん》の淫婦《たをやめ》玉梓《たまつさ》なり。渠《かれ》は夥《あまた》の忠臣《ちうしん》を、追失《おひうしな》ひたるのみならず、光弘《みつひろ》の落命も、玉梓《たまつさ》をさ〳〵傍《かたへ》に在《あり》て、定包《さだかね》と心を合《あは》せ、窃《ひそか》に計るにあらざりせば、緈一朝《こといつちやう》になるべうも候はず。これらのよしを察し給はで、賊婦《ぞくふ》を赦《ゆる》し給ひなば、君も又その色に愛《めで》て、依估《えこ》のおん沙汰《さた》ありなンど、人の批評は咻《かまびす》からん。されば妲妃《だつき》は朝歌《ちやうか》に殺され、大真《だいしん》は馬塊《ばくわい》に縊《くびら》る。これらは傾国《けいこく》の美女なるのみ、玉梓《たまつさ》が類《たぐひ》にあらず。さりとても国乱れ、その城敗《やぶ》るゝ日に至《いたり》ては、遂《つひ》に斧鉞《ふゑつ》を脱《まぬか》れず。赦《ゆる》し給ふことかは」と辞《ことば》儼《たゞ》しく諫《いさむ》れは、義実《よしさね》しば〳〵うち点頭《うなつき》、「われあやまちぬ、悞《あやまち》ぬ。とく牽出《ひきいだ》して、首《かうべ》を刎《はね》よ」と声ふり立《たて》て仰《おふ》すれば、玉梓《たまつさ》これを聞《きゝ》あへず、花の顔《かほばせ》朱《しゆ》を沃《そゝ》ぎ、瓠核《ひさご》のごとき歯《は》を切《くひしばり》て、主従《しゆう〳〵》を佶《きつ》とにらまへ、「怨《うらめ》しきかな金碗《かなまり》八郎、赦《ゆるさ》んといふ主命《しゆうめい》を、拒《こばみ》て吾儕《わなみ》を斬《きる》ならば、汝も又遠からず、刃《やいば》の銹《さび》となるのみならず、その家ながく断絶《だんぜつ》せん。又義実《よしさね》もいふがひなし。赦《ゆる》せといひし、舌も得引《えひか》ず、孝吉《たかよし》に説破《ときやぶ》られて、人の命を弄《もてあそ》ぶ、聞《きゝ》しには似ぬ愚将《ぐせう》なり。殺さば殺せ。児孫《うまご》まで、畜生道《ちくせうどう》に導きて、この世からなる煩悩《ぼんなう》の、犬となさん」と罵《のゝし》れば、「物ないはせそ、牽立《ひきたて》よ」と金碗《かなまり》が令《げぢ》を受《うけ》、雑兵《ざふひやう》四五人立《ンたち》かゝりて、罵《のゝし》り狂ふ玉梓《たまつさ》を、外面《とのかた》へ牽出《ひきいだ》し、軈《やが》て首《かうべ》を刎《はね》たりける。かゝりし程に八郎は、更に仰《おふせ》を承《うけ給は》りて、賊主定包《さだかね》・玉梓《たまつさ》等、鈍平《どんへい》・戸五郎《とごらう》が頸《くび》もろ共に、滝田《たきた》の城下《ぜうか》に殺梟《きりかけ》たり。「現積悪《げにせきあく》の報《むく》ふ所、斯《かう》あるべきことながら、今更にめさまし」とて、観《み》るもの日毎《ひごと》に堵《と》の如し。

さる程に、その暁《あけ》かたに、杉倉木曽介氏元《すぎくらきそのすけうぢもと》が使者として、蜑崎十郎輝武《あまさきてるたけ》といふもの、汗馬《かんば》に鞭《むち》を鳴らしつゝ、東条《とうでふ》よりはせ参りて、氏元《うちもと》が撃取《うちとり》たる、麻呂小五郎信時《まろのこごらうのぶとき》が首級《しゆきう》を献《たてまつ》り、合戦《かつせん》の為体《ていたらく》を、巨細《つばら》に聞《きこ》えあげたりける。その図はこゝに載《のす》るといへども、事ながければ巻《まき》をかへて、第七条《だいしちでふ》のはじめにとかん。又玉梓《たまつさ》が悪念《あくねん》は、良将義士《りやうせうぎし》に憑《つく》ことかなはず、その子その子に纒縁《まつはり》て、一旦《いつたん》不思議のいで来《く》る事、その禍《わざわひ》は後竟《のちつひ》に、福《さいはひ》の端《はし》となる、この段までは迥《はるか》なり。閲者彼賊婦《みるものかのぞくふ》が怨言《ゑんげん》に、こゝろをとめて見なし給ひね。

通釈

無残にも玉梓は、花のような姿も自らの心掛けのために、夜半の嵐に吹き萎れたような様子で、天罰からは逃れられずに、縛めの縄に引かれる。その顔立ちは姫瓜のように色白で美しいが、これからどうなるのかという暗い面持ちで、押し据えられながら、以前から知っている孝吉に恥らって、しばしも顔を上げることができない。

金碗は、「顔を上げよ」と呼びかけて少し前に進んで、「玉梓、おまえは前の国主の側女と知らない者はいない。寵愛を誇って主君を惑わし、政道にさえ手を掛けて、忠臣を損なった、その罪これ一つである。また、身に綾衣薄絹を纏い、玉を炊いて食べ桂の木を焚き物にするような、富貴歓楽の暮らしが極まりなかったのに、なお飽きずに定包と密通した。その罪これ二つ目である。これらは人が告げるまでもなく、この孝吉が知っていたのだ。そして山下定包の逆謀が成就し両郡を奪った日から、おまえはその婦妻となって恥じる色なく、憚ることなく、落城の時まで死ねなかったのは、悪を為したことの業報だ。生きている間は戒めの縄に繋がれ、死んだなら祀られることのない悪鬼となるだろう。天罰国罰を思い知ったか」と声高に叱り付けると、玉梓はようやく頭を擡げ、「言われる事は心得難いことです。女は万事儚いもので、どこにも安住の場所のないもの、夫の家を家としますので、百年の苦も楽も他人次第とは言いませんか。まして私は先君の正室ではございません。光弘が亡くなられてからは、寄る辺のない身を、思いがけず山下殿に思われて大切に世話され、又寝の夢を見終わらないうちに囚人となった事は、これも前世の因果によるものなのでしょう。それから、宮仕のはじめから密かに政《まつりごと》に口出しをして忠臣を損なったという事、また、山下殿と関係があったという事は、周囲の妬みであって、本当の事ではございません。例えば神余の老党若党、また禄が高く重職の人でも、多くの人は二人の主君に仕えながらも、それを全く恥としません。ましてやあなたごときは、よせばいいのに主君の神余を軽んじて逐電し、さらに里見に従って滝田の城を落としなさったのだが、それは少しも先君の御為になる訳はないのです。そんなふうにして、皆おのおの自分の栄利のために、あちらへ仕えこちらに従うのです。男子すらそうなのです。まして女子の中には、恋人の数を重ねる者も世に多いのです。それなのに、どうして玉梓一人に、無い事さえ罪を負わせ、あくまでも憎みなさるのは、大変承知しがたい虚言ですこと」と、睨み付けて恨むと、八郎は席をはたと叩き、「それは過言だ、言葉が多い。おまえの悪巧みについては、推量の説ではない。多くの人が認めることである。それなのになお承服せず、自身を許して例えを引くのは、外面如菩薩、内面夜叉、顔と心はうらはらの、おまえは錦の袋に包まれた毒石と同じだ。そういう逞しい女子でなければ、どうして城を傾けられようか。知らないのか、酷六・鈍平たちは、神余譜代の老党なのだが、利のために義を忘れ、非道に従い悪事を増した冥罰からついに逃れられず、みな八つ裂きの刑となった。又、この孝吉はこれらの者たちとは違う。灰を呑み、漆を塗って姿を変え、亡君の仇を狙い討とうと思っただけだ。しかし、この身一つでは事は成らず、小さな力は一致団結の力に及ばないということで、里見の君に随従して協力してくれる味方を集め、ここに定包を滅ぼして志を果たした。それでも、私がしたことは少しも先君のためにはならないというのか。自分の欠点には気付かない、婦女子の愚かさとはいうものの、自分のことは許して、かえって他人を咎めるのはどういうことだ。覚悟せよ」と息巻くと、玉梓は道理に責められて思わず嘆息し、「まことにわたくしには罪があるのでしょう。しかし、里見殿は仁君です。東条でも、ここでも、賞を重くし罰を軽くし、敵城の兵士ならあったとしても、婦女子は物の数にも入りますまい。どうかわたくしをお許しになって、故郷へ返といっても、参上する者は殺しなさらずに、家臣として用いなさると聞いております。たとえ罪がある

し下さったならば、この上ない幸いです。男と女と品は変わっても、昔はともに神余の家に仕えなさった八郎殿、古いよしみとして、このような時にはとりなしてくださいよ」とにっこりと笑いながら見上げる顔は、まるで海棠が雨を含んだ風情で、匂いこぼれる黒髪は、肩に掛かるのもたおやかに、春の柳の細枝が垂れて人を招くようであった。

義実は上座に、近臣を大勢侍らせて、この件の裁断を聞いていらっしゃったのだが、「美しい玉梓にそれだけの罪があったとしても、非を悔いて助命を乞うのは、これもまた哀れである。許そうか」と思

われたので、「孝吉、孝吉」と間近く呼び、「玉梓の罪は軽くはないが、女子であるので、助けたとしても賞罰の道理が立たないことはあるまい。この旨をよいように計らってくれ」と親身になっておっしゃると、金碗八郎は様子を改め、「ご命令ではございますが、定包に次ぐ逆賊は、この淫婦玉梓です。彼女は多くの忠臣を追い失っただけでなく、光弘の落命もまた、玉梓がもっぱら側にいて定包と心を合わせ、密かに計ったのでなければ、事はすぐに成らなかったでしょう。これらの事情を察しなさらず、賊婦を許しなさったならば、あなた様もまたその色を愛し、えこひいきの御沙汰があったなどと、人の批評はうるさくなるでしょう。ですから、あの妲妃は朝歌で殺され、楊貴妃は馬塊《ばかい》で絞め殺されたといいます。これらは国を傾けるほどの絶世の美女にすぎなかったのであり、玉梓のような賊婦の類ではありませんでした。そうであっても、国が乱れ、その城が滅びる時には、彼女たちもまた、遂に重罰を免れ

ることはできなかったのです。ですから、玉梓を許しなさることがありましょうか」と言葉正しく諫めると、義実はしばしばうち頷き、「私が間違っていた、間違っていた。はやく引き出して首を刎ねよ」と声を振り立てて仰ったので、玉梓はこれを聞くが早いか、花のような顔が朱を注いだように赤くなり、瓢の種のような美しく真っ白い歯を喰いしばって、義実主従をきっと睨み付け、「恨めしいこと、金碗八郎、許そうという主命を拒んで私を斬るならば、おまえもまた遠からず刃の錆となるだけでなく、家も長く断絶するだろう。又義実もふがいない。許せと言った、その言葉も言い終わらないうちに、孝吉に説き破られて、人の命を弄ぶ、噂には劣る愚将だ。殺したくば殺せ、孫の代まで畜生道に導いて、この世からなる煩悩の犬となそう」と罵ると、「物を言わすな、引っ立てよ」という金碗の命令を受け、雑兵四五人立ちかかって、罵り狂う玉梓を外へ引き出し、そのまま首を刎ねたのであった。こうして八郎はさらに命を承り、賊主定包と玉梓、そして鈍平・戸五郎の首を一緒に滝田の城下に切り掛けた。「まさに積み重ねられた悪事の報う所はこうあるべきことながら、今新たに目の覚める思いだ」と、これを見る者は日ごとに垣根を巡らすように多かったということである。

その明け方に、杉倉木曽介氏元の使者として、蜑崎《あまざき》十郎《じゅうろう》輝武《てるたけ》という者が、馬に汗をかかせ鞭を鳴らしながら東条から馳せ参じて、氏元が討ち取った麻呂小五郎信時の首級を献上し、合戦の様子を詳しく申し上げたのだった。その時の様子は、ここに載せるにしても話が長いので、巻を変えて第七条のはじめに説こう。又、玉梓の悪念は、良将・義士に憑くこと叶わず、その子たちにとり憑いて、ひとたび不思議な事が起こること、その災いが後、ついに幸いのきっかけとなること、その話まではるかに長い。読者はこの賊婦の怨言に心を留めてお読み下さい。

平館の城主麻呂信時は氏元の攻撃によって討死した。一方館山の城主・安西景連は義実に和睦を申し込み、義実は、景連の奸智を知りつつこれを受ける。かくして安房国は義実と景連によって二分された。

義実は戦で功績のあった家臣に褒美を与え、金碗八郎孝吉を第一の功績者として東条の城を与えようとしたところ、孝吉は義実の目前で突然切腹する。驚く義実たちに、孝吉は、故主神余光弘を追っての切腹であると語り、またわが子大輔の行く末を義実に頼みつつ死んでいく。とその時、玉梓の姿が大輔の後ろにぼんやりと現われ、消えていったのを、義実だけが見たのである。

やがて義実の人徳は隣国の人々にも慕われ、義実は、上総国椎津《しいつ》の城主の娘五十子《いさらこ》を妻とし、一女一男をもうける。これが伏姫と義成である。しかし伏姫は生まれた時から泣いてばかりなので、父母は心配し、洲崎《すさき》の明神へ祈願へ行かせた。参詣の帰途に、役行者《えんのぎょうじゃ》の化身の翁が現れ、伏姫に「仁義礼智忠信《じんぎれいちちゅうしん》孝悌《こうてい》」の八行《はっこう》の文字を彫った水晶の数珠を与えると、伏姫はそれ以降泣くことを止め、才色兼備の孝女へと育っていく。

一方、長狭郡富山《とやま》近くの村落の子犬が狸に育てられるという珍事があり、それを知った義実はその子犬を求め、八房《やつふさ》と名づけられて城内で飼う。伏姫も十六歳となり、八房を可愛がる。

その年は、安西景連の領地の米が凶作となったため、安西は隣の領主である義実に米五千俵の援助を求め、さらに伏姫を一族の嫁にと願い出る。義実は伏姫の件は断るが、食料は補助した。

その翌年、今度は義実の領地の米が不作となったが、安西は米を返そうとしない。そこで義実は、金碗孝吉の遺児で、逞しい若者に成長した大輔《だいすけ》を安西の城に遣わし、米の返済を迫らせる。しかし大輔は、景連の様子を不審に思い急ぎ帰るところを安西の家臣に命を狙われたが、逃げ延びる。折しも安西軍が滝田の城を包囲し兵糧攻めをしたので、義実の城内の食料は次第に乏しくなっていった。

家来たちの命を案じる義実はある日、八房に戯れに、「景連の首を取ってきたら伏姫を嫁にやろう」と言う。するとその夜、八房が敵将安西景連の首をくわえて戻ってきたので、義実をはじめ人々は一様に驚いた。大将を失った敵軍は、瞬く間に退去する。八房の功績と、城内の無事を喜ぶ義実であったが、ただ行方が分からない金碗大輔のことだけが気がかりであった。


（巻之四第七回～巻之五第九回）

◆巻之五第九回「八房、伏姫を請う」◆

さる程に義実《よしさね》は、老党士卒《ろうだうしそつ》の勲功《くんこう》を、ひとり〳〵攷正《かむがへたゞ》して、所領《しよれう》を増し、職《つかさ》を進め、大方《おほかた》ならず勧賞《けんせう》を、行《おこな》はせたまふ事のはじめに、八房《やつふさ》の犬をもて、第一の功と定め、朝暮《あさゆふ》の食《しよく》、起臥《おきぶし》の衾《ふすま》、美を尽さずといふことなく、これが為に犬養《いぬかひ》の職《つかさ》を置《おき》、奴隷《しもべ》夥《あまた》冊《かしつ》けて、出《いづ》るときは先を追《おは》せ、入《い》るときはうち護《まも》らせ、寵愛耳目《ちやうあいじもく》を驚《おどろか》せども、八房は頭《かうべ》を低《たれ》、尾をふせて、食《くら》はず、睡《ねむ》らず、いぬる宵敵将景連《よてきせうかげつら》が首級《しゆきう》をもて来《き》し縁頬《えんかは》の、ほとりに参《まゐり》て立《たち》も去らず、主君の出《いで》させ給ふを見れば、縁端《えんはな》に前足を、懸《かけ》つゝ、尾をふり鼻を鳴らし、乞《こひ》もとむる事あるが如し。しかれども義実は、そのこゝろを得給はず、手づから魚肉餅《ぎよにくもちひ》なンどを、折敷《をしき》にすえて賜《たび》にけれども、八房は見もかへらず、なほ求《もとむ》る事頻《しき》りなり。箇様《かやう》の事度《たび》かさなれば、義実は大《おほ》かたに、犬のこゝろを推量《おしはか》りて、「もしこれにもや」とおぼせしかば、忽地《たちまち》愛を失ひて、端近《はしちか》くは出《いで》給はず。犬養等《いぬかひら》して八房を、遠く牽《ひき》もて去らせ給へど、動《やゝも》すれは哮狂《たけりくる》ひて、犬養等《いぬかひら》が手に従はず。果《はて》は鏁《くさり》を引断離《ひきちぎり》て、禁《とゞむ》る人を啖《くら》ひ倒《たふ》し、彼縁頬《かのえんがわ》より跳登《をどりのぼ》りて、奥まりたる処々《ところ〳〵》、彼此《をちこち》となく奔走《ほんさう》す。しかれどもこれを追ふ、犬養等は憚《はゞかり》の関の戸あれば、手を抗《あげ》て、「あれよあれよ」と叫ぶのみ、男子《をのこ》の手にだに乗《まか》せぬ犬が、哮狂《たけりくる》ふ事にしあれば、侍女們《をんなばら》は一嶭《ひとなだれ》に、おそれ惑《まど》ひつ立騒ぎ、彼首《かしこ》へ走れば、是首《ここ》へ迯《にげ》、此方《こなた》で追へば、彼方《かなた》へ走る。犬もろ共に人も狂ひて、障子蒸襖《せうじむしふすま》を推倒《おしたふ》し、叫び喚《よば》り、おもはずに、伏姫のをはします、後堂《おくざしき》へ追入れたり。

このとき姫は間人《とぎ》もなく、書案《ふつくゑ》に肘《ひぢ》をもたして、『枕《まくら》の草紙《さうし》』を御覧《ごらん》ずるに、翁丸《おきなまろ》といふ犬が、勅勘《ちよくかん》を蒙《かふむ》りて、捨《すて》られし縡《こと》の趣《おもむき》、又ゆるされてかへり参りし為体《ていたらく》を、いと愛《めで》たくぞ書《かき》たりける、清少納言《せいせうなごん》が才《さえ》を羨《うらや》み、「昔はかゝる事こそあれ」とひとりごちつゝその段を、繰返し給ふ折、侍女們《をんなばら》が叫ぶ声して、背後《うしろ》へ走り来るものあり。その疾《とき》こと飛《とぶ》がごとく、牀《とこ》に立《たて》たる筑紫琴《つくしこと》を、横ざまに倒《たふ》しかけて、裳《もすそ》の上へ礑《はた》と伏すを、「吐嗟《あはや》」とばかり見かへり給へば、是則《これすなはち》八房なり。其面魂《そのつらたましひ》生平《つね》ならず。「こは病《やまひ》つきたるならん。あなうたや」と書案《ふづくゑ》を、搔遣《かいや》り立《たゝ》まくし給ふに、犬の臥《ふす》とき前足を、長き袂《たもと》に突入《つきい》られて、進退特《こと》に不便《ふべん》なり。現《げ》に十年《とゝせ》畜育《かひたて》て、大きなること犢《ことひ》に等しく、ちから剛《つよ》かる老犬《おほいぬ》が、圧《おし》になりたる事なれば、われから後方《あとべ》に引すえられて、頻《しきり》に人を呼《よば》せ給へは、専女《おさめ》・小扈従《ここせう》・女《め》の童《わらは》、応《いらへ》もあへず走来《はしりき》つ、この為体《ていたらく》にいよゝます〳〵、うち驚くのみ近つき得ず。引提来《ひさげきた》れる箒《はゝき》もて、席薦《たゝみ》を蓼々《とゝ》とうち敲《たゝ》き、「叱々《しし》」といひつゝ、おそる〳〵、追遣《おひやら》んとすれば、八房《やつふさ》は、眼《まなこ》を瞪《いか》らし、牙《きば》を見《あら》はし、号《うな》れる形勢《ありさま》凄《すさま》じければ、侍女們《をんなばら》は箒《はゝき》を捨《すて》て、逡巡《あとしさり》せぬものもなし。

浩処《かゝるところ》に義実《よしさね》は、縡《こと》はやしらせ給ひけん、短槍《てやり》引提《ひさげ》て来給ひつ、戸口《とくち》に立《たち》ておそれ惑《まど》ふ、女《め》の童等《わらはら》を叱《しか》り退《しそ》けて、遽《いそがは》しく進み入り、「やをれ畜生《ちくせう》、とく出《いで》よ、出《いで》よ〳〵」と、引提《ひさげ》たる、短槍《てやり》の石衝《いしつき》さし延《のべ》て、追ひ出《いだ》さんとし給へども、八房《やつふさ》は些《ちつと》も動かず、佶《きつ》と向上《みあげ》て牙《きば》を張り、ます〳〵哮《たけ》る声凄《すさま》じく、嚙《かみ》もかゝらん形勢《ありさま》なり。義実《よしざね》は勃然《ぼつぜん》と、怒りに堪《たへ》ず声をふり立《たて》、「理も非も得《え》しらぬ畜生《ちくせう》に、ものいふは無益《むやく》に似たれど、愛する主《しゆう》をばしりつらん。しらずは思ひしらせん」と敦圄《いきまき》あへず、槍《やり》とり直して突殺《つきころさ》んとし給へば、伏姫《ふせひめ》は身を盾《たて》に、「やよ待《まち》給へ家尊大人《かぞのうし》。貴《たと》きおん身をいかなれば、牛打童《うしうつわらべ》に等《ひとし》うして、畜生の非を咎《とが》め、おん手を下《くだ》し給ふ事、物体《もつたい》なくは侍《はべ》らずや。聊《いさゝか》思ふよしも侍れば、枉《まげ》てゆるさせ給ひね」といひかけて目を拭《ぬぐひ》給へば、義実《よしさね》は突《つき》かけたる、短槍《てやり》を引《ひき》て挟《わきはさ》み、「異《こと》なる姫が諫言《かんげん》かな。いふよしあらばとく〳〵」といそがし給へば、はふり落《おつ》る、涙を禁《とゞ》め、貌《かたち》を改め、「いと憚《はゞかり》あることに侍れど、今も昔も、和《やまと》も漢《から》も、かしこき君の政事《まつりこと》、功あれば必《かならず》賞あり、罪あれば必罰《かならずばつ》あり。もし功ありて賞行《おこなは》れず、罪ありて咎《とがめ》なくは、その国亡《ほろ》び侍りなん。譬《たとひ》ばこの犬の如き、功侍《はべ》れども賞行《おこなは》れず、罪なうして罰を蒙《かうむ》る。不《ふ》便《びん》にはおぼさずや」といふを義実聞《よしさねきゝ》あへず、「おん身が異見《いけん》甚《はなはだ》たがへり。剛敵《ごうてき》頓《とみ》に滅《ほろび》しより、犬の為に職《つかさ》を置《おき》、食には珍饍《ちんぜん》美味《びみ》を与へ、裀《しとね》に錦繍綾羅《きんしうれうら》を賜ふ。かくてもその賞なしといふや」と詰《なじ》り給へば、頭《かうべ》を擡《もたげ》、「綸言汗《りんげんあせ》の如しとは、出《いで》てかへさぬ喩《たとへ》に侍らん。又君子《くんし》の一言《いちごん》は駟馬《よつのうま》も及びかたしと聖経《ひじりのふみ》にありとなん、物の本にも引《ひき》て侍る。悲しきかな父うへは、景連《かげつら》を討滅《うちほろぼ》して、士卒《しそつ》の餓《うへ》を救《すくは》ん為、この八房《やつふさ》を壻《むこ》がねに、わらはを許し給ふにあらずや。仮令《たとひ》そのこと苟且《かりそめ》のおん戯《たはふ》れにましますとも、一《ト》たび約束し給ひては、出《いで》てかへらず、馬も及ばず。かゝれば犬が乞《こひ》まうす、恩賞《おんせう》は君が随意《まに〳〵》、許させ給ふ所に侍り。渠《かれ》大功をなすに及びて、輒《たちまち》に約を変《へん》じ、代《かふ》るに山海《うみやま》の美味《うまき》を賜ひ、又錦綉《あやにしき》の衣衾《ふすま》を給ふて、事足《ことたり》なんとせらるゝこと、もし人ならば朽《くち》をしく、恨《うらめ》しく思ひ奉らん。畜生にして人にます、大功《たいこう》あるも、又その賞に、わらはを許させ給ひしも、皆前世《みなさきつよ》の業報《ごうほう》と、思ひ決《さだ》めつ、国の為、後《のち》の世の為、棄《すて》させ給ふ、子を生《いき》ながら畜生道《ちくせうどう》へ、侶《ともなは》せても政道《せいとう》に、偽りのなきよしを、民にしらして、安らけく、豊《ゆた》けく治め給はずは、盟《ちかひ》を破り約に叛《そむ》きし彼景連《かのかげつら》と、何をもて異《こと》なりて人申さんや。いと浅はかなるをうな子《ご》の、鼻《はな》の先なる智恵《ちゑ》の海も、濁《にご》らねばこそなか〳〵に、深き歎《なげ》きはこのゆゑと、心くみみてけふよりは、恩愛《おんあい》ふたつの義を断《たち》て、わが身の暇《いとま》給はれかし。子として親に棄《すて》よと乞《こ》ひ、異類《ゐるい》に従ふ少女子《をとめこ》は、大千世界《だいせんせかい》を索《たづね》ても、わらはが外《ほか》は侍らじ」とかき口説《くどき》給ふ袖の上に、落《おち》てたばしる露《つゆ》の玉、こゝへのみ来る秋なるべし。

　義実《よしさね》は黙然《もくねん》と、聞《きく》こと毎《ごと》に嘆息《さたん》して、引提《ひさげ》し槍《やり》を戞哩《からり》と捨《すて》、「嗚乎《あゝ》惧《あやまて》り。あやまちぬ。法度《はつと》は上《かみ》の制する所、上《かみ》まづ犯して、下《しも》犯す。是大乱《これたいらん》の基本《もとゐ》なり。われ実に八房《やつふさ》に、姫を給ふの心なし。なしといへども云云《しか〳〵》と、いひつることは彼と我《わが》、口より出《いで》て耳に入《い》る。藺《りん》相如《せうぢよ》が勇《ゆう》をもて、夜光珠《やくわうのたま》はとりかへすとも、返しかたきは口の過《とが》、現禍《げにわざはひ》の門《かど》に臥《ふ》す、犬はわが身の仇《あた》なりき」。

通釈

そうして義実は、老党・士卒の勲功を、一人一人勘案して、所領を増し、官職を進め、大いに褒美をお授けになる、そのまず始めに、八房を第一の功績者と定め、朝夕の食事、起き伏しの夜具に美を尽くさないことはなく、八房のために犬飼の職を設け、使用人を多勢付けて、出る時は先を払わせ、入る時は守らせる、その寵愛ぶりは人々の耳目を驚かせたのだが、八房は頭を垂れ、尾を伏せて、食べず、眠らず、先夜敵将景連の首を持ってきた縁側の辺に立って去ろうとせず、主君が縁側へお出でになるのを見ると、縁側に前足を懸けて、尾を振り鼻を鳴らし、何かを頼み求めることがあるようだ。しかし義実はその心を理解せず、手ずから魚肉や餅などを折敷《おしき》に据えて授けるのだが、八房は見返りもせず、なお何かをしきりに求める。そうした事が度重なったので、義実は凡そ犬の心を推量して、「もしや、このことを求めているのか」とお思いになったので、たちまち八房への愛情を失い、以降は縁側近くにはお出にならない。犬飼たちに八房を遠くへと引いて立ち去らせなさったが、八房はどうかすると猛り狂って犬飼の手に従わない。果ては鎖を引きちぎって、止める人を噛み倒し、例の縁側から座敷へ躍り登って、奥まった部屋の所々、あちこちとなく奔走する。しかしこれを追う犬飼たちは、大奥の憚りの場所であるので、ただ手を挙げて「あれよあれよ」と叫ぶだけである。男子の手にさえままならない犬が、猛り狂う事態であったので、女房たちは人雪崩《ひとなだ》れになって、恐れ惑いながら騒ぎ立て、八房がそちらへ走るとこちらへ逃げ、こちらで追い払うとそちらへ走る。犬と一緒に人も狂ったようになり、障子や襖を押し倒し、叫び呼ばわり、思わず伏姫のいらっしゃる奥座敷へ八房を追い入れてしまった。

この時、姫はお伽の人もいず、文台に肘をかけて、『枕草子』をご覧になって、翁丸《おきなまろ》という犬が天皇のお怒りを蒙って捨てられたという話のこと、また許されて帰参した様子を、たいへん素晴らしく書いた、その清少納言の才能を羨み、「昔はそんなことがあったのか」と独り言をいいながら、その段を繰り返しお読みになっていた時、女房たちの叫ぶ声がして、背後へ走り来る物がいた。その速い事飛ぶがごとく、床の間に立てていた筑紫琴を横の方へ倒しかけて、伏姫の裳すその上へはったと伏したのを、「あっ」とばかり振り返りなさると、これすなわち八房である。その顔つきは普通ではない。「これは病気になったのであろう。ああうとましい」と文台を横にやって立とうとなさると、犬の伏した時にその前足を伏姫の長い袂に突き入れたために、伏姫は進退がことに不自由である。まことに、十年飼い育てて、大きいことと言ったら牡牛のような力の強い大犬がおもしになっているので、伏姫は自然と後方に据えられ、しきりに人をお呼びになったので、女中頭・小小姓・女の童が答えるより早く走り来て、この

東京大学総合図書館蔵本

様子にいよいよますます驚くだけで近づけない。引っ提げてきた箒で、畳をとんとんと叩いて、「しっしっ」と言いながら、恐る恐る追い払おうとすると、八房は眼を怒らして、牙を剥いて、唸る様子が凄まじいので、女房たちは箒を捨てて、後ずさりしない者もない。

こうした所へ、義実は事態を早くもお知りになったのだろうか、手槍を引っ提げていらっしゃり、戸口に立って怖れ惑う女の童たちを叱り退けて急いで部屋に進み入り、「やい畜生、はやく出よ、出よ出よ」と、引っ提げた手槍の石突を差し伸べて、追い出そうとなさるのだが、八房はちっとも動かず、義実をきっと見上げて牙を張り、ますます猛る声が凄まじく、噛みかかるような形勢である。義実は顔色を変え、怒りに我慢できず声を振り立て、「道理も非も知らない畜生に、物を言うのは無駄のようだが、おまえは愛する主人を知っているだろう。知らないなら思い知らせよう」と息巻くが早いか、槍を取り直して突き殺そうとなさると、伏姫は身を楯にして「のうお待ちください、お父様。貴い御身をどうして、牛を打つ童子のようにして、畜生の非を咎め、御手を下しなさる事、勿体無いことではございませんか。いささか思うこともありますので、是非お許しください」といいかけて目を拭いなさると、義実は突きかけた手槍を引いて脇にはさみ、「様子の変わった姫の諫言だな。言う事があれば早く早く」と急がせなさると、伏姫は溢れ落ちる涙を止め、身なりを改め、「大変憚りあることでございますが、今も昔も、日本も中国も、賢君の政治とは、功績あれば必ず褒美あり、罪あれば必ず罰があります。もし功績あって褒美がなく、罪あって咎めがないならば、その国は滅んでしまいましょう。例えばこの犬のごときは、功績がございましても褒美は行なわれず、罪なくして罪を蒙っています。可愛そうだとはお思いになりませんか」と言うのを義実は聞くが早いか、「そなたの意見は大変間違っている。強敵が急に滅んで以降は、犬の為に職役を置き、食事には珍膳美味を与え、夜具にはあでやかな布団を授けている。それでもその褒美がないというのか」となじりなさると、伏姫は頭を上げて「綸言汗の如しとは、君主の言葉は一度口から出たならば二度と変えられないという喩えでございましょう。又、君子の一言は四頭立ての馬も及びがたしと、聖人の書にもあると物語にも引いております。悲しいことに、父上は、景連を討ち滅ぼして、家来の飢えを救うために、この八房を婿として、私を与えるとお許しになったのではないですか。たとえそれがかりそめの御戯れでいらっしゃったとしても、一度約束なさったならば、駟《よつの》馬も及ばず、二度と取り返しがつかないのです。ですから犬が求め申し上げる恩賞は、あなた様が随意にお許しになったことなのです。しかし、彼八房が大功を成すに至ると、父上はたちまち約束を変えて、その代わりに山海の美味を授け、又綾錦の寝具を授けて事を終えたとなさることは、もしそれが人であったなら、悔しく、恨めしく思い申し上げることでしょう。畜生にして人に増す大功を成したのも、又その褒美として私を妻としてお許しになったのも、皆前世の業報と思い定め、国のため、後の世のため、お捨てになった子を生きながら畜生道へ伴わせても、政道に偽りのないことを民に知らせて、安らかに、豊かに国を治めなさらないならば、誓いを破り約束に背いたあの景連と、どうして異なるように人は申すでしょうか。たいへん浅はかな女子の、鼻の先の智恵も、濁ってはいないからこそ、かえって深い嘆きはこの訳ゆえとご斟酌下さり、今日からは、恩愛二つの義を断ち切って、我が身の暇をお授けください。子として親に捨てよと願い、異類に従う乙女は、たとえ大千世界を探しても、私の他にはございますまい」と、かき口説きなさる袖の上に、落ちて流れる涙は露玉のようで、ここへだけ訪れた秋の風情の様子である。

義実は黙然として、伏姫の言葉を聞く度に嘆息し、引っ提げた槍をからりと捨て、「ああ、誤った、誤った。規律は上の制するもの、上が犯すと、下も犯す。これは大乱の原因である。私は本当に八房に姫を与える心はなかった。なかったといっても、これこれと、言った言葉は彼と私の、口から出て耳に入る。藺相如のような勇気で夜光珠は取り返せても、取り返し難いのは口の咎、まことに災いの門に伏す、犬は我が身の仇であった」。

あらすじ

八房に伏姫を与えなければならなくなった義実は、歎きのうちに、伏姫を崇る霊が玉梓ではないかと思い当たり、八房を飼い育てたことを慙愧後悔する。また、中国の古伝「高辛氏《こうしんし》の槃瓠《はんこ》」の故事を思い出す。義実がついに伏姫を八房に与えると告げると、八房はつくづくと義実の顔を見守り、ようやく身を起こして身震いし、静かに退出したのであった。
伏姫の母五十子は、伏姫の身の上を案じてさめざめと泣いた。伏姫は、首に掛けていた数珠の「仁《じん》義《ぎ》礼《れい》智《ち》忠《ちゅう》信《しん》孝《こう》悌《てい》」の八文字が景連が滅びた頃から「如《にょ》是《ぜ》畜生《ちくしょう》発《ほつ》菩《ぼ》提心《だいしん》」の文字に変わったことを見せ、犬に従わなければならない自らの運命を語る。出立の時、伏姫は八房に、「もしおまえが情欲を見せるならば、私は自害する。また、おまえが情欲を絶つならば、おまえは私の成仏のしるべとなるだろう」と説き諭す。やがて伏姫は八房の後について屋敷の外へと出ていった。

（巻之五第九回〜第十回）

◆巻之五第十回「伏姫の富山入り」◆

本文

扠《さて》も伏姫《ふせひめ》は、予《かね》て送りの従者《ともびと》を、かたく辞《いろは》せ給ひしかども、義実《よしさね》も五十子《いさらこ》も、「路次《ろぢ》の程《ほど》心もとなし、見えかくれに見て来《こ》よ」とて、蜑崎《あまさき》十郎輝武《てるたけ》に、壮士《ますらを》夥属《あまたつけ》させ給ひて、窃《ひそか》に遣《つかは》し給ひけり。件《くだん》の蜑崎輝武《あまさきてるたけ》は、原東条《もととうでふ》の郷士《ごうし》なり。曩《さき》に杉倉氏元《すぎくらうぢもと》が手に属《つき》て、麻呂《まろの》信時《のぶとき》が頸取《くびとつ》てまゐらせたる、軍功を賞《せう》せられ、滝田《たきた》へ召《めさ》れて、義実《よしさね》の、ほとり近く使れて、はや年来《としころ》になりしかば、義実《よしさね》これを択出《えらみいだ》して、倶《とも》には立《たゝ》せ給ひしなり。

さる程に輝武《てるたけ》は、馬にうち跨《のり》、夥兵《くみこ》を将《い》て、一町許《いつちやうばかり》後《おく》れつゝ、おん跡《あと》を跟《つけ》てゆくに、八房《やつふさ》は滝田《たきた》の城を、出《いで》はなるゝとそが儘《まゝ》に、姫を背中に乗せまゐらせ、府中《ふちう》のかたへ走る事、飛鳥《とぶとり》よりもなほはやかり。輝武《てるたけ》は後《おく》れじと、頻《しきり》に馬に鞭《むち》を当《あて》、夥兵等《くみこら》は喘々《あへぎあへぎ》、汗《あせ》もしとゝに追ふ程に、はや幾《いくばく》の道を来て、犬懸《いぬかけ》の里に至れば、夥兵等《くみこら》は遙《はるか》に後《おく》れて、輝武《てるたけ》に従ふもの、一両人には過《すぎ》ざれども、馬は逸物乗人《いちもつのりて》は達者《たつしや》、「いかで往方《ゆくへ》を失はじ」とて、終夜《よもすがら》走りつゝ、来《く》ともしらずその暁《あけ》がたに、富山《とやま》の奥へわけ入りつ。

通釈

さて伏姫は、あらかじめ送りの使者を堅く断りなさっていたけれども、義実も五十子も、「道中の間は不安である。こっそり見て来よ」と、蜑崎十郎輝武に勇士を多勢お付けになって、密かに遣わしなさった。その蜑崎輝武は、もともと東条の郷士である。以前に杉倉氏元の家来として麻呂信時の首を取って参上した軍功を賞せられ、滝田城へ呼ばれて、義実のそば近く使われてはやくも数年になったので、義実はこれを選び出して伏姫のお供を命じられたのである。

さて輝武は馬に乗り、兵を連れて、百メートルほど遅れながら伏姫の御跡をつけてゆくと、八房は滝田城を出るとそのまま、姫を背中に乗せ申し上げ、府中の方へ走ること、飛ぶ鳥よりもなお速かった。輝武は遅れまいと頻りに馬に鞭を当てて馬を走らせ、兵たちはあえぎあえぎ汗もぐっしょりに追ううちに、はやくも幾程かの道を進んで、犬懸の里に至ると、兵たちは遥かに遅れて、輝武に従う者は一、二人にも満たないのだが、馬は逸物、人は巧者、輝武は「何としても行方を失うまい」と、夜中走り、着くとも知らずその明け方に富山の奥へわけ入った。

あらすじ

蜑崎十郎輝武は、伏姫を追って富山の難所を登っていったが、谷川を渡ろうとして誤って水に流され死んでしまった。蜑崎の死を聞いた義実は、以降、富山に人が入ることを堅く禁じた。

一方、金碗大輔孝徳《たかのり》は、義実の使者としての役目を果たせず、また敵のために城にも戻れず、途方に暮れて、親族のもとに身を寄せて一年を過ごしたが、ある日、伏姫が八房に伴われて富山に入ったという噂を聞く。そこで大輔は、八房を殺して姫を城へ連れ戻し面目を取り戻そうと、鉄砲を担いで密かに富山に入った。谷川まで来ると、霧の向こうから女子が経を読む声がかすかに聞こえてきた。

五十子は物思いが高じて病となる。義実が妻を案じていると、堀内蔵人貞行が参上し、義実の使者と名乗る老人から受けたという文書を見せる。と、その文面は消えて「如是畜生発菩提心」の八文字が現われていた。これはまさに役行者のお導きと、義実はついに富山へ入ることを決心する。翌日義実は貞行を連れて富山に入り、川の向こうへ進んでいった。

八房に伴われ、富山の奥の岩屋に暮らす伏姫は、初めの夜八房を警戒し、守り刀をそばに置きながら一晩中読経して過ごした。その日から、もし情欲を起こしたら自害すると諭し、八房もこれに従った。伏姫は岩屋で、四季の景色に囲まれ、父母を懐かしみながら、経文を唱え書写をして来世を一心に頼み暮らしていると、やがて八房は伏姫の読む経に耳を澄ますようになった。

（肇輯巻之五第十回〜第二輯巻之一第十二回）

第二輯

◆巻之一第十二回「伏姫の受胎」◆

本文

さる程にその年は暮《くれ》て、岸の小草《をくさ》漸《やゝ》萌出《もえいで》、谷の樹芽《このめ》も翠《みどり》をます比《ころ》、有一日《あるひ》伏姫《ふせひめ》は、硯《すゞり》に水を滴《そゝが》んとて、出《いで》て石湧《しみづ》を掬《むすび》給ふに、横走《よこはしり》せし止水《たまりみづ》に、うつるわが影を見給へば、その体《かたち》は人にして、頭《かうべ》は正《まさ》しく犬なりけり。思ひかけねは堪《たへ》ぬばかりに、「吐嗟《あなや》」と叫びてはしり退《の》きつ、又立《たち》よりて見給ふに、その影われに異なることなし。「こはわが心の惑《まよ》ひなりけん。可惜胆《あたらきも》つぶしにけり」と思ひかへして、仏の名号《みな》を唱《となへ》つゝ、この日は経文《きやうもん》を書写《しよしや》し給ふに、胸膈《むねのあたり》くるほしくて、次《つぎ》の日も心地例《こゝちつね》ならず。この比《ころ》よりして又月水《つきのさわり》を絶《たえ》て見ることなし。月日やうやく累《かさな》るまゝに、腹張《はり》て堪《たへ》がたし。「こは腸満《ちやうまん》などいふものにやあらん。とく死ねかし」と思ひ給ふに、さもなくて、春は暮れ、夏過《すぎ》て、いとゞ悲しき秋にぞなりぬ。

「僂《かゞなふ》れば、去年《こぞ》のこの月、滝田《たきた》の館《たち》を出《いで》たりき。身の病著《いたつき》に思ひくらべて、只痛《いたま》しきは母うへなり。泣《なき》つゝ送りおくられし、おん面影のみ目に添《そひ》て、忘れんとするに忘られず。母うへも如此《しか》ぞをはしますらん。かへらぬことをかへす〳〵も、思ひつゞけ思ひ細りて、病《やみ》わづらひ給はずや。家尊《かぞ》の君、家弟義成《いろとよしなり》、いとなつかしく思ふのみ。おなじ国、おなじ郡《こふり》に在《あり》ながら、里遠離《とほざか》る山鶏《やまとり》の、雌雄《めを》にはあらぬ親同胞《おやはらから》、峰上《をのへ》隔《へだ》て影をだに、見るよしもなき哀別離苦《あいべつりく》、強面《つれなき》ものは、蜻蛉《かぎろひ》の、命にこそ」と思ふ事、胸《むね》にあまりつ、百伝《もゝつた》ふ、岩に額《ひたひ》をおし当《あて》て、一声よゝと泣給ふ。且《しばらく》して目を拭《ぬぐ》ひ、「噫《あ》、愆《あやま》てり、愚痴《ぐち》なりき。棄恩《ぎおん》入無為報恩者《にうむゐほうおんしや》、と仏《ほとけ》は説《とか》せ給ふなる。恩愛別離のかなしみも、不二要門《ふじえうもん》の意楽《ゐげう》に換《かえ》んや。かうなる事はみな親のおん為なるに、なつかしと思ひ奉るは罪ふかゝり。三世《さんせ》の諸仏《しよぶつ》ゆるさせ給へ。八房《やつふさ》は求食《あさり》かねてや、嚮《さき》に出《いで》ていまだかへらず。渠《かれ》わが為《ため》に食を求《もとめ》て、獲《え》ざるときはかへり来《こ》ず。吾儕《わなみ》亦《また》御仏《みほとけ》に、仕《つかふ》るこゝろ怠《おこたら》んや。露《つゆ》にはそぼつ比《ころ》ながら、深山《みやま》は草の花も稀《まれ》なり。索《たづね》て手向《たむけ》奉らん」と、ひとりごちつゝ、やうやくに、いと重《おも》やかなる身を起し、流水《ながれ》にそふて綜麻形《そまかた》の、林《しげき》がもとの菊の花、手折《たをら》んとてぞ二三町、裳《ものすそ》濡《ぬ》らして進み給ふ。

浩処《かゝるところ》に乾《いぬゐ》なる、重山《やへやま》の根方《ねかた》に当りて、笛《ふえ》の音幽《ねかすか》に聞えけり。伏姫《ふせひめ》耳を側《そばだて》て、「あやしや、この山には樵夫《きこり》も入《い》らず、山児《やまがつ》も住《すま》ひせず。わがこの処へ来つる日より、きのふまでもけふ迄《まで》も、人にあふことなかりしに、思ひがけなく笛の音《ね》の、こなたを指《さし》て聞《きこ》ゆるは、草刈《くさかる》もの〻迷ひ入りしか。さらずは魔魅山鬼《まみやまずみ》が障礙《せうげ》して、わが道心《どうしん》を試《ため》すにやあらんずらん。とてもかくても捨《すて》たる身なり。何はゞかりて逃隠《にげかく》るべき。且《まづ》そのやうを見ばや」とて、そなたに向《むき》て立《たち》給ふ。

笛はます〱吹澄《ふきすま》して、間《あはひ》ちかくなるま〻に、と見れば一個《ひとり》の蒭童《くさかりわらべ》、その年は十二三なるべし、腰には鎌《かま》と鏾《ふぐせ》を挿《さし》、鞍《くら》には両箇《ふたつ》の籠《かご》を掛《かけ》、手に一管《いちくわん》の笛を拿《と》り、黒き犢《ことひ》に尻を懸《かけ》て、林間《このま》を出《いで》てあゆませ来つ、伏姫《ふせひめ》を尻目《しりめ》に懸《かけ》て、なほ草笛《くさふえ》の音《ね》をとゞめず。牛を流水《ながれ》に遂入《おひい》れて、渉《わた》さんとする程に、伏姫《ふせひめ》は忙《いそがは》しく、「こや〱」と呼《よび》かへし、「そなたはいづれの里の子ぞ。人迹絶《じんせきたえ》たるこの深山路《みやまぢ》へ、ひとり来るだもこ〻ろ得がたきに、路《みち》に熟《なれ》たるもの〻如《ごと》し。吾儕《わなみ》をしるや」と問《とひ》給へば、童子《どうじ》は莞尒《にっこ》とうち笑《え》みて、しづかに笛《ふえ》を襟《えり》に挿《さし》、「われ何《な》でふ認《みしら》ざらん。おん身環《みかへつて》われを識《し》らず。人のうへ我《わが》うへを、今詳《つまびらか》に告《つげ》まうさずは、誰か亦《また》おん身がために、この疑《うたがひ》を解《とく》ものあるべき。抑《そも〱》この山は、樵夫《きこり》猟夫《かりひと》いへばさらなり、旅ゆくものも稀に越《こゆ》れど、おん父君義実朝臣《ちゝぎみよしさねあそん》、おん身が人に見られんことを、恥《はぢ》かゞやかしく思食《おぼしめし》、去年《こぞ》よりしてこの山へ、人の入《い》ることを許《ゆるし》給はず。こゝをもて人迹絶《じんせきたえ》たり。しかはあれどもおん母君は、只《たゞ》なつかしく思食《おぼしめし》、『姫の安否《あんぴ》を訪《と》へかし』とて、専女《おさめ》・孀母《めのとら》等いく遍《たび》か、密使《しのびつかひ》に立《たて》られたれども、はじめ蜑崎《あまさき》十郎が、殿《との》の仰《おふせ》を承《うけたまは》り、しのびておん身を送りしとき、この山川に溺《おぼ》れて死せり。これにおそれて後々《のち〱》まで、渉《わた》すものなき故《ゆゑ》に、密使《しのびつかひ》はいたづらに、あなたの岸よりかへるのみ、おん身の安否をしるに由《よし》なし。是《これ》も亦《また》天なり時なり。さてわがうへを告《つげ》まうさん。われは只牛《たゞぎう》馬《ば》の為に、芟《くさか》るものに候はず。わが師はこの山の麓《ふもと》にをり、又あるときは洲崎《すさき》にあり。その寿幾百歳《じゆいくひやくさい》なるをしらず。常には人の疾病《やまひ》を療治《りやうぢ》し、又売卜《ばいぼく》して生活《なりはひ》とし給へり。もし薬剤《くすり》を投《さづく》るときは、死を救ひ、寿《じゆ》を保《たもた》しめ、万病治《ぢ》せずといふことなし。又蓍《めどき》を采《とる》ときは、未然《みぜん》を察し、既往《きわう》を審《つまびらか》にす。百事中《あた》らずといふことなし。けふはわれ師の命《めい》を禀《うけ》て、薬を採《と》らん為に来《きた》れり。寔《まこと》にこの山は、人の往還《わうくわん》禁断なれども、程遠からず旧《もと》のごとく、山挊《やまかせぎ》を許さるべし。わが師これをしるゆゑに、薬を採《とら》し給ふ」といふ。

伏姫聞《きゝ》て嘆息し、「現二親《げにふたおや》のおん慈悲ばかり、月日と共に照《てら》さぬ隈《くま》なし。身を穢《けが》されず潔《いさぎよ》く、かくてをるとも知召《しろしめさ》ねば、如此《しか》計《はから》はせ給ひけん。さればとて、わが身ひとつの故《ゆゑ》をもて、蜑崎輝武《あまさきてるたけ》に溺死《できし》させ、樵夫幸雄《きこりさちを》に生活《なりはひ》の、便著《たつき》を喪《うしなは》するのみならず、旅ゆくもの、足さへに、駐《とゞむ》るは罪ふかゝり。許させたまへ」といひかけて、うち酸鼻《なみだくみ》給ひけり。

且《しばらく》して又童子に対《むか》ひ、「そなたは名医《めいゐ》に仕《つかふ》るといへば、人の疾病《やまひ》を診《み》ることも、さぞおとなびてあらんずらん。今試みに問《とふ》べき事あり。吾侪《わなみ》この春の比《ころ》より、絶《たえ》て月水《つきのさわり》を見ず、胸くるほしく煩《わづらは》しく、月々《つき〱》に身はおもくなりぬ。こは何《なに》といふ病症《びようせう》ならん」と問《とは》せ給へばうち微笑《ほゝえみ》、「婦人経行閉塞《けいこうとゞこふり》て、後一両月《のちいちりやうげつ》、悪心《むねわるく》して酸《す》きものを好む。俗《よ》にこれを悪阻《つはり》といふ。三四个月《かつき》にして、その腹既に大きく、五个月《ごかつき》にしてその子稍《やゝ》動くことあり。婦人おの〱これをしれり。これらは医に問ふまでもなし。おん身は既に懐妊《くわいにん》して、五六个《か》月《つき》に及び給へり。何《なに》の疑ひあるべき」といふを伏姫聞《きゝ》あへず、「ませたることをいふものかな。吾侪《わなみ》に良人《つま》はなきぞかし。去歳《こぞ》のこの月この山に、入《い》りにし日より人を見ず。一念《いちねん》称名読経《せうめうどきやう》の外《ほか》は、他事《あだしこと》なきものを、何《なに》によりて有身《みごも》るべき。あな鳴呼《をか》しや」と堪《たへ》かねて、思はず「ほゝ」と笑ひ給へば、童子はうち見て冷笑《あざわら》ひ、「なでふおん身に夫《をとこ》なからん。既に親より許されたる、八房はこれ何《なに》ものぞ」と詰《なじ》れば姫は貌《かたち》を改め、「そなたは只《たゞ》その初《はじめ》を知《しり》て、その後《のち》の事しらざるよ。云云《かにかく》の故《ゆゑ》ありて、二親《ふたおや》も得禁《えとゞ》め給はず、よに浅ましく家《かひ》犬《いぬ》と、共に深山《みやま》に月日を送れど、おん経《きやう》の擁護《おふご》によりて、幸《さいはひ》に身を穢《けが》されず、渠《かれ》も亦《また》おん経を、聴くことをのみ歓《よろこ》べり。縦《たとひ》証据《あかし》はなしといふとも、わが身は清く潔《いさぎよ》し。神こそしらせ給はんに、なぞや非類の八房ゆゑに、身おもくなりしなんどゝは、聞《きく》もうとまし、穢《けがら》はし。よしなき童《わらべ》に物いひかけて、悔《くやし》かりき」と腹立《はらたて》て、うち涙ぐみ給ふになん。童子はます〱うち笑ひ、「われはよく診《み》るところあり、又精細《つまびらか》にしるよしあり。おん身こそその一を知《しり》て、いまだその二をしらざるなり。さらば惑《まど》ひを釈《とき》まゐらせん」

「夫物類相感《それぶつるいさうかん》の玄妙《たへ》なるは、只凡智《たゞぼんち》をもて測るべからず。譬《たとひ》ば火をとるものは、石と金《かね》なり。しかれども檜樹《ひのき》のごときは、友木《ともき》の相倚《あいよ》るをもて、亦《また》その中《うち》より火を出《いだ》せり。又鳩《はと》の糞《ふん》、年を経て、積《つむ》こと夥《あまた》なれば、火もえ出《いづ》。これらは寔《まこと》に理外《りぐわい》の理なり。物は陰陽相《いんようさう》感《かん》せざれば、絶《たえ》て子を生《うむ》ことなし。但草木《たゞさうもく》は非情にして、松竹《まつたけ》に雌雄《めを》の名あり。さはれ交媾《まじは》るものにあらず、これらも亦《また》よく子を結《み》べり。加以《これのみならず》、鶴《つる》は千歳《せんざい》にして尾《まじは》らず、相《あひ》見《み》てよく孕《はら》むことあり。かゝる故《ゆゑ》に、秋士《しうし》は娶《めと》らずして、神遊《たましひかよ》ひ、春女《しゆんぢよ》は嫁《とつが》ずして懐孕《はらめ》り。聞《きか》ずや唐土《もろこし》楚王《そわう》の妃《きさき》は、常に鉄《くろかね》の柱に倚《よ》ることを歓《よろこ》びて、遂《つひ》に鉄丸《てつのまろがせ》を産《うみ》しかば、干将《かんせう》・莫邪《ばくや》剣《つるぎ》に作れり。我邦近江《わがくにあふみ》なる賎婦《しづのめ》は、人に癪聚《しやくじゆ》を押《おさ》することを歓びて、竟《つひ》に腕《かひな》を産《うみ》しかば、手孕村《てはらみむら》の名を遺《のこ》せり。皆是《みなこれ》物類相感《さうかん》して致すところ、只《たゞ》目前の理をもて推《おす》べからず。おん身が懐胎《くわいたい》し給ふも、この類《たぐひ》なるものを、何《なに》疑ひの侍るべき。おん身《み》は真《まこと》に犯《おか》され給はず。八房《やつふさ》も亦《また》今は欲なし。しかれども、おん身既に渠《かれ》に許して、この山中《やまなか》に伴《ともなは》れ、渠《かれ》も亦おん身を獲《え》て、こゝろにおのが妻《つま》とおもへり。渠《かれ》はおん身を愛《めづ》る故《ゆゑ》に、その経《きやう》を聴くことを歓び、おん身は渠《かれ》が帰依《きえ》する所、われに等しきをもて憐《あはれ》み給ふ。この情《ぜう》既に相感《あひかん》ず。相倚《あひよる》ことなしといふとも、なぞ身おもくならざるべき。われつら〱

相《さう》するに、胎内《たいない》なるは八子《やつご》ならん。しかはあれども、感ずるところ実《じつ》ならず、虚々《きよ〳〵》相偶《あいあふ》て生《なる》ゆゑに、その子全く体《かたち》作らず。かたち作らずしてこゝに生れ、生れて後《のち》に又生れん。是《これ》宿因《しゆくいん》の致す所、善果《ぜんくわ》の成《な》る所なり。因《いん》とは何《なん》ぞや。譬《たとひ》は八房《やつふさ》が前身《さきのよ》は、その性《さが》僻《ひがめ》る婦人なり。渠《かれ》はおん父義実朝臣《よしさねあそん》を、怨《うらむ》ることあるをもて、冤魂一隻《ゑんこんいつひき》の犬となりて、おん身親子を辱《はづか》しむ。是則《これすなはち》宿因なり。果《くわ》とは何《なん》ぞや。八房《やつふさ》既におん身を獲《え》て、遂《つひ》におん身を犯すことなく、『法華経《ほけきやう》』読誦《どくじゆ》の功徳《くどく》によりて、やうやくにその夙怨《うらみ》を散《はら》し、共に菩提心《ぼだいしん》を発《おこ》すが為に、今この八《やつ》の子を遺《のこ》せり。八《やつ》は則《すなはち》八房《やつふさ》の八《やつ》を象《かたど》り、又『法華経』の巻《まき》の数《かず》なり。夫万卒《そればんそつ》はいと得《え》やすく、一将《いつせう》は輒《たやす》く得がたし。もし後々《のち〳〵》に至らんに、その子おの〳〵智勇に秀《ひいで》、忠信節操、里見《さとみ》を佐《たす》けて、威《ゐ》を八州《はつしう》にかゞやかさば、みな是《これ》おん身が賜《たまもの》なり。誰《たれ》かその母を拙《つたな》しとせん。是則《これすなはち》善果《ぜんくわ》なり。抑《そも〳〵》、禍福《くわふく》は糾《あざなへ》る纏《なは》の如し、何人《なにひと》か今の禍《わざはひ》を見て、後《のち》の福《さいは》ひなるよしをしるべき。世の嘲弄《あざけり》は好憎《こうぞう》より起り、物の汚穢《けがれ》は潔白《けつはく》より成る。しからば誹謗《そしり》も厭《いと》ふに足らず、恥辱も只《たゞ》よく忍ぶべし。隠れたるより、顕《あらは》れたるなし、蟄《こも》れるものはかならず出《いづ》。これも亦《また》自然のみ。犬は懐胎《くわいたい》六十日、人は懐胎十月《とつき》なり。人畜《にんちく》その差《しな》ありといへども、合《あは》してこゝに推《おす》ときは、おん身が懐胎六个月《ろくかつき》、この月にしてその子産《うま》れん。その産るゝ時はからずして、親と夫《をとこ》にあひ給はん。是《これ》より已前《いぜん》は未来未果《みらいみくわ》なり。あまりに言《こと》を詳《つばら》にせば、天機を漏《もら》すのおそれあり。わが後《のち》に又人ありて、その子のうへをしることあるべし。今はしも是《これ》までなり。秋の日影の短きに、長《なが》ものがたり嗚呼《をこ》なりき。さそなわが師のまち給はんに、はやまからん」といひかけて、牛の鼻《はな》つら牽《ひき》かへし、山川へさと遂《お》ひ入《い》れて、渉《わた》すと見れば玉かつら、影は狭霧《さぎり》に立籠《たちこめ》られて、往方《ゆくへ》もしらずなりにけり。

通釈

そうしてその年は暮れて、川岸の小草がやや萌え出で、谷の木の芽も緑を増す頃、ある日伏姫は硯に水を注ごうとして、出て清水をお汲みなさる時、横にそれて溜まっている水溜りに映る自分の姿をご覧になると、その体は人で、頭はまさしく犬であった。伏姫は思いがけないことで思わず「あっ」と叫んで走り退いた。再び泉に近づいてご覧になると、その姿はもとの自分の姿に他ならない。「これは心が惑ったのだろう。悔しくも驚いてしまった」と思い直して、仏の御名を唱えながら、この日は経文を書写しなさるうちに、胸のあたりが苦しく、次の日も心地が普通ではない。この頃から月の障りを全く見なくなった。月日が次第に過ぎていくにつれて、お腹が張って堪えられない。「これは腸満などという病気だろうか。はやく死んでしまいたい」と思いなさるのだが、病気でもないらしくて、春は暮れ、夏過ぎて、たいへん悲しげな様子の秋になった。

「数えると、去年のこの月に滝田の館を出たのであった。我が身の病気に思い比べると、ただ痛ましいのは母上である。泣きながら送り送られた、御面影だけが目に浮かんで、忘れようとするが忘れられない。母上もまたそのようでいらっしゃるだろう。返らぬことを繰り返し思い続け思い細って、病みわずらいなさってはいないだろうか。父上や御弟の義成もたいへん懐かしく思われる。同じ国、同じ郡にいながら、人里離れた山中の、夫婦の山鳥ならぬ私と親弟は、峰を隔てて姿さえ見るすべもない悲しみ、ままならぬのは、蜻蛉のようにはかない命であること」と思う事が胸に余り、岩に額をおし当てて、一声よよと泣きなさる。しばらくして目を拭い、「ああ、間違っていた、愚痴であった。恩愛の情を捨て、世俗の執着を断ち切って悟りの道に入れと仏はお教えになった、その現世での親子の別れの悲しみも、あの世での幸福には換えられようか。このような事は、皆親の御ためであるのに、懐かしいと思い申し上げるのは罪が深いことだ。三世の諸仏よ、お許しください。ところで八房は獲物が取れないのだろうか、さっき岩屋を出てまだ帰らない。彼は私の為に食べ物を求めて、取れないときは帰ってこない。また私は、御仏に仕える心を怠ることなどありはしない。露には濡れる時節ではあるが、深山はまだ草花も稀だ。探して仏にお供え申し上げよう」と独り言を言いながら、やっとのことで大変重くなった体を起し、流れに沿って林の茂のもとの菊の花を摘んで来ようと、二、三百メートル、裳すそを濡らしてお歩きになった。

その時、北西の方角にある折り重なった山の麓の方から、笛の音が微かに聞こえてきた。伏姫は耳をそば立てて、「不審なこと。この山にはきこりも入らず、山賤《やまがつ》も住まず、私がここに来た日から昨日今日までも人に会うことはなかったのに、思いがけなく笛の音がこちらに向かって聞こえてくるのは、草を刈る者が迷い入ったのか、そうでなければ魔魅や山鬼が邪魔して、私の仏道への志を試しているのではないか。どちらにせよ、私は世を捨てた身だ。何を憚って逃げ隠れすることがあろうか。まずその様子を見てみよう」と、そちらに向かってお立ちになる。

笛はますます吹き澄まして近づき、見ると一人の草刈童子が、その年は十二、三歳であろう、腰には鎌と掘串《ふぐし》を差し、鞍には二つの籠を掛け、手に一管の笛を持って、黒い牡牛に尻を掛けて、木間を出、

八戸市立図書館蔵本

牛を歩ませ来て、伏姫を横目に見て、なお草笛の音を止めない。牛を流水に追い入れて渡ろうとするので、伏姫は急いで「これこれ」と呼び返し、「おまえはどこの里の子なの。人気の無いこの深山路へ、一人で来るのさえも不思議なのに、おまえはまるで道に慣れた者のようだ。私のことを知っているのか」とお尋ねになると、童子はにっこりと笑って、静かに笛を襟に差し、「私がどうしてあなたのことを知らないことがありましょうか。あなたの方が、かえって私のことを知らないでしょう。あなたの身の上、我が身の上を今詳しく告げ申し上げなければ、ほかに誰がまた、あなたのために、この疑いを解く者がいましょうか。そもそもこの山は、きこりや猟師はもちろんのこと、旅人も稀に越えますが、御父君義実朝臣があなたが人に見られることを恥かしく思われて、去年からこの山へ人の入ることをお許しにならない。その時からここは人跡が絶えたのです。しかしあなたの母君は、ただあなたを懐かしく思われて、『姫の安否を尋ねてくれ』と、女中頭や乳母たちを何度か忍びの使いに立てられたのだが、はじめ蜑崎十郎が殿の仰せを承って、ひそかにあなたを見送った時に、この山川で溺れて死にました。これに恐れて、後々まで川を渡る者はおらず、忍びの使いは無駄に向こうの岸から帰ってくるだけで、あなたの安否を知る方法もなかったのです。これもまた、天命であり、時運でありましょう。さて、私の身の上を告げ申し上げましょう。私はただ牛馬のために草を刈る者ではございません。私の師匠はこの山の麓にいて、またある時は洲崎にいます。その寿命は何百歳なのかわかりません。いつもは人の病気を療治し、また占いをして生活なさっています。もし薬を与える時は、死を救い、命を保たさせ、万病を治さないことはありません。また占いの棒を持つ時は、未来を察し過去を明らかにします。万事当たらないことはありません。今日私は師の命令を受けて、薬草を採るために来ました。まことにこの山は、人の往来は禁止されていますが、間もなく元のように山での仕事が許されることでしょう。わが師はそれを知っているので私に薬草を採らせなさっているのです」と言った。

伏姫は聞いてため息をつき、「本当に、両親の御慈悲ほど月日とともに照らさない所はない。私が身を汚されず潔くこのようにしているともご存知ないので、父君はそのように計らいなさったのでしょう。そうかといって、我が身ひとつのために蜑崎輝武を溺死させ、きこりや猟師の生活の手段を失わせるばかりか、旅ゆく者の足をさえ止めているのは罪が深いことです。お許しください」と言いかけてちょっと涙ぐまれた。しばらくして又童子に向かって、「おまえは名医に仕えていると言うなら、人の病気を診断することもさぞ一人前であることでしょう。今、ためしに尋ねたいことがあります。私はこの春から全く月の障りがなく、胸が苦しく気分が悪く、月がたつにつれ身は重くなりました。これは何という病なのだろうか」とお尋ねになると、童子は微笑して、「婦人は月経が閉じてから後一、二ヶ月は、気分が悪く酸っぱいものを好みます。世にこれをつわりと言います。三、四ヶ月でその腹は既に大きく、五ヶ月でその子が少し動くことがあります。婦人は各々これを知っています。これらは医師に問うまでもないことです。あなたは既に懐妊して五、六ヶ月におなりです。何の疑いがありましょう」と言うのを伏姫は聞くが早いか、「ませたことをいうわね。私に夫はないのです。去年のこの月この山に入った日から人を見ていないのです。一心に仏の名を称え経を読むほかの事はなかったのに、どうして身ごもることがありましょうか。ああ可笑しいこと」と、我慢できずに、思わず「ほほ」と笑いなさると、童子はそれを見て嘲笑い、「どうしてあなたに夫がいないことがありましょう。既に親から許された、八房はこれ、何者ですか」となじると、姫は威儀を正して、「おまえはただその初めを知って、その後のことを知らないのです。これこれこういう訳があって、両親も止めなさることができず、全く浅ましいことに、飼い犬と共に深山に月日を送っていますが、御経の擁護によって幸いに身を汚されず、彼もまた御経を聞くことだけを喜ぶようになりました。たとえ証拠はないといっても、我が身は清く潔いのです。神様こそがご存知なのに、どうして非類の八房のために身重になったなどとは、聞くも疎ましい、汚らわしい。無関係な子どもに話しかけて、悔しいこと」と腹を立て、涙ぐみなさるのであった。童子はますます笑って、「私はよく物事を見ることができます。また詳しく知ることができます。あなたこそ、その一つだけを知って、二つ目を知らないのです。それでは迷いを解いて差し上げましょう」

「そもそも物類相感の幽玄微妙なことは、ただ凡智の考えで測ることはできません。例えば、火を起こすものは石と金です。しかし桧《ひのき》のようなものは、似た木が互いに寄ることで、またその中から火を出します。また鳩の糞は、年を経て多く積もると火が燃え出ます。これらは本当に理外の理です。物は、陰陽が互いに感じなければ決して子を生むことはありません。ただ、草木は非情のもので、松竹には雄雌の名があって、それでも交尾するものではないのですが、これらも又実を結ぶことができます。それだけでなく、鶴は千年生きても交尾しませんが、見るだけで孕むことがあります。そういうわけで、年老いた男は妻を娶らなくても魂は恋人のもとへ通い、年頃の女は嫁がずに孕みます。聞いたことはありませんか、唐土の楚王の妃は、常に鉄の柱に寄ることを喜んで、遂に鉄の玉を産んだので、干将《かんしょう》と莫《ばく》邪《や》がそれで剣を作りました。また、わが国近江の賎婦は、人に癪の起きた腹を押させることを喜び、遂に腕を産んだので、手孕村《てはらみむら》という名を残しました。みなこれらのことは物類が相い感じて成すところであり、ただ目前の道理で考えることはできないのです。あなたが懐胎なさったのも、この類であることに何の疑いがありましょう。あなたは全く犯されておられない。八房にもまた今は欲情はありません。しかし、あなたは既に彼に心を許し、この山中に伴われ、彼も又あなたを得て心中に自分の妻と思っています。彼はあなたを愛する故に、あなたの読まれる経を聴くことを喜び、あなたは彼の信心が自分と同じであることで、彼を憐れみなさっている。この情念が互いに感応し合っています。身を寄せ合うことはないといっても、どうして身重くならないことがありましょうか。私がよくよく占うところによると、胎内の子は八つ子でしょう。しかし、感応するものが実ではなく、虚と虚が互いに合って成ったために、その子は全く形を成していません。形なくしてここに生まれ、生まれて後にまた生まれるでしょう。これは宿因の為すことであり、善果の成すところなのです。因とは何でしょう。例えば、八房の前世は、性質の僻んだ婦人でした。彼女は御父義実朝臣を恨むことがあったために、その怨魂が一匹の犬となって、あなたがた親子を辱めています。これがつまり宿因なのです。では果とは何でしょう。八房は既にあなたを得て、遂にあなたを犯すことなく、『法華経』読誦の功徳によって、漸くその怨念を晴らし、あなたとともに菩提心を起こしたために、今この八の子を遺しました。八はすなわち八房の八のことで、又、『法華経』の巻の数でもあります。そもそも、大勢の兵士は大変得やすいですが、一人の大将を簡単には得ることはできません。もし今後、その子たちが各々智勇に秀で、忠信節操の心で里見家を助け、その威力を関八州に輝かせたなら、これは全てあなたの賜物です。誰がその母を愚かだと言いましょうか。これがすなわち善果なのです。そもそもこの世の幸と不幸は縄をより合わせたようなものだと言うように、幸不幸は表裏一体です。誰が今の災いを見て、それが後の幸いの訳となることを知りましょうか。世の嘲りは好憎の心から起こり、物の穢れは潔白から起こります。そう考えたなら、世の誹謗も厭うに足らず、恥辱も我慢することができましょう。隠れるより顕れたるなしと言って、隠れたものは必ず現れるものです。これも又物事の本来のあり方なのです。犬は懐胎六十日、人は懐胎十ヶ月です。人畜とその違いはあるのですが、それを合わせてここで考えると、あなたの懐胎は六ヶ月、この月にその子たちは産まれるでしょう。その産まれる時は、計らずも親と夫に逢いなさるでしょう。その先の事は未来のことです。あまりに言葉詳しく言うと天機を漏らす恐れがあります。私のあとにまた人が来て、あなたの子たちの身の上を知ることがあるでしょう。今はもうこれまでです。秋の日の短い時に、長物語は愚かでありました。さぞかしわが師のお待ちでしょうに、もう失礼しましょう」と言いかけて、牛の鼻先を引き返し、山川へさっと追い入れて、川を渡ったかと思うと姿は狭霧に立ち消えて、行方も知れずになったのであった。

あらすじ

一人残された伏姫は呆然とし、神仏にも見捨てられた我が身の運命を嘆いた。童子は守護神である役行者の使いであったと気付いたが、童子の言葉の意味も分からず、妊娠した身を恥じて自害を決意する。岩屋では八房が木の実などを採って伏姫を待っていたが、伏姫はそれをうとましく思う。その時姫の数珠玉の「如是畜生発菩提心」が「仁義礼智忠信孝悌」の文字に変わった。伏姫は八房に、来世で人道に生まれるために、ともに入水するように説き、最後の読経を始めた。読経も終わる頃、八房が入水しようとした時、向こう岸から金碗大輔が放った銃が八房を撃ち、伏姫も流れ弾に当たった。大輔は、伏姫を撃ってしまったことに気付き慌てるが、術もなく、自害しようとすると義実が現われる。伏姫の遺書を読んだ義実は、慙愧後悔する大輔に、伏姫の死がかつて玉梓の件で自らが犯した過ちの報いであったこと、また、神の加護によって伏姫の貞節が証されたことを語る。家来たちが伏姫を抱き上げ祈念すると、伏姫は意識を取り戻した。

（巻之二第十三回）

◆巻之二第十三回「伏姫の切腹」◆

本文

伏姫忽《たちまち》地目を瞬《みひらき》て、一息吻《ひといきほつ》とつき給へば、貞行《さだゆき》・孝徳《たかのり》歓喜《くわんき》に堪《たへ》ず、「姫うへ御《み》こゝろつかせ給ふか。蔵人《くらんど》にて候ぞ。大輔《だいすけ》にて候ぞ。おん父君《ちゝきみ》もわたらせ給ひぬ。おん心持《こゝち》はいかに候ぞや」ととはれて左右を見かへりつゝ、取られたる手をふり放ち、諸袖《もろそで》顔におし当《あて》て、只潸然《たゞさめ〴〵》と泣給ふ。「現理《げにことわ》り」と義実は、間近《まちか》く寄《より》て袖引揺《ひきうごか》し、「伏姫さのみ愧《はぢ》給ふな。

こゝには主従三人《しゆう〳〵みたり》のみ。従者等《ともひとら》はみな麓《ふもと》に在《あ》り。此度《こだみ》母の願《ねがひ》によりて、義実みづから来つる事、一朝《いつちやう》の議にあらず、権者《ごんしや》の示現《じげん》によるものなり。又八房《やつふさ》が事さへに、遺書《のこせしふみ》を見てしれり。尓《しか》るに金碗《かなまり》大輔は、去歳《こぞ》より上総《かづさ》のかたにをり、おん身がうへを伝聞《つたへきゝ》て、弱冠《わかうど》の一トすぢごゝろに、縡《こと》の顚末問《もとすゑとひ》も定めず、おん身を救ひとらんとて、われより先にこの山に、潜《しの》び入《いり》つゝ八房を、撃倒《うちたふ》したる丸抜《たまぬけ》て、おん身も浅痍《あさで》を負《おひ》給へり。八房が死は不便《ふびん》なれども、大輔に撃《うた》れし事、是亦因縁《これまたいんえん》なきにあらず。渠《かれ》はわがこゝろひとつに、女壻《むこ》にせばやと思《おも》ひしものなり。さればこそ、書遺《かきのこ》されし、神童《かんわらは》が言葉にも、親と夫《をこと》にあふよしをいはずや。枉《まげ》て滝田へ立《たち》かへり、病饒《やみさらば》ひし母がこゝろを、慰め給へ。やよ伏姫」と理《ことわ》り切《せめ》て諭し給へば、貞行等もろともに、「御帰館の事勿論《もちろん》なり。一旦《いつたん》の義によりて、八房に伴《ともな》はれ、一年《ひとゝせ》あまりこの山に隠《こも》り給へば、その事果《はて》たり。よしや是《これ》より遁世《とんせい》のおん志《こゝろざし》ふかくとも、御孝行にはかえがたけん。かへらせ給へ」とこしらへつ、賺《すか》しつ勦《いたは》り奉れば、伏姫は涌《わき》かへる、涙をしば〳〵押拭《おしぬぐ》ひ、「旧《もと》の身にしてあるならば、親のみづから迎へ給ふ、仰《おふせ》を背《そむ》き侍らんや。かくまで過世《すくせ》あし引《びき》の山の獣《けもの》に異ならで、火鉋《たま》に打《うた》れて身を終りなば、人なみ〳〵に外《はづ》れたる、罪滅《つみほろぼ》しに侍らんに、それもかなはずはづかしき、この形容《ありさま》を親に見せ、人に見られて阿容々々《おめ〳〵》と、いづれの里へかへらるべき。餌《ゑ》に啼《な》く鳥の巣だちせず、片羽《かたは》なる子は可愛《かわい》さも、八《や》しほにますと鄙語《ことわざ》に、いふはまことか飽《あく》までに、慈愛《めでいつくしま》せ給ふなる、家尊家母《かぞいろは》のおん歎《なげ》き、譬《たとひ》ていはゞ夜の鶴《つる》、つま恋《こひ》せねどわれも又、焼野《やけの》の雉子《きゞす》ひとり鳴く、涙の雨は沸《わき》かへり、わきかへるまで苦しき海を、けふ脱《のが》れんと命毛《いのちげ》の、筆に遺《のこ》せしかず〳〵を、何《なに》とか見させ給ひけん。火宅《くわたく》を出《いで》て煩悩《ぼんなう》の、犬も菩提《ぼだい》の友なれば、この身は絶《たえ》て穢《けが》されず、犯されねども、山菅《やますげ》の、実《み》ならぬ身さへ結びては、有無《うむ》の二ッをわれからに、決《さだ》めかねてぞ侍《はべ》るかし。又父うへの御《み》こゝろに、そを壻《むこ》がねにと予《かねて》より、思食《おぼしめし》たるものありとも、この期《ご》になりて云云《しか〳〵》と、聞えさせ給ひては、人も得《え》しらぬおん愆《あやまち》を、かさねさせ給ふならずや。譬《たとひ》ば金碗《かなまり》大輔と、佅伕《いもせ》の因《ちなみ》なしといふとも、親のこゝろに許させ給ひし、夫《をとこ》に負《そむ》きて八房に、伴《ともなは》れなば、をんなのうへに、こよなき不義に侍るべし。素《もと》よりわらはに壻《むこ》がねの、ありとしるべきよしもなし。わらはもしらず、渠《かれ》もしらず、君只《たゞ》ひとり知召《しろしめさ》ば、墳《つか》に剣《つるぎ》を掛《かく》るもよしなし。又八房を夫《をとこ》とせば、大輔はわらはが為に、こよなき讐《あた》に侍るめり。八房もわが夫《をとこ》に侍らず、大輔も亦《また》わが良人《つま》ならず。この身はひとり生れ来て、ひとりぞ帰る櫬出《しで》の旅、留《とゞ》め給ふはおん慈《いつくし》み、過《すぎ》てあまりに情《なさけ》なし。いともかしこし親の恩、思へば高き山斧《やまたつ》の、迎《むかへ》を推辞《いなみ》奉るは、不孝のうへの不孝なり。又あひかたき時も日も、見かたき親のおん顔も、見つゝしりつゝまゐらぬは、此身《このみ》に重き罪障《ざいせう》の、やるかたもなき故《ゆゑ》なれは、思ひ捨《すて》させ給へかし。これらのよしを母うへに、勧解言告《わびことつげ》て、百年《もゝとせ》の、おん寿《ことぶき》を願ふのみ。とてもかくても浅ましき、姿を見られ奉りては、亡骸《なきから》かくすも無益《むやく》なり。孕婦《はらみをんな》の新鬼《にひおに》は、みな血盆《ちのいけ》に沈むといふ。それも脱《のが》れぬ業報《ごうほう》ならは、厭《いと》ふも甲斐《かひ》なきことながら、その父なくてあやしくも、宿れる胤《たね》をひらかずは、おのが惑《まよ》ひも、人々の、疑ひも又いつか解《とく》べき。これ見給へ」と、臂《ひぢ》ちかなる、護身刀《まもりかたな》を引抜《ひきぬき》て、腹へぐさと突立《つきたて》て、真一字《まいちもんじ》に掻切《かききり》給へは、あやしむべし瘡口《きずくち》より、一朶《いちだ》の白気《はくき》閃《ひらめ》き出《いで》、襟《えり》に掛《かけ》させ給ひたる、彼水晶《かのすいせう》の珠数《ずゝ》をつゝみて、虚空《なかそら》に升《のぼ》ると見えし、珠数は忽地《たちまち》弗《ふつ》と断離《ちぎ》れて、その一百《いつひやく》は連《つら》ねしまゝに、地上《ちせう》へ戞《からり》と落《おち》とゞまり、空に遺《のこ》れる八《やつ》の珠《たま》は、粲然《さんぜん》として光明《ひかり》をはなち、飛遶《とびめぐ》り入紊《いりみだ》れて、赫奕《かくやく》たる光景《ありさま》は、流るゝ星に異《こと》ならず。主従《しゆう〴〵》は今さらに、姫の自殺を禁《とゞ》めあへず、われにもあらで蒼天《あをそら》を、うち仰ぎつゝ、目も黒白《あや》に、「あれよ〳〵」と見る程に、颯《さ》と音《おと》し来《く》る山おろしの風のまに〳〵、八《やつ》の灵光《ひかり》は八方《はつはう》に散失《ちりうせ》て、跡は東の山の端《は》に、夕月《ゆふつき》のみぞさし昇る。当是《まさにこれ》数年《すねん》の後《のち》、八犬士《はつけんし》出現して、遂《つひ》に里見の家に集合《つどふ》、萌牙《きさし》をこゝにひらくなるべし。

かくても姫は深痍《ふかで》に屈《くつ》せず、飛去《とびさ》る灵光《ひかり》を見送《みおく》りて、「歓《よろこば》しやわが腹に、物《もの》がましきはなかりけり。神の結びし腹帯も、疑ひも稍《やゝ》解《とけ》たれは、心にかゝる雲もなし。浮世の月を見残して、いそぐは西の天《そら》にこそ。導き給へ弥陀仏《みだぶつ》」と唱《となへ》もあへず、手も鞆《つか》も、鮮血《ちしほ》に塗《まみ》る、刃《やいば》を抜捨《ぬきすて》、そがまゝ、殪《はた》とふし給ふ。こゝろ言葉も女子《をなこ》には、似げなきまでに逞《たくま》しき、最期《さいご》は特《こと》にあはれなり。

伏姫はたちまち目を開き、一息ほっとつきなさったので、貞行と孝徳は喜びのあまり、「姫上、お気づきなさいましたか。蔵人でございます。大輔でございます。御父君もいらっしゃいました。御心持はいかがでございますか」と問われて、伏姫は左右を見返って、取られた手を振り払って、両袖を顔に押し当てて、ただささめざめとお泣きになる。「まことに尤も」と義実は間近く寄って伏姫の袖を引き開いて、「伏姫、そんなに恥なさるな。ここには主従三人だけだ。従者は皆麓にいる。このたび母の願いによって義実がみずから来た事は、急に考えたことではない。行者のお示しによるものだ。あなたの身の上や、また八房のことさえ、あなたの遺書を見て知った。しかしながら金碗大輔は、去年から上総の方にいて、あなたの身の上を聞いて若者の一筋心に、事情を問い定めずにあなたを救い取ろうと思って私より先にこの山に忍び入り、八房を撃ち倒した弾が抜けて、あなたも浅手を負いなさったのだ。八房の死は可愛そうであるが、大輔に撃たれた事は、因縁のないわけではない。大輔は私の心一つに、あなたの聟にしようと思っていたのだ。だからこそ、遺書にあった神童の言葉にも、親と夫に会うことを言っていなかったか。どうか滝田に戻って、病み痩せてしまった母の心を慰めなされよ。なあ、伏姫」と道理を尽くして諭しなさると、貞行たちは一緒に「ご帰館のことは勿論です。ひとたびの道義のために八房に伴われて一年余りこの山に籠りなさったので、その道義は成し果てました。たとえこれから遁世の御志深くても、御孝行に換えることは難しいでしょう。お帰りくださいませ」と言葉を揃えて、なだめすかして労わり申し上げると、伏姫は沸き返る涙をしばしば押し拭って、「もとの身であるならば、親がみづからお迎えになった、そのお言葉に背きましょうか。ここまで過去世が悪く、まるで山の獣と同じように、弾に撃たれて身を終るならば、それは人並みに外れた過去世での罪を滅ぼすことになるのでしょうが、それも叶わず、恥ずかしいこの姿を親に見せ、人に見られておめおめと、どこの里に帰ることができましょう。餌を求めて鳴く鳥は巣立ちをしないもの、また身体不自由の子は可愛さも増すと諺にいうのは本当でしょうか、あくまでも愛しみなさるお父上・母上の御嘆きは、例えて言うなら夜に鳴く鶴のように子を思い、私もまた、まるで焼野の雉子が独り鳴くように親を思い、涙の雨は湧き出し、堪えがたく苦しいこの世を今日はもう逃れようと、命を託した筆に残した我が身の上の事々を、父上はどのようにご覧になったのでしょう。俗世を出て、もはや煩悩の犬も菩提の友ですので、この身はまったく汚されず、犯されてはいないけれども、実のない実（子）さえ宿してしまっては、有・無の二つを我ながら決めかねているのでございます。又、父上の御心に、彼を婿にと以前からお思いになった者がいたとしても、この期に及んでこれこれと、おっしゃりなさっては、人も知り得ない御過ちを重ねなさるのではないですか。例えば、金碗大輔と夫婦の縁が無いといっても、父上の心にお許しになった夫に背いて八房に伴われたならば、それは女の身の上としてはこの上ない不義でございます。もともと私に壻殿がいたとは知るよしもありませんでした。私も知らず、大輔も知らず、お父上ただ一人がお思いになっていたことなので、ご恩を感じる方法もありません。また、八房を夫とするならば、夫を殺した大輔は、私にとってはこの上ない仇でございましょう。ですから八房もわが夫ではございません。大輔もまた私の夫ではございません。この身は一人生まれ来て、一人で帰る死出の旅、それを止めなさるのは父上の御慈みであり、身に過ぎて余りに情けないことです。たいへん尊い親の恩を思えば高い山のようで、尊い父上のお迎えを辞退申し上げることは、不孝の上の不孝です。再び会い難き時も日も、再び見難い親のお顔も見つつ、知りつつ、館に参らないのは、この身に重い罪障がどうしようもなくある為で

東京大学総合図書館蔵本

すので、思い捨てなさってください。これらの訳を母上に侘び告げて、百年の御長生きを願うだけです。とにかく浅ましいこの姿を見られ申し上げては、私の亡骸を隠すのも無駄なことです。孕み女の新たな霊はみな血の池地獄に沈むといいます。それも逃れられない運命であるなら、それを厭うことも甲斐のないことですが、父が無くて不思議なことに宿した、その子の正体を明かさなければ、自分の迷いも、人々の疑いも、いつ解くことができましょうか。これご覧あれ」と、肘近くにあった守り刀を引き抜いて、腹へぐさりと突き立てて、真一文字に掻き切りなさると、怪しいことに、傷口から一塊の白気が閃き出、伏姫の襟にお掛けになっていた例の水晶の数珠を包んで空中に昇ると見え、その時、数珠は忽ちぷつりとちぎれて、そのうちの百個は糸に連なったまま地上へからりと落ち止まり、空中に残った八つの珠は燦然として光を放ち、飛びめぐり入り乱れて、光を放っている光景は、まるで流星に異ならない。主従は今更に姫の自害を止めることができず、我を失って蒼天を仰ぎつつ、目にも眩しく、

「あれよあれよ」と見るうちに、さっと音して吹いてきた山おろしの風のまにまに、八つの霊光は八方に散り失せて、跡には東の山の端に夕月だけが昇っていた。まさにこの数年の後、八犬士が出現して、遂に里見の家に集まる兆しをここに開いたのであろう。

こうなっても伏姫は深手に屈せず、飛び去る霊光を見送って、「喜ばしいこと、私の腹に大事はなかった。神から授かった腹帯も、疑いもようやく解けたので、心にかかる雲もない。浮世の月を見残して、急ぐは西の空。お導きください、弥陀仏」と唱え終わらないうちに、手も柄も血潮にまみれた刃を腹から抜き捨て、そのままばったりと倒れなさった。心も言葉も、女子としては類無いまでに逞しく、最期は殊に感慨深いものであった。

あらすじ

伏姫の死を見届けて、大輔は自害しようとするが、義実はそれを止め、大輔の髻を切り、出家して伏姫の菩提を弔うよう命じる。大輔は義実の厚恩に報いるために、丶大法師《ちゅだい》と名を改め、全国を行脚して八つの玉を捜し求めようと決意する。そこへ、城からの使いが来て五十子《いさらこ》の死を告げる。義実は岩屋に観音堂を立てて伏姫の事跡を記し、霊を供養した。

時は御土御門《ごつちみかど》天皇の御代、将軍足利義尚《よしひさ》の寛正《かんしょう》・文明（一四六〇～一四八六）の頃である。武蔵国豊島郡の菅菰《すがも》、大塚の里に、大塚番作一戍《かずもり》という武士の浪人がいた。永享十一年（一四三九）、結城合戦の時に父とともに鎌倉管領足利持氏の軍として参戦し敗退する。父から足利持氏家の家宝で春王丸《しゅんおうまる》の守り刀の村雨丸《むらさめまる》を預った番作は、単身木曽に落ち延びたが、樽井《たるい》の里の古寺で悪坊主に脅されていた乙女手束《たつか》を助ける。手束もまた結城合戦で討死にした持氏の家臣、井丹三直秀《いのたんぞうなおひで》の娘で、ここまで落ち延びていた。二人は心を合わせ、信濃国筑摩《ちくま》へ縁を求めて落ちる。

一方、武蔵国大塚の里には番作の姉亀篠が住んでいた。性格は強欲で、放浪人の蟇六と所帯を持っていたが、結城合戦での父の功績により夫の蟇六に足利成氏《なりうじ》から恩賞が与えられ、蟇六は村長となる。

そこへ信濃国より番作・手束が亀篠を訪れ、里に住み着く。番作は戦乱と旅の疲れにより足が不自由になっていた。番作は、素性の知れぬ蟇六が父の恩賞を受けたことを無念に思い、蟇六に会おうとはしない。また亀篠は、里人が番作夫婦を親切に世話するのを妬ましく思い、番作に里を出て行くように言ったが、番作はこれを拒否、それより姉弟の関係は悪くなる。

享徳三年（一四五四）頃より、関東では戦乱が起こり、再び不穏な世の中となっていった。この頃手束は、生まれた三人の男子がともに亡くなり、番作が残念がるのを気に掛け、滝の川の弁財天に三年間日参して子種を願う。

（巻之二第十四回〜巻之三第十六回）

◆巻之三第十六回「手束、玉を得る」◆

本文

時に長禄三年〔伏姫自殺の翌年なり〕九月廿日あまりの事なるに、手束は時をとりあやまちて、明残《あけのこ》る月影を、「東しらみにけり」と思ひて、遽《いそがは》しく宿所を出《いで》て、滝の川なる岩《いは》屋殿《やどの》に参詣し、既に下向《げこう》に赴《おもむ》けども、その夜《よ》はいまだ明《あけ》ざりけり。「鈍《おぞ》ましや」とひとりごちて、稲葉《いなば》の露を掻払《かきはら》ひつゝ、立《たち》かへる田《た》の畔《くろ》に、脊《せ》は黒く、腹は白き狗《いぬ》の子が、棄《すて》られたりとおぼしくて、人まち㒵《がほ》に尾を掉《ふり》て、手束が裾《すそ》にまつはりつ、追《おひ》かへせば又慕ひ来て、離《はな》るべうもあらざれば、もてあましつゝ立駐《たちとゞま》り、「かくまで人を慕ふものを、いかなる人が棄《すて》たりけん。見ればこは牡狗《をいぬ》なり。狗《いぬ》は夥《あまた》の子を産《う》むものにて、その子はかならず育《そだつ》ものなり。よりて赤子《あかこ》の枕辺《まくらべ》に、狗張子《いぬはりこ》を置《おく》ぞかし。神に歩《あゆみ》を運ぶまで、一子を祈る心もて、いかでかこれを拾《ひら》はざらん。将《い》てかへらん」とひとりごちて、抱《いだ》きとらんとする折から、南のかたに靉靆《あいたい》と、紫の雲たな引《ひき》て、地を去ること遠からず、と見れば嬋娟《せんけん》たる一個《ひとり》の山媛《やまひめ》、楚《そ》の宋玉《さうぎよく》が夢に見《まみ》えし、神女《しんぢよ》の俤《おもかげ》をとゞめ、魏《ぎ》の曹植《そうち》が筆《ふで》を託せし、洛神《らくじん》の顔《かほばせ》をうつして、黒白斑毛《こくびやくまだら》の老犬《おほいぬ》に尻《しり》うち掛《かけ》、左手《ゆんで》に数顆《あまた》の珠《たま》を拿《もち》て、右手《めて》に手束《たつか》を招きつゝ、辞《ことば》はなくて一ッの珠を、投与《なげあたへ》給ふになん。手束《たつか》は今この奇特《きどく》を見て、おそる〳〵ついゐたるが、遽《いそがは》しく手をさし伸《のべ》て、件《くだん》の珠を受《うけ》んとせしに、珠は手股《たなまた》を漏《もり》て、輾々《ころ〱》と、雛狗《こいぬ》のほとりに落《おち》しかば、其首《そこ》か彼首《かしこ》かと索《たづね》ても、索ても又あることなし。「あな訝《いぶか》し」とばかりに、そなたの天《そら》をうち仰《あふ》げは、霊雲《れいうん》忽《たちまち》地迹《ちあと》なくなりて、神女《しんによ》も共に見え給はず。

「こは平事《たゞこと》にあらず」と思へは、ふたゝび雛狗《こいぬ》を抱《いだ》きあげて、いそしく宿所に還《かへ》りつゝ、件《くだん》の縡《こと》の趣《おもむき》を、夫番作につげていふやう、「拝《おがま》れ給ふ神女《しんによ》の姿は、山姫《やまひめ》といふものめきて、弁才天《べんざいてん》に似給はず。そが授け給ふなる、珠《たま》は子胤《こたね》でありけんものを、取失《とりうしな》ひ侍りしかば、願望《ねぎこと》かなはぬ祥《さが》にやあらん。こゝろに懸《かゝ》り侍《はべ》るかし」といへば番作沈吟《うちあん》じ、「いな〱それにはよるべからず。件《くだん》の神女《しんによ》は黒白斑毛《こくびやくまだら》の老犬《おほいぬ》に乗給ふにあらずや。わが氏《うぢ》は大塚《おほつか》なれども、犬塚《いぬつか》と更《あらた》めき。又わが名は一戍《かずもり》なり。一戍《かずもり》の戍《もり》の字は、則《すなはち》支干《ひよみ》の戌《いぬ》なれば、名詮自性《せんじせう》いと憑《たのも》し。加旃《しかのみならず》おん身さへ、今求《もとめ》ずして雛狗《こいぬ》を獲《え》たり。念願成就の祥《さが》なるべし。その狗《いぬ》をな走らし給ひそ。畜育《かひたて》給へ」と諭《さと》されて、手束は「有理《げにも》」と思ひかへすに、憑《たのも》しき事いふべうもあらず。現《げに》番作が判《はん》ぜしごとく、手束はいく程もなく身おもくなりて、寛正《くわんせう》元年秋七月《ふつき》、戊戌《つちのえいぬ》の日に及びて、いと平《たひら》かに男児《をのこゝ》を産《うみ》けり。この児《ちご》は是《これ》名にしおふ、八犬士の一人《ひとり》にして、犬塚信乃《いぬつかしの》と呼《よば》れしは是なり。信乃が事はつばらかに、なほ後々《のち〱》の巻に解《とか》なん。

時に長禄三年〔伏姫が自殺した翌年である〕九月二十日あまりの日の出来事であるが、手束は時間を間違えて、明け残る月光を「東の空が白んできた」と思って、急いで家を出て、滝野川にある岩屋殿に参詣し、既に帰途に着いたのであるが、その夜はまだ明けていなかった。

「愚かしいこと」と、独り言を言って、稲葉の露を掻き払いながら帰る田の畦道に、背は黒く、腹は白い犬の子が、捨てられたと思われて、人待ち顔に尾を振って、手束の着物の裾に纏わり付いて、追い返すと又慕い来て離れる様子もないので、手束は子犬をもてあましながら立ち止まって「ここまで人を慕うのを、どういう人が捨てたのだろう。見ればこれは雄犬だ。犬は沢山の子を産むもので、その子は必ず育つものだ。よって赤ん坊の枕辺には犬張子を置くという。参詣に通うほどの一子を祈る心があって、どうしてこれを拾わないことがあろうか。連れて帰ろう」と独り言を言って抱き取ろうとしたその時、南の方角に靉靆《あいたい》と紫雲がたなびき、地面に近づいた、と見ると、艶やかで美しい一人の山姫が、かの楚国の宋玉《そうぎょく》の夢に現れた神女の面影を留め、または魏国の曹植《そうち》が描いた洛神《らくじん》の顔を映して、黒白まだらの大犬に尻を掛けて、左手にたくさんの玉を持って、右手で手束を招きながら、言葉はなくて、一つの玉を投げ与えなさったのである。手束は今この奇特を見て、おそるおそる畏まって座っていたが、急いで手を差し伸べて、例の玉を受け取ろうとしたのだが、玉は指の間から漏れてころころと子犬の辺りに落ちたので、そこかここかと探しても、再び見つけることができない。「ああ怪しいこと」とばかりに、そちらの天を仰ぐと、霊雲はたちまち跡なくなって、神女も共に見えなくなられた。

「これはただごとではない」と思ったので、再び子犬を抱き上げて急いで家に帰って、事情を夫の番

作に告げて言うには、「現われなさった神女の姿は、山姫というもののようで、弁才天には似ていらっしゃらなかった。その方が授けられた珠は子種であったろうに、取り失ってしまったのは、願い事が叶わないしるしなのではないでしょうか。気がかりなことですね」と言うと、番作は考えて「いやいや、そうではない。例の神女は黒白まだらの老犬に乗りなさってはいなかったか。わが姓名は大塚であるが、このたび犬塚と改めた。又、私の名前は一戍《かずもり》である。一戍の戍の字は、すなわち十二支にいう戌であるので、名が縁を表すという名詮自性の道理からして大変頼もしい。それだけでなく、あなたさえ、今求めずして子犬を得た。これは念願成就のしるしであろう。その犬を逃がしなさるなよ。飼い育てなさい」と諭されて、手束は「尤も」と思い直すと、今このたびの出来事が頼もしい事は言うまでもなかった。まことに、番作が判断したように、手束は間もなく身重となって、寛正元年秋七月、戊戌《つちのえいぬ》の日に及んで、たいへん安らかに男児を産んだのであった。この童子こそ有名な八犬士の一人で、犬塚信乃と

呼ばれたのはこれである。信乃のことは詳細に、なお後々の巻に説こう。

あらすじ

手束は無事に男子を出産した。女の名前の男の子は長生きするという言い伝えを信じる手束の願いで、「しの」と名付けられた。夫婦は信乃の誕生を祝い、手習いの子と裁縫の教え子らに御馳走をふるまった。信乃は手束の希望によって女子の髪型と衣装を着て育つ。蟇六と亀篠はこれを嘲るが、村人は信乃を可愛がった。四十歳余りになっても子のいない亀篠はこれを妬ましく思い、煉馬《ねりま》氏《し》の家臣で二歳になる女子を養女とした。女子は大変美しく、亀篠夫婦は浜路と名付けて溺愛し、芸事を習わせ、いずれは裕福な家の嫁に、と考えていた。

九歳となった信乃は逞しい体格の少年に成長したが、なお女服を着せられていた。父番作が文武の道を熱心に教えると、信乃は直ぐにそれらを習得し、秀れた才能を発揮した。

（巻之四第十七回）

◆巻之四第十七回「信乃の成長」◆

本文

案下某生再説《それはさておき》、犬塚番作《いぬつかばんさく》が一子信乃《いっししの》は、はや九才《こゝのつ》になりしかは、骨逞《ほねたくま》しく膂力《ちから》あり。

現尋常《げにょのつね》なる人の子が、年十一、二になるものより、身の丈一岌《たけひとかさ》高かるに、なほ女服《をんなきぬ》被《き》せられて、雀小弓《すゞめこゆみ》に紙鳶《いかのぼり》、印地打《いんぢうち》・竹馬《たけうま》なンど、よろづの遊びもあらく／＼しきまで、おのづから武芸を好めは、番作《ばんさく》ます／＼鍾愛《せうあい》して、朝《あした》には、里の総角《あげまき》と、もに、手習《てならひ》させ、夕《ゆふべ》には儒書《じゆしよ》・軍記の句読《くとう》を授《さづけ》、又あるときは試みに、剣術拳法《けんじゆつやわら》を教《をしゆ》るに、素《もと》より好む道なれは、その技《わざ》の進む事、親尚《すら》しばしば舌を掉《ふるひ》て、すゑたのもしく思ひけり。父はかくても母手束《たつか》は、わが子のいとも怜悧《さかしき》に、おのづからなる孝心の、挙動《たちふるまひ》に顕《あらは》れて、親さへ人の称誉《ほむ》るまでに、文《ふみ》の道、武の芸《たしなみ》、年には倍《ませ》てその器《き》に称《かな》へは、「もし短命にあらずや」と、彼《かれ》を思ひ此《これ》を思ふに、とにかく心安からねば、夫《をつと》を諫《いさ》め、子を禁《とゞ》め、「習ひ学ぶはわろきにあらねど、綷《こと》大かたにせよ」といふ。

さはれ信乃《しの》が心ざま、よの童子《どうし》とはうらうへにて、母の目影《めかげ》を匿《しの》びても、竹刀《ちくたう》を手にとらざる日もなく、馬にさへ騎《のり》ならはんと思ふ心のつきたれども、田舎《ゐなか》は小荷駄《こにだ》のみにして、借馬《しやくば》などいふものはあらず。尓《しか》るに信乃《しの》が生《うま》るゝ比《ころ》、母親手束《たつか》が滝《たき》の川《かは》なる、岩屋詣《いはやまうで》のかへるさに、将《い》て来つる狗《いぬ》の子は、信乃《しの》と、もに大《おほ》きくなりて、今茲《ことし》は既に十才なり。この狗《いぬ》、脊《そびら》は墨《すみ》より黒く、腹と四足《しそく》は雪より白くて、馬に所云驓《いはゆるよつしろ》なれは、その名をやがて四白《よしろ》とも、又与四郎《よしらう》とも喚《よ》ぶ程に、年来《としごろ》信乃《しの》によく狎《なれ》て、打擲《うちたゝか》れても怒《いか》ることなく、手に属《つき》その意に随ふにぞ。信乃《しの》は件《くだん》の与四郎《よしらう》に、索靮《なはたづな》をかけてうち乗れば、狗《いぬ》は主《しゆう》のこゝろを得て、足掻《あがき》を早めて幾返《いくかへ》りかす。誰教《たれをしえ》ねどもその騎座《のりくら》、靮《たづな》さばきの御法《ぎよほう》に称《かな》ふを、見るもの思はず立在《たゝずみ》て、技《わざ》と姿の似げなきに、腹をかゝえて笑ふもあり。又「この童子が為体《ていたらく》、平人《たゞもの》にはあらじ」とて、賞嘆《せうたん》するも多かりけり。現玉人《げにぎよくじん》にあらざれば、碔趺《ぶふ》と真《ま》玉《だま》とをしることなし。信乃《しの》が女《め》の子《こ》の打扮《いでたち》にて、武勇《たけくいさめ》る技《わざ》のみすなれば、里の総角《あげまき》等は指《ゆび》し哢《あざ》みて、「陰嚢《ふぐり》なし」とぞ囃《はやし》たる。かくても信乃《しの》は物《もの》とも思はず、「彼奴等《かやつら》は土民《どみん》の子《こ》なり。遊び敵《かたき》になるものならぬに、論は無益《むやく》」とわれから辟《さけ》て、一トたびも争はず。しかはあれども「わが身ひとり、よのわらべらとは異《こと》にして、女《め》の子《こ》めきたる衣《きぬ》をのみ、被《き》せらるゝはいかにぞや」とよに訝《いぶか》しく思ふものから、事に紛《まぎ》れて親には問はず。襁褓《むつき》のうちより肌膚《はだ》につけ、被馴《きなれ》し女服《をんなきぬ》なれば、愧《はづ》る気色《けしき》はなかりけり。

通釈

それはさておき、犬塚番作の一子信乃は、早くも九歳になったので、骨逞しく力があった。まことに普通の人の子で十一、二歳の者よりも身長が一嵩高かったのだが、なお女の服を着せられて、雀小弓にたこ上げ・石合戦・竹馬など、全ての遊びも荒々しいまでに、自然と武芸を好んだので、番作は信乃をますます可愛がって、朝は村の少年とともに書写の勉強をさせ、夕方には儒学の書や軍記の読み方を教え、またある時は試みに剣術や柔道を教えると、信乃はもともと好きな学問であるので、その技の進むことは、親すらしばしば驚いて、末頼もしく思うのであった。ただ、父はそうであっても母の手束は、我が子が大変利巧で、自然と身に付いた親孝行の心がすぐに挙動に表れて、親ばかりか他人も褒めるほ

どに、文の道・武の芸が年齢には増してその器に叶っているので、「もしや、短命なのではないか」とあれを思い、これを思うと、とにかく心配になるので、夫を諫め、子を止め、「習い学ぶのは悪いことではないが、大概にしなさい」という。

そういうことで、信乃の性質は普通の子供とは違っていて、母の目に隠れても竹刀を手に取らない日は無く、果ては馬にさえ乗り習おうと思う気持が出てきたのだが、田舎は運搬用の小馬だけで、借馬などというものはない。しかし信乃が生まれた頃、母親の手束が滝野川の岩屋詣での帰り道に連れてきた子犬は、信乃とともに大きくなって、今年は既に十歳である。この犬は背中は墨より黒く、腹と四足は雪より白くて、馬でいうと所謂四白《よつじろ》という種類なので、その名をやがて四白《よしろ》とも、又与四郎《よしろう》とも呼ぶうちに、犬は長年信乃によく馴れて、叩かれても怒ることはなく、信乃に馴付き、心に従うのであった。信乃が与四郎に縄手綱を掛けて乗ると、犬は主人の心を得て、馬のように歩みを速めて何回か往復する。誰が教えたわけではないが、その乗鞍や手綱さばきが乗馬の技法に適っているので、見る者は思わず立ち止まって、技術の立派さとその姿がちぐはぐなのに、腹をかかえて笑う者もあり、また、「この童子の様子は、ただ者ではあるまい」と賞嘆する者も多かった。まことに、玉作りの職人でなければ、偽玉と真玉を見分けることはない。信乃が女子の格好で武勇の技ばかりをするので、村の少年たちは信乃を指差し嘲って「陰嚢がない」と囃し立てる。そうされても信乃は何とも思わず、「あいつらは土民の子だ。遊び相手になる者ではないので、論議はむだだ」と自分から避けて、一度も争わなかった。しかしながら、「自分一人が世間の子とは違って、女子のような着物だけを着せられるのはどうしてだろう」と、大変訝しく思うのだが、そのような思いも諸事に紛れて親には聞かない。赤子の頃から肌に付け、着慣れた女の服なので、恥じる様子はなかったのである。

あらすじ

秋の頃より手束は次第に弱っていった。信乃は病の母の身代わりになろうと、滝の川で滝に打たれて祈願をし気絶しているのを、隣家の糠助に助けられて家に連れ戻される。父母は信乃の孝心を感じながらも、その無謀な行いを誡める。また番作は信乃に、結城合戦にはじまる今までの出来事、手束が山姫に会い玉を失ったこと等を話す。信乃は失われた玉の出現を願い、また母の回復を願ったのだが、手束はその十日後に四十三歳の命を終える。母の葬儀の時にも信乃は女の服でいたので、周囲の人は信乃を指差して嘲笑う。母の四十九日後、信乃が女服を着る理由を問うと、番作は、母が信乃の長命を願ってのことだと説いたので、信乃は改めて母の愛情を思い、泣き顔になるのであった。

母の死から三年後の文明二年、信乃は十一歳となった。独身の番作はますます老いたが、村人に扶助を受けるその恩返しとして、農業のための日用の心得の書を書いて村人に教える。村人は番作の知識を有難がるが、亀篠夫婦だけはこれを妬ましく思うのであった。

ある日、蟇六夫婦の可愛がる紀二郎《きじろう》猫を与四郎《よしろう》犬が噛み殺した。怒った亀篠夫婦と、それに応じない番作の関係を心配した信乃は、与四郎犬を打って事態を解決しようとするが、犬は逃げて蟇六はなおも犬を傷つける。さらに亀篠夫婦は、糠助を脅して番作の家に遣わし、番作の与四郎犬が紀二郎猫を襲った際に山内・扇谷の両管領家の証文を破ってしまったこと、その償いとして家宝の村雨丸を献上せよと言いがかりをつける。番作は証文の件が嘘であると見破り、糠助の説得に応じようとしない。

（巻之四第十七回〜巻之五第十九回）

◆巻之五第十九回「番作の自害」◆

本文

三月《やよひ》の天《そら》も冴《さえ》かへる、秩父《ちゝぶ》おろしの夕風《ゆふかぜ》に、「衣《きぬ》めさせん」と親を思ふ、信乃《しの》は一室《ひとま》に手習《てならひ》の机をやがて片《かた》つけて、花田色《はなだいろ》なる太織《ふとおり》の、嚚中羽織背《でんちうはをりうしろ》より、推《おし》ひろげて父が肩に掛《かけ》、出居《いでゐ》のかたに掛《かけ》て置《おく》、行燈《あんとう》にはや点《とも》す灯《ひ》の、八隅隈《やすみくま》なく照《てら》さねども、庭より明《あか》き夕月《ゆふつく》夜《よ》、まだ息絶《いきたえ》ぬ与四郎《よしらう》を、おぼつかなげにさし覗《のぞ》き、雨戸《あまと》一枚繰《くり》かけて、父がほとりに火《ひ》桶《をけ》をよせ、「風がかはりて猛《にはか》に寒し。日が長ければはやく過《すぐ》せし、夜食の雑炊《ざふすい》多くもまゐらず、物ほしうなり給はずや」と問《とへ》ば番作頭《かうべ》を掉《ふり》、「身を動かさでをるものを、三《み》たびの外《ほか》に何をか食《くふ》べき。宵越《よひごし》の雑炊は、せんすべのなきものなり。余りあらば復《また》たうべよ。冷《ひえ》なばわろし、温めよ」といひつゝ火桶引《ひき》よせて、はや埋火《うつみひ》を掻起《かきおこ》せば、「いなあまりとては候はず。与四郎にも与《あたへ》しかと、物食《ものくふ》べくも候はず。よしなや犬を救《すくは》んとて、かゝる難義に及ぶこと、皆是吾儕《みなこれわなみ》が所為《わざ》なり、と悔《くひ》て詮《せん》なきことながら、今糠助《ぬかすけ》がいひつるよしも、大人《うし》の答も彼処《かしこ》にて、詳《つばら》に聞《きゝ》て候ひき。御教書《みぎやうしよ》の事実《じつ》ならば、禍《わざはひ》既に遠からじ。固《もと》より大人《うし》ははじめより、知召《しろしめし》たる事ならねば、そはいく遍《たび》もいひときて、吾身《わがみ》ひとつをともかくも、罪なはれん事勿論《もちろん》なり。覚期《かくご》究《きは》めてをりながら、おん行歩《あしもと》も不自由にて、病《やむ》を生平《つね》なるわが大人《うし》に、翌《あす》より誰《たれ》か仕《つか》ふべき。日に〳〵便《びん》なく朽《くち》をしく、いとゞ病負《やみまけ》給はなん。これを思へば不孝の罪、来世《こゝのつのよ》をかゆるとも、贖《あがな》ふに時なかるべし。そもいかなれば父祖三世《さんせ》、忠義は人に儁《すぐ》れても、実《み》さへ花さへ埋木《うもれき》の、浮世に疎《うと》く月も日も、こゝに照《てら》させ給はぬにや。親を思へば惜《をし》からぬ、露《つゆ》の命《いのち》もさすがにて、いとをしくこそ候へ」といひかけて鼻をうちかめば、番作は灰かき坦《なら》す、火箸《ひはし》を立《たて》て嘆息し、「禍福《くわふく》時あり、天なり命《めい》なり。憾《うらむ》べからず、悲《かなし》むべからず。やをれ信乃、わが糠助に諭《さと》せしよしを、汝《なんぢ》はよくも聞《きか》ざるや。御教書《みぎやうしよ》の事は鈍《おぞ》くも謀《はか》る、彼人々《かのひと〴〵》の寓言《そらごと》なり。かばかりの伎倆《たくみ》もて、小児《せうに》をば欺《あざむ》くとも、いかでか番作を欺き得ん。こは蟇六《ひき》が姉に誨《をしえ》て、糠助を賺《すか》しつゝ、宝刀《みたち》を掠略《かすめとら》ん為のみ。いと浅《あさ》はかなる所行《わざ》ならずや。仰《そも〳〵》この二十年《はたとせ》年来《このかた》、渠《かれ》さま〴〵に心を尽して、村雨《むらさめ》のおん佩刀《はかせ》を、奪《うば》ひとらんとしつること、幾遍《いくたび》といふをしらず。或《あるひ》は人をかたらひて、利に誘《いざなひ》つゝ、『価《あたひ》貴《たつと》く、彼一刀《かのひとこし》を買《かは》ん』といはせ、或《あるひ》は更闌《こうたけ》人定《しづま》りて、牆《かき》を踰《こえ》鎖《とざし》を窺《うかゞ》ひ、盗《ぬすみ》とらんとせし夜《よ》もあり。渠百計《かれひやくけい》を施せば、われ又百《もゝ》の備《そなへ》あり。この故《ゆゑ》にその悪念《あくねん》、今に至《いたり》て果《はた》すによしなく、いと朽《くち》をしく思ふなるべし。尓《しか》るにけふはからずも、渠《かれ》わが犬に傷《きずつ》けて、その鬱胸《うつきやう》を遣《はら》すものから、こゝに悪念復《また》起り、御教書《みきやうしよ》破却に仮托《かこつけ》て、宝刀《みたち》をとらんず奸計《わるたくみ》は、鏡に写して照《み》るごとし。抑《そも〳〵》年来《としころ》蟇六が、望《のぞみ》を宝刀《みたち》に被《かく》ること、われそのこゝろを猜《すいし》たり。渠《かれ》わが父の遺跡《いせき》と称して、荘官《せうくわん》にはなりたれども、相伝《さうでん》の家《か》譜旧録《ふきうろく》なし。われもし件《くだん》の大刀《たち》をもて、家督《かとく》を争はゞ難義《なんぎ》に及《およば》ん。これ一ッ。成氏朝臣《なりうぢあそん》没落《ぼつらく》のゝち、この地は既に鎌倉なる、両管領《りやうくわんれい》の処分によれり。渠《かれ》は則《すなはち》管領の、敵方家臣の遺跡にして、旧功旧恩あるものならず。新《あらた》に微忠《びちう》を顕《あらは》さずは、荘園《せうゑん》永く保ちかたけん。渠《かれ》がおそるゝ二ッなり。よりて村雨の一刀《ひとこし》を、鎌倉へ進上《しんせう》し、公私の鬼胎《まがつみ》を祓除《はらひのぞ》きて、心を安くせん為なり。われ既に姉の為に、その荘園を争はず。いかでか一口《ひとふり》の大刀《たち》を惜《をしま》ん。

しかはあれども件《くだん》の宝刀《みたち》は、幼君《ようくん》のおん像見《かたみ》、亡父の遺命《いめい》重ければ、この身と共に滅《ほろ》ぶとも、姉夫《あねむこ》には贈《おくり》かたし。又その初《はじめ》村雨を、成氏朝臣へ進《まゐ》らせざりしは、姉をおもふのゆゑのみならず。春王《しゆんわう》・安王《やすわう》・永寿王《ゑいじゆわう》、みな持氏《もちうぢ》のおん子なれども、わが父は春王・安王、両公達《りやうきんたち》の傅《かしつき》たり。『この両公達撃《うた》れ給はゞ、宝刀《みたち》を君父《くんぷ》の像見《かたみ》として、おん菩提《ぼだい》を弔《とひ》奉れ』と親の遺訓を承《うけ》たるのみ、『永寿王へ進《まゐ》らせよ』といはれし事はなきぞとよ。われはこの義に仗《よる》ものから、汝《なんぢ》が人となるのちに、件《くだん》の宝刀《みたち》を督殿《かむどの》〔左兵衛督《さひやうゑのかみ》成氏《なりうぢ》なり〕に、献《たてまつら》せて身を立《たて》させん、と思ひにければ年あまた、賊《ぞく》を禦《ふせ》ぎて秘《ひめ》おきつ。今宵汝《こよひなんぢ》に譲るべし。見よや」とばかり硯筥《すゞりはこ》なる、刀子《こかたな》を撈《さぐ》りとり、梁《うつばり》に釣《つり》し大竹の、筒《つゝ》を目《め》かけて丁《ちやう》と打《うて》ば、釣索《つりなは》弗《ふつ》と打断《うちきつ》て、筒はそがまゝ、磤《はた》と落《おち》、両段《ふたつ》に割れてあらはれ出《いづ》るは、是村雨《これむらさめ》の宝刀《みたち》なり。番作は遽《いそがは》しく、錦の嚢《ふくろ》の紐解《ひもとき》かけて、恭《うや〳〵し》く額に推《おし》あて、霎時《しばし》念じて抜放《ぬきはな》せば、信乃は間近く居なほりて、鍔根《つばもと》より刀尖《きつさき》まで、瞬《またゝき》もせずうち熟視《まも》る。煌々《くわう〳〵》たるかな七星《しちせい》の文《もん》、照輝《てりかゞやき》て三尺《さんじやく》の氷寒し。露結び、霜凝《こり》て、半輪《はんりん》の月かと疑ひ、邪《じや》を退《しりぞ》け、妖《よう》を治めて、千載《せんざい》の宝と称す。唐山《もろこし》の太阿《たいあ》龍泉《りうせん》、我邦《わがくに》の抜丸《ぬけまる》・蒔鳩《まきはと》、小烏《をがらす》・鬼丸《おにまる》なンどいふとも、是《これ》にはまさじと見えたりける。

且《しばらく》して番作は、刃《やいば》をやをら鞘《さや》に納め、「信乃この宝刀《みたち》の奇特《きどく》をしるや。殺気を含《ふくみ》て抜放せば、刀尖《きつさき》より露霤《したゝ》り、讐《あた》を砍《きり》、刃《やいば》に衅《ちぬ》れは、その水ます〳〵濆《ほとはし》りて、拳《こぶし》に随ひ散落《さんらく》す。譬《たとひ》ば彼村雨《かのむらさめ》の、樹杪《こずゑ》を風の払ふが如し。よりて村雨と名つけらる。これを汝にとらせんに、そのざまにては相応《ふさはし》からず。髻《もとゞり》を短くし、今よりして犬塚信乃戍孝《もりたか》と名《な》告《の》れかし。かねては二八の春をまちて、をとこにせんと思ひしかども、われ宿病《しゆくびやう》に苦《くるし》められ、ながく存命《ながらへ》かたきをしれり。けふ死《しな》ずは翌死《あすしな》ん。よしや霎時《しばし》は死なでをるとも、今茲《ことし》の寒暑は心もとなし。只恨《たゞうら》む、汝僅《はつか》に十一歳、孤《みなしこ》とならんことを」といひかけて又嘆息す。

通釈

三月の空も冴えわたる、秩父おろしの夕風に、「着物をお着せしよう」と親を思う、信乃は一室で、手習の机をそのまま片付けて、花田色の太織の殿中羽織を番作の後から押し広げて父の肩に掛け、入り口の方に掛け置いてある行灯に早くも点す火は、部屋を隈なく照らしはしないのだが、庭からは明るい光の入る夕月夜のもと、信乃はまだ息のある与四郎犬を不安そうに覗き、雨戸一枚を手繰り引いて、父の側に火桶を寄せて、「風が変わって急に寒くなりました。日が長くてそのままにしておいた夜食の雑炊を多くも召さず、物欲しくなられませんか」と問うと、番作は頭を振って、「体を動かさないでいるのに、三度の食事の他に何を食べようか。宵越しの雑炊はどうしようもないものだ。残りがあるなら又お前が食べよ。冷えたらよくない、温めよ」と言いながら、火桶を引き寄せて、火を起すために早くも埋火を掻き起すと、信乃は「いや、雑炊の残りといってはございません。与四郎にも与えたのだが、物を食べる様子もありません。つまらぬことに犬を救おうとして、このような難儀に及んだことは、皆私のせいだと悔いてもどうしようもないのですが、今来た糠助が言ったことも、あなたのお答えも、あちらの部屋で詳しく聞きました。御証文のことが事実ならば、災いはすでに遠くはありません。もともとあなたが初めから御存知の事ではなかったので、それは何度も釈明して、私だけがとにかく罰されるのが当然です。覚悟を決めておりますが、あなたの御足元も不自由で、病むことが常であるわが父上に、明日から誰がお仕えしましょうか。日に日に術なく口惜しくも大変病み衰えなさってしまうでしょう。これを思うと不孝の罪は、あの世にあっても償う時はないでしょう。そもそも、どうしてわたくしたち父祖三世は、忠義は人に優れても、実さえ花さえ成ることはなく、埋もれ木のように世に埋もれて、俗世に疎く、月も日も、ここを照らしなさらないのでしょうか。親を思えば惜しくはない、露のようにはかないこの命でもやはり、つらいことに思います。」といいかけて鼻をかむと、番作は灰をかき均す火箸を立ててため息をつき、「幸と不幸には、訪れる時期がある。何ごとも天命であり運命である。恨んではいけない、悲しんではいけない。なあ、信乃よ。私が糠助に諭したことを、お前はよく聞いていなかったのか。証文の事は、愚かしくも謀った、例の人々の虚言である。それだけの企みでは、子どもは騙せても、どうして番作を騙せようか。この企みは蟇六が姉に教えて、糠助を騙して、宝刀を掠め取ろうとする為だけのものである。まったく浅はかな行為ではないか。そもそもこの二十年来、彼らはさまざまに心を尽くして村雨の御太刀を奪い取ろうとしたことが何度あったかわからない。ある時は人を騙して利につけて誘い『高値でその一太刀を買おう』と言わせ、ある時は夜が更けて人が静まって、垣根を越え、施錠を調べ、太刀を盗み取らせようとした夜もあった。彼らが百計を企むならば、私は又百の用意がある。それ故にその悪念は今になっても果たす術もないので、彼らは大変悔しく思っているのだろう。だが、今日思いがけなく、彼らはわが犬を傷つけてその鬱憤を晴らしたのだが、ここに又悪念が起こり、御証文の破損のことに託けて宝刀を取ろうとする悪巧みは、まるで鏡に写して見るごとく明らかなことだ。そもそも長年蟇六は望みを宝刀にかけていたが、私はその心を推していた。彼はわが父の跡と称して荘官にはなったのだが、大塚家相伝の家譜旧録がない。私がもし、この太刀をもって家督を争ったなら、蟇六は難儀するだろう。これが理由の一つ。また、成氏朝臣没落の後、この地は既に鎌倉の両管領の処分を受けている。蟇六は両管領の敵方の家臣の子孫であり、両管領家に旧功旧恩のある者ではない。新たにささやかな忠義を表さなければ、荘園を長く保ち難いだろう。これが彼が恐れていることの二つ目だ。よって村雨の一刀を鎌倉へ進上し、公私の災いを払い除いて安心しようをするためである。私は姉のために、その荘園のことでは争わなかった。ましてどうして一振りの太刀を惜しむだろうか。しかしこの宝刀は、幼君の御形見であり、亡父の遺命が重いので、この身と共に滅ぶとも、姉壻には贈り難いのだ。又、はじめに村雨丸を成氏《なりうじ》朝臣へ進上しなかったのは、姉を思うためだけではない。春王・安王・永寿王（成氏）はみな持氏の御子であるが、わが父は春王・安王両公達の世話役であった。『この両公達が討たれなさったら、宝刀を主君と父の形見として、御菩提を弔い申し上げよ』と親の遺訓を受けだだけで、『永寿王へ進上せよ』と言われたことはなかったのだ。私はこの義によりつつも、おまえが成長した後に、この宝刀を督殿〔左兵衛督《かみ》成氏のことである〕に、献上させて出世させようと思っていたので、長年賊を防いで秘め置いていたのだ。今宵おまえに譲ろう。見よ」とばかりに、硯箱にあった小刀を探り取り、梁に釣った大竹の筒を目掛けてはっしと投げると、釣り縄はぷつりと切れて、筒はそのままばたりと落ち、二つに割れて出てきたのはまさに村雨の宝刀であった。番作は急いで錦の袋の紐を解きかけて、恭しく額に押し当て、しばらく念じて抜き放すと、信乃は間近に居直って、鍔元から切っ先まで、瞬きもせずに見つめる。煌々《こうこう》たる北斗七星の文様が照り輝き、九十センチほどの研ぎ澄ました刃が冴え冴えとしている。露を結び、霜凍って半輪の月かと疑われ、邪を避け、妖を治めて、千歳の宝と称する。唐土の太阿《たいあ》龍泉《りゅうせん》、わが国の抜丸《ぬけまる》・蒔鳩《まきはと》・小烏《おがらす》・鬼丸《おにまる》などという刀でも、これには勝らないと思われる。

しばらくして番作は、刃を静かに鞘に収め、「信乃、この宝刀の奇特を知っているか。殺気をもって抜き放つと、切っ先より露が滴り、仇を斬り、刃に血が付くとその露水がますます迸って、拳に従って散落する。例えば村雨に濡れた梢を風が吹き払うようなものだ。よって村雨と名づけられた。これをおまえに取らせるのだが、そのなりでは相応しくない。髻を短くし、今より犬塚信乃戍孝《もりたか》と名乗るように。以前より、十六歳の春を待って成人させようと思っていたが、私は宿病に苦しめられ、長く生き難いことがわかった。今日死ななければ明日死ぬだろう。たとえ暫しは死なないでいても、今年の寒暑は不安である。ただ恨めしいのは、おまえがわずか十一歳で親なし子となることだ」と言いかけて、また溜息をつく。

あらすじ

番作は信乃に、以後は亀篠夫婦の家に身を寄せること、その間、夫婦に村雨丸を決して渡さぬこと、もし夫婦が改心したなら、その恩義に報いること、もしなおも太刀を奪おうとするときは、速やかに立ち去れと説いた後、自害しようとする。

（巻之五第十九回）

本文

信乃は瞟《あはて》て拳《こぶし》に携《すが》り、「後々《のちのち》まで謀《はか》せ給ふ、予《かね》て覚期《かくご》のおん自害は、飽《あく》まで吾儕《わなみ》を思召《おぼしめ》

す、おん慈《いつくし》みをわきまへしらで、禁《とゞ》め奉るには候はず。よしや難治《なんぢ》の病著《いたつき》なり共、おのが心の及《およば》ん程、良薬良医に手を竭《つく》させて、看《み》とり冊《かしつ》き奉り、遂《つひ》に届《とゞか》ぬものならば、うち歎《なげ》きても侍るべし。これは正《まさ》しく見定めたる事とてなきに腹切《はらきり》給はゞ、人只《たゞ》狂死とまうさまし。今宵《こよひ》に限ることかは」といはせも果《はて》ず声を激《はげま》し、「虚《うつ》けきことをいふものかな。死すべき時に死《しな》ざれば、死するにもます恥多かり。嘉吉《かきつ》のむかし結城《ゆふき》にて、得死《えしな》ざりしは君父《くんふ》の為、蹇《あしなへ》となりしより、筑摩《つくま》に三年《みとせ》の僑居《たびすまゐ》、母の今《いま》果《は》にあはざりしは、生《いけ》る甲斐《かひ》なき恨《うら》みなり。それよりして廿年《はたとせ》あまり、なす事もなく偸食《とうしよく》の民となりつゝ、露命《ろめい》を貪《むさぼ》り、今又子孫《しそん》のうへを思はで、いつまでか存命《ながらふ》べき。千曳《ちびき》の石は転《まろば》すとも、わが心は転《まろは》すべからず。禁《とゞむ》るは不

孝なり。今にもあれ糠助《ぬかすけ》が来ることあらば妨《さまたげ》せん。其処《そこ》退《のか》ずや」と執圏《いきまき》て、左手《ゆんで》を伸《のば》して揉《ねぢ》かへせば、髻《もとゞり》断《ち》離《ぎ》れ、髪《かみ》さへ紊《みだ》れて、転輾《ふしまろび》つゝ携《すがり》たる、右の拳《こぶし》を些《ちつと》も放さず、「おん叱《しか》りを蒙《かうむ》るとも、この事のみは御《み》こゝろに悖《もと》りて禁《とゞ》め侍るかし。ゆるさせ給へ」と沍《しがみ》着《つき》、刃《やいば》をとらんと喘《あ》逼《せ》れども、小腕《こうで》に及《およば》ぬ必死の勢ひ、「放せ〳〵」と怒《いかり》の高声《たかごゑ》、子はなほ負縁《まつは》る一生懸命。果《はて》しなければ番作《ばんさく》は、わが子を楚《しか》と推伏《おしふせ》て、背《そびら》に尻をうちかくる。病《やみ》衰《おとろへ》ても勇士の働き、「こは何《なに》とせん、哀《かな》しや」と信乃《しの》は悶《もだへ》ていく遍《たび》か、反《はね》かへさんとしつれども、恩義の圧《おし》に愛着《あいぢやく》の、枷《かせ》も鉄輪《かなわ》も推居《おしすえ》られて、又せんすべはなかりけり。その隙《ひま》に番作《ばんさく》は、襟《えり》かきわきて桂衣《うへのきぬ》、推袒《おしはだぬ》きて刃《やいば》を引抜き、右の袂《たもと》を巻《まき》そえて、氷なす刀尖《きつさき》を、腹へぐさと突立《つきたて》て、こゝろ静《しづか》に引遶《ひきめぐら》せば、さと潰《ほとはし》る鮮血《ちしほ》の下《した》に、布《しか》るゝその子は血の涙。親は刃《やいば》をとり直し、さすがに弱る右の手に、左の拳《こぶし》もちそえて、吭《ふえ》のあたりを刺《さゝ》んとて、突外《つきはづ》しつゝやうやくに、咽喉《のんど》を劈《つんざ》き俯《うつふし》に、仆《たふ》るゝ親と身を起す、信乃《しの》も半身韓《から》紅《くれなゐ》。そがまゝ父の亡骸《なきから》に、抱《いだ》き著《つき》つゝよゝと泣《なく》、その形勢《ありさま》は秋寒き、風にはふれし蔦《つた》もみぢ、更に枯木《こぼく》に寄る如し。

通釈

信乃は慌てて番作の拳にすがり、「後々のことまでお考えになられ、以前から覚悟なさっていた御自害は、あくまでも私のことをお考えになる御慈みであることを、弁えずに止め申し上げるのではありません。たとえ難治の病気であっても、私の心の及ぶかぎり良薬良医に手を尽くさせて、看取り、お世話をいたし、それでもついに叶わないならば、嘆いてもみましょう。はっきりと見極めた事でもないのに切腹なさったならば、人はただ狂死と申すでしょう。今晩と決めることがありましょうか」といい終わらないうちに、番作は声を荒げて、「馬鹿なことをいうな。死ぬべき時に死ななければ、死ぬにも増す恥は多いのだ。嘉吉の昔、結城で死ねなかったのは、主君と父のためで、足が不自由になってからは、筑摩に三年の旅住まい、母の最期に会わなかったのは、生きる甲斐のない恨みであった。それから二十年あまり、することもなく、食べ暮らすだけで露命を貪り、今また子孫のことを思わずに、いつまで生きられようか。千人が引くほどの重い石は転がせるとしても、わが心を転じることはできない。自害を止めるのは不孝である。今にも糠助が来もしたら邪魔するだろう。そこをどけ」と息巻いて、左手を伸ばして信乃の手をねじ返すと、信乃の髻《もとどり》はちぎれ、髪さえ乱れて転がりながら、父に縋る右の手を少しも放さず、信乃は「お叱りを受けるとしても、この事だけは御心に逆らってお止めしますよ。お許しください」としがみ付いて刀を奪おうとあせるのだが、信乃の小腕には叶わない番作の決死の勢い、「放せ、放せ」と怒りの高声に、子はなお必死にまつわり付く。きりがないので番作は、我が子をしっかりと尻に押し伏せて、その背中の上に尻をかけた。病み衰えても勇士の働きに、「これはどうしよう、悲しいこと」と、信乃は悶えて何度か番作を撥ね返そうとするのだが、父の恩義のおもしに、愛着の枷《かせ》も鉄輪《かなわ》も押し据えられて、どうしようもなかった。その間に番作は、襟を掻き分け上着を脱いで肌を現し、刀を引き抜き、右の袂を刀の鞘に巻き添え、氷のような切っ先を腹へぐさりと突き立てて、心静かに引き巡らせると、さっと迸る血潮の下に、敷かれているその子は血の涙となる。親は刃を取り直し、さすがに弱る右の手に左の手を持ち添えて、咽笛のあたりを刺そうとして、何度か突きはずしながら、ようやく咽を貫きうつ伏せに倒れる、その親と、身を起こす信乃も半身真っ赤である。そのまま父の亡骸に抱きついてよよと泣く、その様子はまるで秋の寒風に彷徨う真赤な蔦紅葉が、なおも枯れ木に寄ろうとする様のようであった。

あらすじ

番作の家を訪れた糠助は事態に恐れおののき去った。我に返った信乃は、自分がもう少し大人であったら父の死を止められたであろうと思い、また、亀篠夫婦のもとで暮らすことは生き恥であると自害を決意する。ふと村雨丸を見ると、刃の血は水で洗い流したように消えていた。

（巻之五第十九回）

◆巻之五第十九回「信乃、犬士となる」◆

本文

折から檐下《のきば》に藁菰敷《わらこもしき》て、臥《ふし》たる犬は深痍《ふかで》の苦痛、堪《たへ》ずや長吠《ながほえ》する声に、信乃は佶《きつ》と見かへりて、「阿《あ》、与四郎《よしらう》はまだ死《しな》ざりけり。彼犬《かのいぬ》を獲《え》てわれ生《うま》れ、彼《かの》犬ゆゑに父を喪《うしな》ふ。そのはじめを聞《きゝ》、終《をはり》を思へば、愛すべく又憎むべし。然《さり》とてもこの畜生《ちくせう》を、捨《すて》おかん事不便《ふびん》なり。よに生《いき》かたきその槍痍《やりきず》、通宵《よもすがら》苦痛をせんより、速《すみやか》にわが手にかゝれ。畜生が死を促《うなが》すに、かゝる宝刀《みたち》を穢《けが》しなば、いとも恐《かしこ》きわざなれども、鮮血《ちしほ》に染《そま》ざる刃《やいば》の奇特《きどく》、亦是《またこれ》誰《たれ》が為に惜《をしま》ん。いでや苦痛を助けて得させん。聞くやいかに」と問《とひ》かけて、大刀《たち》を引提《ひさげ》て縁頬《えんかは》より、閃《ひら》りと下《を》りてふり揚《あぐ》る、刃《やいば》におそれず与四郎は、や、前足を突立《つきたて》て、項《うなぢ》を伸《のば》して「こゝを切れ」といはぬばかりの健気《けなげ》さに、大刀振《たちふり》あげし拳《こぶし》もよわり、「われには年もひとつまして、年来《としころ》親の養《かひ》たて給ひ、馴《なれ》も狎著《なつき》し現身《うつそみ》の、いぬをばいかで砍《き》るべき」と、思ひおもはず躊躇《たゆたひ》しが、「さるにてもこの物ばかり、霎時《しばし》はかくてをるとても、翌《あす》を得《え》またで息絶《いきたえ》ずは、又伯母夫《をばむこ》の手に死《しな》ん。心よわしや。如是畜生《によぜちくせう》、発菩提心《ほつぼだいしん》」と念じつゝ、閃《ひらめか》す刃《やいば》の下に、犬の頭《かうべ》は撲地《はた》と落《おち》、さと潰《ほとばし》る鮮血《ちしほ》の勢ひ、五尺の紅絹《もみ》を掛《かけ》たるごとく、激然《げきぜん》としてその声あり、聳然《そうぜん》として立沖《たちのぼ》る、中《うち》に晃《きらめ》く物こそあれ、と左手《ゆんで》を伸《のば》して受留《うけとむ》れは、鮮血《ちしほ》の勢ひ衰《おとろ》へて、遂《つひ》に再び潰《ほとばし》らず。

信乃は霤《したゝ》る刃の水気《すいき》を、袖に拭《ぬぐ》ふて遽《いそがは》しく、鞘《さや》に納めて腰に帯《おび》、彼劊口《かのきりくち》より出《いで》たる物を、濃血《のり》拊除《なでのぞき》てつら〳〵見るに、是《これ》なん一顆《ひとつ》の白玉《しらたま》なり。その大《おほき》さ豆に倍して、紐融《ひもとほし》の孔《あな》さへあり。緒締《をじめ》などいふものならずは、必《かならす》これ記総《ずゞたま》なり。思ひかけなき物にしあれば、こゝろに深く訝《いぶか》りて、いと明《あか》かりける月の光りに、さし翳《かざし》つゝ復《また》見れば、玉の中《うち》に一丁《ひとつ》の文字あり。方是《まさにこれ》「孝」の字なり。現刀《げにかたな》して鐫《ゑ》れるにあらず、又漆《うるし》もて書《かけ》るにあらず、造化自然《ぞうくわしぜん》の工《たくみ》に似たれば、小膝《こひざ》を拍《うつ》て感嘆し、（略）

通釈

その時、軒下に藁菰《わらこも》を敷いて倒れていた犬は、深手の苦痛に耐えられないのか、長吠えする声に、信

乃はきっと見返って、「ああ、与四郎はまだ死んではいない。この犬を得て私は生まれ、この犬のために父を失った。その初めを聞き終りを思うと、愛すべく又憎むべきである。そうかといってこの畜生を捨て置くことは不憫である。まことに生き難いこの槍傷。一晩中苦しむよりは、速やかにわが手にかかれ。畜生の死を促すのに、このような宝刀を汚すのは大変恐れ多いことではあるが、血潮に染まらない刃の奇特を、また誰の為に惜しもうか。さあ、苦痛から助けてやろう。聞いているか、どうだ」と問いかけて、太刀を引っ提げて縁側からひらりと降りて振り上げる刃に恐れず、与四郎はやや前足を突き立てて、うなじを伸ばして「ここを斬れ」と言わぬばかりの健気さに、信乃は太刀を振り上げた手も弱り、「私には年も一つ上で、長年親が飼い育てなさり、馴れも馴ついた、この生きている犬をどうして斬られようか」と思い、思わず躊躇したのだが、「そうであっても、この犬ばかりは、しばらくはこうしているとしても、明日になっても死なないならば、また伯母婿の手によって死ぬことになろう。心弱

いことだ。如是畜生、発菩提心」と念じながらひらめかす刃の下に、犬の頭ははたと落ち、さっと迸る血潮の勢い、それはまるで一メートル五十センチほどの紅絹《もみ》を掛けたようで、激しい音があり、高々と立上る血潮の中に煌く物があると、左手を伸ばして受け止めると、血潮の勢いは衰えて、ついに二度とは迸らない。

信乃は滴る刃の水気を袖に拭って、急いで鞘に納めて腰に帯び、その斬り口から出た物を、血糊を撫で除いてつくづくと見ると、これは一つの白玉であった。その大きさは豆の倍くらいあり、紐通しの穴さえある。緒締めというものでなければ、まさにこれは数珠玉である。思いがけない物であったので、信乃は心中深く訝って、大変明るい月の光に差し翳しつつまた見ると、玉の中に一つの文字がある。まさにこれ、「孝」の字である。まことに、刀で彫ったものではなく、また漆で書いたものでもない。天帝によって造り出された自然の業のようであるので、信乃は小膝を打って感嘆し、(略)

あらすじ

信乃は、与四郎犬の体内から出た白玉が、以前、母の手束が山姫から受け取り損ねた玉であることを知るが、今更仕方が無いことと、玉を投げる。すると玉は跳ね返って信乃の懐に戻ってくる。また、信乃の左の腕には牡丹の形の大きな痣ができていた。その後、信乃は亀篠夫婦に引き取られることになるが、うわべは親切な夫婦の裏の心を見透かした信乃は、村雨丸を渡さないで済むなら参りましょうと、夫婦にことわった。夫婦は信乃の話し相手に額蔵という少年を付けるが、信乃は用心して額蔵にも心を許さない。

ある日額蔵は、信乃の左腕の痣と白玉を見つけ、信乃に、自分の背中の牡丹の痣と、所持する「義」の字の浮かんだ白玉を見せる。実は額蔵は、伊豆国北条の荘官、犬川衛士則任《えじのりとう》の一子、犬川荘之助《そうのすけ》という名の者で、讒言《ざんげん》にあって父母を失い、亀篠夫婦のもとで使われていた。ここに至って信乃は額蔵に心を許し、額蔵は犬川荘助義任《そうすけよしとう》と名乗り、信乃と義兄弟の契りを結ぶ。

蟇六夫婦は、額蔵を信乃の下僕として遣わし身辺を伺おうとするが、信乃は額蔵を警戒している振りをして蟇六夫婦を騙す。しかし、番作の三十五日の逮夜、蟇六夫婦は村人をもてなし、信乃を引き取って浜路を娶せ大塚氏の世継ぎとすると言い、番作の田畑の沽券を預かることを村人に認めさせる。信乃は与四郎犬を埋めた、我が家の庭の梅の木の幹を彫って「如是畜生発菩提心、南無阿弥陀仏」と書き付ける。

やがて番作の忌が果て、亀篠は信乃を元服させる。一周忌の春三月のある日、信乃が例の梅の木を見に行くと、文字は消えて沢山の八房の青梅が実り、実ごとに「仁義礼智忠信孝悌」の八文字が浮き出るという奇瑞があった。

蟇六夫婦は、信乃から村雨丸を奪うために様々に図る折、豊島・煉馬《ねりま》の領主が山内《やまのうち》・扇谷《おうぎがやつ》の両管領に滅ぼされるという騒動があり、世の中は不穏な様相を帯びる。親が煉馬家の家臣である浜路は故郷を案じ、心の拠り所を許婚と言われてきた信乃に求めようとする。

一方、嫌疑のうちに日を送る信乃の唯一の話し相手は、朴訥な性格の糠助《ぬかすけ》のみであったが、糠助は病に伏し、信乃に、足利成氏の家臣と名のる武士に預けた先妻との子、玄吉を探してくれと遺言する。玄吉には右の頰に牡丹の痣があり、「信」の玉を所持しているという。

又、ここに網乾左母二郎《あぼしさもじろう》という若者が大塚で手習いや遊芸の指南をしていた。亀篠は、かつて左母二郎が管領家の権臣であったことで、左母二郎の浜路への恋心を許そうとするが、蟇六は大塚城主の陣代の簸上宮六《ひがみきゅうろく》が浜路に恋慕し娶りたいと申し出たので、これを承諾する。そこで夫婦は、邪魔者となった左母二郎を信乃とともに追い出そうと、左母二郎を騙して信乃が所持する刀をすり替えるよう頼み、信乃に千葉の許我《こが》殿（足利成氏《なりうじ》）へ村雨丸を献上することを命じる。信乃は叔父叔母の企みを推しながらも承諾する。蟇六は左母二郎と信乃を神宮河《かにわがわ》に誘い、信乃を水死させようとするが、信乃の勇力により失敗、しかし左母二郎はその隙に村雨丸と自分の刀を密かにすり替え、これを我が物にする。

その夜、浜路が信乃の寝室を訪れ、二世をかけての信乃への尽きぬ想いを告げる。翌朝、文明十年六月十八日、信乃は額蔵を連れて許我《こが》へ旅立った。出立の前、額蔵は信乃とともに母の墳墓に参詣し、後に人々はここを行婦塚《たびめづか》と呼んだ。栗橋の宿で、額蔵は信乃に、蟇六夫婦から信乃殺害を頼まれたことを告げ、信乃との再会を期して一人大塚へ戻った。

蟇六夫婦は、簸上宮六《ひかみきゆうろく》と浜路の婚姻話を進め、浜路に祝言を持ちかける。信乃を思う浜路はこれを拒むが、蟇六に強引に押し切られ、仕方なく了解する。一方、浜路の婚姻話を耳にした網乾左母二郎は怒り、庭で自害しようとしていた浜路をさらって逐電する。浜路がいなくなったのに気付いた蟇六は追っ手を放つ。

又、ここに寂寞道人肩柳《じやくまくどうじんけんりゆう》という行者がいた。左肩に瘤があり、火遁の術で人々の信仰を集めていた。網乾左母二郎は豊島本郷の円塚山《まるつかやま》で蟇六の追っ手を討ち、浜路を口説くが、浜路は隙を見て村雨丸を奪い取り、斬り付けようとしたが失敗し深手を負い、逆に左母二郎に殺されようとする。その時、肩柳が現れ、左母二郎を討つ。肩柳は浜路に、自らは浜路の異母兄の犬山道松忠与《みちまつただとも》であること、先祖伝来の火遁の術を得て父の敵の管領扇谷定正《おうぎがやつさだまさ》を討つ志であること、浜路の母黒白《あやめ》は、同じく父道策の妾の阿是非《おぜひ》とその子の道松を毒殺しようとしだが、道松は蘇生して肩瘤に牡丹の痣が出来たこと、黒白の娘正月《むつき》は蟇六夫婦の幼女となり浜路と名のったこと、浜路の非業の死は母の悪因によるものであることを語り、自らの名を犬山道節忠与《どうせつただとも》と改める。浜路は兄の道節に、信乃に村雨丸を渡すよう頼み息絶える。

円塚山を通りかかり、その一部始終を立ち聞いていた額蔵は、村雨丸を奪おうと道節に挑みかかった。

（第二輯巻之五第十九回〜第三輯巻之五第二十九回）

第三輯

◆巻之五第二十九回「額蔵、犬山道節に挑む」◆

本文

「癖者等《くせものまて》」と呼《よび》とめつゝ、樹蔭《こかげ》を閃《ひら》りと走り出《いで》て、刀の璫《こしり》を丁《ちやう》と捉《と》り、両三歩《ふたあしみあし》引戻せば、驚きながら振《ふり》かへりて、璫《こしり》かへしに払ひ除《のけ》、大刀《たち》を抜《ぬか》んとする処を、横ざまに引組《ひつくん》たる、技《わざ》も力も劣《おと》らず優《まさ》ず、勇者《ゆうしや》と勇者の相撲《すまひ》には、寸分《すんぶん》の隙《ひま》あらずして、迭《かたみ》に捉《とつ》たる手を放さず、曳々声《ゑい〳〵こゑ》をふり立《たて》て、ちから足を踏鳴《ふみなら》し、沙石《いさこ》を飛《とば》し、小草《をくさ》を蹴《け》ひらき、両虎《りやうこ》の山に戦ふ如く、鷙鳥《しちやう》の肉を争ふに似て、いつ果《はつ》べくもあらざりしか、いかにしけん額蔵は、年《とし》来膚《ころはだ》を放さゞる、護身嚢《まもりふくろ》の長紐《ながひも》紊《みだ》れて、道節が大刀《たち》の緒《を》に、いく重《へ》ともなく夤縁《まつはり》つゝ、挑《いど》むまに〳〵引断離《ひきちぎ》られて、嚢《ふくろ》は彼《かれ》が腰に著《つけ》たり。そを取らんとする程に、思はずも手や緩《ゆる》みけん、道節忽地《たちまち》振《ふり》ほどきて、大刀《たち》を引抜き、撃《うた》んとすれば、「こゝろ得たり」と抜合《ぬきあは》せて、丁々《ちやう〳〵》発矢《はつし》と戦ふ大刀《たち》音《おと》、電光石火《でんくわうせきくわ》と晃《きら》めかす、一上一下《いちぜういちげ》、手煉《しゆれん》の刀尖《きつさき》、沈《しづん》で払へば、跳踰《おどりこえ》、引《ひけ》ば著入《つけい》り、進めばひらく、樊噲《はんくわい》が鴻門《こうもん》を破るとき、関羽《くわんう》が五関《ごくわん》を越《こゆ》るの日、孰《いつれ》か劣り、孰《いつれ》か勝《まさ》ん。天《そら》には隈《くま》なき月の照り、地に亦茶毘《まただび》の光あり。真夜中ながら明《あか》ければ、なほ相挑《あひいどみ》て迷はず去らず。

道節悍《いらつ》て撃大刀《うつたち》を、額蔵左に受流《うけなが》せば、刀尖《きつさき》あまりて腕《たゞむき》より、流るゝ鮮血《ちしほ》を物ともせず、丁《ちやう》と返せし大刀《たち》風尖《かぜするど》く、道節が身鎖《きこみ》の綿襠《わたかみ》、刀尖《きつさき》ふかく裏徹《うらかき》て、肩なる瘤《しひね》を砍傷《きりやぶ》れば、黒血《くろち》さつと濆《ほとばし》り、瘤《こぶ》の中《うち》に物ありけん、螽《いなご》の如く飛散《とびちつ》て、額蔵が胸前《むなさき》へ、礀《コブはた》と当るを、落《おと》しも遣《や》らず、左手《ゆんて》に楚《しか》と握留《にぎりとめ》て、右手《めて》に刃《やいば》を閃《ひらめか》し、又透間《すきま》もなく切結ぶ。大刀《たち》すぢ侮《あなど》りかたければ、道節は受《うけ》とゞめ、又受《うけ》ながして声をふり立《たて》、「やよ等一等《まてしばし》、いふ事あり。汝《なんぢ》が武芸甚佳《ぶげいはなはだよし》。われ復讐《ふくしう》の大望《たいまう》あり。豈小敵《あにせうてき》と死を決せんや。且《しばら》く退《しぞ》け」といはせもあへず、額蔵眼《まなこ》を瞪《いから》して、「さはわが本事《てなみ》をしりたるな。命惜《をし》くは村雨の宝刀《みたち》を逓与《わた》して疾々《とく〳〵》去れ。かくいふわれを誰《たれ》とかする。犬塚信乃が無二の死友《しいう》、犬川荘助義任《いぬかはさうすけよしたふ》なり。汝《な》が名は聞《きゝ》つ犬山道松《みちまつ》、烏髪入道《うはつのにうどう》、道節忠與《たゞとも》、宝刀《みたち》を返せ」と孰圉《いきまけ》ば、道節呵々《かや〳〵》と冷笑《あざわら》ひ、「わが大望《たいまう》を遂《とぐ》るまでは、女弟《いもと》にすら、うけ引《ひか》ざる、大刀《たち》を汝に与《あたへ》んや」「否《いな》とらでやは。とく〳〵逓与《わた》せ」と再び詰《つめ》よせ、附廻《つけまは》して、跳蒐《おどりかゝつ》て丁《ちやう》と撃《うつ》を、左辺《ゆんて》に払ひ、右辺《めて》に拄《さゝゆ》る。道節は透《すき》を揣《はか》りて火坑《くわこう》の中《うち》へ飛入《とびい》りつ、発《はつ》と立《たつ》たる煙《けふり》と丶もに、往方《ゆくへ》はしらずなりにけり。

通釈

額蔵は「曲者待て」と呼び止めながら、木陰からひらりと走り出て、道節の刀の鞘尻《こじり》をむずと取り、二、三歩引き戻させると、道節は驚きながら振り返り、額蔵を鞘《さや》の端で跳ね返して、太刀を抜こうとする時、額蔵は横の方から組み付く。技も力も劣らず勝らず、勇者と勇者の相撲には、少しの隙もなく、互いに取った手を放さず、えいえいと声をふり立て、力を込めた足を踏み鳴らし、砂子《いさご》を飛ばし小草を蹴開き、まるで二匹の虎が山で戦うように、また荒々しい鳥が肉を争う様のようで、いつ終わるとも見えなかったのだが、どうしたことか、額蔵は長年肌身に離さなかった守り袋の長紐が乱れて、道節の太刀の緒に幾重にも巻きつき、挑むままに引きちぎられて、袋の方は道節の腰に付いてしまった。額蔵はそれを取ろうとして思わず手が緩んだのか、道節はたちまち額蔵の手を振りほどいて太刀を抜き、斬ろうとしたので、額蔵は「心得た」と太刀を抜き合わせ、丁丁はっしと打ち合う太刀音、一瞬に煌かす一上一下の手練の切先を、身を屈めて払えば飛び越え、引くと付け入り、進めばかわす、それはまるであの樊噲《はんかい》が鴻門《こうもん》を破る時、或いは関羽《かんう》が五関を越える日の様子のようで、どちらが劣り、どちらが勝っていようか。天には曇りない月が照り、地には又荼毘《だび》の光がある。真夜中ながら明るいので、なお互いに挑んで、迷うことも逃げることもない。

そのうちに、道節が苛立って斬り込む太刀を額蔵が左に受け流すと、切先余って斬りつけ、その腕から流れる血潮を額蔵は物ともせず、ちょうと返した太刀は鋭く、道節の着込みの綿上《わたがみ》を切っ先深く突き通して、肩の瘤を切り裂くと、黒血がさっと迸り、瘤の中に何か物があったのか、蝗《いなご》のように飛び散っ

て、額蔵の胸先へびしりと当たるのを、額蔵は落さずに左手でしっかりと握り止め、右手に刃を閃かし、また隙もなく斬りつける。その太刀筋が侮りがたいものであったので、道節は太刀を受け止め、又受け流して声をふり立て、「おい待てちょっと、言うことがある。おまえの武芸は大変見事だ。私には復讐の大望がある。どうして小敵と死を決しようか。暫くやめてくれ」と言うが速いか、額蔵は眼を怒らせて「それなら私の手並みが分かったな。命が惜しいなら村雨の御太刀を渡して早く去れ。そういう私を誰と思うか。犬塚信乃の無二の友、死ぬ時も一緒の、犬川荘助義任《よしとう》である。お前の名は先に聞いた、犬山道松、有髪の入道、道節忠《ただ》與《とも》、御太刀を返せ」と息巻くと、道節はからからとあざ笑い、「わが大望を遂げるまでは、妹にすら承知しなかった太刀をどうしておまえに与えようか」「いや、取らずにおくものか。はやくはやく渡せ」と再び詰め寄り、つけまわし、跳りかかってはっしと斬りむのを、道節は左へ払い、右に支える。そのうちに道節は、隙を計って火穴の中に飛び入って、ぱっと立った煙とと

もに行方知れずになってしまった。

あらすじ

額蔵は驚いて消えた道節の行方を見回す。手に残されたものをみると、「忠」の字の浮き出た玉であった。これによって、額蔵は道節もまた同志であることを知り、安堵する。額蔵は網乾左母二郎《あぼしさもじろう》の悪事を榎《えのき》に書き付け、その場を去る。

婚姻の日、蟇六夫婦は訪れた簸上宮六《ひがみきゅうろく》に、浜路は左母二郎と逐電したと説くが、聞き入れられず、また村雨丸も偽物であることを知られ、蟇六夫婦は怒った宮六に斬られてしまう。そこへ額蔵が戻り、蟇六夫婦の敵として宮六を斬り、軍木五倍二《ぬるてごばいじ》に重傷を負わせる。宮六の弟社平《しゃへい》は、額蔵に蟇六夫婦殺しの罪を負わせたうえで額蔵を鎌倉の問注所へ連行する。

一方、犬塚信乃は許我《こが》へ到着するが、参上の朝になって村雨丸が偽物であると分かり動揺する。仕方なくそのまま成氏に見え、丁重に偽物を持参してしまった旨を告げると、成氏は信乃を敵の回し者と疑い、捕らえようとする。信乃はやむなくその場から追っ手を巻いて芳流閣《ほうりゅうかく》の楼上へと逃げ登る。

（巻之五第二十九回～第三十回）

◆巻之一第三十一回「芳流閣の戦」◆

本文

されば又、犬飼見八信道《いぬかひけんはちのぶみち》は、犯せる罪のあらずして、月来《つきごろ》獄舎《ひとや》に繋《つなが》れし、禍《わざはひ》は今恩赦の福《さいはひ》、我《わ》が縛《いましめ》の索解《なはとけ》て、人にぞか丶る捕手《とりて》の役義《やくぎ》、「犬塚信乃を搦《から》めよ」とて、慭《なまじい》に択出《えらみいだ》されつ、「他《よそ》の憂《うれひ》を自《み》の面目《めんもく》に、今更用ひられん事、願《ねがは》しからず」と思へども、推辞《いなみ》て許さるべくもあらぬ、君命《くんめい》重く、弥高《いやたか》き、彼楼閣《かのろうかく》は三層《さんぢゆう》なり、その二層《にぢゆう》なる檐《のき》の上まで、身を霞《かすま》せて登りて見れば、足下《あしもと》遠く、雲近く、照る日烈しく、堪《たへ》かたき、旹《ころ》は六月《みなつき》廿一日、きのふもけふも乾蒸《からむし》の、燄熱《ほてり》をわたる敷瓦《しきかはら》は、凸凹隙《うねりひま》なく、波涛《なみ》に似て、下には大河滔々《だいかたう〳〵》たる、こ丶生死《いきしに》の海に朝《い》る、溯洄《ながれ》は名に負坂東太郎《おふばんとうたらう》。水際《みきは》の小舟楫《おふねかぢ》を絶《たえ》て、進退既に谷《きはま》りし、敵にしあれば、いかでわれ、繋留《つなぎとめ》んと、鼯《むさゝび》の、樹伝《こつた》ふ如くさら〱と、登《のぼり》果《はて》たる三層《さんぢゆう》の、屋背《やね》には日柴翳《まぶしさす》よしもなく、迭《かたみ》に透《すき》を窺《うかゞ》ひつ丶、疾視《にらまへ》あふて立《たつ》たる形勢《ありさま》、浮図《ふと》の上なる鸛《かう》の巣を、巨蛇《おろち》の寃《ねら》ふに似たりけり。広庭《ひろには》には成氏朝臣《なりうぢあそん》、横堀史在村《よこほりふひとありむら》等の、老党若党《ろうたうわかたう》囲繞《ゐにゆう》せし、床几《せうぎ》に尻《しり》をうち掛《かけ》て、「勝負怎生《いかに》」と向上《みあげ》たる。亦只閣《またたゞかく》の東西には、身甲《はらまき》したる許多《あまた》の士卒《しそつ》、鑓長刀《やりなぎなた》を晃《きらめ》かし、或《ある》は箭《や》を負ひ、弓杖突立《ゆんつゑつきたて》、組《くん》で落《おち》なば撃留《うちとめ》んとて、項《うなぢ》を反《そら》してこれを観《み》る。加旃外面《しかのみならずとのかた》は、綿連《めんれん》として杳《はるか》なる、河水遶《かはみづめぐ》りて砌《みぎり》を浸《ひた》せば、借使《たとひ》信乃、武事長《ぶじたけ》、膂力衰《ちからおとろ》へず、よく見八に捷得《かちう》るとも、墨氏《ぼくし》が飛鳶《ひゑん》を借《から》ざれば、虚空を翔《かけ》るべくもあらず、魯般《ろはん》が雲梯《くものかけはし》なければ、地上《ちせう》に下《くだ》るべくもあらず。渠《かれ》鳥ならずも、羅《あみ》に入りぬ。獣《けもの》ならずも、狩場《かりば》に在《あ》り。三寸息絶《さんすんいきたゆ》れば、綷《こと》みな休《やま》ん。脱《のが》れ果《はて》じと見えたりける。

当下《そのとき》信乃おもふやう、「初層二層屋《しよぢゆうにぢゆうや》の上まで、追登《おひのぼ》らんとせし兵等《つはものら》を、砍落《きりおと》しつる後《のち》は、絶《たえ》て近《ちか》つくものもなきに、今只《たゞ》ひとり登来《のぼりき》ぬるは、よにおぼえある力士《りきし》ならん。這奴《しやつ》は是《これ》、あの膳臣巴提便《かしはでのおみはてべ》が、虎《とら》を暴《てうち》にする勇あるか。又、富田三郎《とみたのさふらう》が、鹿角《しかのつの》を裂く力あるか。遮莫一個《さもあらばあれひとり》の敵なり。引組《ひきくん》で刺迭《さしちが》へ、死するに難《かた》きことやはある。よき敵にこそ、ごさンなれ。目に物見せん」と血刀《ちかたな》を、袴《はかま》の稜《そば》もて推拭《おしぬぐ》ひ、高瀬《たかせ》の如き方桴《はこむね》に、立《たつ》たる儘《まゝ》に寄《よ》するを俟《まて》ば、見八も亦《また》思ふやう、「彼《かの》犬塚が武芸勇悍《ぶげいゆうかん》、素《もと》より万夫無当《ばんふぶたう》の敵なり。然《さり》とても搦《からめ》かねて、他《ひと》の援《たすけ》を借《か》ることあらば、獄舎《ひとや》の中《うち》よりこの役義に、択出《えらみいだ》されし甲斐《かひ》もなし。搦捕《からめと》るとも、撃《うた》るゝとも、勝負を一時《いちじ》に決《けつ》せんものを」とおもひにければ些《ちつと》も擬議《きき》せず、「御諚《ごじやう》ざふ」、と呼《よび》かけて、拿《もつ》たる十手《じつて》を閃《ひらめ》かし、飛《とぶ》が似《ごと》くに方桴《はこむね》の、左のかたより進登《すゝみのぼ》りて、組《くま》んとすれども寄《よせ》つけず、「こゝろ得たり」と鋭大刀風《ときたちかぜ》に、撃《うつ》を発石《はつし》、と受留《うけとめ》て、払へば透《すか》さず数刀尖《こむきつさき》を、拄《さゝえ》て流す一上一下《いちぜういちげ》、辷《すべ》る甍《いらか》を踏駐《ふみとめ》て、頻《しきり》に進む捕手《とりて》の秘術。彼方《かなた》も劣らぬ、手煉《しゆれん》の働き、岌《かさ》よりおとす大刀筋《たちすぢ》を、あちこち外《はづ》す、虚々実《きよ〱じつ》

〵々。いまだ勝負を判《わか》ざれば、広庭なる主従《しゆう〴〵》士卒は、手に汗握《にぎら》ざるもなく、瞬《またゝき》もせず気を籠《こめ》て、見るめもいとゞ迥《はるか》なる。

さる程に、犬塚信乃は、侮《あなどり》かたき見八《けんはち》が武芸《ぶげい》に、「敵を得たりけり」と思へば勇気弥倍《いやまし》て、刀尖《きつさき》より火出《いつ》るまで、寄《よせ》ては返す、大刀《たち》音被声《おとかけこゑ》、両虎《りやうこ》深山《しんざん》に挑《いど》むとき、鎗然《しやうぜん》として風発《おこ》り、二龍青潭《じりやうせいたん》に戦ふ時、沛然《はいぜん》として雲起《おこ》るも、かくぞあるべき。春ならば、峰《みね》の霞《かすみ》か、夏なれば、夕《ゆふべ》の虹《にじ》か、と見る可《ばかり》なる、いと高閣《たかきや》の棟《むね》にして、死を争ひし為体《ていたらく》、よに未《み》曽有《そうう》の晴業《はれわざ》なれば、見八は被籠《きこみ》の鏁《くさり》、肱当《こて》の端《はづれ》を裏欠《うらかく》までに、切裂《きりさか》れしかど、大刀《たち》を抜かず、信乃は刀の刃《は》も続かで、初《はじめ》に浅痍《あさて》を負ひしより、漸々《しだい》に疼《いたみ》を覚《おぼゆ》れども、足場を揣《はかり》て、撓《たゆ》まず去らず、畳《たゝみ》かけて撃大刀《うつたち》を、見八右手《めて》に受《うけ》ながして、かへす拳《こぶし》につけ入《い》りつゝ、「ヤッ」、と被《かけ》たる声と共に、眉間《みけん》を望《のぞみ》て礑《はた》と打《うつ》。十手《じつて》を丁《ちやう》と受留《うけとむ》る、信乃が刃《やいば》は鍔除《つばきは》より、折れて遥《はるか》に飛失《とびう》せつ。見八「得たり」と無手《むづ》と組むを、そが随左手《まゝゆんで》に引著《ひきつけ》て、迭《かたみ》に利腕《きゝうで》楚《しか》と拿《と》り、捩倒《ねぢたふ》さん、と曳声合《ゑいこゑあは》して、揉《もみ》つ揉《もま》るゝ、ちから足、此彼斉一《これかれひとしく》踏辷《ふみすべら》して、河辺のかたへ滾滾《ころころ》と、身を輾《まろば》せし覆車《ふくしや》の米苞《たわら》、坂より落すに異《こと》ならず、高低《かうべり》険《けは》しき桟閣《がけつくり》に削成《けづりなし》たる甍《いらか》の勢ひ、止《とゞま》るべくもあらざめれど、迭《かたみ》に拿《とつ》たる拳《こぶし》を緩《ゆる》めず、幾十尋《いくとひろ》なる屋《や》の上より、末遥《すゑはるか》なる河水《かはみづ》の底には入《い》らで、程《ほど》もよし、水際《みきは》に繋《つなげ》る小舟《こふね》の中《うち》へ、うち累《かさな》りつゝ撞《だう》と落《おつ》れば、傾《かたふ》く舷《へり》と、立浪《たつなみ》に、汆《ざんぶ》と音す水烔《みづけふり》、纜《ともつな》丁《ちやう》と張断《はりきり》て、射る矢の如き早河《はやかは》の、真中《たゞなか》へ吐出《はきいだ》されつ、尓《しか》も追風《おひて》と虚潮《ひくしほ》に、誘ふ水なる洄舟《くだりふね》、往方《ゆくへ》もしらずなりにけり。

通釈

犬飼見八信道は、犯した罪なくして数ヶ月の間獄舎に繋がれていた、その災いは今恩赦の幸いと変わり、縛めの縄が解けて、代わって人に掛ける捕り手の役儀となり、「犬塚信乃を捕らえよ」と、強引に選び出された。「人の憂いをこの身の面目として、今更用いられることは願わしいことではない」とは思うのだが、辞退して許されそうもなく、君命は重く、高く聳えるその楼閣は三層である。その二層目の軒の上まで見八が身を霞ませて登ってみると、足元は遠く、雲は近く、照る日は激しく耐え難い、頃は六月二十一日で昨日も今日も雨がなく蒸し暑く、一面に火照った敷瓦は、うねり続いて波のようである。下には大河が滔滔と流れ、二人の生死の分れ目の時にあって、生死流転の迷いの海に入る、その流れは名高い坂東太郎である。水際の小船が梶を失ったように、進退の窮まった敵であるので、どうにかして彼を捕えようと、見八は、鼯鼠《むささび》が木伝うようにさらさらと登りついた、その三層の屋根には身を隠す術もなく、互いに隙を伺いながら、睨みあって佇む姿は、まるで寺塔の上の鸛《こうのとり》の巣を大蛇が狙う様子に似ていた。広庭には成氏朝臣が、横堀史在村《よこぼりふひとありむら》ら老党若党が取り巻く床机に腰をかけて、「勝負はどうだ」と見上げている。また楼閣の周りには、腹巻をした大勢の兵士が槍薙刀をきらめかし、又は矢を背負い、弓杖を突き立てて、二人が組み合って落ちれば討ち止めようと、項を反らしてこれを見上げている。それのみならず、閣の外には連綿と遥かな河水が流れて軒下を浸しているので、たとえ信乃が武力に優れ力衰えず、うまく見八に勝ち得たとしても、あの墨子《ぼくし》の作ったという飛鳶《ひえん》を借りなければ虚空を駆けることもできない。又は魯般《ろはん》が作ったという雲の梯《かけはし》がなければ、地上に降りることもできない。

東京大学総合図書館蔵本

鳥ならぬ信乃であるが、すでに猟師の網に入ってしまった。獣ではないが狩場にいた。死んでしまったなら、事はそれで終わってしまう。逃れることはできないと思われた。

　その時信乃が思ったのは、「初層・二層の屋根の上まで追い上げようとした兵士たちを斬り落とした後は、全く近づく者もないのに、今ただ一人登ってきたのは、世に名高い勇者なのだろう。あいつにはあの膳臣《かしわでのおみ》巴提便《はてべ》が虎を手打ちにしたような勇力があるのか。また、富田三郎《とみたのさぶろう》が鹿の角を裂いたような力があるのか。それならそれで、一人の敵だ。組み合って刺し違えて死ぬのに難しいことがあろうか。よい敵がやって来たな。目に物をみせよう」と、血刀を袴の股立《ももだち》で押し拭い、高瀬船のような箱棟に立ったまま、攻めて来るのを待つ。

一方、見八も又思うには、「あの犬塚の武芸勇敢ぶりは、もともと大勢が向かっても叶わない程だ。それにしても、捕らえられずに人の助けを借りることがあれば、獄舎の中からこの役儀に選び出された甲斐もない。捕まえるとしても、討たれるとしても、勝負を一時に決めたいのだが」と思ったので、少しも怯まず、「ご命令である」と呼びかけて、持った十手を閃かし、飛ぶように箱棟の左の方から進み登って組もうとした。しかし信乃は見八を寄せ付けず、「心得た」と鋭い太刀筋で討ってくるのを、見八ははっしと受け止めて払うと、すかさず信乃が突っ込む切っ先を、見八は支えて流して激しく打ち合う。滑る甍を踏み止まって、頻りに進む見八の捕り手の秘術に対して、相手の信乃も劣らぬ手練の働きで上から落とす太刀筋を見八はあちこち外す、互いに秘術を尽くした戦いである。まだ勝負を決しないので、広庭の主従兵士は、手に汗を握らない者はなく、瞬きもせず息を呑んで見つめる、その眺めも大変遙か遠くの戦いである。

そうするうちに犬塚信乃は、侮りがたい見八の武芸に、「良い敵だ」と思ったので、勇気いや増して、切っ先から火の出るまで、攻めたり引いたり、その二人の太刀音と掛け声が響く。両虎が深山で戦う時には音を立てて風が起こり、二匹の竜が青々とした深淵で戦う時にもくもくと雲が起こるのも、このようであろう。春なら峰の霞か、夏なら夕べの虹かと見るばかりの、高閣の棟で死を争う様子は、いまだかつてない晴れわざであるので、見八は着込の中の鎖帷子や籠手の端を裏まで切り裂かれたのだが、太刀を抜かない。一方信乃は、攻撃の太刀も欠けて、初めに浅い傷を負ってから、次第に痛みを覚えたけれども、足場を測って気を緩めず退かず、たたみ掛けて討つ太刀を、見八は右手に受け流して、信乃がいったん引く拳の力をうまく利用しながら「やっ」と掛けた声と共に、信乃の眉間をさしてはっしと打つ。信乃が見八の十手をちょうと受け止めると、信乃の刃はもとから折れて遙に飛び失せた。見八は「しめた」と、信乃にむんずと組みつくと、信乃はそのまま左手に見八を引き付けて、互いに利き腕をしっかりと掴み、ねじ倒そうとえい声を合わせ、揉み揉まれて足に力を込めると、これも彼も一緒に足を踏み滑らせ、河辺の方へころころと身を転がせ、まるで転倒した車の上の米俵が坂から落ちるように、高低の差の激しい崖の上に造られた建物の上に、削るように急傾斜に敷かれた甍の勢いに、止まることもできないのだが、互いを掴んだ拳の力を緩めず、何十尋《ひろ》もある屋根の上から、末遥かな河水の底には落ちず、ちょうど良く、水際に繋いだ小船の中へ、うち重なりながらどっと落ちたので、船の舷《へり》は傾いて、波が立ち、ざんぶと音がして水煙があがると、纜《ともづな》はふつりと張りちぎれて、船は射る矢のように早い河のただ中へ放たれ、追い風と引き潮に誘われて、下り船は行方も知れずなってしまった。

あらすじ

成氏は慌てて船の跡を追って葛飾へ向かうよう命じた。下総国葛飾郡行徳《ぎょうとこ》に、旅籠《はたご》屋の主人、古那屋文五兵衛《こなやぶんごひょうえ》という者がいた。長男は二十歳になる小《こ》文吾《ぶんご》、次女は十九歳の沼藺《ぬい》で、沼藺は市川の船主の山林房八《やまばやしふさはち》に嫁ぎ、大八《だいはち》という四歳の男児をもうけていた。文明十年六月二十一日、午頭天王《ごずてんのう》の祭りに、文五兵衛が入り江で釣りをしていると、信乃と見八を乗せた船が漂着した。文五兵衛に助けられた信乃は、見八が糠助《ぬかすけ》の息子玄吉であることを知る。また文五兵衛は、見八が許我家の走卒《はしりづかい》の犬飼見兵衛《いぬかいけんべえ》の養子で、小文吾とは乳兄弟であると語る。信乃が糠助の遺言を語ると、見八は「信」の玉を取り出して見せる。すると文五兵衛は、息子の小文吾もまた「悌《てい》」の玉を持ち、尻に牡丹の痣があると語り、さらに自身の素性は神余光弘《じんよみつひろ》の家人那古七郎《なこのしちろう》の弟であると語る。

また小文吾は勇力で、土地の悪人杪櫂犬太《もがりのいぬた》を懲らしめたので、土地の者が犬田小文吾と名づけたこと、さらに先の土地の相撲で、山林房八に小文吾が勝って以降、二人の仲が悪くなっていることを語る。そこへ小文吾が現れ、信乃と見八の身なりを直し、三人を見送る。その後小文吾に曲者が襲い掛かり、信乃の麻衣を奪って逃げる。文五兵衛の家で、これより見八は現八郎《げんはちろう》と名のる。信乃・現八・小文吾は、玉と痣のことから、互いに異姓の兄弟であると語り合う。

そこへ塩浜の鹹四郎《からしろう》が来て、浜辺の喧嘩の仲裁に来てくれと言う。文五兵衛は小文吾の右手と刀に紙縒《こより》りを巻き、かつて杪櫂犬太と喧嘩した咎により、二度と刀を抜かぬよう小文吾を戒める。

戦いの傷がもとで信乃は破傷風にかかり、現八は武蔵志婆浦《しばうら》の薬店の薬を求めようと出立し、その後、文五兵衛は村長に呼ばれて行った。

小文吾は塩浜からの帰途で山林房八から言いがかりを付けられるが、刀を抜かずに辱めに耐えた。そこへ許我の家臣新織帆太夫《にいおりほだいふ》が捕縛された文五兵衛を連れて現れ、罪人信乃の引き渡しを求めるので、やむなく小文吾は信乃を捕らえ来ることを約束する。家に戻ると、鎌倉の修験者念玉《ねんぎょく》が宿を求め、尺八を吹いて戯れる。次に塩浜の鹹四郎《からしろう》らが押し入り言いがかりをつけるが、小文吾に組み倒され逃げる。さらにその後、房八の母で戸山《とやま》の妙真《みょうしん》が沼藺《ぬい》と大八《だいはち》を連れて訪れ、例の相撲以来、房八の機嫌が悪く沼藺を離縁したこと、大八は左の手が開かず不憫であるが沼藺とともに返すと語り、さらに信乃の人相書きを見せて房八からの離縁状とし、帰って行った。

　そこへ山林房八が訪れ、信乃の麻衣をつきつけて、小文吾に信乃の引き渡しを求め、信乃の入る小座敷に入ろうとするので、小文吾は思わず戒めの紙縒《こより》りを切って房八に斬り付ける。争いの中、大八は房八に脇腹を蹴られ息絶え、沼藺も誤って房八に斬られ、房八もまた小文吾の刃に倒れる。虫の息の下、房八は本心を語る。房八の祖父は杣木朴平《そまきのぼくへい》で、かつて山下定包を討とうとして逆に謀られ、主君の神余光弘《じんよみつひろ》を殺害してしまった過ちがあること、また文五兵衛は朴平が討った那古七郎《なこのしちろう》の弟であることから、房八と沼藺は仇同士であること、蘆分船《あしわけふね》のそばで信乃たちの志を聞き、祖父の汚名を雪ぐためにも身を犠牲にして信乃を救おうと決心し、わざと喧嘩を仕掛けたこと、信乃の代わりに、信乃に良く似ているという自身の首を献上して欲しいと語る。小文吾は、房八と沼《ぬ》藺《い》の鮮血を取り、それによって信乃の病は回復する。そこに修行者念玉《ねんぎょく》と観《かん》徳《とく》に扮した丶大《ちゅだい》法師と蜑崎十一郎照文《あまざきじゅういちろうてるふみ》が現れる。二人は問われるままに、八房の事から語りはじめ、「犬」の名のつく信乃らは伏姫の子であり、さらに他に四人の犬士がいること、また、房八の死が祖父朴平の死を雪ぐものであることを説く。

しばらくして、大法師が大八の左手首を取ると、大八は忽ち蘇生し、生まれてより一度も開かなかった左手を開くと、中から「仁」の玉が現れる。また、大八の脇腹には、房八に蹴られた時に出来た牡丹の形の痣が現れる。、大法師は、身を殺して仁を為した父房八が大八に変わり、大八が犬士に加わる運命であることから、大八を犬江親兵衛《いぬえしんべえ》仁《まさし》と名乗らせる。信乃はまた、与四郎《よしろう》犬の八つの斑《ぶち》毛および八房の梅の奇瑞と、八人いるであろう勇士との因縁を語る。小文吾は房八の願いによりその首を落とす。

そこへ、犬飼現八が鹹四郎《からしろう》らを討って戻ってきた。信乃・現八・小文吾は荘介のために一旦大塚に帰り、蜑崎は親兵衛と妙真を連れて安房に戻り、、大法師は他の犬士を探して諸国を巡ろうという。犬士らは沼藺と房八を葬り、小文吾・信乃・現八は行徳から船で大塚に渡る。、大法師も大塚へ向かった後、妙真のもとへ悪人舵九郎《かじくろう》が訪れ、許我へ献上した信乃の首が偽物であることを暴き妙真を口説こうとするが、帰宅した照文に懲らしめられる。危険を察した照文らが急ぎ安房へ船出しようとする所を舵九郎らが襲い、大八を捕らえて妙真らの目前で殺そうとする。

（第四輯巻之一第三十一回〜第五輯巻之一第四十回）

◆巻之二第四十回「親兵衛の神隠し」◆

本文

舵九郎《かじくらう》は既に斯《かう》、侮 慠《あなどりおご》る残忍不敵《ざんにんふてき》の、興《きやう》に乗《まか》して早《とみ》には撃《うた》ず、又呵々《かや〱》と冷笑《あざわら》ひ、「揃《そろ》ひにそろひし腰 癱《こしぬけ》でも、汝等両人まだ死《しな》ねば、後家奴《ごけめ》も珠数《ずゞ》を断《きり》かたからん。さらば餓鬼奴《がきめ》を料理せん。拳《こぶし》の冴《さえ》をよく見よ」と再び石をとり揚《あぐ》れば、妙真は只《たゞ》手を抗《あげ》て、あれよ〱と哭叫《なきさけ》ぶ、声魂悲《うらかな》しき絶体絶命。照文も文五兵衛も、今は忍ぶに忍《しのば》れず、「小児《しように》を撃《うた》ば答《たう》の大刀《たち》、讐《あた》をいかでか迯《にが》すべき。乾竹劃《からたけわり》になさんず」と刀の靶《つか》に手をかけて、走り進《すゝま》んとする程に、舵九郎は、拿《もつ》たる石を、閃《ひらめか》しつゝ、稚児《をさなこ》の、胸を望《のぞみ》て撃《うた》んとするに、おもはずも拳《こぶし》狂ふて、地上《ちせう》を礮《はた》と拍《うち》しかば、且怪《かつあやし》み且瞭《かつあはて》て、「齏粉《みぢん》になれ」と復《また》ふり揚《あぐ》る、腕《たゞむき》 忽《たちまち》地麻 癱《ちなえしびれ》て、われにもあらず惘然《もうぜん》たる、頂《いたゞき》の上に靉靆《あいたい》と、一朶《いちだ》の靄雲天引降《むらくもたなびきくだり》て、或《あるひ》は明《あか》く、雷 光《いなひかり》凄《すさま》しく、風亦颯《またさつ》と音《おと》し来《き》つ、石を巻き沙《いさご》を飛《とば》して、草木を靡《なび》かす鳴動《めいどう》に、或《あるひ》は暗く、雲は漸々《しだい》に降来《くだりき》て、大八の親兵衛を、引包《ひきつゝ》むとぞ見えたりし、はや中天《なかそら》へ巻《まき》登《のぼ》すれば、舵九郎はわれに復《かへ》りて、驚き瞭《あはつ》る両手《もろて》を抗《あげ》つゝ、なほ稚児《をさなこ》を遣《や》らじとて、跳《おどり》狂《くる》ふて撲地《はた》と輾《まろ》べば、足はそらさまになりて、身は地をはなれ、雲の中《うち》に物ありて、倒《さかさま》に引揚《ひきあぐ》るがごとく、鮮血《ちしほ》溌《さつ》と霤《したゝ》りて、舵九郎は臋《ゐさらひ》より、鳩尾《みづおち》の辺《ほとり》まで、ばらりずんと引《ひき》

八戸市立図書館蔵本

裂《さか》れたる、軀《むくろ》は撻《だう》と落《おち》てけり。

かゝる奇特《きどく》に照文《てるふみ》も、文五兵衛も進みかねて、忙然《ばうぜん》たる後方《あとへ》より、嚮《さき》に逃《にげ》たる悪党四五人ン、なほ朽《くち》をしくや思ひけん、船棹《ふなさを》・稓《やす》・藻刈鎌《めかりかま》、おの〱応手物《えもの》を閃《ひらめか》して、不意に起《おこつ》て撃《うた》んと進むを、照文はやく見かへりて、大刀《たち》真額《まつかう》に抜翳《ぬきかざ》し、縦横無礙《じうわうむげ》に砍立《きりたつ》れば、文五兵衛も相《あひ》並《ならび》て、再び刃《やいば》をうち振りつゝ、両人斉一《ひとしく》両敵を、瞬間《またゝくひま》に砍仆《きりたふ》せば、残る奴原《やつばら》舌《した》を掉《ふるふ》て、刃《やいば》を引《ひき》て逃走《にげはし》るを、三反許《さんたんばかり》追捨《おひすて》て、旧《もと》の処に立《たち》かへれば、風はおさまり、雲霽《はれ》て、傾沈《かたふきしづ》む五《いつ》日《か》の月の、影のみ幽《かすか》に遺《のこ》りけり。

通釈

舵九郎はこうして、侮り奢る残忍不敵の興趣に任せてすぐには大八を殺そうとはせず、からからと嘲笑い、「揃いにそろった腰抜けでも、お前たち二人がまだ死なないので、後家めも諦め切れないのだろう。では餓鬼めを料理しよう。拳の冴えをよく見ていろ」と再び石を取り上げると、妙真はただ手を上げて、あれよあれよと泣き叫ぶ、声はうら悲しい絶体絶命の時である。照文も文五兵衛も、今は耐えるに耐えかねて、「舵九郎が子どもを打つならば、報いの太刀で、仇をどうして逃がすものか。幹竹割《からたけわ》りにしてしてくれよう」と、刀の柄に手を掛けて、走り進もうとすると、舵九郎は持った石を振り回しながら、幼子の胸を目がけて打とうとすると、思わず拳が狂って地上をどんと打ったので、怪しみ慌てて、「微塵になれ」とまた振り上げる腕はたちまち萎え痺れて、我を忘れて茫然としていると、山頂の上に靉靆《あいたい》と、一群の群雲がたなびき降って、雷光凄まじく、風がさっと音して吹きつけ、石を巻き砂子を飛ばして草木を靡かす鳴動に、明るくなり暗くなり、雲は次第に降りてきて、大八の親兵衛を引き包むと思ったとたんに、あっという間に中天へ巻き上げたので、舵九郎は我に返って驚き慌て両手を挙げながら、なお幼子をやるまいと、躍り狂ってばたりと転ぶと、足は空へ向いて身は地を離れ、雲の中に物があって、舵九郎を逆さまに引き上げるようにすると、血潮がさっと滴って、舵九郎は尻からみぞおちのあたりまでばらりずんと引き裂かれ、骸《むくろ》はどっと落ちてしまった。

この奇特に、照文も文五兵衛も進みかねて茫然としていた後から、さっき逃げた悪党四、五人がなお悔しく思ったのか、船棹《ふなさお》・矠《やす》・藻刈鎌《もがりがま》と、めいめい得手な武器を振り回して不意に襲って討とうと進むのを、照文はすばやく見返って、太刀を真正面に抜き翳し、自由自在に斬り立てると、文五兵衛も照文と並んで再び刃を振りながら、両人等しく両敵を瞬く間に斬り倒したので、残る者たちは驚き恐れながら刀を引いて逃げ走るのを、三十メートルほど追って見捨て、もとの所に戻ると、風は治まり雲は晴れて、傾き沈む五日の月の光だけが幽かに残っていた。

親兵衛が神隠しにあったのを妙真は嘆くが、照文は伏姫神の計らいであろうと励まし、無事であった房八の下僕の依介《よりすけ》とともに安房へ船出する。また文五兵衛は船で武蔵へ向かう。

一方、信乃・現八・小文吾は、神宮河《かにわ》で漁師猎平《やすへい》から大塚の凶変を聞く。猎平は本名を姨雪世四郎《おばゆきよしろう》といい、知人の音音《おとね》という老女が上野国荒芽山《あらめやま》にいるので、そこへ行くように信乃らに勧める。

三犬士は滝の川の弁財天から、番作夫婦・蟇六夫婦・糠介の墓、行婦塚《たびめづか》に参詣し、その後は大塚城中の様子を探っていた。一方、額蔵は丁田町進《よろぼたまちのしん》から日々拷問されていたが、玉の霊力によって無事であった。庚申塚《こうしんづか》で額蔵が処刑されようとした時、三犬士は役人たちを斬って額蔵を助けるが、戸田河で追い詰められたところを猎平の船に助けられ、またその甥子の力二郎《りきじろう》・尺八郎《しゃくはちろう》が葦原で敵を防ぐ。猎平は四犬士を陸に上げると、そのまま船を沈ませてしまう。その後四犬士は互いに身の上を語り、この時額蔵は正式に犬川荘助義任《そうすけよしとう》と名乗る。

四犬士は荒芽山に向かう途中、白雲山の明巍《みょうぎ》社に参詣し、荘助はそこで犬山道節を見かける。道節は、父の仇の上野国《こうずけのくに》白井城の扇谷定正《おうぎがやつさだまさ》に村雨丸を売ろうと持ちかけて近づき殺すが、実はそれは定正の家臣であった。道節を追う定正の兵は、信乃たちを道節一味と思い襲撃するが、道節の助けを得て四犬士は逃げ、荘助は一人荒芽山に向かう。一方道節は、主君と父を討った二人の敵の首を奪い、塔婆に手向けていた所を、曲者と間違えた荘助と争い、またそこに現れた老人が持っていた包みと、道筋が持っていた首の包みが誤って入れ替わり、道筋と老人はそのまま立ち去る。

　荒芽山では、音音《おとね》と単節《ひとよ》が、馬を引いて夫役にいったまま戻らぬ曳手《ひくて》の帰りを待っている。音音は、かつて姨雪《おばゆき》世四郎《しろう》（猎平《やすへい》）との間に設けた不義の子、力二郎《りきじろう》・尺八郎《しゃくはちろう》のこと、また主君の道策一子で自分が乳母として育てた道節のこと、側室の阿是非《おぜひ》、黒白《あやめ》のことなどを語り身の上を嘆くところへ、突然猎平が訪れ音音に宿を乞うたが、音音は敵の世話を受けている夫の不義を責めてこれを拒み、猎平は単節によって匿われる。単節が姉の曳手を迎えに出ていった後、荘助が宿を訪れ、そこで道節と出会い、道節が犬士であることを語る。荘助の話を聞いていた音音は、猎平が戸田河で既に死んでいたことを知る。

　そこへ曳手と単節が、病を起こした二人の男を馬に乗せて戻ってくる。実は二人は力二郎・尺八郎であり、音音らは再会を喜ぶ。しかし、猎平が単節に渡した荷物が道筋の包みと間違えて持ってきた二人の男の首であるとわかった時、力二郎と尺八郎の姿は消えて霊と化した。その後、力二郎と尺八郎の首も、道筋の包みから出てきた。実は猎平は無事で、戸田河で戦士した息子二人の首を持って帰ったのであった。その時、白井城からの捕り手が音音の家に押し入ったが、猎平たちは道節の助けによってこれを討つ。

道節は音音に、猎平の志と二人の息子の孝心を説いて、音音を猎平の妻とする。また曳手・単節は髪を切って夫の菩提を弔うところへ、またしても捕り手が押し寄せてくる。そこで猎平夫婦が家に放った火のために、五犬士は別れ別れとなる。また、曳手・単節は霊力を得た馬に乗って敵を逃れる。

小文吾はひとり武蔵国阿佐谷《あさや》にたどり着き、そこで暴れ野猪に倒された並四郎《なみしろう》を助ける。宿を借りに小文吾が訪れた並四郎の家には、船虫《ふなむし》という女房がいた。

（第五輯巻之一第四十一回〜第六輯巻之一第五十二回）

第六輯

◆巻之一第五十二回「船虫と小文吾」◆

本文

只つらく〱と四下《あたり》を見るに、こゝの一《ト》間は、外《ほか》に物なく、席薦《たゝみ》は六枚《むひら》ばかり布《しき》たる、上座《かみくら》には、唐紙張《からかみはり》の袋戸《ふくろと》の小棚《こたな》あり。柴竹《ごまたけ》の押縁《おしふち》したる葭簀天井《よしすてんじやう》は、不破《ふわ》の関屋の廂《ひさし》ならで、月の漏《も》るべき住《すま》ひにはあらぬを、いかなれば、出居《いでゐ》のかたの壁、三尺ばかりいたく落頽《おちくづ》れて、骨もなくなりたる儘《まゝ》に、あなたより戸を推被《おしかけ》て塞《ふた》ぎたり。この次の間は庖湢《くりや》にて、別《べち》に夜物弆《よるのものおさめ》などする、納戸《なんど》やうの処あり。其処《そこ》に夫婦は睡《ねふ》るなるべし。

又、この女房船虫《ふなむし》は、年歳《としのよはひ》も三十《みそぢ》のうへを、六ッ七ッにやなりぬべからん、物のいひざま進止《たちふるまひ》まで、よろづ男めきたるが、さりとて容皃《かほかたち》の醜《みにく》きにもあらず。頭髻《たぶさ》は、竪《たて》ざまに結紈《むすびわが》ね、櫛《くし》は横ざまに挿光《さしひけ》らしたる。をり〳〵釵《かんさし》を抜出《ぬきいだ》して、額髪《ひたひかみ》を掻《か》く癖《くせ》あり。男帯《をとこおび》のふりたるを、腋下《わきのした》に結垂《むすびさげ》ても、襌《まへかけ》のみ綺羅《きら》やかなるに、単衣《ひとへきぬ》の袖も身幅《みはゞ》も、いと広く長かるは、良人《をつと》に貸《かし》て被《き》せん為か、迭代《かたみかはり》に被るかなるべし。小文吾はこれらによりて、腹裏《はらのうち》におもふやう、「こゝのあるじが為体《ていたらく》、百姓《ひやくせう》ならず、商人《あきひと》ならず。抑亦《そも〳〵また》何をもて、生活《なりはひ》にするやらん。もし侠客《きやうかく》の類《たぐひ》ならずは、袁彦道《ゑんけんどう》をも欺《あざむ》くといふ、博徒《ばくと》の煉《ねれ》たるものなるべきか。そはとまれかくもあれ、あるじの留守なる人妻《ひとつま》と、うち対《むか》ひをるばかり、心苦しきものはなし。えうなき宿《やど》を取りぬるかな」と、窃《ひそか》に困《こう》じて、盃《さかつき》は、受《うけ》たるのみにて飲《のま》ざりしを、船虫《ふなむし》が云云《かにかく》と、浮上手《しひじやうず》にて許さねば、已《やむ》ことを得ず一度《いちど》過《すぐ》しつ、しば〳〵推辞《いなみ》てふたゝび受《うけ》ず。

通釈

ただつらつらと辺りを見回すと、ここの一間は外に物がなく、畳は六枚ほど敷いて、上座には唐紙を貼った袋戸の小棚がある。柴竹《ごまたけ》の押縁をした葦簀《よしず》天井の様子は、例の不破の関屋の廂とは違って月光が漏れるような荒れ果てた住まいではないが、どういうわけか、出口の方の壁が九十センチほどひどく落ち崩れて、骨も無くなったままの所に、向こう側から戸を押し掛けて隙間を塞いでいる。その次の間は台所で、また別に寝具を納めたりする納戸のようなところがある。そこで夫婦は眠るのであろう。

又、この女房船虫は、年齢も三十を六つ七つになっているだろうか、物の言い様、立ち振る舞いまで、すべて男のようだが、そうかといって容貌が醜いわけでもない。髷は縦に結びわがね、櫛は横の方に挿して見せている。時々簪を髪から抜き出して、額髪を掻く癖がある。男帯の古くなったのを、脇の下に結び下げても、前掛だけは派手で、単衣《ひとえ》の袖も身幅も大変広く長いのは、夫に貸して着せているためか、あるいは夫婦で交代に来ているか、どちらかである。小文吾はこれらの様子から心に思ったのは、「この主人の様子は百姓でもなく、商人でもない。そもそもまた、どうやって生計を立てているのだろう。もし侠客の類でなければ、あの袁彦道《えんけんどう》も欺くという博徒の手練の者だろうか。それはともかく、主人が留守の人妻と向かい合っていることほど心苦しいものはない。つまらぬ宿を取ってしまったものだ」と、密かに困って、杯は受けただけで飲まなかったのを、船虫があれこれとおだて上手で許さないので、小文吾は仕方なく一度飲んで、しばしば辞退して二度とは受けようとしなかった。

あらすじ

小文吾の寝室に盗賊が入り、小文吾が斬るとそれは並四郎であった。船虫は夫のこれまでの放蕩悪事を語り、このことは内緒にして欲しいと、家宝の尺八を小文吾に渡す。小文吾はそのまま出立する。すると後より追っ手が現れ、小

東京大学総合図書館蔵本

文吾は、千葉家の家宝の嵐《あらし》山の尺八を盗んだ罪、また並四郎を殺害した罪に問われるが、小文吾は船虫を怪み、尺八を宿に置いてきていたので罪を逃れる。小文吾の言葉どおり、船虫の家からは尺八が出てきた。慌てた船虫は小文吾に襲い掛かるが、敢え無く小文吾に懲らしめられる。千葉家の家老馬加《まくわり》常武《つねたけ》の命より船虫は連行されるが、途中何者かが船虫を奪い去る。

　小文吾を成氏の回し者と危ぶむ常武の進言もあり、千葉《ちば》自胤《のよりたね》は小文吾をしばらく城に逗留させる。小文吾は進退ままならず心ばかりが逸る中、老僕の品七《しなしち》から、千葉家の分裂にはじまる馬加《まくわり》常武《つねたけ》の謀略、すなわち、千葉家の家宝である尺八嵐山と小篠《おざさ》・落葉《おちば》の名刀を千葉家の老党の粟飯原《あいはら》首《おうと》胤度《たねのり》を陥れるために船虫と並四郎に奪わせたこと、船虫を逃がした賊は常武の回し者であろうことを語る。その後品七は急死し、小文吾は品七が常武に毒殺されたと測る。常武は小文吾を度々毒殺しようとするが、小文吾は霊玉の助けによって免れる。常武にはさらに、主君自胤を亡き者にし、わが子鞍弥《くらや》吾常尚《ごつねひさ》を城主にしようとの大望があり、小文吾を味方に付けようと思い直す。

その頃、鎌倉から女田楽《おんなでんがく》が石浜《いしはま》城下に来ており、常武は美少女旦開野《あさけの》を呼んで小文吾を饗応する。一座は旦毛野の舞に興じた。舞が終わり、小文吾は刀の緒に挟まった白銀の桃花の簪《かんざし》に気付き、これを田楽の少女に返す。そこへ常武が自胤を滅ぼすための協力を小文吾に求めるが、小文吾は拒否する。小文吾は部屋に戻るが、手水鉢の中に浮かんだ葉の裏に書き付けられた旦毛野の和歌を見つける。（巻之一第五十二回～巻之三第五十六回）

◆巻之三第五十六回「遊女旦毛野と小文吾」◆

本文

降《ふり》み降《ふら》ずみ皐月雨《さみだれ》に、檐《のき》の玉水音《たまみづおと》のみぞする、五月中澣《さつきなかば》になりしかば、懈《おこた》るとにはあらねども、やうやくに労倦《つかれ》をまして、一日甲夜《あるひよひ》より仮寐《うたゝね》したれば、まだ縁頬《えんがは》なる雨戸も引《ひか》ず、天《そら》めづらしき皐月霽《さつきはれ》に、十四日の月隈《くま》なく照らして、障子《せうじ》にうつる人影あり。小文吾《こぶんご》忽《たちま》地《ち》駭《おどろ》き覚《さめ》て、「脱落《ぬかり》にけり」と遽《いそがは》しく、頭《かうべ》を擡《もたげ》て見かへる程に、外面《とのかた》に「苦《あ》」と叫ぶ声して、撻《だう》と仆《たふ》るゝ人音《ひとおと》に、小文吾ふたゝびうち駭《おどろ》きて、刀を引提《ひさげ》て縁頬《えんかは》なる、障子《せうじ》をやをら開《あけ》つゝ見れば、紛《まが》ふべくもあらぬ鑽隙《しのび》の癖者《くせもの》、手には刃《やいば》を持《もち》ながら、仰《のけ》さまに仆《たふ》れたる、その項《うなぢ》のあたりより、血の夥《おびたゝ》しう流れ出《いで》たり。「こは何ものか、わが為に、撃留《うちとめ》けん」と思ふにも、且《かつ》疑ひ、且怪《かつあやし》みて、白昼《まひる》の如く明《あか》かりける、月を便りに件《くだん》の死骸《しがい》を、引起《ひきおこ》しつゝなほよく見れば、桃花《もゝのはな》の添鋩《さしこみ》したる、白銀《しろかね》の釵児《かんさし》を、盆《ぼん》の窪《くぼ》の真中《たゞなか》より、吭《のどぶえ》までぞ打込《うちこみ》たる。只《たゞ》この事《こと》の奇異《きゐ》のみならで、撃《うた》れて死《し》したる癖者《くせもの》は、常武《つねたけ》が股肱《こゝう》の若党《わかたう》、卜部《うらべの》季六《すゑろく》なりければ、「原来《さては》常武《つねたけ》、わが虚《きよ》を猜《すい》して、このものをもて撃《うた》せんと謀りし事は違《たが》はざめれど、この釵児《かんさし》も予《かね》て認《みし》れる、彼日開野《かのあさけの》が物とし聞けば、わが為にこの仇《あた》を、殺せしは彼少女《かのをとめ》なるか。渠《かれ》は女田楽《をんなでんがく》なれども、輪鼓《りうご》、品玉《しなたま》、刀玉《かたなたま》、八玉《やつたま》、綱渡《つなわたり》の技《わざ》なンどにも、をさ〳〵長《たけ》たるものとしいへば、さる俳優《わざをぎ》より自然と熟して、銑鋧《しゆりけん》を撃《うつ》ことさへに、その妙《めう》を得しものなるか。それかあらぬか」とばかりに、惑《まど》ひは解《とけ》ぬ夏の霜、傾《かたふ》く月の影見れば、夜《よ》は丑三《うしみつ》の比《ころ》なりけり。

かくて又小文吾《こぶんご》は、ふたゝび心に思ふやう、「この季六《すゑろく》が撃殺《うちころ》されしを、はやく常武《つねたけ》に知られなば、渠《かれ》かならず多勢《たせい》をもて、われを撃捕《うちとら》んとするなるべし。かゝれば死骸《しがい》を推隠《おしかく》して、得《え》しらぬ皃《かほ》にて常武《つねたけ》が、猶《なほ》せんやうを勘察《かんさつ》して、生死《せうし》を其処《そこ》に究《きは》むべし」と、ひとり点頭《うなつ》く箬竹《くまささ》の、ほとりに伏《ふし》たる手応《てごろ》の石を、掻起《かきおこ》しつゝもて来《き》つゝ、死骸の裳《もすそ》に推包《おしつゝ》み、既にして曲演《せんすい》の、深水《ふかみ》へやをら沈むる折から、月は忽地《たちまち》雲隠れして、朦朧《おぼろ〳〵》となるまゝに、あなたの庭の松を伝ふて、はや築垣《ついかき》を踰《こゆ》るものあり。小文吾《こぶんご》はやく透《すか》し見て、「扨《さて》はふたゝびわがうへなり。えうこそあれ」と潜歩《ぬきあし》しつゝ、身の程掩《おほ》ふ袖垣《そでかき》を、小盾《こたて》にとりて隠待《したまち》せり。

さる程に癖者《くせもの》は、頬被《ほゝかむり》せし手拭《てのごひ》の、端《はし》を銜《くはえ》て築垣《ついかき》を、閃《ひら》りと降立《をりたつ》こなたの庭面《にはもせ》、樹間《このま》〱を遶《めぐ》り来て、且縁頬《まづえんかは》に手を掛《かけ》て、裡面《うち》のやうを透《すか》し見つ、進み入《いら》んとする程に、小文吾《こぶんご》はやく走り出《いで》て、「癖者等《くせものまて》」と叫びもあへず、刀を晃《きら》りと引抜《ひきぬき》て、砍《き》らんとすれば、「吐嗟《あなや》」とばかり、刃《やいば》の下《した》を彼此《あちこち》と、潜《くぐ》り脱《ぬけ》つゝ一間《いつけん》あまり、後《うしろ》ざまに飛退《とびのき》て、「やよ犬田《いぬた》ぬし、吾儕《わなみ》で侍《はべ》り。早《はや》りて怪我《けが》をさし給ふな」といふ声聞けば女子《をなこ》なり。小文吾《こぶんご》は訝《いぶか》りながら、刃を小腋《こわき》に引著《ひきつけ》て、「然《さ》いふは誰《た》ぞ」と、透《すか》し見る、天《そら》にもこゝろ鮮明《ありあけ》の、月を吐く雲、はや邁過《ゆきすぎ》て、隈《くま》なき光にふたゝび見れば、見忘れもせぬ旦開野《あさけの》なり。

さりとて小文吾《こぶんご》油断《ゆだん》せず、「いぬる日《ひ》面《おもて》を認《みし》れるのみにて、物いひいはれしこともなきに、女子《をなこ》に似げなく夜《よ》をこめて、垣《かき》を乗り界《さかひ》を犯し、潜《しの》びて来つるは故《ゆゑ》もやある」と問質《とひたゞ》されて恥《はづ》かはしげに、「その疑ひは理《ことわ》りながら、嚮《さき》にわらはが打《うち》かけて、おん身の仇《あた》を撃《うち》留《とめ》たる、花釵児《はなかんさし》を見給ふても、心は大かたしられもせんに、物いはぬとて相見《あひみ》たる、夏野の男女郎花《をとこをみなべし》、結ぶは露の玉櫛笥《たまくしげ》、ふたゝびこゝにあはんとて、神をかけ樋《ひ》に流したる、木《こ》の葉《は》に示せし水茎《みづくき》の、深き思ひを今さらに、知らず皃《がほ》なる薄情《うすなさけ》、とても悃《かな》はぬ恋ならば、切《せめ》ておん身の手にかゝりて、死《しな》んとまでに覚期《かくご》して、来つるを不便《ふびん》と見給はずや。心つよし」と怨《ゑん》ずれば、小文吾聞て冷笑《あざわら》ひ、「浮《うき》たる技《わざ》もて世を渡る、俳優《わざをぎ》などはさもあらん。われは素《もと》より色を好まず。身に罪なくて囚《とらは》れと、なりし憂苦《ゆうく》を外《よそ》にして、化《あだ》なる恋に靡《なびか》んや。そは実情にはあらずして、窃《ひそか》に人に相譚《かたらは》れて、われを惑《まよ》はす便点《てだて》にこそ」といはれていとゞ恨《うらめ》しげに、顔つく〳〵とうち瞻仰《みあげ》て、「嚮《さき》に贈りし歌のみならば、然《さ》る疑ひを稟《うけ》もせん。女子《をなこ》のうへには有まじき、花釵児《はなかんさし》に血を染《そめ》しを、誰《た》が為《ため》なりきと思はれけん。希婦《けふ》の陜布《せばぬの》胸あはで、尽す誠《まこと》の届かずは、とく〳〵殺し給ひね」と刃《やいば》に怕《おそ》れず身を衝附《つきつけ》し、覚期《かくご》の気色《けしき》に、小文吾《こぶんご》は、いふにや及ぶと拿直《とりなほ》す、刃《やいは》を引提《ひさげ》て背《そびら》のかたに、立遶《たちめぐ》りつゝふり揚《あげ》ても、些《ちつと》も騒がぬ女子《をなこ》の一心、項《うなぢ》を延《のば》し、掌《たなそこ》を、うち合《あは》しつゝついゐたるを、小文《こぶん》吾《ご》霎時《しばし》と見かう見て、刃《やいば》を鞘《さや》に納めても、治《おさま》りがたき当座の難義に、霎時《しばし》念《あん》じて、辞《ことば》をやわらげ、「死をだも厭《いと》はぬそなたの痴情《ちじやう》、稍《やゝ》疑ひは解《とけ》たれども、いよ〳〵逼《せま》るわが身の菑害《わざはひ》、とてもかくても久後遂《すゑとげ》がたき、妹佚《いもせ》と思ひ諦《あきら》めて、とく〳〵かへり給へかし」といふを、旦開野《あさけの》見かへりて、「然《さ》る御《み》こゝろのあるならば、いかでわらはを伴《ともな》ふて、窃《ひそか》に脱《のが》れ出《いで》給はずや。手を束《つかね》つゝ、冤《あた》なす人に、苦しめられて後終《のちつひ》に、命を喪《うしな》ひ給はんは、いと愚《おろか》にも侍《はべ》るかし」と励《はげま》されても小文吾《こぶんご》は、嗟嘆《さたん》に堪《たへ》ず額《ひたひ》を押拊《おしなで》、「脱《のが》れ去らるゝものならば、けふまでかくてやはあらん。彼首《あしこ》に鎖《とざ》せし諸折戸《もろをりと》を、踰《こえ》んは輙《たやす》きわざながら、夜《よ》は殊《こと》さらに出入《でいり》を許さぬ、城《しろ》の門戸《もんこ》をいかにかすべき」といふを旦開野《あさけの》聞《きゝ》あへず、「そは亦《また》手段《てだて》の侍《はべ》るなり。わらはこの廿日《はつか》あまり、馬加殿《まくはりとの》に留《とゞ》められて、内外《うちと》の事をよく知れり。大凡《おほよそ》城を出入《いでいり》するもの、昼《ひる》は昼の符牌《きつて》あり、夜《よ》も亦夜《またよる》の符牌《きつて》あり。窃《ひそか》に方便《てだて》を旋《めぐ》らして、その符牌《きつて》だに手に入《い》らば、出《いづ》るに難《かた》きことやは侍る」と聶《さゝや》き示せば、小文吾《こぶんご》は、歓《よろこ》び面《おもて》にあらはれて、「そは幸ひの事ながら、見咎《みとが》められなば毛を吹《ふき》て、疵《きず》を求《もとむ》る後悔あらん。疎《そ》忽《こつ》の挙動《ふるまひ》し給ふな」とこゝろを付《つく》れば頷《うなつ》きて、「いはるゝまでも侍らねど、只《たゞ》阽《あやぶ》みて日を過《すぐ》さば、おん身はいよ〳〵危《あやう》かるべし。命にかけて翌《あす》の夜《よ》は、件《くだん》の符牌《きつて》を取らん事、暁《あかつき》までは過《すぐ》し侍らじ。よろづの用意《こゝろがまへ》して、俟《まち》給ひね」と、逞《たくま》しき、辞《ことば》に小文吾《こぶんご》感激して、「かくはそなたの助けによりて、脱《のが》れて出《いづ》る事を得《え》ば、これ天縁《てんえん》の竭《つき》ざるなり。予《かね》て契《ちぎ》りし友の為に、なすべき事をなし果《はて》て、やうやくこの身の落著《おちつか》ば、迎へとりて妻とせん。嚮《さき》に卜部季六《うらべのすゑろく》を、撃留《うちとめ》られし釵児《かんさし》は、わが手に留《とゞ》めてこゝにあり。受納《うけおさ》め給へかし」といひつゝ返せば、手にとりて、「睡《ねむ》れる龍《たつ》の腮《あぎと》を撈《さぐり》て、採《と》る珠《たま》よりもなほなし難《かた》き、符牌《きつて》を取るか、わらはが命を、果敢《はか》なく其処《そこ》に喪《うしな》ふか。生死不定《せうしふぢやう》の大事《だいじ》を抱《かゝ》へて、この釵児《かんさし》を何《なに》にせん。翌《あす》の首途《かどで》の手向草《たむけくさ》、小柴《こしば》に代《かへ》て道祖神《さへのかみ》に、贄《にゑ》まゐらせん」と曲演《せんすい》へ、そが伾閃《まゝひら》りと投入《なげい》れて、伏拝《ふしおが》みつゝ立《たち》あがり、「喃犬田《なういぬた》ぬし、いふべき事は多なれど、相譚《かたら》ふ程は短《みじか》夜《よ》の、こゝに明《あけ》なば岩橋《いははし》の、契《ちぎ》りも遂《つひ》に絶《たへ》ぬべし。只翌《たゞあす》の夜をまち給へ。さらば」とばかりいひかけて、故《もと》の樹《こ》の間《ま》を遶《めぐ》りゆく、裳裹《もすそかゝ》げて築垣《ついがき》へ、登るもはやき田楽《でんがく》の、技《わざ》に熟《なれ》たる身の翩《こな》し、閃《ひら》りと松に手をかけて、彼方《かなた》の庭へ降《くだ》ると思へば、姿は見えずなりにけり。

通釈

降ったり降らなかったりの五月雨に、軒の雨だれの音だけがする五月の中旬になり、小文吾は、怠たるわけでもないが次第に疲れがたまって、ある日宵から転寝をしていた。まだ縁側にある雨戸も引かず、空は珍しい五月晴れに、十四日の月が隈なく辺りを照らして、障子に映る人影があった。小文吾は忽ち驚き目覚めて、「油断した」と、急いで頭を持ち上げて振り返ると、外で「あっ」と叫ぶ声がして、どっと倒れる人音に、小文吾はまた驚いて、刀を引っ提げて、縁側の障子をそっと開きながら見ると、紛れもなく忍びの曲者が、手には刃を持ちながら、仰向けに倒れており、その項のあたりから、血が夥しく流れ出ていた。「これは何者が私を助けて討ち止めたのだろう」と思うにつけても、或いは疑い、或いは怪しんで、真昼のように明るい月光を頼りに、例の死骸を引き起こしながらなおよく見ると、桃花を添え飾った白銀の簪《かんざし》で敵の項の中央の窪みから咽喉までを刺し通していた。

ただその奇異だけでなく、討たれて死んだ曲者は、常武《つねたけ》の無二の若党の卜部《うらべ》季六《すえろく》であったので、「さては常武が、私の油断をうかがって、この者を遣わして討たせようと謀ったことは間違いないが、この簪も、前から知っているあの旦毛野《あさけの》の物と聞いているので、私のためにこの仇を殺したのは、あの乙女か。彼女は女田楽であるが、輪鼓《りゅうご》・品玉・刀玉・八玉・綱渡りの技などにもなかなか優れた者というので、そのような技から自然と熟して、手裏剣を打つことにさえ、その妙技を得た者なのか。そうではなく、こうか」とばかりに、謎は解けない夏の霜のようで、傾く月の光を見ると、夜は午前二時頃であった。

さてまた小文吾がまた思うことには、「この季六が討ち殺されたことを早速常武に知られたなら、彼は必ず多勢を使って私を討ち取ろうとするだろう。それなら死骸を押し隠して、そ知らぬ顔をし、常武がなおしようとすることを見計らったうえで生死を極めよう」と、一人頷き、熊笹《くまざさ》の辺りにある手ごろの石を掻き集めて持って来て、死骸の裾に押し込み、そうこうして池の深水へゆっくりと沈めたその時、月はたちまち雲隠れして朧々となるに従い、向こうの庭の松を伝って、すばやく築垣《ついがき》を越える者がいた。

小文吾はそれを目ざとく透かし見て、「さてはまた私を狙う者だな。来るなら来い」と、抜き足で、体を覆う程の高さの短い垣を楯にして隠れ待っていた。

そうするうちに曲者は、頬かむりをした手拭の端を銜えて、築垣をひらりと降り立ってこちらの庭へ入り、木々を巡って、まず縁側に手をかけて、家内のようすを透かし見ながら進み入ろうとするので、小文吾はすばやく走り出て、「曲者待て」と叫ぶと同時に、刀をきらりと引き抜いて斬ろうとすると、曲者は「あっ」とばかり叫び、刃の下をあちこちと潜り抜けながら二メートルほど後方に飛び退いて、「これ犬田どの、わたくしです。早まって怪我をさせなさるな」という声を聞くと、それは女子であった。小文吾は訝りながら刀を小脇に引き付けて、「そういうのは誰だ」と透かし見ると、空にも心があるのか、有明の月を出す雲が早くも行過ぎて、隈なき光に再び見ると、見忘れもせぬ旦毛野であった。

そうかといって小文吾は油断せず、「先日顔を知っただけで、物を言い言われたこともないのに、女子らしくもなく、まだ夜深いうちから垣根を乗り越え境界を侵して忍んで来たのは訳があるのか」と問い糾されて、旦毛野は恥ずかしそうに、「その疑いは当然ですが、さっき私が投げて、あなたの敵を討ち止めた花簪をごらんになっても、私の心はだいたい知られもしましょうに、言葉はなかったけれども互いを見知った、夏野の男郎花と女郎花を結ぶのは露の玉です。再びここでお目にかかろうと神に祈り、筧《かけひ》に流した木の葉に認めた恋文の、深い思いを今更知らぬという顔の薄情さ。しょせん叶わぬ恋ならば、せめてあなたの手に掛かって死んでしまおうとまでに覚悟して来たのを哀れと思われませぬか。強情なこと」と恨むと、小文吾は聞いて嘲笑い、「浮いた技で世を渡る芸人などはそんな事も言うだろう。私はもともと色を好まない。身に罪なくて囚われとなった憂苦をよそにして、徒《あだ》な恋に靡こうか。それは本心ではなく、密かに人に頼まれて私を迷わそうとする手段なのだろう」と言われて、旦毛野は大変恨めしげに、小文吾の顔をつくづくとうち見上げ、「以前に贈った歌だけならば、そのような疑いを受けもしましょう。女子の身としてはあるまじき、花簪を血に染めたのは、誰のためだとお思いですか。あの狭布《きょう》の細布ではありませんが、思いが叶うことなく、尽くす誠が届かないならば、早く早く殺してください」と、刃に恐れずその身を突きつけた覚悟の様子に、小文吾は言うまでもないと取り直す刃を引っ提げて、旦毛野の背後に立ち回って刀を振り上げても、旦毛野は少しも騒がず、女子の一念で、項を伸ばし、掌を合わせながら膝をついているのを、小文吾はしばらくあれこれと眺めて、刃を鞘《さや》に収め、治まりがたいこの場の難儀に、しばし熟慮して言葉を和らげ、「死さえも厭わないそなたの迷い心に、やや疑いは解けたのだが、いよいよ迫るわが身の災いであるから、どのようにしても末遂げがたい仲と思い諦めて早くお帰りなさい」と言うのを、旦毛野は振り返って、「そのような御心があるならば、どうして私を連れて密かに逃れ出ようとなさらないのですか。何もせずに、仇をなす人に苦しめられた後、ついに命を失いなさるようなことは、大変愚かなことですよ」と、励まされても小文吾は、嗟嘆に耐えず額を押し撫で、「逃げ出すことができるなら、今日までこうしていようか。あそこの閉ざされた諸折《もろおり》戸《ど》を越えるのは簡単なことだが、夜は殊更出入りを許さない城の門戸をどう開けばよいのか」と言うのを、旦毛野は聞くが早いか、「それはまた方法があるのです。私はこの二十日あまり馬加《まくわり》殿に留められていたので、屋敷の内外の事はよく知っています。おおよそ城を出入りする者は、昼は昼の割符があり、夜も又夜の割符があります。密かに手立てを考え、その符牌さえ手に入れれば、脱出に難しいことがありましょうか」と囁き示すと、小文吾には喜びの表情が表れたが、「それは幸いな事であるが、見咎められたら、敵の弱味につけ込んでかえって失敗するような後悔になろう。粗忽の振る舞いをなさるな」と注意を促すと、旦毛野は頷いて、「言われるまでもありませんが、ただ心配するばかりで日を過ごすならば、あなたはいよいよ危うくなるでしょう。命にかけて明日の夜に例の割符を奪い取ることは、夜明けを過ぎることはないでしょう。すべての用意をしてお待ちください」と、逞しい言葉に小文吾は感激して、「そのようにそなたの助けによって逃れ出ることができるなら、これはそなたとの天縁が尽きないことなのだろう。以前に約束をした友のために為すべきことを為し果てて、ようやくこの身が落ち着いたならば、そなたを迎えとって妻にしましょう。先に卜部季六《うらべすえろく》を討ちとめられた簪は、私の手に留められてここにあります。お受け納めください」と言いながら返すと、旦毛野は手にとって、「眠っている竜の顎《あご》を探って採る珠よりもなお難しい、割符を奪うか、さもなくは私の命をはかなくそこに失うか。生死不定の大事を抱えて、この簪をどうしましょう。明日の門出の手向けとして小柴に代えて道祖神に捧げましょう」と、泉水へそのままひらりと投げ入れて、伏し拝みながら立ち上がり、「のう、犬田どの、言いたいことは多いのだけれど、言い交わすには夜は短く、明けてしまえばさっきの逢瀬もついに絶えてしまうでしょう。ただ明日の夜をお待ちください。それでは」とだけ言い残して、さっきの木の間を巡り行き、裳裾をかかげて築垣へと登るのも早く、田楽者の技に馴れた身のこなしで、ひらりと松に手を掛けて、かなたの庭へ降り下たかと思うと、そのまま姿は見えなくなった。

あらすじ

対牛楼《たいぎゅうろう》で酒宴があったその夜更け、母屋の方で騒ぎの音がし、小文吾の部屋へ旦開野がかけつけ、符牌だといって常武の首を差し出した。実は旦毛野は、常武の讒訴によって籠山逸東太縁連《こみやまいっとうたよりつら》に討たれた千葉家の老党粟《あ》飯《い》原《はら》首胤度《おうとたねのり》と妾調布《たつくり》との子、犬坂毛野胤智《たねとも》であった。毛野は一族滅亡の折助けられて女子として養われ、田楽の一味となり、対牛楼で常武一味を斬りに斬ったのである。追っ手が来たので、二人は隅田川まで逃げ、毛野は船を奪い一人去り、小文吾は別の船を捉まえた。

小文吾が乗ったのは犬江屋の依介《よりすけ》の船であった。市川に戻った小文吾と依介は、小文吾が武蔵国へ行った後のそれぞれの顛末を互いに語った。また依介は、安房の妙真と文五兵衛から犬江屋を譲り受け、妙真の姪の水《み》澪《お》を妻にもらったこと、その後文五兵衛は病となり、行徳の家を売った金を小文吾への遺産に残して亡くなったことを語る。小文吾は父の死を嘆き、叮嚀に弔い、数日後、市川をあとにした。小文吾は毛野が同じ犬士ではないかと考え、毛野を尋ねて諸国巡りの旅に出る。

一方、犬飼現八は、荒芽山《あらめやま》から信濃、行徳、京から上野国《こうずけのくに》へ旅し、下野国《しもつけのくに》の庚申山《こうしんやま》に着く。里人の話に、庚申山には妖怪がおり、赤岩一角《あかいわいっかく》という郷士が

東京大学総合図書館蔵本

妖怪退治に出かけたが、なかなか帰ってこないので、村人が胎内竇《くぐり》を訪れると、一角が戻ってきたという。一角には、先妻正香《まさか》との間に角《かく》太郎がいたが、次の妻窓井《まどい》が牙二郎《がじろう》を産むと、一角は角太郎を虐げるようになったため、郷士犬村《いぬむら》蟹守儀清《かもりのりきよ》が角太郎を養子に貰い受け、娘雛《ひな》衣《ぎぬ》を娶せて犬村角太郎礼儀《まさのり》と名乗らせていた。一方、妻窓井が頓死したために、一角は船虫を三人目の妻にすると、船虫は角太郎夫婦を財産目あてに同居させたが、雛衣が一角と密通して身ごもったとして角太郎に雛衣を離縁させたという。

現八は里人の話を聞き終わり、弓矢を買って庚申山へ向かったが、険しい山中で夜になってしまった。すると午前二時頃、暗闇にちらちらと光が近づいてきた。

（巻之四第五十七回～巻之五下第六十回）

◆巻之五下第六十回「現八、怪物の目を射る」◆

本文

さる程《ほど》に件《くだん》の火は、近つく随《まゝ》に大きうなりて、そがあたりを燭《てら》すこと、炬《たいまつ》に異ならず。既にしてその間《あはひ》、四五反《たん》ばかりになるまでに、現八《げんはち》はなほよく見んとて、瞬《またゝき》もせでありけるに、怪しむべし、その火の光は、地狗《ちく》《キツネ》・天狗《てんぐ》の所為《わざ》にはあらで、えもえしれぬ妖怪《えうくわい》の、両眼《ふたつのまなこ》の耀《ひか》れるなり。且《まづ》その模様《もよう》を譬《たとへ》ていはゞ、面《つら》は暴《あれ》たる虎《とら》の如く、口は左右の耳まで裂《さけ》て、鮮血《ちしほ》を盛《も》れる盆《ぼん》より赤く、又その牙《きば》は真白《ましろ》にして、剣《つるぎ》を倒《さかさま》に栽《うへ》たる如く、幾千根《いくせんこん》の長き髯《ひげ》は、雪に閉《とぢ》たる柳の糸の、風に紊《みだ》れて戦《そよ》ぐに似たり。しかれどもそが形体《かたち》は、宛《さながら》人に異ならず。腰には両口《ふたふり》の大刀《たち》を横佩《よこたへ》て、騂駒《くりげのこま》に跨《のり》たるが、その馬も亦《また》異《ゐ》形《ぎやう》にして、全身《みのうち》すべて枯木《こぼく》の如く、処々《ところ〴〵》に苔生《こけむし》て、四足《よつのあし》は樹枝《きのえだ》なるべく、その尾は芒《すゝき》の生《おひ》たるなり。左右に従ふ若党《わかたう》あり。一箇《ひとり》はその面藍《つらあい》より青く、一箇《ひとり》はその色赭石《しやせき》に似て、頭髪《かみのけ》さへにいと赤く、画《ゑがけ》る諸天《しよてん》に彷彿《さもに》たり。かくてこの妖怪《えうくわい》主従《しゆう〴〵》、徐々《しづか》に馬を歩《うた》せつゝ、何事《なにごと》やらん相譚《かたらひ》〳〵、或《あるひ》は高く笑ひなどして、胎内竇《たいないくゞり》のかたに来にけり。

現八《げんはち》は彼為体《かのていたらく》を、はや見定めてなか〳〵に、些《ちつと》も騒ぐ気色《けしき》なく、心の中《うち》に思ふやう、「彼馬《かのうま》に騎《のり》たるこそ、妖王《ばけもの、わう》なるべけれ。先にすれば物を征《せい》し、後《おく》るゝときは征せらる。

八戸市立図書館蔵本

彼奴《かやつ》をだに射《い》て落《おと》さば、その余は必《かならず》逃亡《にげうせ》なん。よしや怨《うらみ》を復《かへ》さんとて、これ彼斉一《かれひとしく》うち逆《むか》ふとも、そは怕《おそ》るゝに足るものならじ」と早速《さそく》の尋思《しあん》は、勇士の大胆、両条《ふたすぢ》の箭《や》は腰にあり、半弓左手《はんきうゆんて》に突立《つきたて》て、窃《ひそか》に件《くだん》の樹《き》に攀登《よぢのぼ》るに、その神速《はや》きこと猿猴《ましら》の如く、程よき枝に足踏留《ふみとゞ》めて、弓に箭《や》刓《つが》ふて彎固《ひきかた》めつゝ、霎時《しばし》矢比《やごろ》を張《うかゞ》ひけり。

さりけれども妖怪等《えうくわいら》は、かくとは思ひかけざりけん、心のどけくうち相譚《かたらふ》て、胎内《たいない》竇《くゞり》に近《ちか》きつ、進み入《い》らんとする程に、竃済《ねらひすま》せし現八《けんはち》が、矢声《やこゑ》も猛《たけ》く発《はな》つ箭《や》に、件《くだん》の騎馬《きば》なる妖怪《えうくわい》は、左の眼《まなこ》を篦深《のぶか》に射《い》られて、一声《ト》「苦《あつ》」と叫びもあへず、馬より撻《だう》と堕《おち》しかば、「吐嗟《あなや》」と騒ぐ両箇《ふたり》の妖物《ばけもの》、手負《ておひ》の手を取り肩に引《ひき》かけ、一箇《ひとり》は馬を牽《ひき》つゝも、旧《もと》来《き》しかたへ逃亡《にげうせ》けり。

こゝに至りて野干玉《むばたま》の、又黒《またくら》き夜《よ》となるものから、現八《げんはち》は思ひしごとく、一《ト》箭《や》に三箇《みたり》の妖怪《えうくわい》を、射走《いはし》らしたりければ、先樹《まづこ》の下《もと》にをり立《たち》て、かさねて思念《しあん》を回《めぐ》らすに、「彼妖物等《かのばけものら》は不意を撃《うた》れて、怕《おそ》れ惑《まよ》ふて逃《にげ》たれども、わが半弓《はんきう》は円竹《まるたけ》にて、箭《や》も亦真物《またまことのもの》ならねば、勢ひ鈍《にぶ》く力弱かり。かゝれば眼《まなこ》にあらずして、捷《かち》を取ること難《かた》かるべし、と思ひし矢《や》坪《つぼ》の違《たがは》ねど、さしも老《ふり》たる妖怪《えうくわい》が、あの一《ト》箭《や》にて脆《もろ》くも死《しな》んや。或《あるひ》は眷属《けんぞく》同類を、駈《かり》催《もよほ》してふたゝび来《こ》ば、その回《たび》は防ぎ難《かた》かるべし。地方《ところ》を易《かへ》て彼奴等《かやつら》が、なほせんやうを見るこそよけれ」と思ひにければはつかに恃《たの》む、弓に一《ト》箭《や》を携《たづさへ》て、胎内竇《たいないくゞり》を西のかたへ、ゆき抜《ぬけ》て又見かへれば、霊山異境《れいさんゐきやう》の奇特《きどく》なるにや、没《いり》たる月の出《いづ》るにあらねど、今まで黒白《あやめ》を別《わか》ざりし、星光《ほしのひかり》は恒《つね》にもまして、朧夜《おぼろよ》よりも明《あか》かりければ、進退大《いた》く便《たよ》りを得て、只管《ひたすら》に攀登《よぢ》りて見れば、彼鵙平《かのもずへい》がいへるに違《たが》はず、台石《だいいし》あり。又、髯髷《ひげすり》の難所あり。二間余《にけんよ》の石橋《いしはし》・裏見《うらみ》の瀑布《たき》・庚申《かうしん》の文字石《もんじいし》・第二の石門《せきもん》、燈籠石《とうろういし》・洪鐘石《つりかねいし》を遥《はるか》にうち見て、十二三間《けん》なる石橋を、自若《じじやく》として渡りけり。

通釈

そうするうちに例の火は、近づくにつれて大きくなり、そのあたりを照らすことは、まるで松明のようである。そのうちにその距離が四、五十メートルほどになり、現八はなおよく見ようと、瞬きもしないでいると、怪しいことに、その火の光は、狐や天狗の所為ではなく、得体の知れない妖怪の両眼の輝きであった。その妖怪の様子を喩えていうと、顔は獰猛な虎のようで、口は左右の耳まで裂けて、血潮を盛った盆よりも赤く、又その牙は真っ白で、剣を逆さまに植えたようで、幾千本の長い髭は、雪に縮んだ柳の糸が、風に乱れてそよぐようである。しかしその身体はまるで人と同じである。腰には二本の太刀を帯び、栗毛の馬に乗っているのだが、その馬もまた異形で、全身全て枯れ木のようで、所々苔生して、四足は木の枝のようで、その尾は薄が生えているようだ。左右に従う若党がいた。一人は顔が藍より青く、一人はその色赤石のようで、頭髪さえ大変赤く、絵に描いた天上の神によく似ていた。こうしてこの妖怪主従は、静かに馬を歩ませながら、何事か語らい、又は高く笑ったりして、胎内潜りの岩窟の前に来た。

現八は、彼らの様子をすばやく見定めて、むしろ少しも騒ぐ様子はなく、心中に思うには、「あの馬に乗っているのがまさに化け物の大将であろう。先手を取ることができれば相手を制し、取られたならば制せられるという。あいつさえ射て落せば、その他は必ず逃げ失せるだろう。たとえ恨みを返そうとして、彼らが一気に襲ってきたとしても、それは恐れるに足るものではなかろう」と、すばやい思案は勇士の剛胆であり、二本の矢はその腰にある。現八は、半弓を左手に突き立てて、ひそかに隠れていたの木によじ登ると、その早いことはまるで猿のようで、程よい枝に足を踏み留めて、弓に矢をつがい引き固めながら、しばらく矢を射るための距離を測っていた。

しかし妖怪たちは、そうとは気づかないのか、のんびりと語らって、胎内潜りに近づき、崖の中へ進み入ろうとした時に、狙い済ました現八の矢音も勢いよく放つ矢に、例の馬上の妖怪は、左の目を箆深《のぶか》く射られて、一声「あっ」と叫ぶと同時に、馬よりどっと落ちたので、「わっ」と騒ぐ二人の化物は、傷ついた大将の手を取り、肩に担いで、一人は馬を引きながら、今来た道を逃げていった。

こうして真っ暗な夜になったのだが、現八は思うとおりに、一本の矢で三人の妖怪を射て逃げさせたので、まず木の下に降り立って、重ねて思案を巡らすことには、「あの化物たちは不意を撃たれて恐れ惑って逃げたが、私の半弓は細工していない円竹《まるたけ》で、矢もまた真の物ではないので、勢い鈍く力が弱い。そうであるから、眼を射るのでなければあれを倒すのは難しいだろうと、思った狙いは逸れなかったが、あれ程長生きした妖怪が、あの一矢で脆くも死のうか。或いは仲間を方々から探し集めて再び襲って来るならば、その時は太刀打ちし難いだろう。場所を変えて、あいつらの出方を伺うのがよい」と思ったので、わずかに心を託す弓に一矢を携えて胎内潜りの中を西の方へ行き抜けて、また振り返ると、霊山異境の奇特なのか、沈んだ月が出たわけではないのに、今まで見えなかった星の光はいつもにも増して輝き、あたりは朧夜よりも明るくなったので、現八は行路の頼りを得て、ひたすらに岩をよじ登ってみると、あの鵙平《もずへい》の言葉に違わず、そこに台石があった。また髭甎《ひげすり》の難所があった。四メートルあまりの石橋・裏見の瀑布・庚申の文字石・第二の石門・燈篭石・洪鐘《つりがね》石を遥かに眺めて、二十二、三メートルある石橋を、落ち着いた心で渡った。

あらすじ

その後現八は岩室で赤岩一角の霊に遭う。一角は妖怪退治の折、山猫に殺されており、今の一角は山猫の変化で、牙二郎は山猫の子であると語る。現八は一角の霊から、角太郎が犬士の一人であることを知り、山猫退治のための短刀と、一角の髑髏を貰い受け、山を下った。途中、角太郎の庵に雛衣が訪ね来て会えないままに帰っていく様子を見る。現八は角太郎に対面し、角太郎が「礼」の玉を持つ犬士であることを確かめる。また、雛衣が誤ってその玉を呑んだためにに身ごもり、不義の疑いをかけられていることを聞く。現八と角太郎がなお文武の清談に時を移すところへ、突然船虫が訪れる。船虫は夫の一角が左目を怪我したこと、また角太郎の勘当を許すように取り持とうと語り、雛衣を角太郎に預けて帰る。船虫の本意を伺おうと現八が赤岩宅を訪れると、籠山逸東太《こみやまいっとうた》縁連《よりつら》が現れる。縁連は、白井城の土中から出現した短刀が村雨丸かどうか一角に鑑定を求めに来たのだが、箱の中の短刀が消えていたので慌てる。その後現八は一角宅に招かれ、道場での試合で一角・縁連の弟子たちを打ち負かす。怒った縁連らはその夜に現八を殺そうとするが、現八は逃れて返壁《たまかえし》の角太郎の草庵に戻る。そこへ牙二郎《がじろう》と縁連《よりつら》が押し入り、現八に短刀を盗んだ罪を負わせ、成敗しようとするところに、一角と船虫が現れる。縁連は帰るふりをして隠れて様子を伺う。一角・船虫は角太郎夫婦との親子兄弟和合を取り成し酒宴を催すが、そこで一角と船虫は、親孝行のしるしとして、一角の左目を治癒するために、雛衣の胎児を取り出すように求める。雛衣は苦悩しながらも自害を決意する。

（第六輯巻之五下第六十回～第七輯巻之二第六十五回）

◆巻之二第六十五回「雛衣、一角を倒す」◆

本文

角太郎《かくたろう》はつく〳〵と、聞《き》つゝ眼包《まぶた》をしばたゝきて、「雛衣微妙《ひなきぬいみじ》き覚期《かくご》なり。とてもかくても脱《のが》れかたき、命運ならんと思へども、おん身の親はわが養父、只《たゞ》一トわたりの縁《えに》しにあらず。養父は則《すなはち》わが伯父《をぢ》にて、幼稚《をさな》き時より字育《はぐゝま》れ、文学武芸《ぶげい》何くれとなく、教導《をしえみちび》き、人となして、只一箇《ひとり》なる愛女《まなむすめ》を、妻《めあは》せられし洪恩《こうおん》を、実父《じつふ》の為とはいひながら、仇《あた》もて復《かへ》さば人といはんや。われは一切《つや〳〵》せん術《すべ》あらず」と推辞《いなみ》て立《たち》も難《かね》たりしを、雛衣はなほ近つきて、「介宣《しかのたま》へば妾《わらは》をのみ、惜《をし》むといはれ給はんのみ。喃母御前《なうはゝごぜ》、牙二郎ぬし。いふ甲斐《がい》もなきわが所天《つま》に、任《まか》して時を移さんより、とく手にかけて爹々公《てゝご》の薬の、所用に立《たて》させ給へかし」といふに頷《うなつ》く船虫《ふなむし》・牙二郎《がじらう》、虚々《そら〳〵》しき目を押拭《おしぬぐ》ひて、「噫《あ》、見あげたる雄《を》ゝしき孝烈、いと痛《いたま》しく哀《かな》しきを、又俺們《われ〳〵》なればとて、今さら刃を当《あて》られんや。喃《なう》わが所天《つま》、家尊《かぞ》の大人《うし》、いかゞ相謀《はからひ》まうさんや」と問へば一角含笑《ほうゑみ》て、「適愛《あはれめで》たき孝女なり。嚮《さき》に示せし木天蓼丸《わたゝびまる》の、鞘《さや》は摧《くだ》きて末《まつ》としつ、大抵《おほかた》用ひ尽したれども、真木《しんぼく》は柄《つか》にあり。便是《すなはちこれ》良剤なれば、秘蔵《ひさう》して携来《たづさへきた》れり。この短刀をもて雛衣《ひなきぬ》に、自殺を勧《すゝ》めよ。如右《しか》するときは、自業自滅《じごうじめつ》といはくのみ。媳《よめ》を害する譏《そしり》もなく、妻を殺す恨みもあらじ。はやくこの意を得《え》させよ」といひつゝ、懐《ふところ》に手を入れて、とり出《いだ》す短刀の、異鞜合《ことさやあは》せし儘《まゝ》なるを、「いざ」とてやをらさし寄《よ》すれば、船虫聽《ふなむしやが》て受《うけ》とりて、雛衣が身辺《ほとり》に措《おき》つ、「喃媳御前《なうよめごぜ》、杖《つゑ》の下へ立つ侲子《わらべ》は、打《うつ》ことかたき親心、おん身の覚期《かくご》の健気《けなげ》さに、誰《たれ》とて当《あて》ん刃《やいは》はなし。よりて自殺を勧《すゝ》めよとある、爹々公《てゝご》の仰《おふせ》黙止《もだし》かたく、この短刀をまゐらする。心しづかに臨終の、弥陀《みだ》の名号肝要《みやうごうかんえう》ならん」と虚泣《そらなき》しつゝ説示《ときしめ》せば、雛衣は短刀を、とり揚《あげ》てうち戴《いたゞ》き、「脆《もろ》き女の腕《かひな》には、潔《いさぎよ》く死を遂《とげ》んこと、心もとなく侍れども、然《さ》りとて妾《わらは》も武士の妻、武士の女児《むすめ》に生《うま》れし甲斐《かひ》に、後《おく》れじとこそ思ひ侍れ。爹々公母御前《てゝごはゝごぜ》二《ふた》はしら、世を松竹《まつたけ》と共侶《もろとも》に、御寿命《ごじゆみやう》長くをはしませ。名残《なごり》は尽《つき》ぬわが所天《つま》には、思ひあまりて卻《なか〱》に、いひ遺《のこ》すべくもあらざりき。こゝろを猜《すい》し給へかし。さらば」とばかり抜放《ぬきはな》つ、刃《やいは》の光りに角太郎は、そなたへ膝《ひざ》を推向《おしむけ》て、うちも目戍《まも》れば降《ふり》そゝぐ、膝に涙の玉あられ、胸は板屋の妻夫《つまをつと》、迭《かたみ》に顔を見あはして、共に無言の告別《いとまごひ》。「とく〱せずや」と一角が、焦燥声《いらたつこゑ》は冥官《みやうくわん》の、使《つかひ》に似たる阿鼻泥黎《あびでいり》、外《よそ》に弘誓《ぐせい》の船虫も、牙二郎も亦《また》「とく〱」と死天《しで》を促《うなが》す無常の首途《かどいで》、「後《おく》れはせじ」と雛衣が、はや握持《にぎりも》つつかの間に、晃《きらめか》したる刃《やいは》の雷光《いなつま》、刀尖《きつさき》深く乳《ち》の下へ、ぐさと衝立《つきたて》て引繞《ひきめぐ》らせば、颯《さ》と潰《ほとばし》る鮮血《ちしほ》と共に、顕《あらは》れ出《いづ》る一箇の霊《れい》玉《ぎよく》、勢ひさながら鳥銃《てつほう》の、火蓋《ひふた》を切《きつ》て放せし如く、前面《むかひ》に坐《ざ》したる一角が、鳩尾骨破《むなほねはた》と打砕けば、「苦《あつ》」と一《ト》声叫《さけ》びも果《はて》ず、手足を張《はつ》てぞ仆《たふ》れける。

緈《こと》の不測《ふしき》に船虫・牙二郎、驚きながら見かへりて、「こはわが所天《つま》は撃《うた》れ給ひぬ」「大人《うし》は緈絶《こときれ》給ひしか。悖逆《ぼつぎやく》不孝の角太郎、妻雛衣と謀《しめ》し合《あは》して、親を害する人面獣心《にんめんじふしん》、其処《そこ》な動きそ」と呼《よび》かけて、撃《うた》んと進《すゝ》む牙二郎を、資《たすけ》て引添ふ船虫も、等しく懐剣抜閃《くわいけんぬきひらめ》かして、面《おもて》も振らず殺《きつ》て蒐《かゝ》れば、角太郎は戒刀《かいたう》を、鞘《さや》ながらに握持《にぎりもち》て、受流しうち払ひ、「慓《はや》り給ふな、いふ事あり。某《それがし》夫婦《ふうふ》いかにして、親を害《そこな》ふ悪心あらん。やよ等《まち》給へ」と禁《とゞ》めても、些《ちつと》も聴《きか》ぬ無法の大刀風《たちかぜ》、禦《ふせ》ぐのみなる角太郎は、右手《めて》の臂《ひじ》を一寸ン許《ばかり》、かすり痍《て》負《おひ》つゝ、右に拄《さゝ》え、左に当る一期《いちご》の重厄《ちようやく》、最《いと》も危《あやう》く見えたる折から、戸棚の紙戸《ふすま》の間《あはひ》より、打出《うちいだ》す銑鋧《しゆりけん》に、牙二郎は乳《ち》の下三寸ン、背虧《うらか》くまでにうち串《つらぬか》れて、「叫苦《あなや》」と叫ぶ声と共に、刃《やいは》を捨《すて》てぞ仆《たふ》れける。程もあらせず現八は、衾戸《ふすまと》礙《はた》と蹴放《けはな》ちて、棚より撞《だう》と飛下《とびくだ》れば、船虫《ふなむし》いよ〳〵驚瞻《おどろきあはて》て、逃《にげ》んとするを迯《にが》しもやらず、現八はやく走懸《はしりかゝ》りて、利手《きゝて》を捕《とつ》て引被《ひきかつ》ぎ、向ふざまに投《なげ》しかば、船虫は火盆《ひはち》の稜《かど》に、膪《あはら》を大《いた》く打悩《うちなや》されて、灰に塗《まみ》れて倒れけり。

通釈

角太郎はつくづくと聞きながらまばたきをして、「雛衣よ、すばらしい覚悟だ。どうしても逃れがたい命運だろうと思うのだが、あなたの親は私の養父であるから、ただ一通りの縁ではない。養父は私の伯父で、幼い時から育てられ、文学武芸を何でも教え導き、成人させ、ただ一人の愛娘を娶せて下さった、その大恩を、実父の為とは言いながら、仇で返せば人と言えようか。私は全くどうすればよいかわからない」と拒んで去ることもできない様子なのを、雛衣はなお角太郎に近づいて、「それは、私を惜しいとおっしゃられるだけのようです。のう、お母様、牙次郎どの。ふがいないわが夫に事を任して時を過ごすよりは、早く私を手にかけて父様の薬のお役に立てさせて下さい」と言うのに、頷く船虫と牙二郎は、空々しく眼を押し拭って、「ああ、立派な雄々しい孝烈、大変痛ましく悲しいのですが、又私たちであっても、今更刃を当てられましょうか。のう、わが夫、ご主人様よ、どう計らいいたしましょうか」と問うと、一角は微笑んで、「天晴れすばらしい孝女だ。以前示した木天蓼丸《わたたびまる》の鞘は砕いて粉とし、大方は使い尽くしたのだが、本物の刀は柄にある。これは良い道具なので、隠し持ってきた。この短刀で雛衣に自殺を勧めよ。そうすれば雛衣にとって自業自得だったといえるだろう。我々が嫁を害したという謗りも無く、角太郎が妻を殺すことの恨みもあるまい。はやくこれを雛衣に得心させよ」といいながら、懐に手を入れて取り出す短刀の、違う鞘に入れたままのものを、「さあ」と、ゆっくりと差し寄せると、船虫はそのまま受け取って、雛衣の身辺に置き、「のう、嫁御よ。杖の下へ立つ童子は打ち難いという親心ゆえ、あなたの覚悟の健気さに、誰にもあなたに当てる刃はありません。よって、自害を勧めよと言う、父様の仰せを黙ってはおられず、この短刀を差し上げます。心静かに臨終の弥陀の名号を肝要に唱えられよ」と空泣きをしながら説き示すと、雛衣は短刀を取り上げてうち戴き、「弱い女の腕で潔く死を遂げとげることは不安ではございますが、そうかといって私も武士の妻、武士の娘に生まれたからには、死に遅れまいと思います。父様母様のお二人には、世を末永くご一緒に、御寿命長くいらしてくださいい。名残は尽きないわが夫には、思い余って、却って言い残すようなこともありません。心をお量り下さい。それでは」とばかりに抜き放す刃の光に、角太郎は、雛衣の方へ膝を押し向け

てじっと見守ると、その膝に降り注ぐのは雛衣の涙の玉あられ、心を痛める妻と夫は、互いに顔をみ合わせて、共に無言の暇乞いをする。「早く、早くしないか」と、一角の苛立つ声は、まるで冥官の使いのような阿鼻地獄の様相で、余所事のように願う船虫も、牙二郎もまた、「早く、早く」と雛衣に死を促す無常の旅出ちに、「死に遅れはしまい」と、雛衣が、はやくも柄を握り持つ、その瞬間に煌く刃の光があり、切っ先深く乳の下へぐさと突き立てて引き回らせると、さっと迸る血潮と共に、現れ出たのは一個の霊玉で、その勢いは、さながら鉄砲を撃ったように、前に座っていた一角の胸骨をびしりと打ち砕いたので、一角は「あっ」と一声叫び終えず、手足を伸ばして倒れた。

　ことの不思議さに船虫と牙二郎は、驚きながら振り返って、「これはわが夫が撃たれなさった」「父様は事切れなさったのか。悖逆不孝の角太郎め、妻の雛衣と謀って親を殺そうとする人面獣心よ、そこを動くな」と呼びかけて討とうと進む牙二郎を、助けて付き添う船虫も、同じく懐剣を抜き煌かせて、わき目も振らず斬ってかかると、角太郎は小刀を鞘の付いたままに握り持って、受け流し、打ち払い、「逸りなさるな、言う事があります。わたくし夫婦にどうして親を損なう悪心がありましょうか。これ待ちなされ」と止めても、少しも聞かない無法の太刀筋を、防ぐだけの角太郎は、右手の肘に三センチほどかすり傷を負いながら、右に支え、左に応じる一生一度の重厄に、大変危うく見えたその時、戸棚の襖戸《ふすま》の間から投げられた手裏剣に、牙二郎は乳の下を九センチほど、背中まで通るほど貫かれて、「わっ」と叫ぶ声とともに、刃を捨てて倒れた。すぐに現八が襖戸《ふすまど》をばたりと蹴開けて、棚からどさりと飛び降りると、船虫はいよいよ驚き慌て、逃げようとするのを逃がさず現八は走り掛かって、船虫の利き手を取って引き担ぎ、向かいざまに投げたので、船虫は火鉢の角で肋骨をしたたかに打って気力を失い、灰にまみれて倒れてしまった。

あらすじ

現八は一角の血を髑髏に注ぎ、髑髏が本当の一角であることを示し、また角太郎が犬士であることを説く。現八・角太郎の二犬士は、牙二郎と山猫の正体を現した偽一角を討ち、縁連に船虫と短刀の木天蓼丸《わたたびまる》を渡す。そこへ庚申山の土地の神と山の神が現れ、山猫一角から解放された喜びを述べる。角太郎は父と妻の葬儀を終え、身辺を整理し、名を犬村大角礼儀《だいかくまさのり》と改め、現八とともに鎌倉へと向かう。

一方船虫は、縁連を騙して刀と金を奪って逐電する。面目を無くした縁連は、主君を長尾景春から扇谷定正に乗り換え、五十子の城で定正の家臣となり、権勢を振るうようになる。

犬塚信乃は荒芽山で四犬士に別れ、信濃路から越後・陸奥《むつ》・出羽へと遊歴し、四年後の十一月の下旬に、甲斐国巨摩《こま》郡富野《とみの》・穴山《あなやま》のあたりで泡雪奈四郎秋実《あわゆきなしろうあきざね》・媼内《おばない》の鉄砲に誤って当たり、引剥されようとするところを、村長の四六城木工《よろぎむく》作《さく》に助けられ、猿石《さるいし》の宿所へ案内される。木工作の妻夏引《なびき》は後妻で、先妻の子浜路には冷淡である。信乃は浜路の名を聞くにつけ心穏やかでない。木工作は信乃の人柄を認め、国守に仕えさせて浜路を娶せたいと心中に思う。

ある夜信乃が部屋で一人『太平記』を読んでいると、ひそかに浜路が訪ねてきた。

（巻之二第六十五回～巻之四第六十八回）

◆巻之四第六十八回「浜路、信乃に恋慕する」◆

本文

はや十一月《しもつき》の比《ころ》にしあれば、田舎《ゐなか》は耕作《たがやし》に暇《いとま》あればや、奴婢《ぬびら》等も甲夜《よひ》より臥房《ふしど》に入《い》りて、彼《かの》夜《よ》はいとゞしく蕭然《しめやか》なれども、然《さり》とて信乃《しの》はいもねられず、今宵《こよひ》も孤燈《ことう》にうち対《むか》ひて、『太平記』を閲《けみ》するに、第四《だいし》の巻なる、中納言藤房遁世《ちうなごんふぢふさとんせい》の段に、藤房《ふじふさ》予《かね》て相契《あひちぎ》りたる、左《さ》衛門局《ゑもんのつぼね》とか聞えし女房許《がり》、剪《きり》たる頭髻《たぶさ》を遺《おく》り遣《つかは》すとて、
黒髪の乱れん世までながらへば是《これ》を今般《いまは》の形見とも見よ

とありしを、女房いたくうち泣《なき》て、

　書置《かきおき》し君が玉章《たまつさ》身にそえて後《のち》の世までの像《かたみ》見とやせん

と詠《よみ》て、河水《かはみづ》に身を沈めし事、又第十の巻なる、佐介《さかい》左京亮《さきやうのすけ》貞俊《さだとし》が辞世《ぢせい》の歌に、

　皆人《みなひと》の世にあるときは数ならで憂《うき》には漏《もれ》ぬわが身なりけり

と聞えしに、その妻、

　誰《たれ》見よと信《かたみ》を人の留《とゞ》めけん堪《たへ》て有《ある》べき命ならぬに

とよみて、倶《とも》にむなしくなりし事、又廿二の巻なる、塩谷《ゑんや》高貞《たかさだ》讒死《ざんし》の段、この他《た》、新田《につた》・楠氏父子《くすのきふし》の誠忠、及《また》新田の四天王《してんわう》と聞えたる、勇臣等の終り定かならぬ事などを、これ彼《かれ》と読味《よみあぢは》ふに、現《げに》忠臣の時に遇《あは》ざる、佞人《ねいじん》の驕恣《おごりほしいまゝ》なる、夫婦の情態、朋友の信不信、古《いにしへ》を見て今を思へば、相別れしよりけふまでも、遭《あ》はで年歴《としへ》し、五犬士のうへ心もとなく、且妹《かついも》と伕《せ》は名のみにて、節《せち》に死したる浜路が事さへ、胸に浮《うか》めば浩歎《こうたん》しつゝ、巻《まき》を掩《おほ》ふて愀然《しうねん》たる、背《うしろ》のかたに来る人ありて、足音もせず近つくを、「誰也《たそや》」と問へば、「浜路」と答ふ。

　信乃は驚き訝《いぶか》りながら、貌《かたち》を改め其方《そなた》に対《むか》ひて、「日比《ひごろ》その名を呼《よば》るゝが、洩聞《もれきこ》えしより纔《はつか》に知りぬ。おん身はあるじの令弱《むすめご》か。何等《なにら》の故《ゆゑ》に小夜深《さよふけ》て、独《ひとり》こゝへは来ませしぞや」と問へば頭《かうべ》をうち掉《ふり》て、「否《いな》、妾《わらは》はあるじの女児《むすめ》なれども、今宵はあるじの女児《むすめ》に侍らず。

おん身と二世《にせ》の契りある、浜路を忘れ給ひしか」といふにいよ〳〵怪《あやし》みて、「そは何事《なにこと》をいはる丶やらん。わが旧里《ふるさと》にありしとき、結髪《ゆひなつけ》の妻《つま》の名も、浜路とは呼《よば》れしかども、身まかりてはや四稔《よとせ》になりぬ。然《さ》るをおん身に云云《しか〴〵》といはる丶事こそこ丶ろ得ね」といふ白《かほ》を霎時《しばし》うち目戍《まも》りて、「縁故《ことのもと》を知らでをはせば、如右《しか》思はる丶は無理ならず。妾《わらは》は四稔《よとせ》さきつ夏、彼左母二郎《かのさもじらう》が非道《ひどう》の刃《やいは》に、命果敢《はか》なく円塚《まるつか》なる、火定《くわじやう》の穴に葬《ほうむ》られて、骨も留《とゞ》めずなりしかど、魂魄《こんはく》はなほ旦暮《あけくれ》に、おん身のほとりに奩縁《まつはり》て、いはまく欲《ほし》き事しもあるを、陰鬼陽人方異《いんきやうじんみちこと》なれば、本意《ほゐ》を得遂《えとげ》ずいたつらに、光陰《つきひ》を過《すぐ》し侍《はべ》りしに、こ丶なるあるじの女児《むすめ》の名の、妾《わらは》と同じきのみならで、おん身と月下《げつか》に結《むすば》れたる、宿因《しゆくいん》あれば形体《かたち》を借りて、事情《ことのこゝろ》を告侍《つげはべ》り。曩《さき》におん身は妾《わらは》が為に、生涯妻を娶らじと、宣《のたま》はしたる御心《みこゝろ》操《ばへ》の、有《あり》かたきまで忝《かたじけな》く、歓《よろこば》しうは侍れども、その言《こと》の葉《は》の末遂《すゑとげ》て、わらはを忘れ給はずは、縡《こと》の便宜《びんぎ》にうち任《まか》して、只《たゞ》この妙《をとめ》を妾《わらは》ぞと、思ふて縁《えに》しを結ばし給へ。よしやこれらの事に就《つき》て、いたく禍鬼《まがつみ》の暴《あ》る丶とも、亦《また》ゆくりなく幸草《さきくさ》の、花さき実《み》結るよしの侍らん。か丶れば先路《ゆくて》を急がずに、こ丶に逗留《とうりう》し給へかし」と告《つぐ》る言語《ことは》も容止《かほばせ》も、よく亡妻《なきつま》に似たりける。縡《こと》の不測《ふしき》に些《ちつと》も騒《さは》がぬ、信乃はつら〳〵うち聞《きゝ》て、「幽冥《ゆうめい》の事鬼神《きしん》のうへは、凡智《ぼんち》に測《はか》り易《やす》からねども、男女夜深《なんによよふけ》て相譚《かたら》はゞ、是《これ》、瓜田《くわでん》の履《くつ》、李下《りか》の冠《かんむり》、人の疑ひをいかゞはせん。その身の宿意を告《つげ》んとて、人の女児《むすめ》に濡衣《ぬれきぬ》を、被《き》するは仁義の所行《わざ》にあらず。われも亦《また》この故《ゆゑ》に、あるじ夫婦の恨《うらみ》を惹《ひ》かば、いひとくによしなかるべし。とく〳〵立去り給はずや」といはれてよ、とうち泣《なき》て、「などてやさのみ厭《いと》はせ給ふぞ。人の形貌《すがた》を仮染《かりそめ》に、ものいふ暇《いとま》を得たれども、霊玉《れいぎよく》おん身を守らせ給へば、心後《おく》れて思ひし事を、いひ尽《つく》さぬにかへれとは、暁《あかつき》報《つぐ》るきぬきぬの、鐘《かね》より強顔《つれな》き捨言葉《すてことは》、心つよし」と怨《ゑん》ずる折から、隔《あはひ》の紙戸《ふすま》を破《はた》とひらきて、「淫奔者《いたづらもの》を見出《みいだ》したり。衆皆《みな〳〵》起《おき》よ」と呼《よば》はるもの、是 則《これすなはち》別人ならず、あるじの女房夏引《なびき》なり。「吐嗟《あなや》」と驚く浜路より、信乃は有繋《さすが》にうち騒《さは》ぐ、胸を鎮《しづ》めて、「やよ内儀《ないぎ》、漫《そゞろ》なることないひ給ひそ。令弱《むすめご》のこゝに来ませしは、不軌密通《ふぎみつつう》の為ならず、別《べち》に所以《ゆゑ》ある事なるに」といはせも果《はて》ず冷笑《あざわら》ひて、「否《いな》、宣《のたま》ふな論より証据《せうこ》、親の寐息《ねいき》を窺《うかゞ》ふて、夜這《よば》ひし女児《むすめ》を引容《ひきい》れても、不軌《ふき》ならずといふいひわき立《た》ゝんや。僉《みな》とく起《おき》よ」と呼立《よびたつ》れば、「応《おい》」と答《こたへ》て、子舎《へや》より出来介《できすけ》、寝衣《ねまき》の儘《まゝ》なる犢鼻《ふんど》褌《し》帯《おび》に、麪棒《めんぼう》引提《ひさげ》て走り来つ、予《かね》て浜路に思ひをかけても、称《かな》はぬ恋の遺恨《ゐこん》の返報《しかへし》、胸の燄《ほむら》にまだ冷《ひえ》ぬ、火盆《ひはち》に撲地《はた》と跪《つまづ》けば、揺れる団炭《たどん》の破《やぶ》れ口《くち》、とても円くはおさまらぬ、折を得たり、と声ふり立《たて》て、「客人よき事せられしな。ぬしの秘蔵《ひさう》の筥入女児《はこいりむすめ》を、疵物《きずもの》にして勇悍《たけ〴〵》しく、いひ争ふとも誰《たれ》かは聴《きか》ん。豆盗児《まめぬすひと》には相応《ふさは》しき、連枷《からさを》代りにこれ喫《くらは》せん」と持《もつ》たる棒《ぼう》を振揚《ふりあぐ》れば、「やよ等《まて》出来介、無礼《ぶれい》なせそ」と禁《とゞむ》るあるじの一ト声に、進みかねたる出来介は、麪棒杖《めんぼうつゑ》につき立《たて》て、夏引が背後《うしろ》に退《しりぞ》きけり。

早くも十一月の頃、田舎では耕作に暇があるのか、奴婢たちも宵から寝所に入って、夜はたいへんしめやかな様子だが、そうかといって信乃は寝られずに、今宵も一つ灯に向かって、かの『太平記』を読んでいると、第四の巻にある「中納言藤房《ふじふさ》遁世」の段に、藤房が以前から睦まじくしていた左衛門局とかいう女房のもとへ、切った髻《もとどり》を贈って、

黒髪の乱れん世までながらへば是《これ》を今般《いまは》の形見とも見よ（あなたがもし生きながらえることができたなら、私のこの黒髪を最後の形見として見て下さい）

とあったのを、女房は大変嘆いて、

書置きし君が玉章《たまづさ》身にそえて後の世までの像見《かたみ》とやせん（書き置いてくださったあなたのお手紙を我が身に添えて、あの世までの形見とするのでしょうか）

と詠んで川に身を沈めた事、また第十の巻にある、佐介左京亮貞俊《さかいさきょうのすけさだとし》の辞世の歌に、

皆人の世にあるときは数ならで憂《う》きには漏《もど》れぬわが身也けり（人々が皆栄華を極めている時には、私は人の数にも入らず、つらい時には人と同じようにつらい我が身であることだ）

と申し上げた時、その妻は、

誰見よと信《かたみ》を人の留《とゞ》めけん堪《たへ》て有《ある》べき命ならぬに（誰に見よと、形見の品を送ったのでしょう。悲しみに耐えて長らえる命ではありませんのに）

と詠んで共に亡くなった事、また二十二の巻にある塩谷高貞《えんやたかさだ》讒死の段、このほか、新田と楠氏の父子の誠忠、また新田の四天王という勇臣たちの終わりが定かでない事などを、あれこれと読み味わうと、誠

に忠臣が時に合わないこと、佞人の奢りの恣《ほしいまま》であること、夫婦の情態、朋友の信不信、昔を見て今を思うと、別れてから今日まで、遭うこともなく年月を経た五犬士の身の上が案じられ、また、夫婦とは名ばかりで貞節に死んだ浜路のことさえ、胸に浮かんで大いに嘆きつつ、巻を閉じて悲しみに沈んでいると、信乃の背後に来る人がおり、足音もしないで近づくのを「誰だ」と問うと、「浜路」と答える。

信乃は驚き訝りながら、様子を改めそちらに向かって、「日頃その名を呼ばれるのが漏れ聞こえるので少し知っている。あなたは主人の娘御か。どういう訳で小夜更けてから一人ここにいらっしゃったのか」と問うと、頭を振り、「いいえ、わたしくしは主人の娘ですが、今宵は主人の娘ではありません。あなたと二世の縁のある、浜路をお忘れか」と言うのを、信乃はますます怪しんで、「それは何を言われるのか。私が故郷にいたときに、許婚の妻の名も浜路と呼ばれていたけれども、亡くなってはや四年になった。それをあなたにこうこうと言われるのは心得ない」と言うその顔を浜路はつくづくと見守って、「訳を知らないでいらっしゃるので、そう思われるのは無理のないことです。わたくしは四年前の夏に、あの左母二郎《さもじろう》の非道の刃に果敢なく命を落とし、円塚《まるづか》の火定《かじょう》の穴に葬られて、骨も留めずになりましたが、魂魄はなお明け暮れに、あなたのそばを離れず、言いたいこともあったのですが、死んだ霊と生きた人とは道が異なるために、願いを遂げられず、無駄に月日を過ごしておりましたが、ここの主人の娘の名が、わたくしと同じであるだけでなく、あなたと結ばれる宿因があるので、その身体を借りて、こうして事情を告げております。以前、あるたはわたくしの為に、生涯妻を娶るまいとおっしゃった御気持ちが有難いまで忝く、嬉しく存じましたが、その言葉が今も変わらず、わたくしをお忘れになっていないならば、事の成り行きに任せて、ただこの乙女をわたくしと思って縁をお結びください。たとえこれらの事によって、大いに災いが齎されるとしても、また思いかけず幸い草の花が咲き、実の実る

東京大学総合図書館蔵本

ことがありましょう。ですから先を急がずにここに逗留なさいませ」と告げる言葉も顔つきも、よく亡き妻に似ていた。事の不思議さに少しも騒がず、信乃はつくづくとそれを聞いて、「あの世の事、霊魂や神霊の事は、凡人の知恵には測り難いのだが、男女が夜更けて語らうのは、瓜田《かでん》の履《くつ》、李下《りか》の冠、人の疑いをどうすることもできない。また、その身の宿念を告げようとして、人の娘に濡れ衣を着せるのは仁義の行為ではない。私もまたこのために主人夫婦の恨みを得たならば、言い訳する術もない。早く立ち去りなされよ」と言われて、浜路はよよと泣いて、「どうしてそんなに嫌がられるのですか。人の姿を仮りてほんの少し物言う時を得たのですが、霊玉があなたをお守りなので躊躇《ためら》って、思った事を言い尽くさないうちに帰れとは、夜明けを告げる後朝《きぬぎぬ》の鐘よりつれない捨て言葉、強情です」と恨む時、重なる襖《ふすま》をばたりと開いて、「悪戯者《いたずら》を見つけた。皆々起きよ」と叫ぶ者は、これ他ならぬ主人の女房の夏引《なびき》である。「あっ」と驚く浜路よりも、信乃はさすがにうち騒ぐ胸を鎮めて、「これ内儀、いい加減なことをおっしゃるな。娘御がここに来られたのは、不義密通のためではない。別にわけがある事なのに」と言わせないうちに、夏引は冷笑して、「いいや、おっしゃるな、論より証拠、親の寝息を伺って夜這いした娘を引き入れても、不義ではないという言い訳が立とうか。皆早く起きよ」と呼びたてると、「へい」と答えて部屋から出来《でき》介《すけ》が、寝間着のままの褌《ふんどし》帯の格好で、麺棒《めんぼう》を引っ提げて走り来て、以前に浜路に思いを懸けても叶わなかった恋の遺恨の仕返しにと、胸の焔を燃やしながら、まだ冷えない火鉢にばたりと躓《つまず》くと、炭団《たどん》が揺れて、それが騒動の始まりとなり、とうてい無事には治まりそうになく、出来介は時を得たとばかりに声を振り立てて、「客人、よい事をなさったな。主人の秘蔵の箱入り娘を傷物にして、勇ましく言い争っても誰がそれを聞こうか。好色な盗人には相応しい、豆を打つ連枷《からさお》の代わりにこれをくらわそう」と、持った棒を振り上げると、「これ待て出来介、無礼をするな」と止める主人の一声に、進みかねた出来介は、麺棒を杖代わりに突き立てて、夏引の背後に退いた。

あらすじ

木工作はそこで身の上を語る。木工作の父はもと春王・安王に仕えた井丹三《いのたんぞう》直秀《なおひで》の家臣蓼科《たでしな》太郎市《いち》の息子で、殺生を生業とするためか、妻麻苗《あさなえ》との間に子がなかったが、ある日榎の枝で泣いていた貴人の女子を得る。浜路というと反応するので、その名を付けて養育したという。信乃の母手束は直秀の娘であることから、信乃は木工作との縁を喜ぶ。木工作は信乃と浜路を娶せるために、泡雪奈四郎《あわゆきなしろう》に仲介を頼もうとするが奈四郎は心許さず、木工作と言い争ってこれを殺してしまう。その後、夏引は奈四郎から石禾《いさわ》の指月院に密かに呼び出され、信乃に木工作殺しの罪を着せようと謀る。信乃は夏引と出来介から訴えられるが、目代の甘利兵衛尭元《あまりひょうえたかもと》に扮した犬村道節の取り成しで無罪となり、夏引らは罰される。指月院の住持は丶大法師で、そこには蟹崎照文も居合わせ、信乃と再会を喜ぶ。また照文は、浜路が里見義実の一子義成の第五番目の息女であることを明かす。その後、甲斐国主の武田民部大輔信昌《たけだみんぶのたいふのぶまさ》は、甘利に扮して悪を懲らした道節・信乃の義を称え、仕官を勧めるが、二犬士は推辞し、その代わりに、浜路姫を木工作の遺骨とともに安房に連れ帰ることの許しを得る。その翌日、二犬士と照文は、浜路姫を伴い安房へ出立する。その途中、信乃と道節は泡雪に出会い、信乃はその首を討つ。かくして照文・浜路姫は二犬士と別れて安房へ戻り、浜路姫は祖父や父と対面した。

ここに又、犬田小文吾は毛野に会う為に下田から船出して浪速津《なにわづ》へ、さらに北陸道から越後国苅羽郡《かりばのこおり》小父谷《おぢや》へと向かう。そこで旅籠屋《はたごや》の主人石亀屋次団太《いしかめやじだんだ》に、土地の名物闘牛《うしあわせ》の神事に誘われる。文明十四年夏四月初旬のことであった。闘牛の結びは、竜種《たつたね》といわれる角連次《かくれんじ》牛と暴れ牛の須本太《すぼんた》牛の対決であった。

（巻之四第六十八回～巻之七第七十三回）

◆巻之七第七十三回「小文吾、暴れ牛を制す」◆

然《さ》る程に、須本太《すほんた》・角連次《かくれんじ》の大牛《おほうし》は、迭《かたみ》に敵手《あいて》を佶《きつ》と見て、しづかに進み近つきつゝ、霎時《しばし》呼吸を揣《はか》るが如く、又その透《すき》を窺《ねら》ふが如く、頭《かうべ》を低《ひき》く脊《そびら》をたてて、睨《にら》みあふこと半晌《はんとき》ばかり、各々《おの〳〵》その図やよかりけん、忽地《たちまち》角を突合《つきあは》して、推《おし》つ推《おさ》れつ挑《いど》みあふ、汗は流れて四足《しそく》に伝ひ、蹄《ひつめ》は踏駐《ふみとゞ》めて大地《だいち》に滅《めつ》し、含血《ちはし》る眼《まなこ》は燃《もゆ》るかと怪《あやし》み、鍛《きたゐ》做《な》す頸骨《くびほね》は、折るゝかと思ふばかりに、組合《くみあは》しては揮放釈《ふりほと》き、又組合《くみあは》して縢《からま》へる、双方の角の音は、戞然《かつねん》として拍子を違《たが》へず、三ッ反ばかり推《おさ》れては、又推返《おしかへ》す勢ひに、力士等も亦《また》奔走して、或《あるひ》は手を抗《あげ》手を撥《ひろ》げ、各々《おの〳〵》牛に勢ひを、資《たす》けて勝負を見る程に、角連次は稍《やゝ》疲れて、既に危《あやう》く見えしかば、大力士等声を被《か》けて、「疾引分《とくひきわけ》よ」と叫ぶになん、東西の力士数《す》十名《にん》、簇《むら》〳〵と走りかゝりて、推隔《おしへだて》引分《ひきわく》れば、角連次はその隙《ひま》に、路を討《もとめ》て逃躲《にげかく》るゝを、須本太はなほ脱《のか》さじとて、驀直《まっしくら》に追蒐《おつかく》るを、力士等透《すか》さず携著《すがりつき》て、擒捕《からめとら》んとしてければ、須本太弥《いよ〳〵》怒狂《いかりくる》ふて、角に突被《つきか》け空《そら》ざまに、投飛《なげとば》し反倒《はねたふ》す、勢ひ当りかたければ、技《わざ》に熟《なれ》たる力士等も、駭騒《おどろきさは》ぎ辟易《へきゑき》して、東へ嶭《なだ》れ西へ靡《なび》く、周章《しうせう》大かたならざりけり。

然程《さるほど》に須本太は、角連次を索難《たづねかね》て、暴《あれ》に虐《あれ》たる事なれば、四方に狂巡《くるひめぐ》りつゝ、人をも物をも当るに任《まか》して、角に掛《かけ》ては投屠《なげほふ》る、猛威に怕《おそ》るゝ群集《くんじゆ》の老弱《ろうにやく》、東西に奔走し、南北へ逃迷《にげまよ》へば、出茶屋《でちやや》・酒店《さかみせ》、果子《くわし》・蕎麦《くろむぎ》の、牀几葭簾《せうぎよしす》を踏潰《ふみつぶ》されて、只胆《たゞきも》を鑠《け》す可《ばかり》なり。

か丶れば小文吾《こぶんご》と磯九郎は、逃《にぐ》る衆人《もろひと》に隔《へだて》られて、迭《かたみ》に索《たづぬ》る遑《いとま》もあらず。然《さり》けれども小《こ》文吾《ぶんご》は、些《ちつと》も騒ぐ気色《けしき》なく、岡の下《もと》なる小松の辺《ほとり》に、磯九郎を俟《まつ》程に、突然《とつねん》として走り来る、須本太は小文吾を、掛《かけ》んとするを閃《ひら》りと反《かは》して、角を楚《しつか》と捕留《とりとめ》たり。（中略）

第八輯

◆上帙巻之一第七十四回◆

再説《ふたゝびとく》。犬田小文吾悌順《いぬたこぶんごやすより》は、那竜種《かのたつたね》なる暴牛《あれうし》の、突《つき》もて来ぬる勢ひ猛《たけ》く、当るべうもあらざりしを、些《ちつと》も騒《さわ》ぐ気色《けしき》なく、閃《ひら》りと反《かは》して左右《さう》の手に、角《つの》を楚《しつか》と捕駐《とりとめ》たり。然《され》ども怯《ひるま》ぬ怒牛《どぎう》の奮激《ふんげき》、四蹄《ひつめ》を壌《つち》に踏入《ふみこむ》までに、推倒《おしたふ》さんと角へども、小文吾も亦《また》一身の、力を極《きは》め挑《もみ》あふて、一歩《ひとあし》だにも退《しりぞ》かず。千曳《ちびき》の石の地中《ちちう》より、見《あらは》れ出《いで》て立《たつ》たる如く、又烏獲《をうくわく》が奔牛《ほんぎう》の、尾を援留《ひきと》めしも恁《かく》やと覚えて、和漢に儔《たぐひ》多からぬ、稀有《けう》の壮観《みもの》でありければ、初《はじめ》に酷《いた》く蒐散《かけちら》されて、辟易《へきえき》したる牛力士《うしりきし》們《ら》は、亦這綷《またこのこと》の為体《ていたらく》を、看《み》つ丶、再《ふたゝび》胆《きも》を潰《つぶ》して、「彼《あれ》よ〳〵」とばかりに、手を抗《あげ》足を空《そら》にしつ丶、衆皆《みな〳〵》四下《あたり》に聚《つど》ふものから、怕《おそ》れて近くは找《す》丶み得ず、呆《あき》れて斉一《ひとしく》目戍《まも》りてをり。

然程《さるほど》に小文吾は、権且《しばらく》牛を疲《つから》して、「曳《ゑい》」と被《かけ》たるちから声《こゑ》と、共に烈しき修煉《しゅれん》の剽姚《はやわざ》、左へ推《お》させて、「耶《や》」と右へ、揉回《ねぢかへ》したる打擂《すまひ》の本事《てなみ》に、然《さ》しも桿《たけ》かる須本太牛《すぼんたうし》は、鈍《おぞ》や頑童《わらべ》に放下《ほか》さる丶、猘児《ゐのこ》の似《ごと》く地响《ぢひゞきうた》拍して、撞《だう》と仰反倒《のけぞりたふ》れけり。これを観《み》るもの思はずも、感じて「喝《あつ》」と釆《ほむ》る声、谺《こたま》に答《こたへ》て 夥《おひたゝ》しく、霎時《しばし》は鳴《なり》も已《やま》ざりける。

登時《そのとき》力士幾名《いくたり》か、走り蒐《かゝ》りつ力を勠《あは》して、牛の四足《しそく》を捉《と》るもあり、又睾丸《きんたま》を摑《つか》むもありて、「毛をもて糾《なへ》る牛縻《はなつな》に、雞《とり》の羽《は》多くものせよ」と罵《のゝしり》つ辛《から》くして、鼻に融《とほ》しつ、太《ふと》やかなる、絆索《はつな》を楚《しか》と繋着《つなぎつけ》て、哨子《くちふえ》鳴らして牽起《ひきおこ》せば、牛はそが儘鎮《まゝしづま》りて、身振《みふる》ひしつ丶立《たつ》時《とき》に、小文吾を見て怕《おそ》れけん、両三歩《ふたあしみあし》逡 巡《あとしさり》して、牽《ひか》る丶随《まゝ》に阿容《おめ》々〳〵と、蕃山《はやま》のかたに退《しりぞ》きけり。

通 釈

そのうちに須本太《すぼんた》と角連次《かくれんじ》の大牛は、互いに相手をきっと見て、静かに進み近づきながら、しばらく呼吸を測るように、またその隙を狙うように、頭を低く、背を立てて、にらみ合うこと半時ばかり、おのおの良い時と思ったのか、たちまち角を突き合わせて、押し押されて挑み合う。汗は流れて四足を伝い、蹄は踏み止まって大地にめり込み、血走る眼は燃えるかと危ぶまれ、鍛えられた首骨は折れるかと思うほどに、組み合わせては振りほどき、又組み合わせては捕まえる。双方の角の音はまるで金石が打ち合うような音を立てて拍子を違えず、三十メートルほど押されてはまた押し返す勢いに、力士たちも又奔走して、或いは手を挙げ手を広げ、おのおの牛に勢いを加えて勝負を見るうちに、角連次はやや疲れて、すでに危うく見えたので、大力たちは声をかけて、「はやく引き分けろ」と叫ぶと、東西の力士数十人がむらむらと走りかかり、二頭を押し隔て引き分けると、角連次はその隙に、道を見つけて逃げようとするのを、須本太はなお逃がすまいと、まっしぐらに追っかけるのを、力士たちはすかさず牛に縋り付き、絡め捕ろうとしたところ、須本太はいよいよ怒り狂って、角連次を角に突き掛け、空へ投げ飛ばし跳ね倒す。その勢いに向かい難いので、技に長けた力士たちも、驚き騒ぎ辟易して東へ雪崩れ、西へ靡く、慌てぶりは一通りではなかった。

そうするうちに須本太牛は、角連次を探しかねて暴れに暴れはじめ、四方に狂い巡りながら、人でも物でも当たったものは何でも角に掛けては投げ放る、その猛威に恐れる群集は、東西に奔走し、南北に逃げ惑うので、出茶屋・酒店・菓子屋・蕎麦屋の床机や葦簾《よしず》は踏み潰され、人々はただ肝を消すばかりであった。

そういうわけで、小文吾と磯九郎は、逃げる人々に遮られて互いを探す暇もなかった。しかし小文吾は少しも騒ぐ様子なく、岡の下の小松のそばで磯九郎を待つうちに、突然走ってきた須本太牛が、小文吾を角に掛けようとしたのを、小文吾はひらりとかわして角をしっかりと捕り止めた。

（中略）

再び説く。犬田小文吾悌順は、例の優れた牛の種の暴れ牛の突いてくる勢いが荒々しく立ち向かうこともできそうにないのを、少しも慌てる様子なく、ひらりとかわして左右の手に角をしっかりと取り止めた。しかし怯まぬ怒牛の憤激は、蹄を土に踏み込むほどに、小文吾を押し倒そうと向かってくるのだが、小文吾もまた一身の力を込めて揉み合って、一足さえも退かない。千人の引く大石が地中から現れ出て立っているようにどっしりと、或いはあの烏獲《おうかく》が暴れ牛の尾を引き止めたのもこのようであったかと思われ、和漢に例のない稀有の壮観であったので、初めに痛く追い散らされて辟易した牛力士たちは、

またこの有様を見ながら再び胆を潰して「あれよあれよ」とばかりに、手を挙げ足を空に上げながら、皆々周りに集まるのだが、恐れて近くには進めず、呆れて一斉に見守っていた。

　そうするうちに小文吾は、しばらく牛を疲れさせて、「えいっ」とかけた力声とともに激しい手練の早業で、左へ押させて「やっ」と右へ捩返す、その相撲の手並みに、あれほど荒れた須本太牛は、愚かしくもまるで童子に投げられた子犬のように、地響きをさせてどっと仰け反り倒れてしまった。これを見るものは思わず感極まり「あっ」と褒める声があたりに反響して夥しく、しばらくは鳴りも止まなかった。

　そのとき力士が何名か走りかかって、力を合わせて牛の四足を捕る者もあり、また睾丸を摑む者もあって、「毛で作った鼻綱を、鶏の羽を多く使って通せ」と騒ぎながらかろうじて鼻に通して、太綱をしっかりと繋ぎ付けて、口笛を鳴らして引き起こすと、牛はそのまま静まって、身震いしながら立つ時に、小文吾を見て恐れたのか、二、三足後ずさりして、引かれるままにすごすごと、人里近くの山の方に退いていった。

あらすじ

小文吾は暴れ牛を鎮めた勇士として村人から饗応を受ける。一方、磯九郎《いそくろう》は小文吾がもらった金品を持って、酔って夜道を帰るところを、船虫と酒顚二《しゆてんじ》に金品を奪われて殺され、そこを通りかかった次団太も傷を負う。その後、小文吾は眼病を患う。

（巻之一第七十四回～七十五回）

◆巻之一第七十五回「小文吾、船虫を捕らえる」◆

本文

介程《さるほど》に降《ふり》みふらずみ、檐《のき》の玉水《たまみづ》音をのみ聞く、五月中旬《さつきなかば》になりにけり。恁而有一日《かくてあるひ》次団太《じだんだ》は、例《いつも》のごとく宿所にをらず、その夕つかたにかへり来て、小文吾が徒然《つれぐ》を、訊慰《とひなぐさ》めたる語《こと》の次《ついで》に、「眼病《めのやまひ》は肩癖《けんへき》の、凝《こり》よりも起《おこ》るといへば、按摩《あんま》もその効《こう》あるなるべし。いぬる比《ころ》より一個《ひとり》の瞽女《ごぜ》の、齢《よはひ》四十許《よそぢばかり》なるが、黄昏毎《たそがれごと》に笛《ふえ》吹鳴らして、這辺《こゝら》を過《よぎ》らざる日は稀《まれ》なり。這郷《このさと》には昔よりして、女按摩《をんなあんま》のなかりしに、他《かれ》は何処《いづこ》より来るやらん。人々に朝牓《ちやうはう》がられて、療治の評判丐《あし》からず。這里《ここ》に宿投《やどと》る旅客《たびゝと》の、召《よび》よせて肩癖《けんへき》を、拍《うた》せたるも尠《すくな》からず。大人《うし》も今宵は那瞽女《かのごぜ》に、肩まれ腰まれ摩《ひねら》し給ひね。然《さ》ばかり効のあらずとも、寂然《しゆくねん》として只独《たゞひとり》、をはしますには優《ます》べきに」といへば小文吾頷《うなづ》きて、「按摩は素《もと》より好まねども、療治の為には斁《いと》ふべからず。その瞽女来《ごぜき》なば召《よば》し給ひね。利くやきかずや試みてん」といふに次団太こゝろ得て、辞して納戸《なんど》へ退《まか》りけり。

恁而《かくて》はや夕饌果《ゆふぜんはて》て、点燈時候《ひともしごろ》になりしかば、宿《やど》の婢妾《をなご》が件《くだん》の瞽女《ごぜ》の、手を挽《ひ》きつゝ倶《ぐ》して来つ、小文吾にうち対《むか》ひて、「嚮《さき》に主人《あるじ》のまうされし、按摩刀祢《あんまとの》を将《い》てまゐりぬ」といふを小文吾うち聞《きゝ》て、「然《さ》らば療治を憑《たの》むなり。俺《われ》も亦《また》いぬる月より、眼病《めのやまひ》にて不便《ふべん》なり。女中よ這里《ここ》へ按内《しるべ》をして、背《そびら》の方《かた》に坐《を》らしねかし」といふに婢妾《をなこ》はこゝろ得て、件《くだん》の瞽女《ごぜ》を小文吾の後方《あとべ》にやをら推居《おしすゑ》て、霎時《しばし》もあらず遽《いそがは》しげに、庖湢《くりや》のかたへ退《まか》りけり。

当下瞽女《そのときごぜ》は小文吾に、冷熱《じこう》を演安否《のべあんぴ》を諮《たづ》ねて、「目の病着《いたつき》は逆上《のぼせ》によりて、発《おこ》るも嘗《つね》のことに侍れば、且《まづ》おん肩より揉和《もみやわ》らげて、尒後《そのゝち》阿鍼《おはり》をまゐらすべし。許させ給へ」と差寄《さしより》て、撃肩癖《うつけんへき》の手拍子は、修羅《しゆら》の鼓《つゞみ》にあらねども、噫危《あなあやう》きかな小文吾が、命はこの時風前《かぜのまへ》なる、燈燭《ともしび》にしも異《こと》ならず。詎《たれ》か知るべき這瞽女《このごぜ》は、是寔《これまこと》の盲目《めしい》にあらず。甚《いか》なるものぞと原《たづぬ》るに、亦那賊婦《またかのぞくふ》船虫《ふなむし》なり。

船虫はいぬる比《ころ》、二十村《むら》なる闘牛《うしあはせ》を、観《み》にゆきたる折、憶《おもは》ずも、稠人《くんじゆびと》の中《うち》よりして、遙《はるか》に小文吾を見出《みいだ》して、一《ト》たびは怕《おそ》れしが、愍《なまじい》にこゝろに掛《かゝ》れば、それとはなしに彼比《あちこち》と、人に尋《たづ》ねて小千谷《をぢや》なる、石亀屋《いしかめや》に逗留《とうりう》の、客なるよしを云云《しかぐ》と聞《き》つゝ、窃《ひそか》に歓《よろこ》びて、「いかで那奴《かやつ》を狙撃《ねらひうち》て、前夫《もとのをとこ》並四郎《なみしらう》の、怨《うらみ》を復《かへ》さばや」と思ふにぞ、是《これ》よりして仮瞽女《にせごぜ》になりて小千谷《をぢや》を徘徊《はいくわい》しつゝ、人の与《ため》に按摩《あんま》を執《とり》けり。これによりて石亀屋《いしかめや》に、宿投《やどと》りし旅客《たびゝと》の、肩癖《けんへき》を撃《うち》たることも、両三番《ふたゝびみたび》に及びしかば、小文吾が眼病《めのやまひ》にて、物を見ることの得《え》ならぬよしさへ、旅舎《やど》の噂《うはさ》に聞知りて、既に十二分の喜悦《よろこび》あり、「便《たよ》りもがな」と思ふ程に、今計《はか》らずも喚入《よびいれ》られて、最輒《いとたやすく》も犬田が身辺《ほとり》に、近づくことを得たれども、小文吾は日属《ひごろ》より、疼痛《いたみ》に懲《こ》りて眼を開かず、夜《よ》は殊更《ことさら》に燈燭《ともしび》の、光を厭《いと》ふて行燈《あんどん》すら、近くは置《おか》せぬ折なれば、恁《かく》ても他《かれ》を些《ちつと》も見ず、見ざれば知るよしなきものから、船虫は又、「俺《わ》が声音《こはざま》を、聴覚《きゝおぼえ》をることもや」と思へば言寡《ことばすくな》にして、肩を摩《ひね》り背《そびら》を推《お》すのみ、「透《すき》を得《え》ば懐《ふところ》なる、木天蓼丸《わたゞびまる》を抜出《ぬきいだ》して、背《そびら》をや刺串《さしつらぬか》ん、押へて頸《くび》を掻《か》くべきか」と腹に問ひ腹《はら》に答《こたへ》て、いまだ輒《たやす》く手を下《くだ》さず。

然《さり》とは悟るよしもなき、犬田が身には那霊玉《かのれいぎよく》の、擁護《おうご》愆《あやま》つべくもあらねば、按摩《あんま》の指《ゆび》頭《さき》皮肉《ひにく》に答《こたへ》て、疼《いた》みて堪《たへ》がたかりければ、おもはずも声をかけて、「やよ今少許《すこし》寛《ゆる》うせよ。恁《しか》推《お》されては堪《たへ》がたかり」といふを船虫《ふなむし》うち笑ひて、「妾《わらは》が指にちからはなけれど、よく経絡《けいらく》に従ふて、穴所《けつしよ》に当れば通ずること多かり。そが御《み》こゝろに称《かな》はずは、緩《ゆる》う致すもいと易《やす》かり」と答《こたふ》る間《はし》に懐《ふところ》なる、短刀を潜《そ》と掖出《ひきいだ》して、左手《ゆんて》に肩を摩《ひね》りつゝ、右手《めて》には柄《つか》を握拿《にぎりもち》て、抜放《ぬきはな》さんとする程に、小文吾猛可《にはか》に胸うち騒《さわ》ぎて、「吭《のど》を〳〵」といふ声の忽地《たちまち》耳に入《い》りしかば、心にふかく疑惑《うたがひまよ》ふて、「按摩を休《やむ》るに優《ます》ことあらじ」と尋思《しあん》をしつゝ、又推禁《おしとゞ》めて、「已《やみ》ね〳〵。然《さ》でも痛かり。翌《あす》の夜《よ》に又憑《たの》むべし。太義《たいぎ》にこそ」と労《ねぎら》ふたる、辞《ことば》の下《した》に船虫は、短刀晃《きら》りと引抜《ひきぬき》て、左手《ゆんて》に楚《しか》と小文吾が、衣領《えり》搔抓《かいつか》み引着《ひきつけ》て、吭《のんど》を搔《か》ゝんと閃《ひら》めかす、刃《やいば》の光は目にや見えけん、小文吾透《すか》さず船虫が、利手《きゝて》を丁《ちやう》と捕止《とりとめ》て、「原来《さては》這奴《こやつ》は癖者なりき。睛《め》は見えずとも若們《なんぢら》に、輙《たやす》く撃《うた》るゝ俺《われ》ならんや」と罵《のゝし》りつ引被《ひきかつ》ぎて、肩を越《こ》さして面前《まなさき》へ、觔斗《もどり》を拍《うた》して投伏《なげふ》せたり。

這响喨《このものおと》に次団太は、駭《おどろ》きながら走り来て、見れば犬田に組布《くみしか》れたる、女按摩は仮瞽者《にせめしい》にて、手に短刀を抜拿《ぬきもち》たれば、「問《とは》でもしるき賊《ぞく》なりけり」とおもへば情由《わけ》を聞くに及ばず、壁に掛《かけ》たる担索《にない》を取《とり》て、犬田に代りて船虫を、はや犇々《ひしひし》と緪《いまし》めけり。登時後《そのときおく》れて走り聚《つど》ひし、妻はさらなり奴婢們《ぬびら》まで、怕《おそ》れて舌を掉《ふる》ふもあり、或《あるひ》はその兇悪《けうあく》を、憎みて「撻《うて》よ殴《たゝ》けよ」とて、いと囂《かしがま》しく罵《のゝし》りしを、次団太大《いた》く叱禁《しかりとゞ》めて、恙《つゝが》なかりし小文吾を、祝して且《かつ》その眼病中《がんびやうちう》に、便《たより》なき折の剽勁《はやわざ》を、只管《ひたすら》感じて已《やま》ざりけり。

通釈

降ったり降らなかったり、軒の玉すだれの音だけが聞こえる五月中旬になった。ある日次団太は、いつものように宿所にはおらず、その夕方に帰ってきて、小文吾の徒然《つれづれ》を問い慰める事のついでに「眼病は首肩の凝りからも起こるというので、按摩もその効果があるでしょう。以前から一人の瞽女の、年齢が四十ほどであるのが、黄昏時ごとに笛を吹き鳴らしてこのあたりを過らない日はありません。この里には昔から女按摩はいなかったのに、彼女はどこから来るのでしょうか。人々に重宝がられて、療治の評判は悪くありません。ここに宿を取る旅人が呼び寄せて首肩を打たせる事も少なくありません。あなたも今宵はその瞽女に肩でも腰でもひねらせなされよ。それほどの効果はないとしても、寂しげにただ一人いらっしゃるよりは良いでしょうよ」と言うので、小文吾は頷いて、「按摩はもともと好まないが、療治の為なら厭うまい。その瞽女が来たなら呼ばせてください。利くのか利かないのか試してみよう」と言うので、次団太は心得て、挨拶して納戸へと退いた。

こうして早くも夕飯が終わり、火を点す頃になったので、宿の下女が例の瞽女の手を引きながら連れて来て、小文吾に向かって、「さっき主人が申し上げた按摩どのを連れてまいりました」と言うのを小文吾は聞いて、「それなら療治を頼む。私もまた先月より眼の病で不便である。女中よ、ここへ案内して、私の背の方に座らせてくれ」と言うので、下女は心得て例の瞽女を小文吾の背後へゆっくりと座らせて、すぐに忙がしそうに台所の方へと退いた。

そのとき瞽女は小文吾に、時候の挨拶を述べ安否を尋ねて、「眼の病はのぼせによって起るのもよくあることでございますので、まず御肩から揉み和らげて、その後針をして差し上げましょう。お許しを」と近寄って、撃つ首肩の手拍子は、阿修羅《あしゅら》が戦いの時に打つ鼓ではないが、まことに危ないことに、小文吾の命はこの時風前の灯のようであった。誰が知ろう、この瞽女は真の盲目ではない。どのような者かというと、かの賊婦の船虫であった。

船虫は先に、二十村での闘牛を見に行った時に、思いがけなく群集の中で遥かに小文吾を見出して、一度は恐れたのだが、むやみに気にかかったので、それとはなくあちこちと人に尋ねて、小文吾が小千谷の石亀屋に逗留の客であることをあれこれと聞いて密かに喜び、「どうにかしてあいつを狙い討って前夫並四郎の恨みを返したいものだ」と思い、それより偽瞽女《にせごぜ》となって小千谷《おぢや》を徘徊しながら人のために按摩を施していたのであった。これによって石亀屋に宿を取った旅人の首肩を揉んだことも二、三度に及んだので、小文吾が眼病で物を見ることのができない事さえ旅人の噂で聞き知って、もはや十二分に喜び、「機会のないものか」と思っているうちに、今図らずも宿に呼び入れられて、いとも容易く犬田の身辺に近づくことができたけれども、小文吾は常より痛みに懲りて眼を開かず、夜は殊更灯の光を嫌って行灯すら近くには置かせない折なので、こうなっても彼女を少しも見ず、見なければ知る術もないのだが、船虫はまた、「私の声音を聞き覚えているかもしれない」と思うので言葉少なく、肩を捻り背を押すのみで、「隙があったら懐の木天蓼丸《わたたびまる》を抜き出して、背を刺し貫こうか、それとも押さえて首を掻き切ろうか」と心中に問い答えて、いまだ簡単に手を下さない。

そうとは悟る術も無い、犬田の身には例の霊玉の擁護が見逃がすはずもないので、按摩の指先が小文吾の皮肉に応えて、痛んで堪え難いので、思わず声をかけて、「これいま少し緩くせよ。そう押されては耐え難い」と言うのを、船虫は笑って、「私の指に力はないのですが、うまく経絡に従ってつぼに当たるので、痛いと感じることが多いのです。しかし、その御心に叶わないならば、緩くいたすことも大変簡単です」と答えるついでに、懐の短刀をそっと引き出して、左手で肩を捻りながら、右手には柄を握り持って、抜き放そうとすると、小文吾は急に胸騒ぎがして、「喉を、喉を」という声が忽ち耳に入ったので、心に深く疑い迷って、「按摩を止めさせるのが何よりだ」と思案して、又按摩の手を押し止めて、「やめろやめろ、さてさて痛い。明日の夜にまた頼もう。ご苦労であった」と労う言葉の間に、船

東京大学総合図書館蔵本

虫は短刀をきらりと引き抜いて、左手にしっかりと小文吾の襟を掻き摑んで引き付けて、喉をかき切ろうとひらめかす刃の光が小文吾の眼に見えたのだろうか、小文吾はすかさず船虫の利き手をはっしと取り止めて、「さてはこいつは曲者であった。眼は見えなくてもおまえらに容易く討たれる私なものか」と罵りながら、船虫を引っ担いで肩から面前へ、もんどり打たせて投げ伏せた。

　この物音に次団太が驚きながら走ってきて、見ると犬田に組み敷かれた、女按摩は偽瞽女で、手に短刀を抜き持っていたので、「問わずとも知れた賊だ」と思ったので、事情を聞くまでもなく、壁に掛けた荷縄を取って、犬田に代わって船虫を、すばやくぎりぎりと縛めた。その時遅れて走り集った妻は勿論、下女下男まで、恐れて言葉もない者もあり、或いはその凶悪を憎んで、「打て、殴れ」と大変うるさく罵るのを、次団太はきつく叱り止めて、無事であった小文吾を祝し、またその眼病中の不便な折の早業をひたすら感動して止まなかった。

船虫は石亀屋次団太に里はずれの庚申堂で責められるところを、犬川荘助に助けられるが、やがて荘助は船虫とその夫で盗賊の酒顚二《しゅてんじ》らの悪事を知り、霊玉によって眼病が治った小文吾とともに石亀屋を襲った酒顚二を殺すが、船虫を取り逃がしてしまう。再会した小文吾と荘助とが越し方を語り合っているところ、箙大刀自《えびらのおおとじ》の館へ呼ばれ、そこで執事の稲戸津衛由充《いなのとつもりよりみつ》に捕らえられる。

箙大刀自は、越後国片貝《かたかい》の領主長尾景春《ながおかげはる》の母で、二人の娘は、武蔵国大塚城主大石憲儀《おおいしのりかた》と石浜の千葉介自胤《ちばのすけよりたね》に嫁いでいた。二犬士はかつてこの二家を乱したとして箙大刀自に敵視され、由充によって捕らえられたのである。しかし二犬士の無実を知った由充は二犬士を密かに逃がし、箙大刀と大石・千葉家には、二犬士の所持していた小篠・落葉の名刀腰刀と、酒顚二の手下の溷六《どぶろく》・穴八の偽首《にせくび》を渡した。荘助が由充に、名刀が父の形見であり、千葉介自胤から犬士に渡り渡って荘助の手に入ったことを語ると、由充は荘助の父と文武道の師弟関係であったことを明かす。由充の恩義によって自由の身となった二犬士は、刀を取り返すために、使者の丁田豊実《よぼろたとよざね》と馬加郷武《まくわりさとたけ》の後を追う。

ここに又、諏訪湖畔に鎌倉蹇《かまくらいざり》と相模小猴子《さがみこぞう》という二人の物乞いがおり、通りかかった馬加郷武は、荘助から奪った刀で鎌倉蹇を試し切りにしてしまう。

◆巻之四上套第八十回「相模小猴子」◆

本文

介程《さるほど》に相模小猴子《さがみこぞう》は、久しく樹蔭《こかげ》に躱《かくろ》ひて、縡《こと》の始末を闞窺《かみまみ》をり、方纔《いま》若党が主《しゆう》の刃《やいば》を、拭《ぬぐは》んとせし後《うしろ》より、閃《ひら》りと出《いで》てそが項髪《えりかみ》を、搔抓《かいつか》み引《ひき》よせて、一丈《ひとつゑ》あまり投退《なげのけ》て、衝《つ》と郷《さと》武《たけ》に近着《ちかつき》て、刃《やいば》を引提《ひさげ》し右の手を、扼《とりしば》りたる無敵《ぶてき》の挙動《ふるまひ》、思ひかけなき事なれば、倶《とも》に呆《あき》るゝ郷武《さとたけ》・豊実《とよさね》、「これはいかに」とばかりに、伴当《ともひと》さへに逡巡《あとしさ》りして、主従《しゆう〳〵》斉一《ひとしく》うち目戍《まも》るを、見かへりもせぬ相模小猴子《さがみこぞう》は、腰に夾《はさ》みし手拭《てぬぐひ》を、左手《ゆんて》に拿《とり》て両三度《ふたゝびみたび》、拭ふ刃《やいば》を熟《つら〳〵》視《み》て、「父が撃《うた》れしその折に、紛失せしと伝聞《つたへき》く、落葉《おちは》・小篠《をさゝ》の両刀を、身に帯《おび》たれば冤家《かたき》の余類《よるい》、その姓名も既に知る、馬加《まくわり》としも名告《なの》れるは、又那籠山縁連《かのこみやまよりつら》が、由縁《ゆかり》のものにはあらずして、逆臣大記常武《だいきつねたけ》の、親族にこそありつらめ。しからんには是《これ》冤家《かたき》の半隻《かたわれ》、索《たづぬ》る仇《あた》にあらずとも、今撞見《いであ》ひしはその身の不幸、伴《ともなは》れたる悪友は、まだ聞知らぬ丁《よぼろ》田《た》某乙《なにがし》、助剣《すけたち》做《な》さば猶《なほ》おもしろし。小篠・落葉の両刀を、遆与《わた》して倶《とも》に刃《やいは》を受《うけ》よ」と罵《のゝしり》誇《ほこ》る少年の、さしも形状《かたち》は窶《やつ》れても、多勢《たせい》に撓《たゆま》ぬ胆勇広言《たんゆうくわうげん》、名告《なの》らでしるき八士の随一《ずいゝち》《ソノヒトリ》、犬阪毛野胤智《いぬさかけのたねとも》が、浮世を潜《しの》ぶ仮乞児《にせかたゐ》、這里《ここ》に光阴《つきひ》をふる郷《さと》の、州名《くにのな》かけて苟且《かりそめ》に、相模小猴子《さがみこぞう》と喚《よば》れても、果敢《はか》なくその身を錑《ため》されて、終《つひ》の煙《けぶり》と薪樵《たきゞこ》る、鎌倉《かまくら》蹇児《ゐざり》の似而非《ゑせ》猿楽《さるがう》に、亦《また》似るべうもあらざれば、いよ〳〵駭《おどろ》く郷武・豊美、此彼迭《これかれかたみ》に目を注《くは》したる、そが中に郷武は、怯《おく》れを見せじと声高やかに、「原来這奴《さてはこやつ》はいぬる年、舞子《まひこ》に化《ばけ》て俺《わ》が先代の、親子従類なごりなく、撃《うち》も果して逃亡《にげうせ》たる、犬阪毛野でありけるよ。汝《なんぢ》が仇《あた》は人も知《しり》たる、只那籠山逸東太縁連《たゞかのこみやまいつとうたよりつら》なるを撃《うち》もせで、常武大人《うし》を怨《うら》みしは、その義に違《たが》ひし無法の闇撃《やみうち》、天道《てんとう》ゆるし給はねば、今そのざまになりながら、身の悪報とは思はずや。汝が親の東西《もの》ならぬ、這《この》名刀に心をかけて、俺們《われ〳〵》さへに仇《あた》とし罵《のゝし》る、似而非《ゑせ》広言《くわうげん》は夏虫の、火虫《ひむし》に等しき無慙《むざん》の白徒《しれもの》、死《しに》に出《いで》しは又一層《ひとかさね》の、是家裏《これいへつと》を獲たるなり。曩《さき》に汝と共侶《もろとも》に、石浜の城を逃亡《にげうせ》たる、犬田小文吾悌順《いぬたこぶんごやすより》は、近属越路《ちかごろこしぢ》に流落《さそら》ひしを、片貝殿《かたかひとの》の知らせ給ひて、同悪犬川荘介《いぬかはさうすけ》と、倶《とも》に首《かうべ》を刎《はね》られたり。今その首級《しゆきう》と這《この》両刀を、片貝殿より賜りて、武蔵《むさし》へ還《かへ》る路にして、汝が首《かうべ》を相添《あひそえ》なば、俺《わ》が先代の怨《うらみ》を復《かへ》す、是《これ》私の幸《さち》のみならず、石浜殿《いしはまとの》の奉与《おんため》にも、面《おもて》を起す武門の大功、御感《ぎよかん》も八入《やしほ》に増《まさ》ざらんや。其首《そこ》な退《のき》そ」と執圄《いきまき》つゝ、拿《と》られし腕《かひな》を振断《ふりきつ》て、首《かうべ》を撃《うた》んと晃《きらめ》かす、左手《ゆんて》の方《かた》より豊実《とよさね》も、倶《とも》に刀を引抜きて、走らば斫《き》らんと構《かま》へたり。

登時《そのとき》毛野は些《ちつと》も騒がず、郷武《さとたけ》が不管三七廿一《むにむざん》に、撃閃《うちひらめ》かす刃《やいば》の下を、飛鳥《ひちやう》の如く翔潜《かいくゞ》る、縦横無㝵《じゆうわうむげ》なる修煉《しゆれん》の剽姚《はやわざ》、瞬く間《ひま》も薙《な》ぐ刀尖《きつさき》を、左《ひだ》りへ流して推止《おしとむ》る、刀を丁《ちやう》と挑《もぎ》拿《とつ》て、怯《ひる》むを透《すか》さず礙《はた》と斫《き》る、拳《こぶし》の冴《さえ》に郷武が、首《かうべ》ははやく地に落《おち》て、軀《むくろ》も礑《だう》と仆《たふ》れけり。

思ふに倍《まし》たる少年の、武勇《ぶよう》に驚く豊実は、「こは朽惜《くちを》しや」とばかりに、逃走《にげはし》らんもさすがにて、「伴当進《ともひと》め」と喚《よび》かけて、推拿篭《おつとりこめ》ん、と主従四名《しゆう〴〵よたり》が抜連《ぬきつら》ねたる刃《やいば》の雷光《いなづま》、競《きそ》ひ蒐《かゝ》るをものともせざりし、毛野は左右に受流し、前後に当る奮激突戦《ふんげきとつせん》、霎時《しばし》もあらせず一個《ひとり》の奴隷《しもべ》を、ばらりずんと斫伏《きりふ》せて、返す刀に若党の、肩に深痍《ふかて》の血は滝通湍《たきつせ》、「苦《あつ》」と叫びて一反《いつたん》ばかり、走り仆《たふ》れて息絶《いきたえ》たり。

伴当二名《ともひとふたり》撃《うた》れしかば、豊実いよ〱心慌《あはて》て、拳《こぶし》も狂ふ危窮《ききう》の受大刀《うけたち》、毛野は「得たり」と踏入《ふみこみ》て、畳《たゝみ》かけたる大刀風《たちかぜ》に、支《さゝ》ゆべうもあらざれば、豊実怺《こら》へずしたゝかに、小鬢《こびん》を斫《き》られて、「吐嗟《あなや》」とばかり、一声《ひとこゑ》叫びて逃走《にげはし》るを、脱《のが》さじと趕《お》ふ犬阪の、後《うしろ》に残る一個《ひとり》の奴隷《しもべ》が、撃《うた》んとしたる刃《やいば》の光に、毛野ははやくも身を沉《しづ》まして、左へ外《はづ》す至妙の捍《はたら》き、小鳥を抓《つか》む若鷹《わかたか》の、勢ひ当りがたければ、奴隷《しもべ》は刃《やいば》を打落《うちおと》されて、痛痍《いたて》を負ひつゝ、逃《にげ》たりける。

通釈

そうするうちに相模小僧《さがみこぞう》は、しばらく木陰に隠れて事の顚末を覗いていたが、今若党が主人馬加郷武《まくわりさとたけ》の刃を拭おうとした後ろから、ひらりと出てそのまま襟髪を掻き摑んで引き寄せて、三メートルほど投げ退けて、つっと郷武に近づいて、刃を引っ提げた右の手をむずと摑む、相模小僧の無敵の振る舞いに、思いがけない事に共に呆れる郷武と豊実は、「これはどうしたことだ」とばかりに、供人さえ後ずさりして、主従同じく見つめているのを、振り返りもしない相模小僧は、腰に挟んだ手拭を左手に取って刃を二、三度拭い、それをじっと見て、「父が討たれたその時に、紛失したと伝え聞いた、落葉・小篠の両刀を身に付けているということは、こいつは敵の仲間で、その名も既に知っている、馬加と名乗るのは、あの籠山縁連《こみやまよりつら》の縁者ではなく、逆臣馬加大記常武《まくわりだいきつねたけ》の親族であろう。そうであるからは、これは敵の仲間の一人で、探す仇ではないけれども、今出会ったのはその身の不幸、連れの悪友は、まだ聞き知らぬ丁田《よろぼた》某で、こいつが助太刀に加わるならなおおもしろい。小篠・落葉の両刀を、渡して共に刃を受けよ」と罵り誇る少年の、たいそう様子はやつれても、多勢に怯まぬ大胆な勇気と他を憚からぬ言葉は、名乗らなくても知れるかの八犬士の一人、犬阪毛野胤智《いぬさかけのたねとも》が浮世を忍ぶ偽《にせ》物乞い姿である。ここに月日を過ごし、故郷の相模国の名をかけて、仮初に相模小僧と呼ばれても、はかなくその身を試されて死んだ鎌倉蹇児《かまくらいざり》の偽猿楽の様子とは似るところもなかったので、いよいよ驚く郷武と豊美が互いに目を合わせる中に、郷武は気後れを見せまいと声高やかに、「さてはこいつは先年、舞妓に化けて私の先代の親子家来を残らず討ち果たして逃げ失せた犬阪毛野だな。おまえの仇は人もよく知るように、ただあの籠山逸東太縁連だけであるのを、討ちもしないで、常武どのを恨んだのは、道理に外れた無法の闇討ちであり、天道はお許しにならずに、今そのざまになったのであるのに、それを身の犯した悪報だとは思わないか。おまえの親のものではない、この名刀に心を付けて、我々さえを仇と罵る偽放言は、夏の夜に火に寄る虫に等しい憐れな痴れ者で、死にに来たのは、私としては又一層良い土産を得たことだ。以前、おまえと一緒に石浜の城を逃げ失せた犬田小文吾悌順《やすより》は、近頃越路に流離っていたのを、片貝殿がお知りになり、同悪の犬川荘介と共に首を刎ねなされた。今その首とこの両刀を、片貝殿からいただ

いて、武蔵へ帰る道にお前の首を添えたなら、我が先代の恨みを返すという、これは私事の幸いのみならず、石浜殿のお為にも、面目を施す武門の大功となり、御満足も一方ならぬことだろう。そこを動くな」と、息巻きながら毛野に掴まれた腕を振り切って、首を討とうと煌かす、その左の方から豊実も共に刀を引き抜いて、逃げれば斬ろうと構えていた。

その時毛野は少しも騒がず、郷武がやみくもに討ち閃かす刃の下を、飛鳥のようにかき潜る自由自在の手練の早業で、瞬く暇もなく横ざまに払い斬る切先を、毛野は左へ流して押し留め、刀をはっしともぎ取って、郷武が怯むのをすかさずばっさりと斬る手の冴えに郷武の首はすぐに地に落ちて、骸もどっと倒れたのであった。

予想外の少年の武勇に驚く豊実は、「これは悔しい」とだけ、逃げ去るのもさすがに躊躇われ、「者ども進め」と呼びかけて、毛野を捕まえようと、主従四名が抜き連ねた刃の稲妻が光り、競いかかるのを、毛野は物ともせずに左右に受け流し、前後を敵に囲まれながら、心をふるい起こし激しくつき進み、一瞬にして一人の下僕をばっさりと斬り伏せて、返す刀に若党の肩に深手を負わせ、その血が滝のように流れて、若党は「あっ」と叫んで十メートルほど走って倒れ、息絶えた。

供人を二人討たれたので、豊実はいよいよ心慌て、手も狂う危険な受け太刀に、毛野は「しめた」と踏み込んで畳み掛ける太刀を受け支えることもできず、豊実はとうとうしたたかに小鬢を斬られて「あっ」とばかり、一声叫んで逃げ走るのを、逃すまいと追う犬阪の後ろに残る一人の下僕が、毛野を討とうとする刃の光に、毛野はすばやく身を沈ませて、きわめて巧みに動いてこれを左へ外した。小鳥を摑む若鷹のような毛野の勢いにたち向かい難く、下僕は刃を打ち落とされて、痛手を負いながら逃げ去った。

あらすじ

毛野を刀盗人と思った荘助は毛野と争うが、小文吾に止められる。毛野と再会を果たした小文吾は、毛野が「智」の玉を持ち、左股に牡丹の痣のあることを確認する。荘助は毛野から犬川家の家宝である小篠・落葉の刀を受け取る。荘助と小文吾は石禾《いさわ》の指月院《しげついん》にいる、大法師《ちゆだい》のもとへと向かい、毛野は父の仇の籠山逸東太を探す旅を続ける。

一方、雛衣《ひなぎぬ》の法事を済ませた大角と現八は、武蔵国千住河原《せんじゆがわら》で二人の賊を懲らしめるが、盗人の所持していた衣箱《きぬつづら》が残ったために、穂北の豪族氷垣残三《ひがきざんぞう》夏行《なつゆき》に怪しまれ、捕われようとしたところを、夏行の娘重戸《おもと》の配慮により逃れ、千住の川辺で信乃と道節に会う。信乃と道節は賊を捕え、大角・現八の盗みの濡れ衣を晴らそうと、夏行と落鮎《おちあゆ》余之七《よのしち》有種《ありたね》の前で罪を白状させると、夏行は過失を認め、犬士をもてなし、自らと壻の落鮎有種は結城豊島の残党であることを語る。四犬士は越し方を語り合い、現八・大角は、荘助の音信を伺い、また丶大法師に四犬士邂逅の旨を告げに甲斐の指月院へと出立する。一方道節は、父の仇扇谷定正を討とうと密かに五十子城の様子を伺う。

甲斐国の指月院の丶大法師は、現八・大角・荘助・小文吾の四犬士と語らい、八犬士の身元を知る。その後、里見家家臣の菩提を弔うために結城の古戦場へと出立する。また四犬士は親兵衛を訪ねて甲斐国蓑生《みのぶ》山へと向かう。途中、丶大法師は武蔵国豊嶋郡《としまのこおり》の葵岡《あおいのおか》で、妖術使いの悪者鵞鼈坊《がぜんぼう》を退治し、土地の民と老翁・老婆に化けた真猫《まみ》の難儀を救う。

犬坂毛野は仇を探すために武蔵国豊島郡湯島《ゆしま》の里天満宮の境内で物四郎《ものしろう》という放下《ほうか》師になっていた。そこへ一人の武士が来て、毛野に文の才を語らせる。次に石亀屋次団太の手下の百堀鮒三《ひゃくぼりふなぞう》が来て、次団太の妻鳴呼善《おこぜ》の陰謀により、次団太が守っていた長尾家の名刀木蓼丸《わたたびまる》が縁連《よりつら》に奪われ、そのために次団太が箙大刀自の怒りに触れ捕らわれたので、景春の叔母で扇谷定正《おうぎがやつさだまさ》の側室の蟹目《かなめ》御前に取り成しを願おうとしているところだと語る。また毛野は参詣に来た蟹目前に認められ、老党河鯉守如《かわこいもりゆき》から、扇谷定正を迷わせる佞臣竜山免太夫縁連《たつやまめんだゆうよりつら》（籠山逸東太）を討って欲しいと頼まれる。かくして毛野は父の仇縁連を討つ機会を得る。

ここに又、賊婦船虫は、武蔵国豊島の谷山《やつやま》あたりで辻君《つじきみ》となって夜毎に客の相手をし、殺して金を奪っていたところへ、仲間の媼内《おばない》が赤毛牛を盗んで来るが、二人は甲斐国から、大法師の後を慕って来た小文吾に捕らえられる。また信乃・道節・荘助・現八・大角も来て六犬士が揃い、船虫らを牛に突き殺させた。犬士たちと落鮎有種は、縁連の主人扇谷定正の攻撃に対する策と、道節・信乃の復讐の方法を決める。

文明十五年正月二十一日、毛野は、五十子《いさらこ》城から相模の北条家へ向かう縁連を、鈴の森で襲い、一旦は逃がすが、小文吾と荘助の助けを借りて討ち、父の仇討ちを果たした。縁連の死を聞いた定正は怒り、毛野を討つために軍勢を従え攻め来る。主君の出陣を止めようとした守如《もりゆき》は、縁連によって討たれる。定正の軍を迎え撃つ道節・現八・大角はこれを退散させ、道節は定正の兜を射落としたが逃げられる。そこに守如の一子、河鯉佐太郎孝嗣《すけたろうたかつぐ》が現れ、父守如が毛野に裏切られたと思い自害したことを語り、毛野の守如への誠意を確かめ、また蟹目前も主君への不忠を苦にして自害したことを語る。孝嗣は犬士らに父守如の亡骸を見せ、報復を誓い、去る。その後、信乃の隊は五十子城を焼き討ちにして占領し、民衆に城の蓄えを施した後、穂北へと向かった。孝嗣は七犬士の義の厚きを感じ、主君定正を諫めて改心させる。七犬士はしばらく穂北へ隠れていたが、結城の法会に出席するために出立する。

ここに又、安房の里見義実は家督を一子義成に譲り、突然《とつねん》居士《こじ》と名乗って隠棲する。義成は善政を行い民を従える。また義実は、照文から、丶大法師のことや八犬士のことを聞き感悦し、義成と図って照文に犬士の行方を訪ねさせ安房へ連れ来るよう命じる。四年後、照文は甲斐の石禾《いさわ》から浜路姫を連れて帰り、城中は喜びに包まれる。

山賊の蟇田素藤《ひきたもとふじ》は、近頃の流行病が城主小鞠谷主馬助如満《こまりやしゆめのすけゆきみつ》の悪政非道ゆえで、楠の洞の水が神薬となるという木霊の精霊の問答を隠れ聞き、民の病を治して民衆の心を摑み、奸計をもって館山城を乗っ取る。しかし素藤は如満の妾の朝《あさ》貌《がお》・夕顔《ゆうがお》を寵愛し、奢りを極めたのでやがて民心を失う。やがて妾二人が病死したので、素藤は八百比丘尼《びくに》妙椿《みょうちん》に魂呼びの術を行わせる。

（第八輯上帙巻之四上套第八十回～第九輯上套巻之五第百回）

◆巻之五第百回「幻の浜路姫」◆

本文

　却説《さてとく》《カクテ》、この日も暮《くれ》しかば、素藤《もとふぢ》は先近習們《まづきんじゆら》に吩咐《いひつけ》て、奥《おく》まりたる小室《こざしき》を掻帚《かきはら》はし、戸帳《とばり》を垂《たれ》て、燭台机案香炉《しよくだいつくゑかふろ》なンどの、准備《ようい》はやくも整《とゝの》ひければ、「八百比丘尼《はつひやくびくに》を喚覚《よびさま》して、夕饌《ゆふぜん》を羞《すゝ》めよ」とて、婀嬛們《こしもとら》を遣《つかは》せしに、「件《くだん》の比丘尼《びくに》は熟睡《うまい》して、叫《よ》べとも喚《よ》べども覚《さめ》ず」といふ。左右《とかく》する程に更闌《こうたけ》て、はや子《ね》の半《なかば》になりしかば、素藤焦燥《もとふぢいらたち》、且《かつ》疑ひて、みづから其首《そこ》に赴《おもむ》きて、喚覚《よびさま》さんとせし程に、妙椿《みやうちん》やうやく睡《ねむ》り覚《さめ》て、水を乞《こ》ひ漱《くちそゝ》ぎて、引《ひか》れて出《いで》て来にければ、素藤《もとふぢ》「ヤヤ」と喚近着《よびちかつけ》て、「女菩薩《によぼさつ》、既《すで》に那期《かのご》になりぬ。那時《いつ》まで等《また》することやらん。久しかりき」と呟《つぶや》けども、妙椿譟《みやうちんさわ》がず微笑《ほうゑみ》て、「惴《はや》り給ふな、脱落《ぬかり》は侍らず。准備《ようい》の一室《ひとま》へ倶《ぐ》し給ひね」といふに素藤怒《もとふぢいかり》を復《かへ》して、「卒《いざ》」とばかりに遽《いそがは》しく、身を起《おこ》しつゝ先に立《たち》て、一室《ひとま》に赴き、戸帳《とばり》を掲《かゝげ》て、程よき処に坐《ざ》を占《しむ》れば、妙椿《みやうちん》も後《しり》に跟《つ》きて来つ、机案《つくゑ》に対《むか》ひて、懐《ふところ》より、香一裹《ひとつゝみ》拿出《とりいだ》して、香炉《かふろ》なる火を掻起《かきおこ》し、口に呪文《じゆもん》を唱へつゝ、徐《しづか》に香を薫《くゆ》らすれば、怪しむべし、左右に植《たて》たる、銀燭《ぎんしよく》光を失ひて、朦朧《おぼろ〳〵》となる随《まゝ》に、馥郁《ふくいく》として立升《たちのぼ》る、烱《けぶり》の裏《うち》に忽然《こちねん》と、顕《あらは》れ出《いづ》る美人あり。

但《たゞ》見る、長短那身《かのみ》に称《かな》ひて、材昴《せいたか》からず低からず、顔は三月《やよひ》の桜花《さくらはな》の、吉野《よしの》の山《やま》に馨《にほへ》る如く、眉《まゆ》は仲秋《なかあき》の新月《にいつき》の、赤石《あかし》の浦《うら》に出《いづ》るに似たり。小町態《こまちぶり》なる細腰《ほそきこし》は、風に靡《なび》く楊柳《やなぎ》も及《し》かず。衣徹像《そとほりがた》なる素肌《しろきはだへ》は、龍胆《たつのあぎと》の珠玉《たま》をや延《のべ》けん。輝《て》れるかな玳瑁《たいまい》の櫛子《くし》、花あり蝶《てふ》あり、白銀《しろかね》の釵児《かんざし》解《と》かば身長《たけ》にも余るべき、翠《みどり》の雲鬟朧闌《くろかみろうたけ》たる、綾羅《あや》の袂《たもと》は目《め》に赫奕《かゞやき》て、陸奥山《みちのくやま》に黄金花《こかねはな》開《さ》き、錦繍《にしき》の裳《もすそ》は、地上《ちせう》に曳《ひき》て、龍田《たつた》の川《かは》に丹楓葉《もみぢは》流《なが》る。秋波《しうは》

眄《ながしめ》にして愛敬溢《あいきやうこぼ》れ、蓮歩《れんほ》軽《かろ》くして、羅綺《らき》にも勝《たへ》ざるべし。千金擲《なげう》つに厭《あか》ずといへども、玉音《ぎよくおん》いまだ聴くことを得ず。神か人か、妖幻《まぼろし》か。正《まさ》に是《これ》、沈魚落雁《ちんぎよらくがん》、閉月羞花《へいげつしふくわ》の、妙年《みやうねん》二八《にはち》の一佳人《いつかじん》。今これを看《み》て、初《はじめ》て知る、「盛《さかり》短き朝貌《あさかほ》も、果敢《はか》なく凋《しぼ》む夕顔《ゆふかほ》も、夜光《やくわう》の前なる燕石《えんせき》ならずは、鸞鳳《らんほう》の傍《かたはら》なる鳥雀《ちやうじやく》なりき」と羞思《はぢおも》ふ、素藤《もとふぢ》は魂浮《たましひうか》れ、心蕩《とろ》けて狂ふが像《ごと》く、美人の側《かたへ》に衝《つ》と寄せて、抱《いだ》き住《とゞ》めんとせし程に、手には拿《と》られぬ煙《けぶり》と共に、形は滅《きえ》てなかりけり。

姑且《しばらく》して素藤《もとふぢ》は、やうやく我《われ》に復《かへ》りたる、貌《かたち》を急に改めても、尚《なほ》疑ひの解《とけ》ざれば、更《さら》に妙椿《みやうちん》にうち対《むか》ひて、「喃女菩薩《なうによぼさつ》、思ふに優《まし》たるおん身の妙術《みやうじゆつ》、久しく滅《め》りたる我胸豁《わがむねひら》けて、一霎時《しばし》は慰められたれども、こゝろ得かたきは、その人ならず、我亡側室朝貌《わがなきそばめあさかほ》と、夕《ゆふ》顔《かほ》を見せずして、他們両個《かれらふたり》に弥増《いやまし》たる、美人を見せしは、甚麼《いか》なる故ぞ。今の世に像《かた》の如き少女《をとめ》あらば、何をか歎かん。非除朝貌《よしやあさがほ》・夕顔《ゆふがほ》が、存命《ながらへ》て左右に果《はべ》るとも、他們《かれら》には身の暇《いとま》を取らして、見たる少女《をとめ》を妻にせん。恨《うらむ》らくは、然《さ》る美婦人を、索《もとむ》る処なからんのみ。

譬《たとへ》ば画《ゑがけ》る美女を観《み》て、漫《そゞろ》に胸を焦《こが》すより果敢《はか》なし。惑《まよ》ひを転《かへ》して又更《さら》に、もの思へとての所行《わざ》なるか。事情《ことのこゝろ》を听《きか》まほし。教給《をしえ》へ」といそがすを、妙椿《みやうちん》「鈍《おぞ》や」とうち笑《ゑみ》て、「いまだ悟り給はずや。昔唐山漢《からくにかん》の武帝《ぶてい》の、鍾愛特《しょうあいこと》に深かりける、李夫人《りふじん》早世《さうせい》したりしかば、武帝《ぶてい》は哀慕《あいぼ》に勝《たへ》玉はで、『今一《ひと》たび李夫人《りふじん》を、見るよしもがな』と歎き給ひしを、方《はう》士李少翁《しりしょうおう》が慰めまうして、返魂香《はんごんかふ》を焼《たき》しかば、煙《けぶり》の裏《うち》に李夫人《りふじん》の、姿《すがた》権且《しばらく》顕《あらは》れしを、帝《みかど》親しく瞻《みそなは》して、いよ〳〵悲《かなし》み、ます〳〵歎きて、作り給ひし詩《からうた》に、

是邪非邪《これなるかあらざるか》、立《たち》て望《のぞめ》ば偏《ひとへ》に何《なに》ぞ、姍々《さん〳〵》として其来《そのき》ぬるや、遅かりけり

と誦《ず》《ジュ》し給ひぬ。乃《すなはち》これを楽府《がくふ》に命《おほせ》て、糸竹《いとたけ》に合《あは》し歌《うたは》せて、思ひを慰め給ひしとぞ、『前漢書《ぜんかんしよ》』には見えたりける。又、唐《たう》の玄宗《げんさう》は、馬塊原《ばくわいのはら》にて軍兵們《ぐんひやうら》に、絞《くび》られて亡《うせ》にし楊貴妃《やうきひ》を、『其魂《そのたま》なりとも見まくほし』と思召《おぼしめし》たるおん歎きを、いかで慰めまつらんとて、羅公遠《らこうゑん》が幻術もて、又楊貴妃《やうきひ》を煙《けぶり》の裏《うち》に、見せまつりしといふ小説あり。虚実《きよじつ》は安定《さだか》ならねども、非除然《よしやさ》る事ありとても、死したる美人を幻《まぼろし》に、見なば想《おも》ひを増《まさ》んのみ。寔《まこと》に益《やく》なき所為《わざ》なれば、今宵《こよひ》は故意《わざと》那両個《かのふたり》の、側室達《そばめたち》を見せまゐらせず、世に在る美人を見せまつりしは、娶《めと》るに便りあらん与《ため》なり。恁《かく》ても疑ひ給ふか」と解諭《ときさと》されて、素藤《もとふぢ》は、肇《はじめ》て夢の覚《さめ》たるごとく、幾番《いくたび》となく点頭《うなつき》て、「適微妙《あはれいみじ》き善功方便《ぜんこうはうべん》、しからば今宵《こよひ》見せられしは、

那里《いづこ》の人の女児《むすめ》ぞや。願ふは示し給ひね」と急迫《せわ》しく問へば、又うち笑《ゑみ》て、「俗《よ》に云《いふ》、燈台下闇《もとくら》かり。いまだ知召《しろしめさ》れぬか。件《くだん》の美人は安房《あは》の国司《こくし》、里見義成主《さとみよしなりぬし》の息女《そくぢよ》にて、浜路《はまぢ》姫《ひめ》と喚做《よびな》したり。義成主《よしなりぬし》に女《め》の子《こ》多かり。件《くだん》の姫は第五女なれば、五《ご》の君《きみ》となん称《たゝへ》られたる。仦《いはけな》き折、暴鷲《あらわし》に、促《と》られて生死存亡《しようしそんぼう》を、知るよしもなかりしに、遠く甲斐《かひ》が峰《ね》にもて行《ゆか》れしを、那里《かしこ》の民に救《すくは》れて、鄙《ひな》に生育《おひたち》給ふものから、命運愛《めで》たく去歳《こぞ》の冬、甲斐《かひ》より故郷へ送られて、還《かへ》らせ給ひぬと聞《きこ》えたり。恁《かゝ》れば去歳《こぞ》より稲村《いなむら》の、城内にこそ在《いま》すめれ。那暴鷲《かのあらわし》の殃危《まがつみ》にて、痛ましや、民間に、成長《ひとゝな》り給へども、その進止鄙《たちふるまひひな》ならず。且容止《かつかほばせ》の美《うるは》しきも、胞姉妹達《はらからたち》に優《まさ》り給ふを、千里眼《せんりがん》もて洒家《わなみ》は認《みし》りぬ。因《より》ておん身に薦《すゝめ》んとて、聊《いさゝか》術を施しにき。好氷人《よきなかうど》もあるべきに、娶《めと》り給へ」と哄誘《そゝのか》せば、素藤憶《もとふぢおも》はず雀躍《こおどり》して、「噫歓《あなよろこば》し、噫愛《あなめで》たし。件《くだん》の美人は外《よそ》ならぬ、里見氏《さとみうぢ》の女児《むすめ》ならば、我《われ》は国主《こくしゆ》へ孝順なり。昔年《せきねん》野心の城主們《ら》を、帰服させしを忘れはせじ。恁《かゝ》れば婣談成就《えんだんじやうじゆ》せんとは思へども、等《まて》霎時《しばし》、我身《わがみ》の齢良傾《よはひやゝかたぶ》きて、既に四十《よそぢ》の数《かず》に入《い》りぬ。年《ねん》庚《トシカツコウ》相応《かうふさは》しからずとて、嫌《きらは》るゝことなからずや」といふを、妙椿推禁《みやうちんおしとゞ》めて、「貴《たか》き賤《いやし》き妹伕《いもせ》の縁《えに》しは、産霊《むすぶ》の神の所行《わざ》としいへば、年の多少に依《よ》らぬも多かり。況《まいて》や相公《との》は尚《なほ》若くて、三十《みそぢ》ばかりに見え給ふに、阽《あやぶ》み給ふことかは」と慰められていとゞしく、空悦《あだよろこ》びの余念なく、閑談に天《よ》の明《あく》るを覚えず。

「この事成就《じやうじゆ》せん日まで、商量敵《だんかふかたき》《。アヒテ》にせまほし」とて、是《これ》より妙椿《みやうちん》を城内に、留《とゞ》めて敢《あへて》外《よそ》へ出《いだ》さず、婀嫚《こしもとども》毎を侍《はべ》らして、管待《もてなし》大かたならざりけり。

通釈

さて説く、この日も暮れたので、素藤はまず近習たちに言いつけて、奥まった小座敷を掃わせ、帳を垂れ、燭台・机・香炉などの用意が早くも整ったので、「八百比丘尼を呼び起こして夕食を進めよ」と、腰元たちを遣わしたところ、「例の比丘尼は熟睡して、呼んでも呼んでも起きません」という。そうするうちに夜が更けて、早くも午前十二時頃になったので、素藤は苛立ち、また疑って、自らそこに赴いて比丘尼を起こそうとするうちに、妙椿は漸く眠りから覚めて、水を求め口を濯いで、腰元らに手を引かれて出てきたので、素藤は「やや」と近くに呼んで、「女菩薩よ、既にこの時間になった。いつまで待たせるのだ。長いことだ」と呟くのだが、妙椿は騒がず微笑んで、「急ぎなさるな、抜かりはございません。用意なさった一間へお連れして下さい」と言うと、素藤は怒りを直して「それでは」とばかりに急いで身を起こし、先に立って一間に赴き、帳を挙げて中に入り、程よい所に座ると、妙椿もその後に付いてきて、机に向かって懐から香一包みを取り出して、香炉の火を掻き起こし、口に呪文を唱えながら、静かに香を燻らすと、怪しいことに、左右に立てた銀燭の光が消え、あたりがぼんやりと暗くなるに従い、香気がいっぱいに立ち昇る、その煙の中に、忽然と現れ出た美人がいた。

その様子は、背丈は適当で高からず低からず、顔は三月の桜花が吉野の山に匂うように、眉は仲秋の名月が明石の浦に輝き出たようにくっきりと弧を描いている。小野小町のような細腰は、風に靡く楊柳も劣るほど細くしなやかである。衣通姫《そとおりひめ》のような白い素肌は、竜の顎《あご》の珠玉を伸ばしたのだろうか。輝く玳瑁《たいまい》の櫛には花あり蝶あり、白銀の簪《かんざし》を解くと丈にも余るような緑の黒髪が高貴で美しく、綾織り模様の袂《たもと》は目に輝き、陸奥山《みちのくやま》に黄金の花が咲くようで、錦繍の裳裾を地に引く様は、竜田川《たったがわ》に紅葉が流れるように艶やかである。流し目に愛嬌がこぼれ、あでやかな歩みは、薄衣・綾衣にも劣らぬ軽さである。大金を投げ出したとしても飽きない美しさであるが、その美しい声をいまだ聞くことができない。神か人か、幻か。まさにこれは魚や鳥も恥じらって姿をかくすほどの、また月も隠れ花も恥らうほどの、妙年十六歳の一人の美女である。今これを見て初めて、「盛りの短い朝顔も、儚く萎む夕顔もまた、暗夜に光るという夜光の玉の前の偽玉でなければ、鸞《らん》鳥や鳳凰《ほうおう》のそばの鳥や雀のように、見劣りがするものだ」と恥じらい思って、素藤は魂浮かれ、心蕩けて狂ったような気持ちになり、美人のそばへつつと身を寄せて、抱きとめようとすると、手には取れない煙とともに、美女の姿は消えてなくなった。

しばらくして素藤は、ようやく我に返って、威儀を急に正してもなお疑いが解けないので、さらに妙椿に向かって、「これ女菩薩よ、思っていたより素晴らしいそなたの妙術によって、長い間滅入っていた私の心は明るくなり、暫しは慰められたけれども、心得難いのは、現れたのは私が望む人ではなかったことだ。私の亡き側室の朝顔と夕顔を見せないで、彼女たち二人に増さる美人を見せたのはどういう訳だ。今の世にあのような型どおりの美少女がいたならば、何を嘆こうか。たとえ朝顔と夕顔が存命でそばにいたとしても、彼女らには暇を取らせて、さっき見た乙女を妻にしたいものだ。しかし恨むべくは、そのような美婦人を求める方法がないことだ。それは例えば描ける美女を見てむやみに胸を焦がすより儚いことだ。迷いを転じてまた更に物を思えという仕業か。事情を聞きたい。教えなされよ」と急がすのを、妙椿は「愚かな」と微笑んで、「まだおわかりにならないのか。昔、中国の漢の武帝の寵愛が殊に深かった、李夫人が早世したので、武帝は哀慕に耐えかねなさり、『今ひとたび李夫人を見る方

法があったら』とお嘆きなさるのを、道士の李小翁が慰め申し上げ、返魂香《はんごんこう》を焚いたところ、煙の中に李夫人の姿が暫く現れたのを、帝は親しくご覧になり、いよいよ悲しみますます嘆いてお作りになった詩に、『ここにいるのか、いないのか。立ち姿に向かい合うと、まったく何なのか。きらきらと輝きながら来たのは、待ち遠しいことであった』とお詠みなさいました。そこでこれを楽府《がふ》に命じて楽器にあわせ歌わせて思いを慰めなさったと、『前漢書』にはあります。又、唐の玄宗皇帝は、馬塊原《ばかいのはら》で軍兵らに絞られて死んだ楊貴妃を『その魂なりとも見たい』とお思いになった、その御嘆きを、どうにかして慰め申し上げようと、羅公遠《らこうえん》の幻術で又楊貴妃を煙の中に見せ申し上げたという物語があります。虚実は定かではないですが、たとえそういうことがあったとしても、死んだ美人を幻に見たならば、想いはますます募るだけでしょう。本当

に無意味な所為でありますので、今宵はわざとその二人の側室達をお見せ申し上げず、この世にいる美人を見せ申し上げたのは、あなた様がその方を娶るのによいついでがあるためです。こう申しても疑いなさいますか」と説き諭されて、素藤は初めて夢の覚めたように、何度となく頷いて、「ああ、素晴らしい機に応じた巧みな手立てだ。それなら今宵見せなされたのは、どこの人の娘なのか。どうか教えてくだされ」と気ぜわしく問うと、妙椿は又微笑んで、「世に、灯台下暗しと言います。まだお分かりになりませぬか。あの美人は、安房国の国司、里見義成殿の息女で、浜路姫と呼ばれています。義成殿には女子が多いのです。例の姫は第五番目なので五の君と呼ばれています。幼い時に暴鷲《あらわし》にさらわれて、生死存亡を知る術もなく、遠く甲斐が峰に連れて行かれたのを、そこの民に救われて、田舎に生育なさったのですが、命運素晴らしくいらっしゃり、去年の冬、甲斐から故郷へ送られてお帰りになったと聞いています。そういうわけで去年から稲村の城内にいらっしゃるようです。かの暴鷲の災いのために、痛ましいことに、民間で成長なさったけれども、その立ち振る舞いは田舎めいておりません。また容貌の麗しいのも、ご姉妹たちよりは勝っておられるのを、千里眼にて私は見知りました。よってあなた様に勧めようと、いささか術を施したのです。良い仲人もあるはずでしょうから、娶りなされては」と唆すと、素藤は思わず小躍りして、「ああ喜ばしい、ああ素晴らしい、例の美人がほかならぬ里見氏の娘なら、私は国主里見氏へは孝順な態度でいる。かつて謀反心のあった城主らを降参させたことを、国主はお忘れであるまい。よって縁談は成就するだろうとは思うのだが、待てよ、我が身の歳はやや傾いて、既に四十の数に入った。年齢が相応でないと嫌われることはないだろうか」と言うのを、妙椿はおし止めて、「貴賤全ての人々の夫婦の縁は縁結びの神の仕業と言いますので、歳の多少に関係ないことも多いものです。ましてや、殿はなお若くて、三十ほどに見えなさるので、心配なさることがありましょうか」と慰められて、大いにつかの間の喜びに心が一杯になり、その後は妙椿との気ままな物語りに夜が明けるのに気付かなかった。「この事が成就する日まで、相談相手にしたいものだ」と、以後は妙椿を城内に留めて一向に外に出さず、腰元たちを侍らせて大いに饗応したのだった。

あらすじ

浜路姫の美しさに惑わされた素藤は、里見家に婚姻を申し出るが義成に拒否される。怒った素藤は、妙椿の計略によって、源家と里見家に由緒ある正八幡・宇佐八幡・諏訪三社を修復し、諏訪社に参拝した義成の一子義通《よしみち》を襲って捕らえ、楠の洞から地下道を通って館山城に戻り、義通を閉じ込める。その後、諏訪と宇佐の神主が、安房の方から嵐が来て諏訪社の楠の洞は土砂に埋もれ、討ち死にした兵士の亡骸も消え、また安房への道の木々に累々と首が掛かるのを見、また子犬を抱いた少女から安房の神女の託宣を聞く。さらに、上総の殿台《だい》で負傷した里見家の家人が、嵐に乗って稲村の城へ返されるという不思議が起こる。義成は素藤の館山城を包囲するが、息子を人質に取られているために手が出せない。義実は、伏姫の霊を祭り義成の武運を祈るために富山に登る。

（巻之五第百一回～巻之六第百三回）

◆巻之六第百三回「親兵衛現れる」◆

本文

介程《さるほど》に義実朝臣《よしざねあそん》は、馬の脚掻《あがき》をはやめつゝ、軈《やが》て富山《とやま》に赴《おもむ》きて、那山河《かのやまかは》の頭《ほとり》に来《き》つゝ、那這《あちこち》と看亘《みわた》し給ふに、現風声《げにふうぶん》に違《たが》ふことなく、這川都《このかはすべ》て涸竭《かれつく》して、水は毫《ちつと》もなかりけり。然《され》ば照文《てるふみ》を首《はじめ》として、おん伴《とも》の毎《ともがら》は、聞《き》しに優《まし》たる光景《ありさま》に、驚き思《おもは》ざるはなく、奴隷《しもべ》は倶《とも》に舌を吐きて、「奇《き》なり〳〵」と称へたり。

登時義実《そのときよしざね》は、馬より閃《ひら》りと下立《をりたち》つゝ、准備《ようい》の凳児《せうき》に尻《しり》を掛《かけ》て、照文《てるふみ》に宣《のたま》ふやう、「登山に伴当《ともひと》多かるは、倒《なか〳〵》に路次《ろぢ》の煩《わづら》ひならん。且十一郎《かつじういちらう》が親、蜑崎照武《あまさきてるたけ》は、当初八房《そのかみやつふさ》の犬に伴《ともな》はれたる、伏姫《ふせひめ》を赶留《おひとめ》んとて、這川《このかは》にして事《こと》ありければ、先蹤尤《せんせうもつとも》不祥《ふせう》なり。照文《てるふみ》は這《こ》里に留《とゞま》りて、我《わが》かへり来ぬるを等《まち》ね。是《これ》より我身《わがみ》に従へんものは、東峰萌三《とうがねもえざう》、小水門目《こみなとさくわん》、鮹船貝六們《たこふねかいろくら》、這三名《このみたり》にて事《こと》足りてん。その余《よ》は姑且《しばらく》要《えう》なし」と聞え知らしつ、鞋奴《ザウリトリ》に、持《もた》せし草鞋《わらじ》に穿更《はきかへ》さして、杖《つゑ》を携《たづさへ》遽《いそがは》しく、身を起さんとし給ひしを、照文《てるふみ》「霎時《しばし》」と禁《とゞ》め稟《まう》さく、「御諚《ごぢやう》うけばり候へども、年居多人迹絶《としあまたじんせきたえ》たる、高峰《たかね》に登らせ給ふに及びて、纔《わづか》に三個《みたり》のおん伴当《ともひと》は、物体《もつたい》なく候はずや。切《せめ》て十名《にん》二十名《にん》、従ひまつらば後安《うしろやす》けん。余《よ》人《じん》は左《と》まれ右《かく》もあれ、小臣《それがし》は那里《いづこ》までも、おん伴《とも》をこそせまくほしけれ。親が這里《ここ》にて身《み》故《まか》りしとて、今さら不祥とせられんは、恐れながら本意にあらず」と惴《はや》るを義実聞《よしざねきゝ》あへず、「否《いな》、這山《このやま》は昔より、猛獣毒蛇《まふじふどくじや》あることを聞かず。久しく人跡絶《じんせきたえ》たりとても、何等《なにら》の憚《はゞかり》あるべきや。且伏姫《かつふせひめ》の亡魂《なきたま》は、這山《このやま》に留《とゞま》りて、親の守りになりもやせん。益《やく》なき言《こと》に、時をな移しそ。但《たゞ》よく人馬《にんば》を聚合《つどは》して、かへさを等《まつ》こそよかめれ」と諭《さと》して河原《かはら》に下立《をりたち》て、出《いで》たる石を踏伝《ふみつた》ひて前面《むかひ》の岸に登り給ふに、水涸《かれ》たれば、野袴《のはかま》の裾《すそ》も濡《ぬら》さで易《やす》かりける。

是《これ》よりして義実主《よしざねぬし》は三個《みたり》の近習《きんじゆ》を従へて、みづから山踏《やまふみ》をし給ふこと、幾町《いくまち》にか及ぶ程に、忽地後方《たちまちあとべ》を見かへりて、東峰萌三《とうがねもえざう》に宣《のたま》ふやう、「心属《こゝろつき》なき事こそあれ。伏姫《ふせひめ》が墓に水を手向《たむく》る折、石滂《しみづ》を汲拿《くみと》る東西《もの》なくては、手を空《むな》しうする外《ほか》はあらじ。汝《なんぢ》は快《と》く走《はしり》かへりて、馬柄杓《ばびさく》を携来《たづさへき》つべく、且奴隷《かつしもべ》を領《い》て、近村《ちかきむら》へ、赴きて花を求め、そも携《たづさへ》て、後《あと》より来《こ》よ。折から二月《きさらぎ》の下浣《すゑ》なれば、這山《このやま》にも花はあれど、這里《こゝ》なるを手折《たをり》て、這里《こゝ》なる墓へ、手向《たむけ》んは疎略《そりやく》に似たり。快々《とく〳〵》せよ」といそがし給へば、萌三《もえざう》は応《いらへ》をしつゝ、軈《やが》て踵《きびす》を旋《めぐ》らして、今来《き》し路《みち》へ走りけり。

恁而義実《かくてよしざね》、主従三名《しゆう〴〵みたり》、なほも程ある伏姫《ふせひめ》の、墳墓《おきつき》を投《さし》て登り給へば、三月《やよひ》に隣《とな》る峰上《をのへ》の桜、這里《こゝ》も那里《かしこ》も聞初《さきそめ》て、花香《はなのか》寄《よ》する春の風《かぜ》、吹くとはなしに霞《かすみ》こめし、谷の柴鶬鶊《うぐひす》珍らしき、「人来《ひとく》」と鳴くや、我も亦《また》、経《きやう》こそ読《よま》め墓参り、路《みち》の小草《をくさ》も目にぞ凴《つ》く、現托《げにたく》生《せう》の蓮華草《れんげさう》、導き給へ仏《ほとけ》の座《ざ》、心つくしも幾春《いくはる》を、今は杉菜《すぎな》と薹《たう》に立つ、色美《うるは》しき草も木も、竟《つひ》に悉皆成仏《しつかいじやうぶつ》の、功徳《くどく》を徐《しづか》に念じつゝ、山又山を向上《みあぐ》れば、奇嵒突立《きがんとつりう》して造物《ぞうぶつ》天然の妙工を見《あら》はし、嶮辺《そはのべ》迥《はるか》に直下《みおろ》せば、白雲《はくうん》聳《そびえ》起《おこ》りて、谷神窅然《こくしんようねん》と玄牝《げんひん》の門《かど》を開《ひら》けり。然《され》ば 流水《ながれみづ》に零《ち》る桃花《もゝのはな》は、武陵《ぶりやう》の仙境遠きにあらず。偃松《はひまつ》に罹《かゝ》る藤葛《ふじかづら》は、天台《てんだい》の石《しやく》橋《きやう》危《あやふ》きに似たり。現眼《げにまなこ》に観《み》、耳に听《きく》もの、皆悉《みなことごとく》浮世の塵《○ヰザリ》を、洗流《あらひなが》せる霊場佳景《れいじやうかきやう》、むかし見つるに弥増《いやまし》たる。

義実憶《よしざねおも》はず杖《つゑ》を住《とゞ》めて、一霎時《しばし》憩《いこ》ひて、伏姫《ふせひめ》の、住捨《すみすて》られし嵒窟《いはむろ》に、稍近着《やゝちかつか》んとし給ふ程に、左右に間《ひま》なき樹蔭《こかげ》より、弦音《つるおと》高く射出《いいだ》す猟箭《さつや》に、先に立《たち》たる近習《きんじゆ》の侍《さむらひ》、小水門目《こみなとさくわん》は高股《たかもゝ》を、射《い》られて托地《はた》と転輾《ふしまろ》ぶ。程しもあらず又二《に》の箭《や》に、後方《あとべ》に従ふ鮹船貝六《たこふねかひろく》、こも亦膝《またひざ》を下印《したゝか》に、射《い》さして「苦《あつ》」と叫びもあへず、仰反《のけそり》ながら仆《たふ》れけり。登時《そのとき》左右の樹間《このま》より、顕《あらは》れ出《いづ》る臨检児《くせもの》四五名《にん》、手に〳〵持《もて》る竹槍《たけやり》を、頻揚《しごき》て喚《よばゝ》る声も斉一《ひとしく》、「やをれ義実《よしざね》、我們《われ〳〵》は、昔年《せきねん》汝《なんぢ》に亡《ほろぼ》されたる、満呂《まろ》・安西《あんさい》、及神余《またじんよ》の与《ため》に、けふこそ復《かへ》す怨《うらみ》の槍尖《ほさき》を、受《うけ》ても見よや」と罵《のゝし》りて、右ひだりより競い蒐《かゝ》るを、義実怯《よしざねおめ》たる気色《けしき》もなく、寄せば撃《うた》ん、と杖うち棄《すて》て、刀の 琫《こひくち》甘《くつろ》げつ、寇《あた》を疾視《にらみ》て立給ふ。

浩処《かゝるところ》に傍《かたへ》なる、樹《こ》の蔭《かげ》に又人ありて、天地に响《ひゞ》く声をふり立《たて》、「やをれ臨检児們《くせものら》、無《ぶ》礼《れい》をすな、里見殿《さとみとの》に宿因《しゆくいん》ある、八犬士《はつけんし》の随《ずい》一《ゝち》《○ソノイチニン》と、その名は予《かねて》知られたる、犬江親兵《いぬえしんひやう》衛仁《ゑまさし》こゝにあり。住《とゞま》れやッ」と喚《よば》りて、走り出来《いでく》る大童子《おほわらは》、是甚《これいか》なる打紛《いでたち》ぞ。但《たゞ》見る身の長《たけ》三尺《ざく》四五寸《すん》、面《おもて》の色は薄紅《うすくれなゐ》にて、桃の花を連《つら》ねし似《ごと》く、肌膚《はだへ》は白く、肉肥《しゝむらこえ》て、骨逞《たくま》しき勇士の相貌《さうばう》、身には段々筋《だんだらすぢ》の山樵衣《やまかつきぬ》の、下に錦《にしき》の襦袢《じゆばん》を被《き》て、手には六尺許《ばかり》なる、素朴《かはつき》の樫《かし》の自然棒《じねんぼう》を、最《いと》も軽気《かろげ》に脇挟《わきはさ》み、腰に一口《ひとふり》の短刀を、璫下《こしりくだ》しに帯做《おびなし》て、振乱《ふりみだ》したる額髪《ひたひかみ》は年才《とし》より長《たけ》ある神童《くしわらべ》の、威風に駭《おどろ》く尷尬児們《くせものら》は、舌を吐き目を注《くは》して、左右《さう》なく找《すゝ》み難《かね》たりける。

通釈

義実朝臣は、馬の歩みを早めながら、そのまま富山に向かって、かの山川の辺に到り、あちこちと見渡しなさると、まことに、風聞に違わず、この川は全て涸れ尽くして水は少しもなかった。照文をはじめとする御供の者たちは、聞きしに勝る光景に驚き思わない者はなく、下僕もともに口を開けたまま、「奇妙だ奇妙だ」と唱えていた。

その時義実は、馬からひらりと降り立って、用意した床机《しょうぎ》に尻を掛けて、照文におっしゃるには、「登山に供人が多いのは、かえって旅中の煩いとなろう。また十一郎の親の蜑崎照武《あまざきてるたけ》は、当初八房の犬に伴われた伏姫を追い止めようとして、この川で災いを受けたので、先例としては最も不祥といえる。よって照文はここに留まって、私が帰ってくるのを待ちなさい。ここから我が身に従える者は、東峰萌《とうがねもえ》三《ぞう》、小水門目《こみなとさかん》、蛸船貝六《たこふねかいろく》ら、この三名で事足りよう。そのほかは暫く用はない」と聞き知らせ、履《くつ》取りに持たせた草鞋《わらじ》に履き替えさせ、枝を携えて急いで身を起こそうとなさったのを、照文は「しばらくお待ちを」と止めて申し上げるには、「ご命令を承りましたが、長年人跡の絶えた高峰にお登りになる時に、わずか三人のお供は不都合ではございませんか。せめて十人、二十人とも従い申し上げるのなら安心でございましょう。他の者はどうであれ、わたくしはどこまでもお供をしたいと存じます。親がここで亡くなったからといって、今になって不祥となさるのは、恐れながらわたくしの本意ではございません」と逸るのを、義実は聞くが早いか、「いや、この山は昔から、猛獣毒蛇がいるとは聞いていない。長く人跡が絶えたとしても、何を心配することがあろう。また、伏姫の亡魂はこの山に留まって親の守りにもなるだろうよ。無益なことに時を過ごすな。ただうまく人馬を集めさせて、帰る時を待つのがよいぞ」と諭して河原に降り立って、出ている石を踏み伝って、向かいの岸にお登りになる。水は涸れているので、野袴の裾も濡らさないで容易な様子でいらっしゃった。

それから義実殿は、三人の近習を従えて自ら山歩きをなさること何百メートルかに及んだ時、突然後方を振り返って東峰萌三におっしゃるには、「不本意なことがある。伏姫の墓に水を手向ける時、清水を汲み取る物がなくては何もできまい。おまえは早く走り返って、馬に水を飲ませるための柄杓を持ってきて、また下僕を連れて近村へ行って花を求め、それも持って後から来い。ちょうど二月の末なのでこの山にも花はあるが、ここにある花を手折ってここにある墓に手向けるのは疎略のようだ。早く早くせよ」と急がせなさるので、萌三は返事をしながらそのまま後戻りをして、今来た道を走っていった。

そうして義実主従三名は、なお行先遠い伏姫の墳墓を指してお登りなさると、三月に近い季節の峰の上の桜はここもかしこも咲き初めて、花の香を寄せる春の風が吹くとはなしに吹き、霞の立ちこめた谷に鳴く鶯が珍しく、「人が来た」と鳴いているのだろうか。義実は、自分もまた経を読もう、と思う。墓参りの道の小草も目に留まるが、それもまことに、死後に極楽で共にその上に生まれるという蓮《はす》の名

に通う蓮華草である。また、仏の座を見ると、私をお導き下さいという祈りの心が起こる。このように物思いを尽くして、今は幾春を過ごしたろうか、と考える。杉菜も茎が伸びてとうに時期が過ぎ、色美しい草も木も、終には全て皆成仏するという仏の功徳を静かに祈りながら、義実は山また山を見上げると、奇岩が突立して天帝が自然のままに成した見事な細工を現し、崖のそばから遥かに見下ろすと、白雲が聳え起こり、谷の中の空虚な所が深く遠く、万物を生成する門を開いている。また、流水に散る桃花は、武陵の仙境が遠くないことを示している。這い松にかかる藤蔓は、天台山の石橋の危うさに似ている。まことに、目に見、耳に聞くものは皆悉く浮世の塵を洗い流す霊場のすばらしい景色で、義実が昔に見た景色に増して見事であった。

義実は思わず杖を留め、しばらく休んで、伏姫が俗世を捨てて住まわれていた岩室に少し近づこうとした時に、左右に隙間無く茂った木陰から、弦音高く射出す矢に、先に立っていた近習の侍小《こ》水門目《みなとさかん》は、太腿を射られてばったりと転倒した。すぐ又二つ目の矢に、その後ろに従っていた蛸船貝六《たこふねかいろく》もまた膝をしたたかに射られ、「あっ」と叫ぶが早いか仰け反りながら倒れた。その時、左右の木陰から現れ出た曲者四、五人が、手に手に持った竹槍をしごいて、叫ぶ声も同時に、「やい義実、我々が昔おまえに滅ぼされた麻呂、安西、そして神余のために、今日こそ返す恨みの矢先を受けてみろ」と罵って、左右から競いかかるのを、義実は怯んだ様子もなく、近寄れば討とうと杖をうち捨てて、刀の鯉口を緩めつつ、敵を睨んで立ちなさる。

そうした所に、そばの木の陰にまた人がいて、天地に響くような声を振り立て、「やい、曲者ら、無礼をなすな。里見殿に宿縁のある八犬士の随一の者と、その名は前から知られている、犬江親兵衛仁《まさし》がここにいるぞ。とどまれやッ」と叫んで、走り出てきた大きな童子はどんな様子か。身長は約一・二〜五メートル、顔色は薄紅で桃の花を連ねたよう。肌は白く、肉肥えて骨逞しい勇士の相貌である。身には段だら筋の猟師の衣の下に錦の肌着を着て、手には一メートル八十センチほどの皮付きの樫《かし》の自然棒をいとも軽そうに脇挟んで、腰に一振りの短刀を鐺《こじり》を下げて帯に付け、額髪を振り乱し、年齢よりは大きな神童の威風に驚く曲者たちは、驚き呆れ、目を合わせて、容易に進むことができないでいた。

あらすじ

親兵衛は神隠しにあった後、山の神女に養われ成長し、本日神女から形見の刀と起死回生の神薬を貰い受け、里見家の危機を救うよう、仁の心を旨とするよう教えられたという。するとそこへ、姥雪与四郎《おばゆきよしろう》（姨雪世四郎）こと猎平《やすへい》と音音《おとね》夫婦が現れる。二人は、荒芽山での戦いで大犬に乗った神女に救われ、また娘の曳手《ひくて》・単節《ひとよ》も蘇生し、霊験によって夫の力二郎・尺八郎に似た男児を産んでいたのであった。義実は伏姫の霊験に感嘆し、与四郎夫婦を花崎の翁と姥と称し、また仁義八行《はっこう》の根底となる仁の玉の持ち主、親兵衛をここに得たことを喜ぶ。日暮れに山を降りた義実は、親兵衛に名馬青海波《せいかいは》を授ける。するとさっそく親兵衛は義実に許しを得、青海波に乗り、花崎の翁を連れて、素藤征伐に出立する。

素藤の館山城に到着した親兵衛は、仁の玉の威力によってたちまち素藤を捕らえ、城を我が物にした。城に戻った親兵衛が義成に素藤の恩赦を願うと、義成はこれを承知し、親兵衛を館山の城主とする。その後、義成は一子義通を伴い、親兵衛、与四郎らを従えて凱旋し、滝田城の義実に見える。

死を逃れた蟇田素藤は、八百比丘尼《はっぴゃくびくに》妙椿《みょうちん》によって人不入《ひといらず》という山中の草庵に連れ行かれ、妙椿より、幻術をもって親兵衛を遠ざけて館山の城を取り返す謀計を聞く。

その頃、稲村城に物怪が現れ浜路姫を苦しめる。一人の翁の予言に、親兵衛の仁の玉を姫の寝室の土中に埋めよとあったので、義成は親兵衛から玉を取り上げ、浜路姫の守護を命じる。七日目の夜、浜路姫の寝室で、男女の語らう声を聞き、また艶書を拾った義成は親兵衛の密通を疑い、親兵衛に、犬士らを訪ねて穂北へ向かうよう命じて親兵衛を遠ざける。事情を察した親兵衛は祖母の妙真を訪ね別れを告げる。

（第九輯中帙巻之七第百四回〜巻之十第百十回）

第九輯中帙

◆巻之十第百十一回「親兵衛流罪」◆

本文

恁《か》りし程に親兵衛《しんべゑ》は、肚裏《はらのうち》に思ふやう、「現《げ》に人の栄辱得失《ゑいちよくとくしつ》は、宛《さながら》一炊《いつすい》の夢に似て、秋の天《そら》の瞬間《またゝくひま》に、晴曇《はれくも》るより猶果敢《なほはか》なし。抑《そも〳〵》我身昨日《わがみきのふ》までは、数百《すひやく》の士卒に将として、館山《たてやま》の城主なりしに、今日は一僕《いちぼく》身に従はで、万里《ばんり》の孤客《こかく》《ヒトリタビ》となりにけり。そを憂《うれふ》るにあらねども、那霊玉《かのれいぎよく》は、我末生《わがみしよう》より、自然と得たる宝貝《たから》にて、年来這身《としごろこのみ》の護《まもり》にあなるを、主君の与《ため》とはいひながら、薄情《うたて》や土中《どちう》に埋《うづま》れて、又見ることのかたかるは、我《わが》命運も玉と倶《とも》に、長く光を喪《うしなは》ん祥《さが》なりけんか」といへばえに、いはぬ心の慨《うれは》しさを、遣《や》る方もなく思ふ折から、忽然《こちねん》として後方《あとべ》より、光明颯《さつ》と晃《きら》めきて、投石《つぶて》の似《ごと》き物にやあらん、項《うなぢ》に礙《はた》と中《あた》ると、そが侭《まゝ》はやく衣領《えり》より滾墜《まろびおち》て、九《く》の俞《ゆ》の辺《ほとり》に住《とゞま》りしを、親兵衛《しんべゑ》、「吁嗟《あなや》」と駭《おどろ》きて、遽《いそがは》しく手を衣《きぬ》の内《うち》に入れつゝ、掻撈《かゝぐ》るに、果《はた》して木欒子《むくれんじ》の大きなる物、只一顆《たゞひとつ》背《そびら》にあり。訝《いぶか》りながら拿出《とりいだ》して、見ればこは別物《こともの》ならず、嚮《さき》に君侯《くんこう》《トノ》に貸《かし》まゐらせて、浜路姫《はまぢひめ》の臥房《ふしど》の下なる、土中へ深く埋置《うづめおか》れし、仁の字の玉なりければ、「こは怎麼《そも》いかに」とばかりに、一《ひと》たびは訝《いぶか》りあやしみ、又一《ひと》たびは歓《よろこ》びて、つら〳〵と思ふやう、「嚮《さき》には我這《わがこの》玉《たま》を、毫《つゆ》ばかりも惜《をし》むことなく、君侯《との》《クンコウ》の所望《しよまう》に従ひまつりて、那里《かしこ》に留《とゞ》め措《お》きたりしに、霊玉《れいぎよく》我を慕《した》へるか、二重《ふたへ》の瓶《かめ》、三尺《さんざく》の、土中を出《いで》て路遥《みちはるか》なる、我懐《わがふところ》に入《い》りたるは、嗚呼神《あしん》なるか、霊《れい》なるかな。姫上病著《ひめうへいたつき》瘥《おこた》り給ひて、物怪《ものゝけ》も亦鎮《またしづま》りたれば、這玉那里《このたまかしこ》に要《えう》なしとて、伏姫神《ふせひめかみ》の神謀《かんはか》りに、計りて返させ給ひしか、それかあらぬか、奇なり妙《みやう》なり。この事、稲村殿《いなむらとの》にては、知《しろ》し召《め》さでをはさんに、縦《たとひ》こは我玉《わがたま》なりとても、恁《かゝ》る奇特《きどく》を告《つげ》まうさで、この儘《まゝ》蔵《をさめ》置《お》くならば、影護《うしろめた》き所あり。後《のち》に又おん疑ひを、受奉《うけたてまつ》る事あるべきか。然《され》ばとて今さらに、又稲村《いなむら》へ帰《かへり》まゐりて、稟上《まうしあげ》んは面伏《おもぶせ》なり。左《と》まれ右《かく》まれ、吉凶禍福《きつけうくわふく》を、神の随意儘《まに〳〵まか》するにしくことあらじ」と尋思《しあん》をしつゝ、懐《ふところ》にせし護身嚢《まもりふくろ》の、紐解《ひもとき》ひらきて件《くだん》の玉を、攸《おさ》めて項《うなぢ》《エリ》に掛《かく》る程に、篙師毎《かこども》が高やかに「客人、船は整ふたり。追風《おひて》はいよいよ宜《よろ》しきに、快《とく》乗り給へ」と喚声《よぶこゑ》かどふ、浦浪暗《うらなみくろ》む王莽時《わうまがとき》、親兵衛《しんべゑ》は「応々《おう〳〵》」と答《こたへ》も果《はて》ず歩《あし》を早めて、歩板《あゆみのいた》架を渡りつゝ、件《くだん》の船に乗移る、その間《はし》に篙工毎《かこども》は、帆装《ほこしらへ》しつ、歩架《あゆみ》を退《ひき》て、はや漕出《こぎいだ》す大洋《わだつみ》に、浮宿《うきね》の鷗児《かもめ》静《しづか》なる、浅瀬は上《かみ》か、下《しも》つ総《ふさ》、市河《いちかは》を投《さし》て走らしけり。

通釈

親兵衛は心中に思うことには、「まことに、人の栄辱得失はさながら一炊の夢のようで、秋の空が瞬時に晴れたり曇ったりするよりもなお儚い。そもそも、わが身は昨日までは、数百の兵士の大将として、館山の城主であったのに、今日は一人の下僕も身に従わないで、はるか遠くを旅する孤独な旅人となってしまった。それを苦にするわけではないのだが、例の霊玉は私の生まれる以前から自然と得た宝であり、長年この身の守りであったのを、主君のためとはいいながら、情けないことに土中に埋められ、再び見ることが難しくなってしまったのは、私の命運もその玉と同じく長く光を失うというしるしなのだろうか」と口に出そうとしても言うことができず、言わぬ心の憂鬱さをどうしようもなく思うその時、突然後方から光がさっと閃いて、礫《つぶて》のような物だろうか、親兵衛の項にぴしりと当たると、そのまますぐに襟から転げ落ちて、九《く》の兪《ゆ》（脊髄から約四、五センチメートルほどの所にある九か所の急所）の辺りに止まったのを、親兵衛「あっ」と驚いて、急いで手を衣の中に入れながら探ると、果たして木欒子《もくれんじ》の実ほどの大きさの物が、ただ一粒背中にある。訝りながら取り出して見ると、これは他でもなく、前に主君義成に貸し申し上げ、浜路姫の寝床の下の土中に深く埋め置かれた仁の字の玉であったので、「これは一体どういうことだ」とばかりに、一度は訝り怪しみ、また一度は喜んで、つくづくと思うには、「前には私のこの玉を全く惜しむことなく、殿の所望に従い申し上げて、そこへ留め置いたのだが、霊玉が私を慕ったのか、二重の瓶と九十センチほどの土中から出て、道遥かな私の懐へ入ったのは、あ

八戸市立図書館蔵本

あ、神業だろうか、霊力なのだろうか。姫上の病気が良くなられて物の怪もまた鎮まったので、この玉はそこに用なしと、伏姫神が神々との相談に計られてお返しになったのか。それともこうか、奇妙だ奇妙だ。このことは稲村殿（義成）の方ではご存じなくていらっしゃるだろうに、たとえこれはわが玉でも、このような奇特を告げ申し上げないで、このまま納め置くならば、後ろめたい気持ちがある。後にまた殿のお疑いを受け申し上げることもあるかもしれない。そうかといって今更、また稲村に帰参して、このことを申し上げるのは面目ないことである。とにかく、吉凶禍福を神のお考えに任せるに越したことは無い」と思案をしつつ、懐にした護り袋の紐を解いて例の玉を納めて項にかけると、船乗りたちが高やかに、「客人よ、船の用意は整った。追い風はいよいよ良い様子なので、早く乗りなされ」と呼ぶ声が誘い、浦波が暗くなっていく黄昏時に、親兵衛は「おうおう」と応え終わらないうちに、足を速めて陸と船にかけた渡り板を渡ってその船に乗り移る。その間に船乗りたちは、帆拵えをしながら渡り板を取り、はやくも漕ぎ出す大洋に、鷗が静かに浮いて眠る浅瀬は川上か、船を下総の市川を目指して走らせた。

あらすじ

稲村の城では、義成が親兵衛を突然他郷に遣わしたので、不審に思う者も多かった。次の日、全快した浜路姫の祝いがあり、義実は恩赦を行うが、親兵衛の件を聞いて気がかりに思う。

一方蟇田素藤は山中の草庵で、妙椿から親兵衛追放の謀略が叶ったことを聞く。妙椿は奇特を起こす甕襲《みかそ》の玉を持って奇特を起こし、また素藤は軍を集めて館山城を占拠し、妙椿を天助尼公《てんじょにこう》と称し、土地の民を虐げた。義成は病となり、親兵衛を遠ざけたことを後悔するが仕方なく、荒川清澄《あらかわきよすみ》に館山城の素藤を攻撃させるが、妙椿は甕襲の玉でこれを撃退する。清澄は幻術を退けるために、正八幡、宇佐八幡宮、諏訪社に祈願を行って勢いを盛り返すが、妙椿の妖術に立ち向かうこと難しく、義成は、勝利の鍵は犬江親兵衛の仁の玉にあると、玉を埋めた土中を掘り返したが、壺の中は空であった。親兵衛を追放した義成は後悔の念を深める。

富山で犬江親兵衛の慈悲を受けた安西出来介《あんざいできすけ》と荒磯南弥六《ありそのなみろく》は、清澄の偽首を

持って館山へ行き、素藤を討とうと計る。南弥六が館山へと夜道を向かっていると、突然そこに一人の女が現れた

（巻之十第百十一回〜巻之十一第百十三回）

◆巻之十一第百十三回「伏姫、妙椿を蹴る」◆

本文

思ひかけなき岐路《よここうぢ》《○エダミチ》より、突然《とつねん》と走り来《く》るものあり。南弥六《なみろく》心驚きて、「誰《た》そや」と透《すか》し長視《ながむ》れば、怪しむべし、一個《ひとり》の女僧《あま》、いと美麗《うるは》しき小女子《をとめこ》に、布嚢《さるくつわ》を銜《はま》せしを、股肱《こわき》に楚《しか》と抱《いだ》きたり。当下《そのとき》南弥六《なみろく》おもふやう、「這奴《こやつ》は出家《しゆつけ》に似けもなく、必是拐児《かならずこれかどはかし》にて、良家《りやうか》《ヨキイヘ》の女児《むすめ》を窃《ぬし》みしならん。只《たゞ》やは遣《や》らん」と慄《こら》へぬ侠気《をとこき》、近つく随《まゝ》に立塞《たちふさが》りて、「尷尬児等《くせものまて》」と喚禁《よびと》めつゝ、肩尖《かたさき》抓《つかん》て掖寄《ひきよ》するを、女僧《あま》は噪《さわ》がず振放《ふりはな》ちて、透《すか》さず中《あて》たる修煉《しゆれん》の拳《こぶし》に、南弥六《なみろく》は憶《おもは》ずも、膪《あばら》を撲《うた》して、「苦《あ》」と叫ぶ、声もろ共に乒乓《よろめき》て、臀坐《しりゐ》に撲《は》地《た》と仰反《のけそつ》たり。

浩処《かゝるところ》に一個《ひとり》の乞児《かたゐ》、捍棒《ようしんぼう》を挟《わきはさ》みて、南弥六《なみろく》が迹《あと》を跟《つけ》て来《き》つ、方僅這女僧《いまこのあま》が光景《ありさま》に、怯《ぎよつ》としながら持《もつ》たる棒を、拿直《とりなほ》し振抗《ふりあげ》て、「耶《や》」と声被《か》けて撃《うた》んとせしを、女僧《あま》ははやくも見かへりて、口に唱《とな》ふる呪文《じゆもん》と倶《とも》に、乞食《かたゐ》は棒を持《もつ》たる儘《まゝ》に、觔斗《とんぼかへ》りつ二三間《にさんけん》、後《うしろ》ざまにぞ倒《たふ》れける。恪《かく》ても女僧《あま》は小女子《をとめこ》を、左に抱《いだ》きて毫《ちつと》も放さず、右の手をのみ掙《はた》らかして、

腰に帯《おび》たる戒刀《かいたう》を晃《きら》りと抜《ぬき》て、南弥六《なみろく》を結果《おしかたつけ》んと立寄《たちよ》る折から、奇なるかな、一個《ひとり》の神女《しんによ》、最大《いとおほ》きなる狗犬《いぬ》の背《そびら》に、立《たち》つゝ富山《とやま》のかたよりして、瞬息間《またゝくひま》に影向《えうかう》の、快《とき》こと宛《さながら》箭《や》のごとく、降集《をりゐ》る雲を靡《なび》かして、忽然《こちねん》として件《くだん》の女僧《あま》の、目前《まなさき》に立《たち》給ひしかば、女僧《あま》は「吐嗟《あなや》」と駭《おどろ》き怕《おそ》れて、已《やむ》ことを得ず戒刀もて、殺払《きりはらは》んと晃《きら》めかす、那時《かのとき》遅し、這時《このとき》速し、神女は右の脚をもて、透《すか》さず女僧《あま》の胸前《むなさか》を、丁《ちやう》と蹴《け》給ふ神罰覿面《しんばつてきめん》、女僧《あま》は一声《ひとこゑ》叫びも果《はて》ず、掻抱《かきいだ》きたる少女子《をとめこ》を、放ちて仰《のけ》さまに倒れけり。登時神女《そのときしんによ》は、少女子《をとめこ》を狗児《いぬ》の背《そびら》にうち乗《の》して、又雲《くも》を踏《ふ》み、中天《なかそら》に、うち升《のぼ》りつゝ身を翳《かすま》して、往方《ゆくへ》も知《しら》ずなり給ふ。

通釈

思いがけなく横道から、突如走ってくる者がいた。南弥六は驚いて「誰だ」と目をこらして見ると、怪しいことに一人の女僧が、たいへん美しい乙女に猿轡をはませて小脇にしっかりと抱いていた。その時南弥六が思うには、「こいつは出家のようでもなく、おそらく人攫《さら》いで、良家の女子を盗んできたのだろう。ただで行かせるものか」と堪《こら》えぬ男気に、女僧が近づくに従い立ち塞がって「曲者待て」と呼び止めながら、肩先をつかんで引き寄せると、女僧は騒がず振り放って、すかさず当てた手練の拳の一撃に、南弥六は思わず肋骨を打たれて、「あっ」と叫ぶ声と同時によろめいて、尻餅をついてばたりと仰け反った。

その時一人の物乞いが、用心棒を脇に挟んで、南弥六の後を付けてきて、今この女僧との様子にぎょっとしながら、持っていた棒を取り直し振り上げて、「やっ」と声を掛けて打とうとするのを、女僧は早

八戸市立図書館蔵本

くも振り返って、口に唱える呪文と共に、物乞いは棒を持ったまま、とんぼ返りをして四、五メートル、後方に倒れた。それでも女僧は乙女を左に抱いて少しも放さず、右の手だけを働かせて、腰に付けた戒刀をきらりと抜いて、南弥六を始末しようと近づいた時、不思議なことに一人の神女が、たいへん大きな犬の背に立ちながら、富山の方からあっという間にいらっしゃった。その早いことはまるで矢のようで、降り立つ雲を靡かせて、忽然として例の女僧の面前に立ちなさったので、女僧は「あっ」と驚き恐れて、やむを得ず戒刀で斬り払おうと煌かすと、その時遅く、この時早く、神女は右の足ですかさず女僧の胸先を、どんと蹴りなさった。その神罰は覿面で、女僧は一声叫ぶと同時に、抱いていた乙女を放って仰向けに倒れてしまった。その時神女は、乙女を犬の背にのせて、又雲を踏み、中天に昇りながら身を霞ませ、行方も知れずになられた。

あらすじ

出来介は菫野《すみれの》で南弥六と落ち合い、素藤の館山へ入り、偽首を献上の時、隙を見て素藤を斬ろうとしたところを、現れた妙椿によって二人は殺される。妙椿は妙薬を素藤に与えてたちどころに手傷を治す。稲村では浜路姫がいなくなったので、城中は慌てる。この時親兵衛が浜路に贈ったという恋文が実は白紙であったことが分かり、義成は妙椿が親兵衛を陥れようとして成した幻術だと気付く。そこへ浜路姫が突然戻り、人々は驚きつつも安堵する。浜路姫は霊犬に乗って帰ってきたのであった。義成は、親兵衛こそが素藤ら大敵を滅する力を持つ者だとして、蜑崎照文と姥雪与四郎を親兵衛を探しに出立させる。

一方親兵衛は、船で市河《いちかわ》に到着し、依介夫婦を訪ね、房八・沼藺の墓へ参詣する。その後上野の原の茶屋の老女から、今日、扇谷家の家臣河鯉孝嗣が、毛野・道節と陰謀を企てているとの佞臣の讒言によって処刑されることを語る。親兵衛が前面岡《むかいのおか》の処刑場に着いた時、箙大刀自が現れ、神の示現あって忠臣の孝嗣を無罪にするよう命じる。大刀自は孝嗣に河鯉家の名刀を渡すと忽然と消えた。呆然とする孝嗣に、親兵衛は孝嗣の手並みを試そうと思案する。

（巻之十一第百十三回〜巻之十二下第百十五回）

◆巻之十二下第百十五回「親兵衛、孝嗣と戦う」◆

本文

介程に犬江親兵衛《いぬえしんべゑ》は、久しく樹蔭《こかげ》に立躱《たちかく》れて、孝嗣《たかつぐ》が死を拯《すく》ひたる、箙《ゑびら》大刀自《のおほとじ》主従《しゆう〲》の事の光景《ありさま》、又大刀自《おほとじ》も伴当們《ともひとら》も、掻消《かきけ》す似《ごと》く見えずなりたる、奇《く》しき椿事《ちんじ》に胸を潰《つぶ》して、出《いで》も得《え》やらず在《あ》りける程に、剛才《いま》孝嗣《たかつぐ》が独譚《ひとりごち》て、「浅草寺《あさくさてら》のかたへ」とて、池を遶《めぐ》りてゆくを見て、肚裏《はらのうち》に思ふやう、「那孝嗣《あのたかつぐ》は忠孝の聞えある後生《わかうど》なり。只今《たゞいま》他に説薦《ときすゝ》めて、我君侯《わがくんこう》の家臣に做《な》さば、万卒《ばんそつ》に倍《まし》て憑《たのも》しからん。なれども徒《たゞ》その名を聞《き》て、今日《けふ》その人を見たるのみ、いまだ本事《てなみ》の剛柔《ごうじゆう》を、知るよしなければ心許《こゝろもと》なし。錍《ためし》てこそ」と深念《しあん》をしつゝ、樹蔭《こかげ》を出《いで》て捷径《ちかみち》より、孝嗣《たかつぐ》に先たちて、走ること両三町《ふたまちみまち》、不忍《しのはず》の池《いけ》の尽処《はづれ》に、老《ふり》たる偃松一株《はひまつひともと》あり。其頭《そこら》は芝生《しばふ》なりければ、親兵衛《しんべゑ》は松の根を、枕《まくら》にしつゝ、仰反倒《のけそりたふ》れ、気を喪《うしな》ふたる面色《おもゝち》して、那後生《かのわかうど》の近つき来ぬるを、等《まつ》ともしらぬ孝嗣《たかつぐ》は、鬱々《うつ〱》として偃松《はひまつ》の、辺《ほとり》まで来にけるが、と見れば行装《たびよそほひ》せし一個《ひとり》の少年、腰に両刀を跨《よこた》へて、輾転《まろびふし》て樹下《このもと》に在《あ》り、剰《あまさへ》そが懐《ふところ》より、財嚢《さいふ》の半分《なかば》顕《あらは》れ出《いで》しは、必《かならず》路費《ろよう》の金なるべしと誰《たれ》か見ざらん。孝嗣《たかつぐ》は、歩《あし》を住《とゞ》めてつく〲と、単《ひとり》心におもふやう、「這旅客《このたびひと》は、年少《わか》かるに、一路児《みちつれびと》のなかりしか。こは酷《いた》く酒にや酔《ゑ》ひけん、然《さ》らずは病痾《やまひ》の発《おこ》りしならん。倘我《もしわれ》ならでこの処《ところ》を、過《よぎ》る人、那財嚢《かのさいふ》を見ば、必《かならず》不良《ふりやう》(○ヨカラヌ)の心を起《おこ》して、奪略《うばひと》るにぞあらんずらん。喚覚《よびさま》さばや」と惻隠《そくいん》の、心有繋《さすが》に已《やむ》ことを得ず、我《われ》を忘るゝ声高やかに、「やよ喃旅客覚《なうたびゝとさめ》給へ。やよ覚《さめ》ずや」と幾番《いくたび》か、雖呼《よべども》〳〵応《いらへ》せず。捨《すて》ていなんはさすがにて、手を拿《とり》脈を試《こゝろみ》るに、親兵衛《しんべゑ》は姫神《ひめかみ》伝授の、閉息《へいそく》の法をもて、脈さへ沈《しづま》したりければ、孝嗣《たかつぐ》驚き手を放ちて、「この人毫《ちつと》も酒気《しゆき》なければ、酔《えふ》て倒れし者にあらず。且寸口《かつすんこう》の脈平常《よのつね》ならで、有《ある》が如く無《なき》に似たり。意《おも》ふに、こは顚癇《てんかん》にて、即倒《そくたう》したるに疑ひなし。猶中脘《なほちうくわん》を推試《おしこゝろみ》ずは、死活を知るよしなかるべし」と独言《ひとりごち》つゝ、親兵衛《しんべゑ》が衣領《えり》をやをら推被《おしひら》きて、懐《ふところ》へ手をさし入《い》るゝを、親兵衛《しんべゑ》は臥《ふし》ながら、その手を丁《ちやう》と扼《とりしば》りて、「白日強盗奴《ひるがんたうめ》何するぞ」と罵《のゝし》りながら身を起《おこ》して、搔抓《かいつか》み、「耶《や》」と声かけて、眼上約莫一丈《まなうへおよそひとつゑ》あまり、蹴鞠《けまり》の像《ごと》く投《なげ》たりしを、孝嗣《たかつぐ》も亦本事《またてなみ》あれば、宙《ちう》にて閃《ひら》りと觔斗《とんぼかへ》りて、地上《ちしよう》に立《たち》て滾《まろ》ばず仆《たふ》れず、怒《いか》れる声を振立《ふりたて》て、「悪少年奴《あくしようねんめ》が陽滅《そらしに》せしな。然《さり》とも知らねば我《われ》は我《わ》が誠心《まこゝろ》をもて看病《みと》りたる、恩に仇做白打三昧《あたなすやわらざんまい》、尓《しか》らば本事《てなみ》を見知《みしら》せん。覚期《かくご》をせよ」と孰圉《いきまき》たる、勢ひ猛《たけ》く腰刀《こしかたな》を、晃《きら》りと抜《ぬき》て磤《はた》と撃《うつ》を、親兵衛《しんべゑ》噪《さは》ぐ気色《けしき》なく、腰なる鉄扇抜持《てつせんぬきもち》て、受《うけ》つ拄《さゝ》えつ、撓《たゆ》まず去らず、姑且挑戦《しばらくいどみたゝか》ひけり。

通釈

さて犬江親兵衛は、しばらく木陰に隠れて、孝嗣の死を救った箙大刀自《えびらのおおとじ》主従のその時の様子、また大刀自も供人たちも、かき消すようにいなくなった奇妙な出来事に肝を潰して、出ることも出来ずそこに

193 第九輯中帙巻之十二下第百十五回「親兵衛、孝嗣と戦う」

動かないでいると、今孝嗣の独り言に、「浅草寺の方へ」といって池を巡って行くのを見て、心中に思うには、「あの孝嗣は忠孝の評判のある若者だ。ただ今彼に説き勧めて、わが主君の家臣としたなら、どんな家臣にも負けず頼もしいことだろう。しかし私は、ただ孝嗣の名前を聞き、今日はじめてその人を見ただけだ。まだ彼の手並みの剛柔を知るすべもないので心もとない。試してみよう」と思案をし、木陰を出て近道をして孝嗣より先に走ること二、三百メートルほどのところの不忍池のはずれに古い這松が一本あった。そのあたりは芝生だったので、親兵衛は松の根を枕にしながら仰向けに倒れ、気を失った振りをして、かの若者が近づいてきたのを待つとも知らないで、孝嗣は鬱々として這松の辺りまで来たのであるが、と見ると、旅の身なりをした一人の青年が腰に両刀を携えて転がり伏して木の下にいた。その上、その懐からは財布の半分が現れ出ていたので、おそらく路用の金だろうと、誰が思ないだろうか。孝嗣は足を止めてつくづくと一人心に思うには、

「この旅人は若いのに道連れの人がいないのか。これは大変酒に酔っているのだろうか、そうでなければ病を起こしているのだろうか。もし私ではなくこの所を通る人があの財布を見たなら、必ず良くない心を起こして奪い取るにちがいない。呼び覚まそう」と、憐みの心がさすがに止まず、我を忘れて声高く、「これのう、旅人目覚めなされよ。これ起きないか」と何回か呼んでも呼んでも返事をしない。捨てて去るのはさすがに気が引けて、手を取り脈を試してみると、親兵衛は伏姫神から伝授された閉息の術によって、脈さえも静かにさせていたので、孝嗣は驚いて手を放って、「この人は少しも酒気がないので、酔って倒れた者ではない。また、手首の脈は普通でなく、有るようで無いようだ。思うに、これは癲癇《てんかん》で急に倒れたに違いない。なお胃の中ほどを押してみなければ、生死を知る術がないようだ」と独り言を言い、親兵衛の襟を静かに押し開いて、懐へ手を差し入れるのを、親兵衛は伏しながらその手をがっしりと掴んで、「昼強盗め、何をするのだ」と罵りながら身を起こして孝嗣を引き摑み、「やっ」と声を掛けて目の上へ約三メートルあまり、蹴鞠のように投げたのを、孝嗣もまた技を得ているので、宙でひらりととんぼ返って、地上に立って転げず倒れず、怒った声を振り立てて、「悪少年めが、空死にをしていたな。そうとは知らず、私は真心をもって看病したのに、その恩に仇をなす柔術三昧、それなら手並みを見せてやろう。覚悟せよ」と息巻いて、勢い荒々しく腰刀をきらりと抜いてはっと討つのを親兵衛は騒ぐ様子もなく、腰の鉄扇を抜き持って、受けて支えて弛まず去らず、しばらく挑み戦ったのであった。

親兵衛は、孝嗣が毛野・道節と因みある智勇の丈夫であることから、喧嘩をしかけて武芸のほどを試そうとしたのである。茶店の老婆は、実は忍岡《しのぶのおか》の城に棲んでいた狐で、孝嗣の母に助けられた恩返しに乳母政木《まさき》として孝嗣を育て、このたび孝嗣を救うために箙大刀自に化けていたという。老婆は親兵衛に、素藤と妙椿の館山城占領のこと、親兵衛を呼び返すために蜑崎・姥雪が出立したこと、妙椿はかつて八房犬に乳を飲ませた狸で、玉梓の怨念が取り付いており、諏訪社の楠の洞に生息し、里見家に祟りをなしていること、妙椿の甕襲《みかそ》の玉は貉《むじな》の腹から出たものであるが、この玉を得るべきであること、館山の抜け道を通って城に進入して素藤らを討つべきことを教え、不忍池《しのばずのいけ》に入り孤竜となって昇天する。

親兵衛は孝嗣を伴い、上総へ渡るために両国河原の宿所へいくと、膏薬売りに扮した石亀屋次団太《いしかめやじだんだ》と百堀鮒三《ひやくぼりふなぞう》主従が土地の悪者に喧嘩を売られているのを救い、宿に連れて帰る。次団太は、去年の夏、片貝の箙大刀自《えびらのおおとじ》に小文吾・荘助が捕らわれたことで、我が身の上を案じていたが、今年正月頃湯島天満宮で出合った物四郎（毛野）が蟹目前《かなめのまえ》に愁訴して助命を得ていた。一方、箙大刀自は、縁連の死と扇谷定正の没落につけ、蟹目前と河鯉守如《かわこいもりゆき》の自害にその忠誠を認め、先非を悔いていたが、犬士らが管領家を狙うことに悩む。稲戸津衛由充《いなのとつもりよりみつ》は犬士の義士なるを説き、木蓼丸《わたたびまる》を盗んだという次団太を無罪にするよう勧める。赦免された次団太は、小千谷《おぢや》に向かう途中で会った悪者嗚呼善《おこぜ》と土丈二《どじょうじ》を斬り、小文吾らの行方を訪ねるが知れず、落胆して両国で膏薬売りをしていたところを、親兵衛と孝嗣に出合ったのであった。

そこへ稲村の義成の命で親兵衛を訪ねてきた蜑崎照文が現れ、親兵衛に義成からの御教書を渡し、帰参の命を示す。ここで孝嗣は政木狐の恩をもって政木《まさき》大全《たいぜん》と改名し、里見家に仕える心を示す。親兵衛らが出立しようとした時、館山落城の時に逃げた番士頭人の田税《たちから》戸賀《とが》九郎《くろう》と苫屋《とまやの》八郎が現れる。不義を怒る親兵衛に、二人は先非を償うために、早船三艘を献上し、共に里見家のために戦いたいと願う。親兵衛はその誠意によって二人を許し、早船に乗って上総の夷隅《いしみ》にある便宜《びんぎ》の浦に到着する。親兵衛は孝嗣・次団太らを連れ、館山城へ向かい、城の抜け穴から攻め込むと、続いて清澄軍が城門から攻め入る。親兵衛は素藤・妙椿を探して奥の高殿へ入っていく。

（第九輯下帙之上巻之十三之十四第百十六回〜巻十六第百二十一回）

第九輯下帙之上

◆巻之十六第百二十一回「親兵衛、素藤と妙椿を討つ」◆

是《これ》より先に犬江《いぬえ》親兵衛《しんべゑ》は、案内知《しつ》たる城なれば、只素藤《もとふぢ》と妙椿《みやうちん》を、走らせじとのみ思ふをもて、敢《あへて》余賊に掛念《けねん》せず、躬方《みかた》にはなれて逸早《いちはや》く、身単《みひとり》後堂《おく》へ赴《おもむ》きて、素藤《もとふぢ》を索《たづぬ》るに、奥まりたる楼《たかとの》の、下に夜勤《よつめ》の女房《にようばう》の、両三個《ふたりみたり》臥《ふし》たるあり。起出《おきいで》んとせし程に、今親《しん》兵衛《べゑ》が来《き》ぬるを見て、「吐嗟《あなや》」とばかり駭《おどろ》きて、声を立《たて》んと欲《ほり》するに、皆戦《わなゝか》れて歯も合《あは》ず。親兵衛《しんべゑ》他們《かれら》を佶《き》と睨《にらま》へて、「若們《なんぢら》毫《ちつと》も声を立なば、片端《かたはし》より皆首《かうべ》を刎《はね》ん。我は犬江《いぬえ》親兵衛《しんべゑ》なり。素藤《もとふぢ》・妙椿《みやうちん》は那里《いづこ》に在る、疾告知《とくつげしら》せよ、甚麼《いかに》ぞや」と急遏《せわ》しく問《とは》れて、「阿《あ》」とばかりに、怕《おそ》れて速《とみ》には答難《こたへかね》たる、そが中に、年歳《とし》三十《みそぢ》あまりの女あり。やうやく頭《かうべ》を抬《もた》げしかども、親兵衛《しんべゑ》を瞻仰《あほぎみ》ること得《え》ならず、僅《わつか》に上に指さして、「頭《かん》の殿《との》のおん臥房《ふしど》は、這楼《このたかとの》上《ロウシヨウ》にて侍《はべ》るかし。天助尼公《てんじよにこう》も、那里《かしこ》に在《いま》せり。昨夜《よんべ》も亦《また》おん酒宴《さかもり》に、酷《いた》く更闌《かうたけ》侍りしかば、いまだ覚《さめ》させ給はざるらめ。賤妾們《わらはら》は、夷濶《いしみ》の民の、宅眷《やから》にて侍りしを、理《わり》なくも召拿《めしと》られて、給事《みやつかへ》し侍れども、逆謀《ぎやくぼう》には干《あづか》らず。いかで饒《ゆる》させ給ひねかし」といふを親兵衛《しんべゑ》うち听《きゝ》て、「好々《よし〳〵》その義もこゝろ得たり。今一霎時《しばし》音なせそ。いで〳〵」といひつゝも、階子《はしこ》伝ひに偸歩《ぬきあし》しつゝ、登る楼《たかとの》の第一の間《ま》は、素藤《もとふぢ》が臥房《ふしど》にて、次の間《ま》あり三之間《さんのま》あり。

この朝《あした》素藤《もとふぢ》は、昨夜《よんべ》も丑三過《うしみつすぐ》る時候《ころ》、酔《えふ》て臥房《ふしど》に入《い》りしより、妙椿《みやうちん》と枕《まくら》を並べて、天《よ》の明《あけ》たるを知らざりしに、妙椿急に揺驚《ゆりおどろか》して、「やよ相公《との》、はやく覚《さめ》給へ。城内に失火あるらむ、煙《けぶり》這方《こなた》へ吹靡《ふきなびけ》るか、衆人《もろひと》噪《さわ》ぐ声すなり。竟《おも》ふに寄隊《よせて》に襲《おそは》れて、攻破《せめやぶ》らるゝにぞあらんずらめ。やよ喃々《なう〱》」と喚覚《よびさま》せば、素藤《もとふぢ》岸破《がば》と身を起して、「そは安からぬ事になん。久しく敵の寄せざれば、火を放《かけ》られしか。しからずは、手失《てあやまち》をやしいだしけん」といひつゝ掌拍《たなそこうちな》鳴らして、「誰《たれ》か在《あ》る、疾来《とくこ》よ」と喚《よ》べども応《いらへ》の聞《きこ》えねば、心いよ〱焦燥《いらたち》て、遽《いそがは》しく枕方《まくらべ》なる、腰刀《こしかたな》を掻拿《かいとり》て、身を起《おこ》さんとせし程に、階子《はしご》を登り来《き》ぬる者あり。素藤《もとふぢ》はやく声を被《かけ》て、「其首《そこ》へ来ぬるは、誰《た》そや」と問ふ、詞《ことば》もいまだ得果《えはて》ぬ程に、屏風《びやうぶ》を托地《はた》と推開《おしひら》くを、と見れば是別人《これことびと》ならず、犬江親兵衛《いぬえしんべゑ》なりければ、素藤《もとふぢ》「吐嗟《あなや》」と駭怕《おどろきおそ》れて、逃躲《にげかく》れんと欲《ほり》すれども、外面《とのかた》は皆縁頰《えんかは》にて、欄干《らんかん》高く連《つらな》りたれば、縦一時《たとひいちじ》に戸障子《とせうじ》を、蹴放《けはな》つとても、翅《つばさ》なき身の、脱《のが》れ果《はつ》べき路《みち》を得ざれば、刀の柄《つか》に手を掛《かけ》て、寄せば斫《きら》んと疾視《にらまへ》たり。

又妙椿《みやうちん》は親兵衛《しんべゑ》を、見しより横《よぎ》を頭《かうべ》に被《かつ》ぎて、狩場《かりば》の野鶏《きゞす》の草に隠れ、影に驚く束鮒《つかふな》の、藻《も》に籠《こも》れるに異《こと》ならず。戦《わなゝ》く随《まゝ》に錦《にしき》繍の夜被《よき》の、脊筋《せすぢ》波打つ生死《いきしに》の、海には息も吻《つき》あへぬ、阿瞞《あま》の身なれど、名号《みやうごう》の、六字《ろくじ》も出《いで》ず、九字《くじ》も印得《きりえ》ず、断《き》りしは珠数《ずず》か、術《じゆつ》なさに、縮むは手さへ、脚《あし》なき蟹《かに》の、入《い》る穴欲しと思ふめる、胸の機関《からくり》糸絶《たえ》て、拚《はたら》くよしもなかりしを、親兵衛《しんべゑ》「尓《さ》こそ」と冷笑《あざわら》ひて、「やをれ素藤《もとふぢ》、はや忘れしか。曩《さき》に国主《こくしゅ》の仁慈《じんぢ》をもて、若們《なんぢら》を恩赦《おんしゃ》の折、我亦《われまた》以後を箴《いまし》めて、『倘復《もしまた》叛《そむ》くことあらば、人手を借らず、我《わが》身単《みひとつ》にて、誅戮《ちゅうりく》すべし』と期《ご》を推《おし》たるに、その義を甘んじ承《うけ》ながら、那妖尼奴《あのばけあまめ》に哄誘《そゝのか》され、再叛忤逆《さいはんごぎゃく》の小利《しょうり》を得て、城に拠《よ》ること纔《わづか》に十余日《じゅうよか》、天罰踵《きびす》を旋《めぐら》さず、今又我に捉《とら》へらる、みづから招きし悪報の、速《すみやか》なるを思はずや。やをれ妖尼奴《ばけあまめ》も這里《ここ》へ出《いで》よ。若《なんぢ》は老狸《ふるたぬき》《ロウリ》の精として、非理の怨《うらみ》に邪術を憑《たの》みて、反間《はんかん》の幻術、魔風《まふう》の呪法《じゆほう》、聊《いさゝか》験《しるし》あるをもて、我明君《わがめいくん》を曇らして、謀《はか》りて我を遠離《とほさけ》しより、一旦寄隊《いつたんよせて》を撃破《うちやぶ》りて、『桀《けつ》を資《たすけ》て功ありけり』と思ひ誇りしは、夢の間《ま》にて、霊玉《れいぎよく》はやく我身《わがみ》に復《かへ》りぬ。若不測《なんぢふしき》の邪術をもて、賢君虞臣《ぐしん》を欺《あざむ》きたりとも、我《わが》霊玉を欺き得て、今よく我《われ》に敵せんや。人畜《にんちく》その差《しな》あるものから、若們《なんぢら》は皆人面獣心《にんめんじふしん》、仮《かり》に形貌《かたち》を装《よそほ》ふのみ、頭顱《かうべ》は既になきものなり。這那共《これかれとも》に覚期《かくご》をせよ」と詞激《ことばはげ》しく罵《のゝし》れば、素藤怺《もとふぢこら》へず抜撃《ぬきうち》に、向臑斫《むかすねきら》んと閃《ひら》めかす、刃《やいば》を親兵衛《しんべゑ》踏落《ふみおと》して、逃《にげ》んとしける項髪《えりかみ》を、左手《ゆんで》に抓《つか》み引寄《ひきよ》する、そが程に妙椿《みやうちん》は、襀《よぎ》の裾《すそ》より抜出《ぬけいで》て、雨戸障子《あまとせうじ》を推倒《おしたふ》す。迅速《ときこと》恰《さながら》払ふが似《ごと》く、身を免《まぬか》れて出《いで》んとせしを、親兵衛《しんべゑ》透《すか》さず素藤《もとふぢ》を、そが儘撻《まゝだう》と投伏《なげふせ》て、走り蒐《かゝ》りつ、妙椿《みやうちん》が、肩尖丁《かたさきちやう》と拿留《とりとめ》て、弥疾出《いやとくいだ》す霊玉の、護身嚢《まもりふくろ》を刺翳《さしかざ》せば、至宝の霊験《れいげん》愆《あやま》たず、颯《さ》と潰走《ほとはし》る光に撲《うた》れし、妙椿《みやうちん》は、「苦《あ》」と叫ぶ、声共侶《もろとも》に閨衣《ねまきぬ》は、そが儘《まゝ》親兵衛《しんべゑ》が手に残りて、那身《かのみ》は裳脱《もぬけ》て楼上《たかとの》《ロウシヨウ》より、庭へ閃《ひら》りと墜《おつ》る折、と見れば妙椿《みやうちん》が身の内より、一朶《いちだ》の黒気《こくき》涌出《ゆしゆつ》して、鬼燐《おにび》に似たる青光《あをみ》《セイクワウ》あり、見る間《ま》に西へ靡《なび》きつゝ、消《きえ》て跡なくなりにけり。

通釈

これより前、犬江親兵衛は、様子を知った城なので、ただ素藤と妙椿を逃がすまいとばかりの思いで、全く他の賊を気に掛けず、味方から離れて逸早く単身で奥殿へ行き素藤を捜し求めると、奥まった楼閣の下に夜勤の女房で二、三人寝ている者たちがいた。女房たちは起き出そうとしたが、今親兵衛がやってきたのを見て「あっ」とばかり驚いて、声を立てようとするのだが、皆震えがきて歯も合わない。親兵衛は彼女らをきっと睨んで、「おまえたち、少しでも声を立てたなら皆首を刎ねてしまうぞ。私は犬江親兵衛だ。素藤と妙椿はどこにいる。はやく答えよ、どうなのだ」と忙しく問われて、「あっ」とばかりに恐れて直ぐには答えかねている、その中に年三十あまりの女がいた。ようやく頭を上げたけれども、親兵衛を仰ぎ見ることができず、僅かに上を指差して、「長官殿の御寝所は、この楼上でございます。天助尼公《てんじょにこう》（妙椿）もそこにいらっしゃいます。昨夜もまた御酒宴で大変夜遅くなりましたので、まだお目覚めでないのでしょう。わたくしたちは夷隅《いしみ》の民の者たちですが、無理矢理召し捕られて宮仕えをしておりますが、殿の逆謀には関与しておりません。どうかお許し下さいませ」と言うのを親兵衛は聞いて、「よしよし、その事情も心得た。今しばらく音を立てないでくれ。さあさあ」と言いながら、梯子伝いに抜き足して上る高殿の第一の部屋は、素藤の寝所で、また次の間があり、また三の間があった。

素藤は昨夜も午前二時半を過ぎる頃に酔って寝室に入った後は、妙椿と枕を並べて、この朝は夜が明けたのを知らなかったが、妙椿は急に素藤を揺り起こして、「これ殿、早く目覚められよ。城内に失火があったようで、煙がこちらへ吹き靡いてくるのか、人々の叫び声がします。思うに、敵に襲われて攻め破られたのでしょう。これのうのう」と呼び覚ますと、素藤はがばと身を起こして、「そは安からぬことだ。ながく敵が寄せて来なかったので、火を点けられたのか、そうでなければ失火したか」と言いながら、手を打ち鳴らして「誰かいるか、早く来い」と呼ぶのだが、返事がないので、心いよいよ苛立って、急いで枕辺の腰刀を掻き取って身を起こそうとしたところ、梯子を上って来る者がいた。素藤はすばやく声をかけて「そこへ来たのは誰だ」と問う、その言葉も終わらないうちに、屏風をばたりと押し開けるのを、と見るとこれは他

でもなく犬江親兵衛であったので、素藤は「わっ」と驚き恐れて逃げ隠れようとするのだが、外は皆縁側で欄干が高く連なっているために、たとえ一時的に障子を蹴放っても、翼のない身では逃れ果せる道もないので、素藤は刀の柄に手を掛けて、親兵衛が寄れば斬ろうと睨んでいた。

又妙椿は、親兵衛を見てからというもの布団を頭に被って、まるで猟場の野雉が草に隠れ、また人の姿に驚く小鮒が藻に隠れる様子に異ならない。戦慄くままに錦の布団の中央の縫い目を波打たせて隠れる様は、生死別れ目の場にあって息をつくこともできない苦しげな海女のような様子であるが、尼の身でありながら仏の名号の六文字も口に出ず、禍を避け福を招くための九字の印も結べず、諦めてしまったのか、手さえ縮こまり、脚のない蟹が入る穴を欲しいと思っている様子で、胸中の企みは消え、働く術もなくなったのを、親兵衛は「それ見ろ」と冷笑して、「やい素藤、もう忘れたか。以前国主義成殿の仁慈によって、お前たちを恩赦なされた時に、私はまた今後を戒めて、お前に『もしまた叛くことがあったら、人手を借りず我が身一つで誅戮するぞ』と念を押したのに、そのことを甘んじて受けながら、あの化け尼めに唆かされ、再び反き逆らうことによって少しの利益を得て、城を取ることわずかに十日余り、天罰はひき返すことなくお前にふりかかり、今また私に捕らえられたことは、自分らが招いた悪報が速やかに及んだと思わないか。やい、化け尼めもここに出て来い。おまえは老狸の精として、道理に合わない恨みのために邪術に頼り、他人の仲をさくための幻術や魔風の呪法にいささか効果があることで、我が明君義成公の心を曇らせ、謀って私を遠ざけてからは、一度は攻め寄せる軍勢を討ち破って、『桀王のような暴君素藤を助けて功を成した』と思い誇ったのは夢の間のことで、霊玉は早くも我が身に戻った。おまえは不思議な邪術で賢君や愚臣を欺いたとしても、私の霊玉を欺き得て今私に敵対することができようか。人畜はその差があるだろうが、おまえたちは皆人面獣心で、かりに形を装っただけのけだものだ。死を目前にして、おまえたちの頭はすでに無いようなものだ。これ彼ともに覚悟せよ」と、言葉激しく罵ると、素藤は刀を抜くと同時に斬りかかり、親兵衛の向う脛を斬ろうと閃かす刃を、親兵衛は踏み落として、逃げようとする素藤の襟髪を左手に掴んで引き寄せる。その間に妙椿は、布団の裾から抜け出して、雨戸障子を押し倒す、そのすばやいことは、まるでそれらを払いのけるように、身を免れ出ようとするのを、親兵衛はすかさず素藤をそのままどっと投げ倒して、走りかかって妙椿の肩先をがっしりと捕りとめて、すばやく取り出す霊玉の護り袋を差しかざすと、この上もなく貴い宝の霊験は過たず、さっと迸る光に打たれた妙椿は、「あっ」と叫ぶ声もろともに、寝着はそのまま親兵衛の手に残って、その身は衣から抜けて楼上から庭へひらりと落ちた、その時、妙椿の身の内から一群の黒気が湧き出て、鬼火に似た青光が光り、見る間に西へ靡きながら消えて跡も無くなってしまった。

あらすじ

縁連は孝嗣に捕えられ、妙椿は庭の手水鉢の中で牝狸の正体を現し、背には「如是畜生発菩提心」の文字が浮き出ていた。

かくして親兵衛は館山を占領し、討死した南弥六《なみろく》を弔い、城中の米穀金銭を里人に施し、清澄《きよすみ》に甕襲《みかそ》の玉を渡し、政木大全《たいぜん》（孝嗣）、次団太《じだんだ》らとともに七犬士を訪ねて結城に出立した。

一方、稲村から市川犬江屋に到着した与四郎は、依介《よりすけ》・水澪《みお》夫婦と再会し、結城で照文に出会い、七犬士とも対面し、残り一人の犬士である親兵衛のこと等を語らう。
ゝ大《ちゆだい》法師は、文明十五年四月十六日の結願《けちがん》の日、里見季基《すえもと》たちの霊を弔うため、照文や七犬士を参列させ、下総国結城郡城西《しもうさのくにゆうきのこおりきのにし》の古戦場で大法会《だいほうえ》を行う。この時、能化院《のうげいん》の星額《せいがく》長老によって、里見季基の遺骨と、季基が大蛇を射て猿回しを救った時に得た狙公《さるひき》の刀が渡される。しかし、結城家の菩提所である逸疋寺《いっぴきじ》の悪僧徳用《とくよう》がこれを妬み、結城の悪臣たちや破戒僧らと謀り、ゝ大法師の草庵を襲う。信乃・蜑崎・与四郎は、ゝ大法師に従ってその場を逃れるが、左《ま》右川《てがわ》で徳用に追い詰められる。そこへ親兵衛が現れて敵を迎え討ち、また地蔵菩薩の加護あって嵐が起こり、ゝ大法師らは救われる。

親兵衛は、ゝ大法師と再会を喜びつつ、途中、孝嗣・次団太・鯽三が敵の弾に撃たれ川に落ちてしまったことを語る。そこへ徳用を捕らえた信乃と七犬士が集まり、ここで八犬士ははじめて揃う。

荒寺の、ゝ大法師と八犬士のもとへ、結城成朝《なりとも》の老党小山朝重《おやまともしげ》が訪れ、ゝ大法師らから徳用との戦いの経緯を聞き、主君成朝からの謝辞を告げる。また同じく、ゝ大らを訪ねた逸疋寺《いっぴきじ》の先の住持未得《みとく》は犬士らに、成朝の志願で忠死した士卒の菩提を弔うために建立した十体の石地蔵菩薩が悪僧を懲らしめたことを語る。また、ゝ大法師は、大法会を助けた能化院の星額もまた、この荒寺の石地蔵の化現であったことを知る。結城成朝は悪臣たちを罰し、徳用らを追放する。その後、八犬士は氷垣夏行《ひがきなつゆき》たちを訪ねて武蔵国穂北《ほきた》へ行き、ヽ大法師・照文は里見季基の遺骨を持って安房に戻り、義実父子は白浜に寺を建立して、ヽ大法師のもとで七日の法会を行う。その翌日、八犬士は安房に到着し、ヽ大法師・照文に案内されて滝田城の義実のもとへ向かう。

（第九輯下帙上巻之十六第百二十一回〜第九輯下帙中巻之二十一第百三十一回）

第九輯下帙中

◆巻之二十一第百三十一回「八犬士揃う」◆

本文

介程《さるほど》に、ヽ大法師は、犬士を郷導《みちしるべ》の頭人《とうにん》なれば、先へ立《たつ》べき該《はづ》なれども、勇士の馬前に出家人《しゅつけにん》の、立《たゝ》んは相応《ふさは》しからずとて、故意《わざと》後方《あとべ》に従へば、代四郎《よしらう》と貝六郎《かひろくらう》は、各《おの〳〵》伴当《ともひと》を領《い》て先に找《すゝ》みて、三門《さんもん》より出《いで》てゆく程に、八犬士も推続《おしつゞ》きて、准備《ようい》の駿馬《しゅんめ》にうち跨《の》るに、仁義八行《じんぎはつこう》の次第に倣《なら》ふて、第一番は則是《すなはちこれ》、犬江親兵衛仁《いぬえしんべゑまさし》なり。他《かれ》は犬士を招会《せうくわい》の、使者《つかひひと》の一人《いちにん》なれば、郷導《みちしるべ》を兼《かね》るに宜《よろし》く、字順《じじゅん》も亦《また》かくのごとくなれば、大家《みな〳〵》強《しひ》て他《かれ》を推《おし》て、はやく行列を定めたり。次は犬川荘介義任《いぬかはさうすけよしたう》、犬村大角礼儀《いぬむらだいがくまさのり》、犬阪毛野胤智《いぬさかけのたねとも》なり。是《これ》を仁義礼智《じんぎれいち》、四行《しこう》の一隊《ひとくみ》《○ムレ》とす。是《これ》より下十間許《しもじつけんばかり》、故意《わざと》横路《よこみち》を啓《ひら》きて相続《あひつゞか》ず。却《さて》第五番は、犬山道節忠与《いぬやまどうせつたゞとも》、犬飼現八信道《いぬかひげんはちのぶみち》、犬塚信乃戍孝《いぬつかしのもりたか》、犬田小文吾悌順《いぬたこぶんごやすより》なり。又これを忠信孝悌《ちうしんこうてい》、四行の一隊《ひとくみ》《○ムレ》とす。しかれども甲乙あるにあらず、只八行《たゞはつこう》の字順に拠《よ》るのみ。是《これ》より又二三十間引下《ひきさが》りて、ゝ大法師《ちゆだいはうし》は、網代包《あじろつゝみ》の轎子《のりもの》にうち乗《のり》たる、左右には、麻の社衿《かみしも》の、股佩結《もゝたちつまと》りたる両個《ふたり》の寺侍《てらさむらひ》と、所化四名《しよけよたり》相従ひ、一対《いつゝい》の柳筥《やないはこ》に、紫の厚総《あつふさ》結びたると、天鵞絨《びろうど》の飾嚢被《かざりふくろかけ》たる長柄《ながゑ》の傘《からかさ》、おなじ頭嚢《うらふくろ》ある蠟塗《ろぬり》の杖《つゑ》、浅沓《あさくつ》・竪児《せうぎ》・雨衣《あまきぬ》・籠《かご》なンど持《もて》る、伴《とも》の奴隷《しもべ》、猶《なほ》多かるべし。

然《され》ば八個《やたり》の犬士們《ら》は、馬上《ばじよう》優《ゆたか》に列《なみ》を乱さず、孰《いづれ》も青年二十《うらわかきとしはたち》《○セイネン》前後にて、面《おもて》白く姿美《うるは》しきあり、又筋骨逞《すぢほねたくまし》くて、身材《みのたけ》いと卬《たか》きあり。現《げに》鼻直《なほ》く口横《よこ》たはれる、人面《にんめん》異ならざるに似たるも、美貌醜顔《びはうしふがん》、人《ひと》さま〱《有差別》の、中《なか》に玉成《たまな》す壮夫們《ますらをら》が、今青雲《せいうん》の時を得て、前《ぜん》駈後従《くごじふ》の伴当《ともひと》多く、徐行《ねりゆ》く馬上《ばしよう》の光景《ありさま》は、這頭《こゝら》に得かたき壮観《みもの》にあなれば、路《みち》に行《ゆき》あふ良賤男女《りやうせんなんによ》は、うち驚きつゝ、訝《いぶか》り観《み》て、歩《あし》を停《とゞめ》ぬはなかりけり。

通釈

さて、ゝ大法師は、犬士を案内する頭人なので、先へ立つべきはずなのだが、勇士の前に出家人が立つのは相応ではないと、わざと後方に従うので、代四郎（与四郎）と貝六郎はおのおの供人を連れて先に

八戸市立図書館蔵本

進んで、本堂前の門から出て行くと、八犬士も続いて用意した駿馬に乗り、仁義八行の次第に倣って、第一番はすなわち犬江親兵衛仁である。彼は犬士をひき会わせる使者の一人であるので、案内役を兼ねるのに適当であり、名前の字順もまたそのようなので、皆々強く彼を推して、早くも行列の形式を定めたのであった。次は犬川荘介義任、犬村大角礼儀、犬阪毛野胤智である。これを仁義礼智の四行の一隊とする。これより後ろ二十メートルほどは、わざと横道を開けて続かせない。さて、第五番目は犬山道節忠与、犬飼現八信道、犬塚信乃戌孝、犬田小文吾悌順である。またこれを忠信孝悌四行の一隊とする。しかしこれには甲乙の差別があるわけではなく、ただ八行の字順に拠っただけのことである。ここからまた四、五十メートル引き退いて、ヽ大法師は網代で覆った乗物に乗り、左右には麻の裃の股立ちを褄取って裾をからげた二人の寺侍と、役僧四名が従い、一対の柳筥に紫の厚総《あつぶさ》を結んだものと、ビロードの飾り袋を掛けた長柄の傘、同じく頭裹《かしらづつみ》を付けた蠟《ろ》色塗りの杖、浅履・床机・雨衣・籠などを持つお供の下僕はなお大勢いたようである。

　そういうわけで、八人の犬士たちは馬上豊かに列を乱さず、いずれも若年二十歳前後で、顔白く姿麗しい者もおり、また筋骨逞しく身の丈の大変高い者もいる。まことに、鼻は真直ぐで口が横たわった、顔は誰でも同じようでも、美貌醜顔の、人は様々違いのある中に、玉のように立派な男子たちが、今立身出世の時を得て、先がけをし、また後に従う供人が多くねり行く馬上の光景は、この辺りには稀な壮観であったので、道でこの行列に出会った良賎男女は、驚きつつ訝り見て、足を止めない者はいなかったのである。

あらすじ

　義実は滝田城に参上した八犬士と対面し、喜びの杯を交わす。その後、親兵衛は犬士たちを連れて妙真のもとを訪れ、音音《おとね》、曳手《ひくて》・単節《ひとよ》らと再会する。次の日は稲村城に参上し、義成から饗応を受ける。義成は再び親兵衛に館山城主を命じ、七犬士にも城主格として、月俸五百人扶持を授けたほか、、大法師、蟹崎、姥雪にも恩賞を施す。

　三伏の夏も過ぎたある日、義実は、犬士を集め、里見家の二世の忠臣である金碗父子の義理の子に当たる八犬士に、孝吉の名跡によって金碗《かなまり》の姓を授けるとし、勅許を得るために親兵衛と照文を都の室町殿のもとへ遣わす。これは、義実が京都の動静を親兵衛に探らせようとするものでもあった。親兵衛と照文らは京への貢ぎ物を積んで船出する。途中、三河国苛子崎《いらこざき》で海賊の海竜王修羅《しゅら》五郎に襲われるが、代四郎（与四郎）の活躍と仁の玉の加護によって難を逃れる。

文明十五年八月の頃、親兵衛一行は浪速に到着し、代四郎に都の様子を伺わせる。それによると、足利義政の驕奢に民の怨訴あり、さらに山名宗全《やまなそうぜん》・細川《ほそかわ》勝元《かつもと》の内乱によって応仁の乱が起こり、文明五（一四七三）年に賢良の義尚《よしひさ》が将軍職に就いたが、乱世のために京の公家武家はともに衰えたという。親兵衛はさっそく京の管領細川政元《まさもと》と畠山政長《はたけやままさなが》に伺候して貢ぎ物を献上する。その後、親兵衛たちは室町将軍足利義尚《よしひさ》に見え、勅許により金碗氏の名前を許される。面目を果たした親兵衛が管領の館に赴き帰国の暇を願うと、政元は将軍義尚の命と偽って照文のみを帰し、親兵衛を館へ留め置き幽閉する。照文は浪速へ出立する。

姥雪与四郎は旅籠屋で日を送り、直塚紀二六《ひたつかきじろく》は餅売りに扮して政元邸に出入りし、『太平記』の文言を語って人々を喜ばせつつ、管領家の様子を探る。それによると、逸疋寺《いっぴきじ》の悪住持徳用《とくよう》は、政元の乳母の子で、父は家臣香西復六《こうさいまたろく》、政元とは乳兄弟である。心奢り、清涼寺への道で藤原持通《もちみち》の一行と争いになり、罪を得るが、権力者の父復六の取り成しで出家、逸疋寺の未得《みとく》の跡を継いで再び権勢をふるっていた。徳用は付き人の堅削《けんさく》とともに、父復六や政元に、結城の成朝や、大法師、親兵衛の悪逆を讒訴するが、政元は親兵衛を信頼して徳用の悪言を入れない。政元は親兵衛の武芸を試して勝ったならば、親兵衛を我が家臣にしようという。それらの噂を聞いた紀二六は、饅頭の中に文を隠し入れて親兵衛に知らせる。親兵衛もまた支払いの金包に炙《あぶ》り出しの文を記して紀二六へ返事する。

親兵衛は政元が手配した京都の五虎《ごこ》と呼ばれる五人の勇士と武芸試合をし、ことごとく打ち負かす。最後に徳用が親兵衛に挑むが、たちまち親兵衛に摑み上げられて降参する。親兵衛は手負いの者に、伏姫神授の神薬を施す。親兵衛の武勇は都中に広まり、政元は親兵衛を愛でて帰国させず都に留めようとする。

ここに又、丹波国桑田《たんばのくにくわた》郡《こおり》の薬師院《やくしいん》村の辺りに竹林巽《たかはやしたつみ》という浪人がいた。もとは豊後国の大友の家臣であったが、人妻と駆け落ちし、絵馬を描いて生業としている。盲目となって薬師十二神を拝し懺悔し、慎み深く暮らしていると、やがて目は治癒した。ある日、一人の美童子から巨勢金岡《こせのかなおか》の「無瞳子《ひとみなし》の虎」の一軸を渡される。寅童子を妖怪と憎む妻於兎子《おとこ》は誤って樵夫の樵六《しょうろく》に撃たれ、巽は妻を殺した樵六を殺し、一軸を持って難波に逃げ、名を竹林巽風《そんぷう》と改める。一軸は骨董商を通じて政元の手に渡り、政元が無理に巽風に瞳を入れさせると、虎は忽ち画幅を抜け出し巽風を噛み殺し、暴れまわった後に洛北の白河へ逃げる。都に虎の害が広がり、責められた政元は、親兵衛に名馬走帆《はしりほ》を与えて虎退治を求める。親兵衛は、虎を退治した時には安房へ戻る約束を政元から得、虎退治を引き受ける。

徳用は虎調伏の祈祷をするがしるしなく、親兵衛の虎退治の話を聞いて妬み、堅削と五虎の勇士と謀って親兵衛を討ち逐電しようとし、管領宅から雪吹姫《ふぶきひめ》を盗み出して白河山の青面堂《せいめんどう》まで来たが、そこで妖虎に襲われ、徳用と堅削は手足を噛み切られる。雪吹姫はかけつけた姥雪代四郎と紀二六たちに助けられ、政元邸へ送り届けられる。紀二六は、親兵衛の神薬を徳用と堅削に与えて苦痛を無くし、二人の話から悪事を知った上で、徳用らを木に縛りつけて見張りを立て、北白河へと出立する。

政元の命を受けた親兵衛は、名馬走帆に乗って一人妖虎退治に白河山に向かう。（第九輯下帙中巻之二十一第百三十一回〜第九輯下帙之下乙号上巻之二十九第百四十六回）

本文

第九輯下帙之下乙号上

◆巻之二十九第百四十六回「親兵衛の妖虎退治」◆

介程《さるほど》に、犬江親兵衛《いぬえしんべゑ》は、徐《しづか》に馬を找《す》めつゝ、白河山《しらかはやま》を投《さし》てゆく程に、いまだ十町《とまち》に足らずして、日は既に没果《くれはて》つ。黒白《あやめ》も別《わか》ぬ鳥夜《やみ》なれども、懐《ふところ》在る那仁字《かのじんのじ》の霊玉《くしたま》は、車《くるま》十五乗《じやう》を照らすと聞《きこ》えし、唐山卞和《からくにへんくわ》が璧《たま》にも優《まさ》れば、去向幾許《ゆくていかばか》り照すや、非《あらず》や。神の冥助《たすけ》《○ミヤウジヨ》に不知《ふち》案内なる山路《やまぢ》に入《い》りても敢迷《あへてまよ》はず。時は代四郎《よしらうら》們が三条《さんでふ》なる、歇店《やどり》を辞し去《さり》たると、然《さ》ばかり遅速なきものから、路異《みちこと》なれば逢《あは》ざりけり。然《され》ば親兵衛《しんべゑ》は、這宵初更《このよしよこう》の比及《ころおひ》に、白河《しらかは》の山脚《ふもと》に来つ、腰《こし》鞆《たづな》にて、馬の足掻《あがき》に任《まか》して軈《やがて》うち登る。白河《しらかは》の里《さと》を稍過《やゝすぎ》て、右往左往《かゆきかりゆき》、路《みち》なき路の、九折《つゞらをり》なる嶮岨《けんそ》を厭《いとは》ず、冬の夜漸々《よしだい》に深《ふけ》ゆく随《まゝ》に、万籟《ばんらい》声なく、籖《せん》く、と、流るゝ渓水《たにみづ》の音するのみ、凸《てつ》《○ナカタカヒク》凹《あう》たる沙石《させき》《○シケリシケル》、茸々《じようく》たる荊棘《けいきよく》《○イバラ》、皆是馬蹄《こればてい》《○ヒツメ》を悩《なやま》して、路《みち》去りあへぬ処《ところ》多かり。樹間《このま》を漏《も》る星光《ほしのひかり》は、時ならぬ蛍にあらず、面《おもて》を払ふ夜《よる》の山風《やまかぜ》は、鋭《とき》こと髯剪《ひげきり》・膝丸《ひざまる》にも勝《まさ》るべし。或《あるひ》は樹枝交《きのえだまじは》る処《ところ》、鞍《くら》に伏《ふ》さゞれば、笠《かさ》を奪《うばは》れんとす。或《あるひ》は落葉《おちは》の積処《つむところ》、ゆくに音ありて、水を渡るに似たり。既に丑時分《うしのころ》《○ヤツジブン》に至りては、月は山峡《やまのは》を離れて、霜の厚きを覚え、影は谿《みたに》に隈《くま》ありて、夜《よ》の深きを知る。向上《みあぐ》れば、青壁《あをききりきし》《○セイヘキ》の千仞《ちひろ》なる、白雲横《しらくもよこたは》りて、野婆《やまうば》の帽子《ぼうし》かと疑《うたかは》れ、直下《みおろ》せば、深谷幽静《ふかきたにかすか》にて、葛藤《かつら》の長《とこしなへ》なる、久目路《くめぢ》の栈《はし》かと怪《あやし》まる。山《やま》又山を巡《めぐ》り来にける、親兵衛《しんべゑ》一霎時《しばし》馬を駐《とゞ》めて、四下《あたり》を熟《つらく》見かへれば、地図に拠《よ》りて逆《かね》て知る、こゝは是《これ》、在昔《むかし》法勝寺《ほうせうじ》の執行《しゆぎよう》俊寛《しゆんくわん》僧都《そうづ》が、山荘《さんしよう》ありし処《ところ》なり。当時《そのころ》那《かの》俊《しゆん》寛們《くわんら》が、後《ご》白河《しらかは》太《だ》上《しよう》天皇《てんわう》の奉為《おほんため》に、いかで平家《へいけ》を討《うた》んとて、異身同意《いちみどうい》の毎《ともがら》を、其山《そのさん》荘《しよう》に招会《まねきつどへ》て、悄々《しのび〱》地に相謀《あひはか》りきと云《いふ》、故事《ふるごと》に憑《よ》る後人《のちのひと》、則《すなはち》こゝを名《なづ》け喚《よび》て、談合谷《だんかふたに》といふなりけり。「其《そ》は左《と》もあれ右《かく》もあれ、我通宵《われよもすがら》山巡りして、既に暁天《あけかた》に及べるに、今まで虎に遇《あは》ざるは、命運茲《こゝ》に薄くして、故郷《こけう》へ還《かへ》る日なからんか。然《さ》るにても、我両館《わがふたやかた》の威福を戴《いたゞ》き、姫神擁護《ひめかみようご》の冥助《みやうじよ》を仰ぐ、我《わが》忠信いかにして、この儘《まゝ》にて安《な》ぞ已《やむ》べきや」と独語《ひとりごち》つゝ、憶《おもは》ずも、嗟嘆《さたん》に堪《たへ》ねば惆然《ちやうねん》たり。

浩処《かゝるところ》に、風かあらぬか、前面《むかひ》に叢立《むらた》つ枯草の、偃《のべふ》す如くさや〱と、戦《そよ》ぐを見てや駭《おどろ》きけん、馬は猛可《にはか》に嘶《いなゝ》き狂ふを、親兵衛楚《しんべゑしか》と乗駐《のりとゞ》めて、「物こそあらめ」と矢箙《ゑびら》なる、猟箭《さつや》二条《ふたすぢ》抽拿《ぬきとり》つゝ、左手《ゆんて》に角弓《はんきう》挟《わきはさ》みて、眼《まなこ》を配る馬上《ばしよう》の身構《みかまへ》、其処《そこ》ともわかぬ那時《かのとき》速し、猛虎の一声凄《すさま》しく、峰《みね》を振《ふるは》し谷に響《ひゞ》きて、突然《とつねん》として走り出来《いでく》る、毛属《けもの》は則《すなはち》別物《こともの》ならず、問《とは》でもしるき那暴虎《かのあらとら》、牙《きば》を鳴らし爪《つめ》を張る、眼《まなこ》の光り人を射て、面《おもて》も掉《ふ》らず、親《しん》兵衛《べゑ》が乗《のり》たる馬の後脚《あとあし》を、噬仆《かみたふ》さんと跳《おど》り蒐《かゝ》るを、親兵衛《しんべゑ》早く馬を飛《とば》して、縦横無碍《じふわうむげ》に驟輪《はせめぐ》らする馬上《ばじよう》の自由、いへばさらなり、馬も名に負ふ走帆《はしりほ》の、順風《おひて》を得たるに異ならず。虎の来ぬるを未然に知りて、駭怕《おどろきおそ》れし初《はじめ》に似ず、進退奔走、主《ぬし》の随意《まに〱》些《ちと》も撓《たゆみ》あることなく、臥石《ふすいし》多かる岨《そは》の印低《たかひく》、葛藤《かつら》繁《しげ》かる松柏《まつかや》にも、歩《あし》を駐《とゞ》めず跌《つまつ》かねば、虎はいよ

〱焦燥《いらた》ち哮《たけ》りて、只管《ひたすら》駈《かけ》まく欲《ほり》すれども、勢ひ便宜《びんぎ》を得ざりけり。寔《まこと》や元人羅貫中《げんひとらくわんちう》が、『水滸伝《すいこでん》』にいへることあり、「虎の人を駈《かけ》んとするに、倘《もし》謬《あやまち》て得ざること、両三番《ふたゝびみたび》に及ぶ時は、敢《あへて》又容易《たやす》くせず、聊《いさゝか》其身《そのみ》を退《しりぞか》して、更に便宜《びんぎ》を覘《うかゞ》ふ者」とぞ。然《され》ばにや、今這虎《このとら》も、親兵衛《しんべゑ》が乗《のり》たる馬を、駈倒《かけたふさ》まく欲《ほり》すること、幾番《いくたび》にか及びしに、人馬《にんば》の進退至妙にて、其便《そのたよ》りを得ざりしかば、勢ひ撓《たゆ》みて、近つき得ず。其頭《そこら》に老《ふり》たる赤松《あかまつ》の、周匝《めぐり》十囲《ひとかゝえ》に余れるあり、則《すなはち》この樹《き》に身を寓《よせ》て、背《そびら》を高くし、頭《かうべ》を低《た》れて、又其便宜《そのびんぎ》を待つ程に、親兵衛《しんべゑ》は相距《あいさ》ること、既にして七八間《けん》、早くも馬を騎居《のりすゑ》て、弓に箭《やつが》刔ふ、程しもあらせず、虎は隍地《たちまち》頭《かうべ》を擡《もた》げて、走蒐《はしりかゝ》らんとしぬる処《ところ》を、能瀁《よつひき》固めて、彯《ひやう》と射る、善射《ぜんしや》の弓勢《ゆんせい》、矢局《やつぼ》錯《たが》はず、虎は左の眼《まなこ》を射られし、鏃《やじり》あまりて赤松《あかまつ》の、幹《みき》へ四五寸《すん》射《い》入《こ》めしかば、虎は一声《ひとこゑ》高く哮《たけ》りて、其箭《そのや》を抜《ぬか》ん、と掙扎《もが》く処《ところ》を、親兵衛《しんべゑ》透《すか》さず二の箭《や》を発《とば》して、又只《たゞ》虎の右の眼《め》を、樹幹《きのみき》逼《せめ》てぞ串《つらぬ》きける。恁《かく》てぞ虎は両眼共に、射られて其窮所《そのきうしよ》に堪《たへ》ねば、立地《たちところ》に衰果《おとろへはて》て、才《わつか》に其尾《そのを》を動《うごか》すのみ。親兵衛《しんべゑ》は是《これ》を見て、「得たり」と馬より下立《をりたち》て、走り近つき、右の拳《こぶし》を、握固《にぎりかた》めつ、虎の眉間《みけん》を、三四礮《みつよつはた》と搏《うち》しかば、李広《りかう》が弓勢《ゆんせい》、馮婦《ひようふ》が勍力《きやうりき》、両《ふたつ》ながら得たりける、勇士に勝《かつ》べき由もなき、虎は脳骨《ほね》《ナウコツ》砕け、皮陥《おちい》りて、軟《なよ》〱として斃《たふ》れけり。

犬江親兵衛は、静かに馬を進めながら白河山を指して行くうちに、まだ一キロも進まないうちに日は既に暮れ果ててしまった。物の区別もできない闇になったが、懐にある例の仁の字の霊玉は、車十五騎を照らすと見えて、あの中国の卞和《べんか》が王に献じたという夜光の璧にも勝っているので、行く手をどれ程照らすのだろう。神の冥助によって、不知案内の山路に入っても、親兵衛は一向に迷うことはない。この時は、代四郎らが三条の旅宿を去った頃とそれほど遅速はないのだが、道が違うので彼らと出会うことはなかった。そういうわけで、親兵衛はこの夜午後八時頃に、白河の麓に来て、腰手綱で馬の歩みに任して、そのまま山を登ってゆく。白河の里をやや過ぎて、あちこちと、道なき道の、幾重にも折れ曲がって続く険しい道を厭わずに進む。冬の夜が次第に更けていくにつれて、あらゆる物が風に吹かれる音も無く、さらさらと流れる谷水の音がするだけで、でこぼこの砂と石、幾重にも重なった荊、これらはみな馬の蹄を悩まし、道行き難い所が多かった。木の間から漏れる星の光は時ならぬ蛍かと思われ、顔に吹きつける夜の山風の鋭い冷たさは、あの髭切《ひげきり》・膝丸《ひざまる》の名刀にも勝っているようだ。或いは木の枝の交わる所は、鞍に伏さなければ笠を引っ掛けそうになる。或いは落ち葉が積もる所を行くと音がして、水を渡るようである。すでに午前二時頃に至ると、月は山の端を離れて空に上り、その光に霜が厚く降りていることを感じ、渓谷の影には夜の深いことを知る。見上げると、千尋の青い断崖には白雲が横たわって、山姥の被り物かと思われ、見下ろすと深谷は奥深く静かで、葛の長く伸びているのは、かの久米路の岩橋かと怪しまれる。

山また山を巡り、親兵衛はしばらく馬を止め、辺りをじっくりと見回すと、地図によって前もって知っていた、ここは昔、法勝寺の執行《しゅぎょう》の俊寛僧都の山荘があったという所である。昔かの俊寛らが、後白河太上天皇の御ためにどうにかして平家を討とうと、一味同心の者たちをその山荘に招き集めて、忍び

八戸市立図書館蔵本

忍びに計略を練ったという故事に従って、後の人はここを呼んで談合谷と言うのである。

「それはともかく、夜通し山巡りをして、すでに夜明けになろうとするのに、今まで虎に会わないのは、命運ここに薄く、故郷に帰る日はないのだろうか。それにしても、二人の御館様からの威圧と福徳を戴き、また伏姫神の目に見えない御加護をも仰いでいながら、私の忠信はどうしてこのまま終わることがあろうか」と独り言を言い、思わず嘆き、失望と悲しみにくれた。

　そうした所へ、風かそうではないのか、向かいに群立つ枯れ草が、野辺に倒れるようにさやさやとそよぐのを見て驚いたのだろうか、馬が急に嘶《いなな》き暴れるのを、親兵衛はしっかりと乗り止まって、「何か物がいるのだろう」と箙《えびら》の狩の矢を二本抜き取って、左手に半弓を脇挟んで周辺に目を配り馬上で身構えた。そこにいるとも定めず、その時速く、猛虎の一声が凄まじく峰を震わせ谷に響いて突然と走り出た。その獣は他でもなく、明らかに例の暴虎が牙を鳴らし爪を張り、目の光は人を射て、わき目も振らず親兵衛の乗った馬の後足を噛み倒そうと踊りかかった。親兵衛はすばやく馬を飛ばして、自由自在に駆け巡らせる、その馬上の自在さは言うまでもなく、馬も名高い走帆《はしりほ》で、順風を受けた様子に異ならない。走帆は、虎が来たのを事前に知って、驚き恐れた初めとは違い、進んだり退いたりして、主人のなすままに動いて少しも弛まず、臥石の多い急斜面で高低のある場所や、つるくさが生い茂る松や榧《かや》にも足を止めず躓かないので、虎はいよいよ苛立ち猛って、ひたすら駆けようとするのだが、勢いままならなかった。まことに、元の人、羅貫中《らかんちゅう》の『水滸伝』にこう書いてあった。「虎が人を追いかけようとする時に、もし誤って捕らえられない事が二、三回に及ぶ時は、無理に又そのまま攻撃しようとはせずに、いささかその身を退かせて、更に機会を伺うものだ」と。そういうわけで、今この虎も、親兵衛が乗った馬を追って倒そうとする事が何回かに及んだのだが、人と馬の動きがたいへん秀れて巧みなので、その機会を得られず、勢いが弛んで近づくことができない。その辺りに、老いた赤松で、幹の周囲が一抱えに余る大きさのものがあり、虎はこの木に身を寄せて、背を高くそびやかし頭を垂れて、再び攻撃の時を待っているうちに、親兵衛はそこからすでに十三、四メートルほど離れ、早くも馬を乗り静め、弓に矢をつがえたその時、虎はたちまち頭を擡げて走りかかろうとするところを、親兵衛は弓をきりりと引き絞ってひょうと射る。巧みな矢の勢いは的を違えず、虎は左の目を射られ、鏃《やじり》は虎を貫通して、赤松の幹へ十三、四センチほど射込んだので、虎は一声高く吼えて、その矢を抜こうともがくところを、親兵衛はすかさず二つ目の矢を放って、また虎の右の目を木の幹に付けるように貫いた。こうして虎は両眼ともに射られ、急所の痛みに耐えられず、たちまち衰え果てて、僅かにその尾を動かすだけである。親兵衛はこれを見て「よし」と、馬から降り立って走り近づき、右の拳を握り固めて虎の眉間を三つ四つぼかぼかと打ったので、あの李広の弓勢と馮《ひょう》婦《ふ》の強力を二つともに備えたような勇士に勝つ訳もなく、虎は脳骨砕け、皮は落ち窪み、なよなよと倒れてしまった。

あらすじ

親兵衛は虎の片耳を切り取り、紀二六に虎の見張りを命じ、急ぎ一人近江唐《から》崎《さき》へと馬を馳せ帰国しようとする。辛崎《からさき》の関で政元から貰った関手形を見せると、関守は虎退治の話を疑い、親兵衛を捕らえようとする。親兵衛は仕方なく関を破って走り、大津の関を破り、兵士らと挑みあうところに政元が駆けつける。政元は、親兵衛が虎退治を果せたことや代四郎・紀二六のことを称え、さらに徳用の悪事と、虎が片耳に切れ目を付けて瞳はないまま画幅に戻ったことを語る。親兵衛は政元に安房帰国の了解を得、旅立つ。別れを惜しむ政元は、旅路の便のために駅路の鈴を与える。

大津の関で政元と別れた親兵衛に、五虎の一人秋篠広当《あきしののひろまさ》が追いつき、従六位上と兵衛尉の位を賜ったことを伝えるが、親兵衛は主君義成の了解なしに受けるのは不義として辞退する。広当は親兵衛の忠誠心に感服する。広当はまた、政元が与えた駅路の鈴は朝廷からの至宝であり、政元が親兵衛に与えたのは私事であるとして親兵衛から鈴を取り戻し、代わりに官府の関手形を渡し、後に政元に駅路の鈴を返上し道理を説く。徳用は詮議の後に処刑される。

東山銀閣寺の足利義政のもとへ、紫野大徳寺の一休和尚が訪ね、このたびの虎騒動は義政の驕奢が引き起こした災いと諫め、画幅に息を吹きかけると画幅は忽ち焼失する。一休の戒めに、義政は年来の過ちを悔いる。

安房国稲村城では、義成から七犬士に金碗氏の姓を賜る宣旨が下る。その後、義実父子は、親兵衛が幽閉されたことを危惧し帰りを待っていたが、親兵衛が無事に戻ってきたので喜び安堵する。一方、忍びの者から、扇谷定正が河鯉孝嗣が八犬士に組したことを憎み、落鮎有種を捕え、山内顕定《やまのうちあきさだ》と和睦し、足利成氏らの諸侯を味方につけて里見家を攻撃する準備を進めていると聞く。そこで里見義成は、荒川清澄ら重臣と七犬士を集めて軍議を開き、毛野に甕襲の玉を渡し、毛野を軍師とした大軍を編成する。

五十子城の扇谷定正のもとに集結したのは、管領山内顕定《あきさだ》、その子上杉憲房《うえすぎのりふさ》、足利成氏、千葉自胤《よりたね》、長尾景春、箙大刀自の代軍として稲戸由充《いなのとよりみつ》、定正の子朝《とも》寧《やす》・朝良《ともよし》、大石憲重《のりしげ》、その子憲儀《のりふさ》等、合わせて五六万騎である。定正は、船で安房へ攻め寄せ、風上から火を放って里見の船を焼き討ちにしようとする。

定正たちは武蔵野国柴浜高畷《たかなわて》の浦で、犬村大角が扮した赤岩百中《あかいわひゃくちゅう》という売卜者に軍の吉凶を占わせようとすると、百中は、丶大法師が扮した風外道人《ふうがいどうじん》のもとへ定正を案内する。道人は、十二月八日の吉日に北西の風を起こすと言う。これは実は毛野の風火の戦略を行おうとする、大法師の企みであった。道人は百中を定正に従わせるというので、定正は道人の言葉に従い、里見の水軍の焼き討ちを計る。

軍師の毛野は義成に図り、素藤の手下で捕らえられていた千代丸《ちよまる》豊俊《とよとし》をわざと扇谷家に降参させて間者とし、妙真、音音、曳手・単節を豊俊の使いに仕立てて扇谷の五十城へ送る。

十一月二十八日、里見義実は洲崎明神の本陣に士卒を集え、水陸の戦いの準備をする。水戦の総大将は義成、陸戦の総大将は義通で、水陸の進退の指揮には軍師防禦使《ぼうぎょし》の八犬士が当たる。義成は、犬士たちに総大将としてのしるしの節刀を授け、賞罰を任せ、戦いにおいては敵でなければ人を殺さぬよう説く。

そこへ滝田城の義実からの使者、東峰萌三らが来て、大石憲重《のりしげ》の間者が所持していた、扇谷定正が里見家を誹謗した檄文を見せると、義成は、定正が早く怨欲の妄想を去り善に与して欲しいと言う。義成は、今回の戦いが、人を殺すためではなく、ただ逆を討ち善を懲らして民を救う仁の心を旨とすべきであることを説き、間者らを解放する。

この日、義成は水陸の軍を手配する。洲崎には毛野・道節・大角を、行徳へは荘介・小文吾を、国府台《こうのだい》に大将里見義通《よしみち》、東辰相《とうのときすけ》・杉倉直元《なおもと》を、その城外に信乃・現八を置く。

対して十二月五日、五十子城では定正・顕定が水陸の手配をする。洲崎へは定正・朝寧《ともやす》・大石憲儀《のりかた》・武田信隆《のぶたか》ら軍三万余騎が、また国府台には山内顕定《あきさだ》・足利成氏《なりうじ》・上杉憲房《のりふさ》・白石重勝《しろいししげかつ》・横堀在村《よこほりありむら》・新織素行《にいおりもとゆき》が、そして行徳へは上杉朝良《ともよし》・千葉自胤《よりたね》・大石憲重《のりしげ》・稲戸由充《いなのとよりみつ》らが攻め行くことになる。

そこに扇谷の内管領の持資入道道灌《もちすけにゅうどうどうかん》の使いとして、その子薪六郎助友《しんろくろうすけとも》が五十子城の定正を訪れ、今回の戦の無謀さ、里見は本敵ではないことを説くが、定正は激怒して薪六郎を退城させる。

行徳口の防禦使の荘助・小文吾は、敵方の妙見島と今井の柵を偵察する。満呂重時《まろのしげとき》は港村の鍛冶屋で働く、同じ姓名の満呂再太郎《まろのさいたろう》と安西出来介の一子安西成之介《なりのすけ》（後に就介《なりすけ》）を見知り、味方に付ける。荘介・小文吾は敵の矢鉄砲を受けるための藁人形一千体を用意し、夜中、妙見島《みょうけんじま》と西河原の敵の柵近くで挙兵するように見せかけ、敵の無駄な攻撃を誘う。満呂重時と二少年はともに人魚の膏油を身に塗って水中へ入り、水中の鉄鎖を切って荘介・小文吾の船を渡らせ、敵軍を破る。

翌日荘介は敵を追って猿江で稲戸由充の軍に出会うが、荘介は由充の旧恩を

謝して軍を退く。小文吾は妙見島の柵を破り兵を捕えるが、命を助けて海に流す。

荘介・小文吾の軍は五本松《ごほんまつ》で上杉朝良《ともよし》・千葉良胤《よりたね》軍と戦う。小文吾は野武士の頭上水《うえみず》和《わ》四《し》郎《ろう》東三《つかみつ》、赤熊《しゃくま》如《によ》牛《ぎゅう》太《た》の猛勢と戦いこれらを討ち、敵軍を崩して五本松を占拠する。十二月八日、千葉自胤は先陣に立ち一万騎余りの士卒を率いて攻撃を仕掛けるが、柳島《やなぎしま》で小文吾の軍に思いのままに負かされる。また荘介の軍も扇谷軍に勝ち、大石憲重を捕虜とする。敗れた朝良と由充は、助けの船に逃げ乗るが、実はそれは毛野の船であった。こうして荘介・小文吾は由充への報恩を妨げることなく、敵将朝良とともにこれを捕虜としたのである。勝ち戦さも終わり、その夜は手負の者の治療をし、戦死した兵を葬った。

一方国府台《こうのだい》では、十二月三日、大将里見義通、信乃・現八らが山内顕定・足利成氏の三万余騎の軍を迎え撃つが、顕定軍の駢馬三連車《へいばさんれんしゃ》という戦車の攻撃で敗色強まる中、信乃・現八は戦車隊長の斎藤盛実《もりざね》を捕らえ、敵勢を削ぐ。現八は一人長阪橋《ながさかばし》で白石重勝《しろいししげかつ》・横堀在村《よこほりありむら》の隊を迎え撃ち、名乗りを挙げると、稲塚と小森の陰に隠れていた現八の兵が大砲一発を放ったので、敵は驚いて仮名町《かなまち》まで退く。その後、信乃・現八は、敵の戦車を防ぐために文明《ふめ》の岡へ陣を構える。一方、顕定らは現八の攻撃で士卒らが逃げたのに怒り、翌日四万の大兵で押し寄せ、駢馬三連車で攻撃し、信乃・現八軍を包囲する。味方の危機を心配する義通のもとへ、箭切《やきり》の摩利支天河原《まりしてんかわら》に野猪六十余匹が漂着したとの知らせが入り、義通はさっそくそれを信乃たちの陣営へ運び入れる。八日の夜明け、信乃を中央にした隊は、野猪の牙に松明を付けて敵中へ追い立てる。

（第九輯下帙之下乙号上巻之二十九第百四十七回～第九輯下帙下編之上巻之三十九第百六十五回下）

第九輯下帙下編之上
◆巻之四十第百六十六回「信乃、火牛の法で敵を破る」◆

介程《さるほど》に、寄隊《よせて》は両夜《ふたよ》安き間《ひま》なく、敵の為に駭《おどろか》されて、睡《ねむ》りも得《え》せずありけるに、この夜真夜半《よまよなか》過る時候《ころ》よりして、岡の陣営静《しづか》にて、戦鼓《せめつゞみ》の音もせず、篝火《かゝりひ》の光さへ細くなりしかば、「原来《さては》二犬士は落後《おちおく》れて、又翌《あす》の夜《よ》を俟《まつ》にやあらん」と思《おもは》ざる者もなければ、或《あるひ》は盾《たて》を布《し》き、或《あるひ》は箙《えびら》に臂《ひぢ》を持《もた》せて、打眠《ゐねむ》る者多かりけるに、既にして、天は明《あけ》なんとしぬる時候《ころ》、敵陣猛可《にはか》に起《おこ》り立《たち》て、金鼓《きんこ》間《ひま》なく天地《あめつち》を、動《うごか》す可《ばかり》の喊声《ときのこゑ》と、共に箭《や》を射出《いいだ》し鉄砲を発被《はなちかけ》て、三面一度に攻下《せめくだ》る、其威勢《そのいきほひ》始《はじめ》に似ず、剰《あまさへ》最大《いと》きなる野猪《ゐのしし》幾十頭《いくじつひき》か、牙《きば》に焦火《たいまつ》を結着《むずびつけ》たるを、真先《まさき》に找《す》めて、三面斉一《ひとしく》寄隊《よせて》の陣へ放入《はなちい》るゝに、其野猪《そのゐのしし》殊《こと》に猛《たけ》くて、寄隊《よせて》の多勢《たせい》を憚《はゞか》らず、敵《てき》の先陣《せんぢん》に備《そなへ》たる、戦車《せんしや》の下《した》へ潜《くゞ》り入《いり》て、突《つ》と前面《むかひ》へ走り出《いづ》るもあり、然《さ》らぬは車を跳踰《おどりこえ》て、人馬《にんば》を択《えらま》ず駈仆《かけたふ》せば、牙《きば》なる焦火《たいまつ》散乱して、蚤《はや》く戦車に燃移《もえうつ》るを、里見の士卒は予《かね》てより、信乃が准備《ようい》の焔硝《ゑんせう》に、小石を交《まじ》へて嚢《ふくろ》にせしを、手に〳〵多く携《たづさへ》て、其火《そのひ》に莅《のぞん》で擲《なげう》ちければ、火勢立地《たちところ》に激発して、車上の武者も、車下《しやか》の人馬《にんば》も、焼《やか》れて免《まぬか》るゝ者 幾稀《ほとんどまれ》なり。将是《はたこれ》に加《くはう》るに、旦明《あさけ》の風さへ吹出《ふきいで》て、軻遇突智《かぐつち》の暴涯《あらびかぎ》りなければ、寄隊《よせて》三面の大将たる、顕定《あきさだ》・成氏《なりうぢ》・憲房《のりふさ》はさらなり、其隊長《そのてのをさ》、重勝《しげかつ》・在村《ありむら》・素行們《もとゆきら》、錐布五六《きりふのごろく》・鷹裂八九《たかさきはつく》、頭人《とうにん》・老兵《ろうひやう》・近習《きんじゆ》まで、「こは怎麼《そも》いかに」とばかりに、敢《あへて》戦ふ擬勢なく、乱れて譟《さは》ぐ士卒と倶《とも》に、火を避け煙《けぶり》に巻《まか》れじとて、或《あるひ》は繋《つな》ぎし馬に鞭《むちう》ち、或《あるひ》は弦断《つるきれ》たる弓を執《と》り、或は一条《ひとすぢ》なる鎗《やり》に、両三人《ふたりみたり》手を掛《かけ》て、相争ふて捫択《もんちやく》す。其《そ》が正面《まむかひ》より犬塚信乃《いぬつかしの》、並《ならび》に真間井樅二郎《まゝのゐもみじらう》、左右は 則《すなはち》犬飼現八《いぬかひげんはち》、継橋綿四郎《つぎはしわたしらう》、杉倉武者助《すぎくらむしやのすけ》、田税 力《たちからりきの》助《すけ》以下の勇士等、三面一度に隊兵《てせい》を找《すゝ》めて、煙《けぶり》の隙《ひま》より攻入々々《せめいり〱》中《あた》るに儘《まか》せて撃仆《うちたふ》せば、野猪《ゐのしゝ》も亦自家《またみかた》を帮助《たすけ》て、慌《あはて》て叫ぶ敵の雑兵《ざふひやう》を、牙《きば》に引掛《ひきか》け擲《なげう》つ勢ひ、人畜進退合期《にんちくかけひきがつご》して、出没不測《しゆつぼつふしき》の其《そ》が上に、寄隊《よせて》は都《すべ》て風下《かざしも》に在《あ》り、燄《ほのほ》に逐《おは》れ烔《けぶり》に噎《むせ》びて、面《おもて》を向《むく》べき由《よし》もなければ、将帥《せうすい》士卒の差別《けぢめ》なく、咸直頽《みなひたくづ》れに敗走《やぶれはし》るを、二犬士並《ならび》に直元《なほもと》・逸友《はやとも》、秋季《あきすゑ》も喬梁《たかやな》も、三面一致の遅速なく、猶脱《なほのが》さじと赶《お》ふ程に、霜冰《こふ》る夜《よ》の長かりしも、朝風寒く明《あけ》にけり。

この日は十二月八日《しはすやをか》にて、扇谷定正《あふぎがやつさだまさ》の、水路《ふなぢ》を安房《あは》へ推渡《おしわた》りて、稲村《いなむら》の城を屠《ほふら》んと、予《かねて》契りし本日《そのひ》にあなれば、こゝにも寄隊四万《よせてしまん》のそが中に、然《さ》しも恥を知り名を惜《をし》む、勇士なきにあらざれば、山内《やまのうち》の隊《て》の遊軍の頭人《とうにん》に、蓏 内外進惟定《なはばりうちとのしんこれさだ》と喚做《よびな》す者、其副《そのたすけ》の頭人なる、建柴浦之介弘望《たけしばうらのすけひろもち》と、只《たゞ》二騎馬を乗駐《のりとゞ》め、両声《もろこゑ》高く喚《よばゝ》るやう、「蓬《きたな》き自家《みかた》の逃歩《にげあし》かな。多寡《たくわ》の知れたる敵の為に、火攻《やきうち》をせられしとて、逃《にげ》て那里《いづこ》へ行《ゆか》まくするや。志《こゝろざし》あらん者は、我《われ》に続け」と辱《はぢし》め哮《たけ》りて、馬上《ばしやう》に槍《やり》を打振々々《うちふり〱》、惟定は、信乃が隊《て》にうち向ひ、又弘望《ひろもち》は、現八を、拄《さゝ》えて倶《とも》に血戦す。然《され》ば其隊《そのて》に相従ふ、雄兵僅《ゆうへいわづか》に二三百名《にん》、主《ぬし》を帮助《たすけ》て死を見かへらず、一霎時《しばし》は挑戦《いどみたゝか》ふものから、二犬士の先鋒《さきて》の頭人、真間井秋季《まゝのゐあきすゑ》・

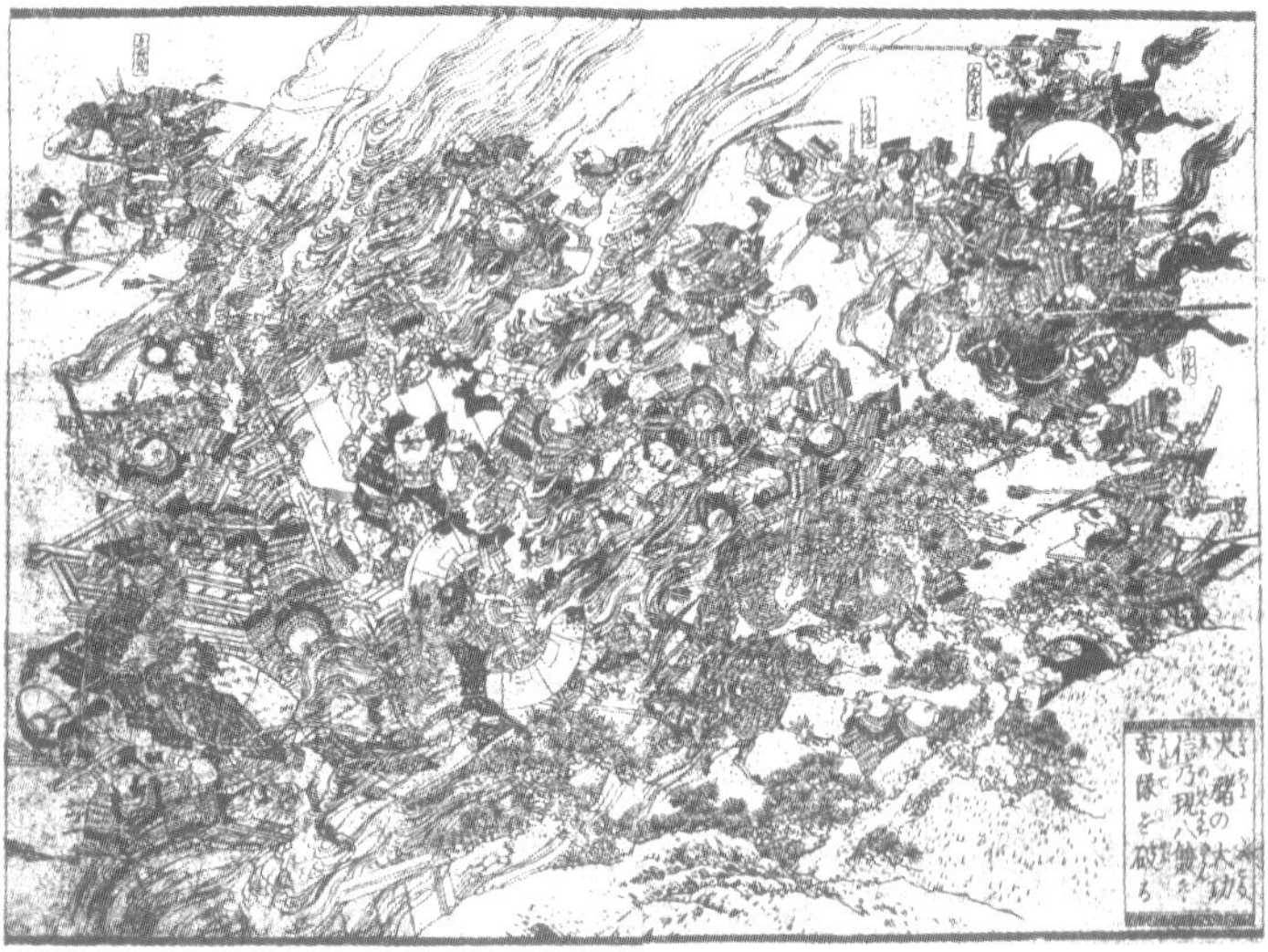

東京大学総合図書館蔵本

継橋《つぎはし》喬梁《たかやな》、倶《とも》によく兵を用ひて、中を開きつ捕籠《とりこめ》て、息をも養《く》れず攻《せ》めしかば、惟定《これさだ》と弘望は、太刀折れ勢ひ究《きはま》りて、倶《とも》に陣歿《うちしに》して名を遺《のこ》し、其隊《そのて》の兵《もの》も多く撃《うた》れて、命を免《まぬかる》るは稀《まれ》なりけり。

通釈

寄せ手は二夜休まる時もなく、敵のために驚かされて眠ることもできないでいる時に、この夜真夜中を過ぎる頃から、丘の敵の陣営が静かになり、攻め鼓の音もせず、篝火の光さえ細くなったので、「さては二犬士は逃げ後れて、又明日の夜を待つのではないか」と思わない者もいなかったので、ある者は楯を敷いて、またある者は箙に肘を持たせて居眠りをする者も多かったのだが、すでに夜が明けようとする頃に、敵陣は俄かに攻撃を始め、鉦や太鼓の音が絶えず響き、天地を動かすばかりの鬨《とき》の声と共に、矢を射出し、鉄砲を撃ち始め、三方から一度に攻め下ってきた。その勢いは初めとは異なり、そのうえ大変大きな野猪が何十頭だろうか、牙に松明を結びつけたのを真っ先に走らせ、三方から一斉に攻め寄せる軍勢の陣へ放ち入れると、その野猪たちは大変荒々しく、攻め寄せる軍勢の多さを憚らず、敵の先陣に用意された戦車の下へ潜り入って、つっと前へ走り出る猪もあり、そうでないものは車を躍り越えて人馬の区別なく追い倒すので、牙に付けた松明は散乱して、早くも戦車に燃え移るのを、里見の兵士は以前から信乃が用意した有煙の火薬に小石を加えて袋に入れたものを、手に手に多く携えており、それらをその火に向かって投げ打ったので、火勢はたちまち激発して、車の上にいる武者も車の下の人や馬も焼かれ、逃げおおせた者は殆ど稀であった。さてこれに加えて、朝方の風さえ吹き出して、軻遇突智《かぐつち》の火神の荒れは限りなく、攻め寄せた軍勢の三方の大将である、顕定・成氏・憲房は勿論のこと、その隊長の重勝・在村・素行たち、錐布五六《きりふのごろく》・鷹裂八九《たかさきはっく》や頭人や老兵、近習まで「これはどうしたことだ」とばかりに、全く戦う威勢もなくなり、乱れ騒ぐ兵士と共に、火を避け煙に巻かれまいと、ある者は繋いだ馬に鞭打って逃げ、ある者は弦の切れた弓を取って戦おうとし、ある者は一本の槍に二、三人が手をかけて、互いに争い慌てる。その正面から犬塚信乃ならびに真間井樅二郎《ままのいもみじろう》、左右から犬飼現八、継橋綿四郎《つぎはしわたしろう》、杉倉武者助、田《た》税力助《ちからりきのすけ》以下の勇士たちが、三方から一度に手勢を進めて、煙の間から攻め入り攻め入り、敵と向かい合うに任せて打ち倒すと、野猪もまた味方を助け、慌て叫ぶ敵の雑兵を牙に引っかけて投げ倒す勢いで、人畜ともに機に応じてうまく攻めたり退いたりし、いつ現れたり消えたりするかわからない上に、攻め寄せる軍勢は全て風下におり、炎に追われ煙に咽んで顔を向けることもできず、将師と兵士の区別もなく、皆ただ崩れて敗走するのを、信乃と現八の二犬士と直元・逸友、秋季も喬梁《たかやま》も、三方等しく遅速なく、なお逃すまいと追ううちに、霜の凍る夜の長い時も、朝風も寒く明けたのであった。

この日は十二月八日で、風外道人（実は、丶大法師）の教えにより扇谷定正《おうぎがやつさだまさ》が船路で安房国へ渡って稲村の城を滅ぼそうと以前に約束したその日であるので、ここにも攻め寄せる軍勢の四万人がおり、しかしその中には、さすがに恥を知り名を惜しむ勇士がいないわけではなく、山内の隊の遊撃軍の頭人の、蒞内外進惟定《なわばりうちとのしんこれさだ》と呼ばれる者と、その助役の頭人の建柴浦之介弘望《たけしばうらのすけひろもち》のただ二騎は、馬を乗り止めて諸声高くして呼ばわるには、「卑怯な味方の逃げ足だな。たかが知れた敵のために焼き討ちされたと、逃げてどこへ行こうとするのだ。志のある者は我に続け」と味方を辱め大声で叫んで、馬上で槍を打ち振り打ち振り、惟定は信乃の隊と応戦し、また弘望は現八の勢いをくい止めてともに血まみれになって激しく戦った。それらの隊に従う勇兵はわずかに二、三百人、大将を助けようと死を見返らず、暫くは挑み戦ったのだが、二犬士の先陣の頭人の真間井秋季《ままのいあきすえ》と継橋喬梁《つぎはしたかやな》は供に兵をよく用いて、敵軍の中に攻め入って敵を捕らえ、息もつかせず攻めたので、惟定と弘望は太刀が折れ勢いも限界に達して、供に討ち死にして名声を残し、その隊の兵たちも多く撃たれて命を免れた者は稀であった。

あらすじ

親兵衛らは、尾張から安房へ下っていくが、途中で走帆が倒れ、これを馬籠《まごめ》の里に埋葬し、十二月五日に再び出立する。途中の茶店で、安房・上総・下総で管領家と里見家の戦いが起こっているという噂を聞き驚いた親兵衛らは、伏姫の神薬を口にしつつ先を急ぎ、武蔵国千住河原《せんじゆがわら》にたどり着くと、そこへ親兵衛のもう一匹の愛馬、青海波が走り来て親兵衛を乗せ行く。親兵衛は村人の家に掛けてある連枷《からさお》を求めて武器とし、青海波に乗って隅田川を渡り、途中で野

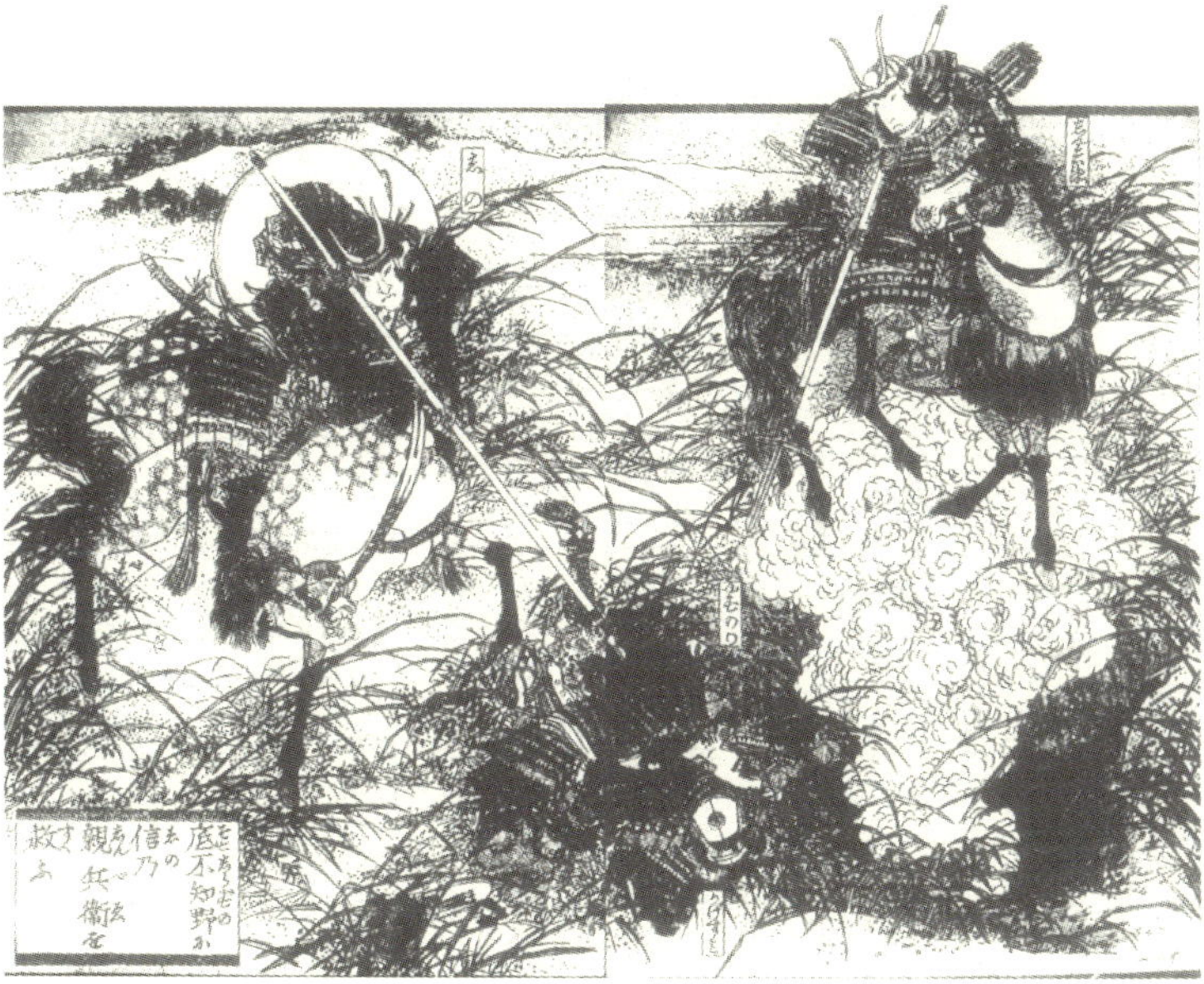

武士七十九名を味方につけて、義通らが戦う相川の松原に駆けつけ、瞬く間に敵軍を破る。親兵衛は景春の子為景《ためかげ》を捕虜とし、また死んだと思った孝嗣との再会を喜ぶ。孝嗣は結城の左右《まて》川に落ちたところを、素手吉《すてきち》らに助けられていたのである。

　信乃・現八らは山内顕定・憲房父子と仮名町で再戦し、顕定が信乃たちの籠る森に火矢を放って焼くと、強風に追われて火は枯野に燃え移り、中から六十五頭の野猪が走り出て顕定軍を大混乱させる。現八は逃げる憲房を追って捕らえる。成氏が杉倉直元らの隊に向かおうとした時、大きな野猪が成氏を牙に引っ掛けて義通の陣へと運び込まれる。信乃はまた、許《こ》我《が》の佞臣、横堀在村《よこほりありむら》・新織素行《にいおりもとゆき》を射倒す。

親兵衛は敵を追って底不知野《そこしらずの》の穴に落ちるが、穴の中から白気と猛風が立ち昇り、その中から親兵衛は無事な姿で現れたので、助けようとした信乃は肝を潰す。

（第九輯下帙下編之上巻之四十第百六十六回～第九輯下帙下編之中下巻之四十二上第百六十九回）

第九輯下帙下編之中下

◆巻之四十二上、第百六十九回「親兵衛の仁」◆

本文

浩処《かゝるところ》に、葛西《かさい》二郷《にがう》箍《はん》なる村長《むらをさ》・故老《としより》・荘客毎《ひやくせうども》、釬脛衣《こてすねあて》して、鎌《かま》・竹《たけ》・槍《やり》を携《たづさへ》たるが幾隊《いくむれ》か里見の防禦使《ばうぎよし》を索《たづ》ね来《き》て、倶《とも》に勝軍《かちいくさ》の寿詞《よごと》を唱《となへ》て、且《かつ》いふやう、「小人毎《やつがれども》は、年来《としごろ》里見殿の仁政を、慕ひまつり候へば、嚮《さき》に寄隊《よせて》の敗北しぬるを追撃《おひうち》て、一人《ひとり》も脚を立《たて》させ候はず。なれども敵の首を捕ることを饒《ゆる》し給はずと伝聞《つたへきゝ》て候へば、首級《しゆきう》は齎《もたら》し候はず。其《そ》が中に、滸我殿《こがとの》の権臣《きりもの》なる、横堀史在村《よこほりふひとありむら》は、那身矢傷《かのみやきず》に死したるが、乗《のつ》たる馬の鞍局《くらつぼ》に、俯《ふし》たる随《まゝ》にて来にければ、分捕《ぶんとり》仕《つかまつ》り候ひぬ。他《かれ》は民を虐《しへたげ》たる、奸佞《かんねい》の聞えある者にて、既にして死したれば、小人毎《やつがれども》里見殿へ、孝順の証《あかし》にせんとて、其首《そのくび》斬《きつ》て、持参仕《つかまつ》り候ひしに、又今来ぬる路にて、亦《また》矢傷に死したる落人《おちうと》あり。他《かれ》は則《すなはち》在村が次職にて、同悪の倿人《ねぢけひと》、新織帆大夫素行《にひおりほたいふもとゆき》なるを、知れる者の告《つげ》しかば、其《そ》も首捕《とり》てもて参りぬ。いかで実撿《じつけん》を賜ひね」とおそる〳〵愬《うつたへ》て、二級の首をまゐらするを、信乃は引《ひき》よせて得《とく》と撿《み》て、「這在村《このありむら》と素行は、嚮《さき》に我《わ》が射て斃《たふ》せしなり。我君《わがきみ》仁義の御軍令あれども、這《この》在村・素行は、君を惑《まよは》し国を謬《あやまち》し、罪《つみ》死を容《いれ》ざる悪人なれば、必梟首《かならずきやうしゆ》せらるべし。大義にこそ」と労《ねぎ》らへば、現八も亦村長等《またむらをさら》にうち向ひて、「若們《なんぢら》こゝへ来つるこそ便宜《びんぎ》なれ。約莫《およそ》今日の闘戦《たゝかひ》に、敵はさらなり、自家《みかた》にも、陣歿《うちしに》の者なきにあらず。其亡骸《そのなきから》を拾集《ひろひあつ》めて、便宜《びんぎ》の寺院へ瘞《うづ》むべし」といふを、親兵衛うち聞《きゝ》て、「犬塚・犬飼両賢兄はいかに思ふやらん。残《ざん》に克殺《かちさつ》を去るは、則《すなはち》館《やかた》の御本意ならずや。然《され》ば今日の闘戦《たゝかひ》に、自家《みかた》はさらなり、敵といふとも、陣歿《うちしに》して還《かへ》ることなきは、皆是《みなこれ》忠臣ならぬはなし。然《さ》るを其死《そのし》を救《すくは》ずして、埋《うづ》めて壌《つち》に做《なす》ならば、長く怨《うらみ》を結《むすば》んのみ。各《おの〳〵がた》位も知るごとく、我《われ》に不死《ふし》の仙丹あり。姫神《ひめかみ》授与の神薬にて、深痍《ふかて》に死したる者といふとも、二昼夜二十四時《にちうやにじうしとき》の中《うち》に、蚤《はや》く是を用《もちふ》れば、死を起して生に回《かへ》すこと、譬《たとへ》ば旱天《ひてり》に枯《かれ》たる苗《なゑ》の、甘雨《よきあめ》を得て勃然《ぼつぜん》と、起《たつ》よりも速《すみやか》なる、其経験《そのけいげん》はいぬる比《ころ》、素藤《もとふぢ》に撃《うた》れたる、御曹子《おんざうし》の伴当們《ともひとら》の、皆甦《よみぢかへ》《ソ》生《セイ》りしを見て知るべし。この義什麼《いかに》」と請談《こひだん》ずれば、信乃は听《きゝ》つゝ歓《よろこ》びて、「現《げに》犬江が揣《はか》る所、婦人の仁に似たりなゝど、いふ者もあらんを、我《わが》思ふよしはしからず。夫博《それひろ》く愛するは、則《すなはち》天地の心なり。敵ながらも仙丹もて、活《いか》して環《かへ》し遣《つかは》さば、必《かならず》や両管領《りやうくわんれい》も、後竟《のちつひ》に我君の、大仁至徳《たいじんしとく》に感服して、悔《くひ》て怨《うらみ》を解《とく》なるべし。意《おも》ふに今日の闘戦《たゝかひ》に、返し合《あは》せて戦死《うちしに》したる、寄隊《よせて》の遊軍、菴内外助《なはばりうちとのすけ》、及《また》、建柴某乙《たけしばなにがし》、又滸我《こが》の近習《きんじゆ》なるか、望見《もちみ》・科革《しなかは》など喚做《よびなし》たる壮佼《わかうど》は、倶《とも》に恥を知り君を奨《はげま》して、恩義の為に陣歿《うちしに》したり。倘《もし》是等を活《いか》かしなば、善を勧《すゝむ》る一術ならん」と議するを、現八推禁《おしとゞ》めて、「そは亦咱等《またわれら》も同意なれども、犬江が所云《いはゆる》不死の神薬は、僅《わづか》に一箇《ひとつ》の薬籠《やくろう》に、蔵《をさ》めたるのみならんに、敵と自家《みかた》の刀瘡戦死《ておひうちしに》千百人に、遺《おち》なく用《もちふ》るに足るべきや」と詰《なじ》るを親兵衛聞《き》あへず、「其疑ひは理《ことわ》りながら、我《わが》神薬は、幾千人に、用《もちふ》るとも尽《つく》ることとなし。曩《さき》には自家《みかた》の刀瘡児《ておひひと》に、多く是を用ひし折も、後《のち》にも屢《しば〱》是を用ひて、剰《あまさへ》分《わか》ちて一薬籠《ひとやくろう》を、姥雪《おばゆき》の腰に帯《おび》させたれども、故《もと》の随《まゝ》にて毫《ちつと》も減らず。この義は心易《やす》かるべし」と解《とか》れて現八感服して、又いふよしもなかりけり。

登時《そのとき》犬江親兵衛は、村長《むらをさ》等にうち向《むか》ひて、「若們《なんぢら》目今《たゞいま》聞《きゝ》つらん。我《われ》不死の薬をもて、敵と自家《みかた》の兵《もの》の死を救《すくは》まく欲《ほり》す。なれども用ひて験《しるし》なきは、命数尽《めいすうつき》て免《まぬか》れざる者か、然《さ》らずは積悪隠匿《せきあくいんどく》の歹人《わるもの》にこそあるべけれ。其甦《そのよみぢかへ》らざる亡骸《なきから》は、集めてこの野の大坑《おほあな》に棄《すて》よ。就《つき》て我《われ》疑ひ思ふよしあり。那底不知《あのそこしらず》とか喚做《よびな》す坑《あな》は、繁《しげ》き茅萱《ちかや》に掩《おほは》れたれば、愆《あやまち》て陥《おちい》る者の、年々《とし〳〵》にあらんに、若們《なんぢら》何《な》どて埋《うめ》ざるや」と問へば村長等《むらをさら》答《こたへ》ていふやう、「其義《そのぎ》、仰《おほせ》では候へども、那坑《あのあな》は、昔より、埋《うづ》めまく欲《ほり》するに、底深ければ、そのかひあらず。試《こゝろみ》に石を投入《なげい》れ候へば、水音幽《かすか》に聞《きこ》ゆる折あり。然《さ》れば底は地黎耶《でいりや》にて、捺落《ならく》にや続きけん。こゝをもて誰《たれ》いふとはなしに、底不知《そこしらず》とこそ喚做《よびなし》候なれ」と言真実立《ことまめたち》て陳すれば、親兵衛聞《きゝ》つゝ沈吟《うちあん》じて、「其《そ》は亦奇《またくし》き事なりき。我嚮《さき》に愆《あやまち》て、騎馬にて那坑《あのあな》に陥《おち》しに、下に受《うく》る者ありしか、底まで至らざる故に、其水《そのみづ》あるやなきやを知らねど、力を竭《つく》し日を累《かさ》ねなば、埋《うづ》めて埋《うま》らぬ坑《あな》あらんや」と詰《なじ》るを信乃は諾《うべ》なひて、「我もしかこそ思ふなれ。因《より》てこゝに愚案あり。嘗聞《かつてきく》五十《い》四《よ》田河原《たかはら》の岡山《おかやま》は、原是土民們《もとこれところのたみら》が、暴河《あらかは》の洲《す》を浚《さら》ひし折、其壌《そのつち》の遺《や》る方《かた》なさに、心ともなく築成《つきなし》たりといへり。遮莫那岡《さばれかのおか》は、僅《わづか》に暴河《あらかは》を隔《へだつ》るものから、国府台《こふのたい》と相対《あひむか》へり。敵倘那《もしかの》岡に据《よ》ることあらば、城を守る為に、害ありて利なかるべし。然《さ》らでも『礼《れい》』に云《いは》ずや、国に塁《るい》多きは、卿大夫《けいたいふ》の恥なり。我《われ》異日凱旋《かいせん》の折、この義を館《やかた》に聞えあげて、必那岡《かならずかのおか》を崩《くづ》させん。非如《よしや》その路近からずとも、民皆畊稼《たがやし》の暇《いとま》ある毎に、日を累《かさ》ね年を歴《ふ》るまで、一簣一車《いつきいつしや》の功《いさを》成らば、愚公《ぐこう》の山を移すに至《いたら》ん。然《さ》は思《おもは》ずや」とうち譚《かたら》へば、信乃・現八等いへばさらなり、直元《なほもと》・逸友《はやとも》・秋季《あきすゑ》も、政木《まさき》・姥雪《おばゆき》以下の毎《ともがら》も、件《くだん》の論議を感佩《かんはい》して、其英才《そのゑいさい》をぞ羨《うらや》みける。

そこに、葛西二郷の村長・年寄・百姓たちで、籠手脛当《こてすねあて》の武装をして鎌・竹・槍を携えた者たちが何隊か、里見の防御使を尋ね来て、ともに勝ち戦さの祝い言を唱え、また言うには、「わたくしどもは長年里見殿の仁政を慕い申し上げております。里見殿は、以前敵軍が敗北したのを追い討って倒し、一人も足を立てさせなさらなかった。しかし敵の首を取ることは許しなさらなかったと伝え聞いておりますので、今回も首は持ってきておりません。しかしその中に、許我《こが》殿の家臣で権勢をふるう横堀史在村《よこほりふひとありむら》は、彼は矢傷のために死んだのですが、乗った馬の鞍壺に伏したままでやって来たので、そのまま捕えました。彼は民を虐げ、心がねじけて人にこびへつらうという評判ある者で、すでに死んでいたので、わたくしどもは里見殿への孝順の心の証にしようと、その首を斬って持参いたしましたところ、来る途中の道でまた矢傷に死んだ落人がおりました。彼は在村の次の位の職で、在村と同悪の佞人の新織帆大夫素行《にいおりほたいふもとゆき》であることを知った者が告げたので、それも首を取って持って参りました。どうぞ首実検をして下さいませ」と恐る恐る訴えて二つの首を献上するのを、信乃は引き寄せてじっくりと見て、「この在村と素行は、以前私が射て倒したのだ。わが君義成公には仁義を旨とせよとの御命令があるが、この在村と素行は主君を迷わし国政を誤たせた罪のある、死を免れない悪人なので、必ずさらし首にするべきだ。大儀であった」と労うと、現八もまた村長たちに向かい、「おまえたちがここに来たのは都合の良いことであった。およそ今日の戦いに、敵は勿論味方にも討ち死にした者がいないわけではない。その亡骸を拾い集めて適当な寺院へ埋めてくれ」と言うのを、親兵衛は聞いて、「犬塚・犬飼の両賢兄はどのように思うでしょうか。暴虐を克服し殺生をなくすことは、殿様の御本意ではありませんか。今日の戦いに味方は勿論のこと、敵といっても討ち死にをして生還しなかった者は、皆忠臣でない者はいない。それを、その死を救わずに埋めて土にしてしまうならば、長くそれらの者の恨みを受けてしまうだけです。おのおの方も知るように、私に不死の仙丹があります。伏姫神が授与された神薬で、深手に死んだ者といっても、二昼夜四十八時間のうちに早くこれを用いたなら、死を起こして生に還すことができます。それは例えば日照りに枯れた苗が良い雨を得てにわかに元気になることよりも速やかで、その効験のほどは、以前素藤に討たれた御曹司義通公の供人たちが皆蘇生したことを考えて知るとよいでしょう。この義はどうでしょう」と提案すると、信乃は聞いて喜んで、「本当に、犬江の考えることは婦人の仁に似ているなどという者もいるのだが、私はそうは思わない。そもそも、博く愛するのは、天地の心だ。敵であっても仙丹で生還させたならば、必ず両管領も、以後はついにわが君の大仁のこの上ない徳に感服して、悔いて恨みを解くだろう。思うに今日の戦いで、引き返して我が軍に向かい戦死した敵の遊撃軍の 莚内外助《なわばりうちとのすけ》と、また建柴《たけしば》 某《なにがし》や、又許我氏の近習だろうか、望見《もちみ》・科革《しながわ》などと呼ばれた若者は、ともに恥を知り、主君を励まして恩義のために討ち死にしたのである。もしこれらの者たちを生き返らせたならば、善を勧める一つの方法となるだろう」と説くのを、現八は推し止めて、「それはまた私も同意見だが、犬江の言ういわゆる不死の神薬は、わずかに一つの薬籠に納めただけなのに、敵と味方の手負いと戦死者の千百人に、残らず用いるのに足りそうなのか」と詰るのを、親兵衛は聞くが早いか、「その疑いは尤もですが、私の神薬は、幾千人に用いても尽きることはありません。以前には味方の怪我人に多くこれを使った時も、後にもしばしばこれを用いて、その上分けて一つの薬籠を姥雪の腰に付けさせたのですが、それも元のままで少しも減りませんでした。この事は安心なさってください」と説かれて、現八は感服して又言うこともなかった。

その時犬江親兵衛は村長たちに向かって、「おまえたち、ただ今聞いただろう。私は不死の薬で敵と味方の兵の死を救おうと思う。しかし用いてしるしのない者は、運命尽きて死を免れない者か、そうでなければ隠れた悪事が度重なった悪者なのだろう。その蘇らない亡骸は、集めてこの野の大穴に捨てよ。それについて、私は思うことがある。あの底知らずとか呼ばれる穴は、生い茂った茅萱に覆われているので、誤って穴に落ちる者が毎年あるようなのに、おまえたちはどうして穴を埋めないのか」と問うと、村長たちが答えて言うには、「その義、仰せではございますが、あの穴は昔から埋めたいと思っておりましたが、底が深いのでその甲斐なく、試みに石を投げ入れますと、水音が幽かに聞こえる時があります。ですから底は地獄に続いているのでしょう。そこで誰が言うとはなしに、底知らずと呼んでいるのでございます」と誠意を持って述べると、親兵衛は聞いてしばらく考え、「それはまた奇妙なことだ。私は以前に誤ってあの穴に落ちたのだが、下に受ける物があったのか、底まで落ちなかったために、その水があるかないかを知らないのだが、力を尽くし日を重ねたならば、埋めて埋まらない穴があろうか」と詰るのを、信乃は頷いて、「私もそう思う。よってここに愚案がある。以前に聞いたことだが、五十《い》四田河原《よたかわら》の丘山は、もともと土地の民たちが荒川の洲をさらった時に、その土の処理に困り、たまたま積み上げたものだという。それはともかく、その丘は辛うじて荒川を隔ててはいるが、国府台と向かい合っている。もしその丘に敵が寄ることがあったならば、我々が城を守るためには、害あって利はないだろう。そうでなくても『礼記』にこう言わないか、国に防塁が多いのは卿大夫の恥であると。私はいつか凱旋の折にこのことをお館様に申し上げて、必ずあの丘を崩させるつもりだ。たとえその成就への道のりが長くても、民の皆に耕作の暇ごとに働いてもらい、日を重ね年を経て、一つの竹篭、一つの車の功労が積み重なったならば、あの愚公が山を移そうと努力し、それが神に通じて山が動いたという伝説のように、努力すれば大きな事業も成し遂げられるだろう。そうは思わないか」と語らうと、信乃・現八は勿論、直元・逸友・秋季も、政木・姥雪以下の人々も、三犬士の論議に深く感じ入り、また親兵衛のその英才を羨んだのであった。

あらすじ

親兵衛は博愛仁恕の心をもって敵味方の区別なく、手負討死の者たちに神授の仙丹を施す。蘇生した者は喜び、命数尽きたか積悪ゆえに蘇生しなかった者は底不知野の穴に埋める。また、流れ着いた上杉朝寧《ともやす》の亡骸にも神薬を与えると蘇生する。

信乃・現八は国府台で捕虜となった成氏を訪れ、信乃は成氏に、かつて村雨丸を献上しようとして間諜と疑われ芳流閣で現八と戦ったことを語ると、成氏はひたすら恥じ入る。

十二月五日、山内顕定《あきさだ》・憲房《のりふさ》らの軍隊が五十子《いさらこ》城から葛飾国府台《こうのだい》と行徳《ぎょうとこ》へ出向する。また、甲斐国武田信昌《たけだのぶまさ》をはじめ近国の武士が五十子城に集結する。

十二月七日の明け方、扇谷定正・朝寧父子らを大将副将とした五万余の軍は三浦沖へ到着する。間諜の音音は、隙を見て火薬の頭人の仁田山晋六《にたやましんろく》を鉄砲で撃ち殺して晋六の兄が息子を殺した仇を返し、火薬を爆発させて海中に飛び込む。

十二月七日、百中《ひゃくちゅう》に扮する大角は新井城に入り、三浦義同《よしあつ》と対面し軍略を語る。翌八日の朝、定正の軍船が三浦の沖に錨を下ろしていると、夜明けに風外道人の言うとおり北西の風が吹いたので、定正の船軍は風に乗って洲崎に押し寄せる。一方、安房国洲崎では、義成のもとに毛野たちが船戦の手配をする。毛野は、明日の朝、東南の風が吹いた時に攻撃を始めること、敵を多く殺さず生け捕りにするよう説き、また小湊《こみなと》目堅宗《さかんかたむね》に、船で武蔵の河崎へ渡るよう命じる。翌明け方、北西の風がたちまち東南の風に変わると、里見軍の攻撃が始まり、定正軍は毛野の風火の計によって猛火に包まれる。道節は逃げる朝寧を海中に射落とし、朝寧は葛飾へ漂着し捕虜となる。大角こと百中は図らずも新井の沖で三浦義武《みうらよしたけ》に抑留せられて時を移していたが、夜明けに洲崎沖で戦いが始まったので、正体を明かし、新井城を攻めようとすると、洲崎沖からの炎が新井の船に燃え移る。大角は義武と組み合い、これを捕らえ、さらに新井城内の義同をも攻めて捕らえる。

　一方、扇谷定正は洲崎の戦いに負けて五十子城へ逃げる途中、道節に襲われるが、そこへ道灌の息子、巨田薪六郎助友《おおたしんろくろうすけとも》の一隊が現れ、道節に挑む。その隙に扇谷定正と大石憲儀《のりかた》が逃げようとするのを、小湊目に追われ、定正は首の代わりに髻を切り、憲儀は捕虜となる。そこへ助友が船で現れ、失意の定正を河鯉城に連れ行く。

　音音は、仁田山晋六《にたやましんろく》の船を爆発させて大茂林《おおもり》浜に流れ着き、漁師海苔七《のりしち》に助けられ、再び五十子城へと船出する。洲崎で大勝した毛野は、音音らを救おうと五十子城に入ると、放火の騒ぎが起きている。音音は城に入り、城内にいた妙真・曳手・単節とともに定正の継母河堀殿《かわほりどの》と朝寧の妻の貌姑姫《はこひめ》の自害を止める。毛野は五十子城を攻め落して音音らと再会しその功績を称え、また助友が連行してきた憲儀を、主君を悪に導いたとして叱し、また戦中での殺生を嘆く、ゝ大法師を慰める。また、日比《ひび》の里にある河鯉如守の墓を弔い、その孤忠の死を悼む。

　道節は野武士の隊を率いて大石憲儀の忍岡《しのぶのおか》城をめざすと、危急を逃れていた落鮎有種がすでに占拠していた。

　敵将山内顕定は上野国沼田城に、長尾景春は白井城に、扇谷定正は武蔵国入《いる》間郡《まのこおり》河鯉城にあるが、もはや戦意なく、里見義成は諸将を呼び戻し、義通や八犬士らは稲村城に凱旋する。

　文明十六年春、稲村の義成に、五十子城の毛野から、戦死者の菩提を弔うため、ゝ大法師を導師として施餓鬼会《せがきえ》を行わせて欲しいという意見書が届き、義成はこれを了承する。ゝ大法師によると、甕襲玉《みかそのたま》の皮の中から八つの白玉が現れ、そこに「阿耨多羅三藐三菩提《あのくたらさんみゃくさんぼだい》」の文字が浮き出ていたという。これは仁の意味に同じで、死を弔う仏会に相応しいことから、この玉を施餓鬼に使いたいという。義成はまた、敵方と里見家の米銭を施行に当てる。諸国からは僧たちが安房を訪れ、多勢の土地の民も水陸から加わる。結願の日、ゝ大法師の施餓鬼船は新井沖《あらいのおき》で経を読み果て、洲崎へ戻ってくる。稲村《いなむら》には義成以下、待客使の八犬士と孝嗣がおり、捕らえられた山内憲房《のりふさ》、扇谷朝良《ともよし》、朝寧《ともやす》、千葉自胤《よりたね》らも許されて仮屋にいる。

（第九輯下帙下編之中下巻之四十二上第百七十回～第九輯結局編巻四十七下第百七十八回）

第九輯結局編

◆巻之四十七下第百七十八回「大施餓鬼会」◆

本文

然《さ》る程に、夕陽《せきやう》西に斜《なゝめ》にして、法会《ほうゑ》の読経果《どきやうはて》しかば、ゝ大法師《ちゆだいほうし》は身を起して、舳頭《へさき》なる餓鬼架《がきたな》に、うち向ひつゝ香《かふ》を焼《たき》、水を賻《たむ》け、眼《まなこ》を閉合掌《とぢがつしやう》して、「旧臘八日《きうろうやをか》、水陸三所《さんしよ》に戦歿《うちしに》したる、自他の万霊《ばんれい》、施主《せしゆ》里見殿の所願によりて、経典読誦《きやうてんどくじゆ》の利益違《りやくたが》はず、往生得脱《わうじやうとくだつ》、一蓮托生《いちれんたくしやう》、等見菩提《とうけんぼだい》」と念じつゝ、且偈《かつげ》を唱《となふ》る者五言四句《ごげんしく》、其声《そのこゑ》清亮にして高ければ、上《かみ》は紫美有頂天《しびうちやうてん》に届《いた》るべく、下《しも》は金輪捺落《こんりんならく》まで、聞えやすらむと思ふ可《ばかり》に、水と陸《くが》との衆人《もろひと》は、愕然《がくねん》とうち驚くまでに、咸眼《みなめ》も遙《はる》に長視《ながめ》たる。

当下《そのとき》、ゝ大は、阿耨多等三藐三菩提《あのくだらさんみやくさんぼだい》の識算《かずとり》ある、数珠《ずず》を取出《とうで》つ推揉《おしもみ》て、又偈《げ》を唱へ章《しよう》を誦《じゆ》し、念仏十遍声《じつへんこゑ》の中《うち》に、数珠《ずず》をうち揮《ふ》りうち払ふ、縦横無导《じふわうむげ》の法力《ほうりき》に、奇《く》しきかな、識算《かずとり》の、八《やつ》の玉《たま》を串《つらぬ》きし、数珠《ずず》の緒《を》、弗《ふつ》と振断離《ふりちぎ》られて、海へ尖《さんぶ》と入《いる》よと見へける、那時《かのとき》遅し這時《このとき》速し、渦《うづま》く潮水《うしほ》に波瀾逆立《なみさかたち》て、百千万《もゝちよろづ》の白小玉《しろこたま》、忽焉《こちゑん》として立升《たちのぼ》る、白気《はくき》と倶《とも》に中天《なかそら》に、沖《ひい》りて宛《さながら》衆星《ぬかほし》の、烏夜《やみ》に晃《きらめ》くに異ならず。又其許多《そのあまた》の白小玉、亦只《またゞ》数万《すまん》の、金蓮金華《きんれんきんくわ》と、変じて赫奕《かかやく》、光明粲然《くわうみやうさんぜん》、没日《いるひ》と共に西に靡《なび》きて、搗鎖《かきけ》す如く、見へずなる随《まゝ》に、天《そら》には残る二藍《ふたあゐ》の、瑞雲《みくも》の中《うち》に音楽聞えて、暮果《くれはつ》るまで奏々《そう〳〵》たり。

今這奇特《このきとく》を目撃せる者、義通主従《しゆウじふ》、犬士の毎《ともから》、稲戸由充《いなとのよりみつ》、敵の敗将成氏《なりうぢ》・憲房《のりふさ》・朝良《ともよし》・朝寧《ともやす》・自胤《よりたね》はさらなり、義同《よしあつ》親子、憲重《のりしげ》・胤久《たねひさ》、為景《ためかけ》・盛実《もりさね》に至るまで、倶《とも》に傲慢《がうまん》の角《つの》折れて、「両敵戦死《うちじに》数万《すまん》の亡魂《なきたま》、抜苦与楽《ばつくよらく》の利益《りやく》に遇《あ》へるは、正《まさ》に是《これ》里見の仁義と、ゝ大法師の大功徳《だいくどく》にあらずと孰《たれ》かいふべきや」とて、感嘆敬服せざるはなく、為に貌《かたち》を改めて、いよ〳〵後悔したりける。

通釈

夕日は西に傾いて、法会の読経も終わったので、ゝ大《ちゆだい》法師は身を起こして、船首にある無縁仏のために設けた棚に向かいながら香を炊き、水を手向け、目を閉じ合掌して、「去年の暮れの八日、水と陸の三所で戦死したあらゆる霊よ。施主里見殿の神仏への願いによって、経典を読誦することのご利益に違

わず、どうか極楽浄土に生まれ変わって煩悩を断ち、同じ蓮華の上に生まれ、悟りの境地に到るように」と念じながら、また偈を唱えること五言四句、その声は曇りなく高かったので、上は天帝の住まいである紫微宮や存在の世界の最上天である有頂天にも届くように、また下は地下界の金輪奈落の世界まで聞こえるのではないかと思うばかりに、水と陸とにいる人々は愕然と驚くほどに、皆々目も遥かに向けてぼんやりとしていた。

その時丶大は、阿耨多等《あのくだら》三藐《さんみゃく》三菩提《さんぼだい》の数取りのある数珠を取り出して押し揉んで、また偈を唱え章を誦し、念仏十遍の声のうちに、数珠をうち振りうち払う自由自在の法力に、不思議なことに数取りの八つの玉を貫いた数珠の緒はぷつりとちぎれて、海へざんぶと入ると思われた、その時遅くこの時早く、渦巻く潮水に波が逆立って、百千万の白い小玉が突然立ち昇り、白気とともに中空に高く舞い上がり、まるで諸星が闇に煌く様に異ならない。またその数多の白小玉は数万の黄金色の蓮と美しい花に変じて光り輝き、光が燦然と輝き、沈む日ともに西にたなびいて、かき消すように見えなくなると、空には残る二藍《ふたえ》色の瑞雲の中に音楽が聞こえて、日が暮れ果てるまで奏でられていた。

この奇特を見た者は、義通主従と犬士の者たち、稲戸由充《いなのとよりみつ》、敵の敗将の成氏《なりうじ》・憲房《のりふさ》・朝良《ともよし》・朝寧《ともやす》・自胤《よりたね》は勿論のこと、義同《よしあつ》親子、憲重《のりしげ》・胤久《たねひさ》、為景《ためかげ》・盛実《もりざね》に至るまで、ともに傲慢の角が折れて、「両敵の、討ち死にした数万の亡魂が仏のお慈悲のご利益に遭ったのは、まさに里見の仁義と、大法師の大功徳のためではないと誰が言うだろうか」と、感嘆敬服しない者はなく、それらの人々は威儀を正して、いよいよ後悔したのであった。

あらすじ

三月二十八日、蟇崎照文が京から帰帆する。照文は、親兵衛を迎えに上京する途中嵐に会い、伊勢国阿漕《あこぎ》の北畠《きたばたけ》氏に助けられた。照文から房総での戦いを聞いた北畠は、北畠と里見はともに南朝の忠臣で同義烈の縁があるとし、戦いの顚末を室町殿に訴えるための手立てを作り、里見家に便宜を図って照文を京に送ったのである。照文が両管領の横暴を室町殿に訴えると、やがて間者の報告があって、定正・顕定管領の非義と八犬士の功績が明らかになり、勅使代秋篠広当《あきしのひろまさ》と熊谷直親《くまがやなおちか》が東国へ下り、管領家を譴責《けんせき》した。その後四月十五日、秋篠広当・熊谷直親が洲崎に到着する。義成は捕らえていた成氏ら十二人の敗将と対面し、和睦の義を申し入れる。四月十六日、義成は稲村城に勅使詮使を迎

稲村の城ニ
義成勅使

其二

え、両管領家と里見家の和睦が行われる。熊谷は義成に、官僚家の城と捕虜を返すよう命を下す。さらに広当は、義成の善政仁義を称え正四位上左少将《じょうしいのじょうさしょうしょう》の位を授ける宣旨を下す。また、義通以下、八犬士にも役職昇進の宣下がある。
成氏には許我より迎えの船が到着し、信乃は成氏へ村雨丸献上を願う。

（巻之四十八第百七十九回上～巻之四十九第百七十九回下）

◆巻之四十九第百七十九回下「村雨丸献上」◆

本文

登時戌孝《そのときもりたか》は、謹《つゝしん》で成氏《なりうぢ》に稟《まう》すやう、「曩《さき》に御聞《おんきゝ》に入《い》れ奉《たてまつ》りし、村雨丸《むらさめまる》の一刀は、いかで君に進《まゐ》らせて、愚父《ぐふ》犬塚番作《いぬつかばんさく》の、末期《まつご》の遺訓《ゐくん》を果さばや、と思ひしのみにて、稲村《いなむら》にては、御同居の敗将達に憚《はゞか》りあれば、稟《まう》し出《いづ》る便宜《びんぎ》もなく、今宵《こよひ》涯《かぎ》りの御別《おんわか》れに、なりては心慌《あはたゝ》しく、愚意の及ぶ所をもて、うち驚《おどろか》し奉《たてまつ》る、不敬《ふけい》を饒《ゆる》させ給へかし」といひつゝ、後方《あとべ》に措《おき》たりし、刀櫃《かたなばこ》を、やをら曳《ひき》よせ蓋《ふた》を開きて、拿出《とりいだ》す件《くだん》の大刀《たち》を、嚢《ふくろ》の儘《まゝ》に膝《ひざ》に推立《おしたて》て、隻手《かたて》を衝《つき》て稟《まう》すやう、「いはでもしるき這御太刀《このみたち》は、則《すなはち》君の御先考《ごせんこう》《○ナキチヽ》、持氏朝臣《もちうぢあそん》の御紀《おんかたみ》にて、春王《しゆんわう》・安王君《あんわうきみ》の御遺物《ごゐもつ》なれば、いかで君に献《まゐら》せよと教えたる、亡父《なきちゝ》の志《こゝろざし》を、今果《はた》しぬる臣等《わくら》が歓《よろこ》び、何事《なにごと》か是《これ》に勝《ます》べき。遮莫《さばれ》先途《せんど》の失《あやまち》あれば、真《まこと》の村雨丸《むらさめまる》か、あらざるか、御面前《おんまのあたり》に試《こゝろみ》てん、饒《ゆる》させ給へ」といひつゝも、其《そ》が儘《まゝ》些《すこし》退きて、嚢《ふくろ》の紐《ひも》解き執出《とりいだ》す、件《くだん》の刀を引抜《ひきぬけ》ば、三尺《さんざく》の氷、夏猶《なほ》寒き稀世《きせい》の名刀、燈燭《ともしび》忽《たちまち》地光を増《まし》て、四下《あたり》も赫突可《かゞやくばかり》なる、其柄《そのつか》を佶《き》と握持《にぎりもち》て、輪々丁《りう〳〵ちやう》とうち振る程に、怪《あやし》むべし刃尖《きつさき》より、颯《さ》と漬《ほとばし》る水気《すいき》あり。露《つゆ》か霤《しづく》か、澆々《はら〳〵》と、這席上《このせきしよう》に降沃《ふりそゝ》ぐを、成氏《なりうぢ》主撲は憶《おも》はずも、袖《そで》もて急にうち払へば、燈燭反《ともしびはね》て滅《きえ》んとす。折から又簷上《のきば》を過《すぐ》る、驟雨《むらさめ》の音凄《すさま》じく、風さへ烈《はげし》き雷霆《なるかみ》の、磤々《おとろ〳〵》と鳴亘《なりわた》る、四月下旬《うつきのすゑ》の闇《くら》き夜《よ》に、窓の隙洩《ひまも》る雷光《いなびかり》、走るや雲の行住《たゝすま》ひ、それかとばかり見えねども、彼《かれ》と此《これ》とは一時《いちじ》の感応、又いふべくもあらざれば、成氏憶《なりうぢおもは》ず声を被《かけ》て、「やよや信濃《しなの》、疑ひ解《とけ》たり。先其刃《まづそのやいば》を斂《をさ》めずや」と詞急迫《ことばせは》しく制《とゞむ》れば、戌孝《もりたか》は「阿《あ》」と応《いらへ》て、准備《ようい》の帛紗《ふくさ》を懐《ふところ》より、撈《さぐ》り出《いだ》しつ濡《ぬれ》たる刃《やいば》を、推拭《おしぬぐひ》つゝ、鞘《さや》に斂《おさ》めて、膝《ひざ》を找《すゝ》めて左右《さう》の手に、捧《さゝ》げて「卒《いざ》」とて呈《まゐら》するを、成氏《なりうぢ》は左右《さう》なく受《うけ》ず、「やよや義士、志《こゝろざし》は然《さる》ことなれども、我一介《われいつかい》の微恩もなきに、いかにして其名刀《そのめいたう》を得受《えうけ》んや。願ふは和郎《わろ》の家に伝へて、子孫の宝貨《たから》にせよかし」と辞《いろ》ふを、戌孝聞《もりたかきゝ》あへず、「御諚《ごじやう》では候へども、臣等《わくら》は家に伝へたる、桐一文字《きりいちもんじ》の短刀あり。近日《ちかごろ》又里見殿《さとみどの》より賜《たまは》りたる、名刀も候へば、自余《じよ》の刀剣《たちつるぎ》は欲《ほし》からず。這村雨《このむらさめ》は御家《おいへ》の重宝《ちやうほう》、他人の貨《たから》に做《な》すべからず。この故に匠作《せうさく》・番作《ばんさく》、父子二世《にせ》の、忠心《まこゝろ》を、臣等《わくら》に迨《いた》りて果《はた》せるなり。辞《いろ》はせ給ふことかは」と解《とか》れて成氏感謝に堪《たへ》ず、「寔《まこと》に然《しか》なり。我愆《あやまち》ぬ。いで〳〵」と応《いらへ》つゝ、大刀《たち》を受拿《うけと》れば、主客《しゆかく》の胸も上天《なかそら》も、斉《はれ》けん雷《かみ》の音絶《たへ》て、檐《のき》の溜水猶遺《たまみづなほのこ》る、残滴《したゝり》のみぞ聞《きこ》えける。

当下成氏《そのときなりうぢ》は、感涙坐《そゞろ》に唶《さしぐ》むまでに、村雨《むらさめ》の大刀《たち》を幾番《いくたび》か、うち戴《いたゞ》きつゝ、傍《かたへ》に閣《おき》て、又戍孝《もりたか》に謝するやう、「信濃《しなの》よ、和郎《わろ》の至孝鯁義《しいこうきようぎ》を、思へばいよ〳〵恥《はづか》しき、我菲徳《わがひとく》を争何《いかゞ》はせん。今這奇貨《このくしたから》を恵《めぐま》れしに、旅にしあれば、酬《むくは》ん東西《もの》なし。其義《そのぎ》を一筆《ひとふで》示さん」とて、侍坐《じざ》せし望見一郎《もちみのいちらう》に、逆旅硯《たびすゞり》を執出《とりいだ》させて、墨《すみ》を搨《すら》せて毫《ふで》を染《そむ》れば、科革七郎《しなかはしちらう》こゝろ得て、指燭《しそく》を秉《とり》て照《てら》す程に、成氏《なりうぢ》は坐右《ざゆう》なる、便面《あふぎ》《。ベンメン》をうち啓《ひら》きて、管《ふで》を握りつ苦吟《うちあん》じて、幾桁《いくけた》か写着《かきつけ》しを、みづから読見《よみみ》て含咲《ほうゑみ》ながら、「拙《をさな》けれども是《これ》を見よ」といひつゝも臂《ひぢ》を伸《のば》して、開きし随《まゝ》に授《さづく》る便面《あふぎ》《ベンメン》を、戍孝《もりたか》は遽《いそがは》しく、膝《ひざ》を找《すゝ》めつ、受戴《うけいたゞき》て、却燈燭《さてともしび》の下《もと》に身をよせて、睛《まなこ》を定めて是《これ》を見れば、正《まさ》に是成氏《これなりうぢ》の自詠《じゑい》の詞《うた》にて、

　まくらかの許我《こが》の旅人《たびびと》むら雨《さめ》のたち《立大刀》かへり来てぬらす袖かな

又其次《そのつぎ》に「おなじ心を」とありて、

　そらにしるき人のまことは雲ならでひとふりおくるむら雨《さめ》の大刀《たち》

と読《よま》れしかば、戍孝屢《もりたかしば〳〵》うち唫《ぎん》じて、深く感じて且《かつ》いふやう、「恐《おそれ》ながら当意即妙、是《これ》をこそ子孫に伝へて、家の宝に仕《つかまつ》らめ。一唱三歎《いつしようさんたん》余《よ》興《きよう》自《みづから》禁ぜず。いと無礼《なめ》には候へども、御返《おんかへ》しを仕《つかまつ》るべうもや」といへば成氏《なりうぢ》、「それよかんなん。いかにぞや〳〵」と問《とは》れて戍孝《もりたか》「阿《あ》」と答《いら》へて、声朗《ほがらか》に詠《ゑい》すらく、

今ぞほす身のぬれ衣《ぎぬ》はむら雨《さめ》に親の遺《のこ》せし言《こと》の葉《は》の露

両《ふたゝび》三番《みたび》吟ずる程に、成氏《なりうぢ》耳を欹《そばたて》て、聞《きゝ》つゝ憶《おもは》ず膝拍鳴《ひざうちなら》して、「適愛《あはれめで》たき実詠達意《じつえいたつい》、求《もとめ》ずしておのづから妙なり。願ふは是《これ》へ写着《かきつけ》てよ」と請《こひ》つゝ、刀の嚢《ふくろ》を拿《と》りて、裏をかへして差寄《さしよ》するを、戍孝《もりたか》は敢《あへて》せず、「其義《そのぎ》は許させ給ひね」と固辞《いなめ》ども、何《な》でふ聴《きく》べき。望見《もちみ》・科革《しなかは》、硯《すゞり》を薦《すゝ》めて、「卒《いざ》」とばかりに促《うなが》せば、戍孝竟《もりたかつひ》に脱《のが》るゝ路なく、裏の黄光絹《きぬめ》へ件《くだん》の歌を、書写《かきしるし》てまゐらすれば、成氏《なりうぢ》は其墨《そのすみ》の乾くを等《まち》て、大刀《たち》を嚢《ふくろ》に斂《をさむ》る程に、短夜《みじかよ》既に深初《ふけそめ》て、二更《にこう》《○ヨツ》の鐘声《かねきこ》聞えけり。

通釈

その時犬塚戍孝《もりたか》信乃は、謹んで成氏に申すには、「以前にお耳に入れ申し上げた、村雨丸の一刀は、何とかして君に進上し、愚父犬塚番作の最期の遺訓を果たしたいと思っただけで、稲村では御同居の敗将たちに憚りがありましたので申し出る機会もなく、今宵限りの御別れにあっては心慌しく、愚意の及ぶ所にて驚かせ申し上げました不敬をお許しください」と言いながら、後方に置いてあった刀櫃を静かに引き寄せ、蓋を開けて取り出す例の太刀を、袋のまま膝に押し立て、片手を突いて申すには、「言わなくても明らかなこの御太刀は、すなわちあなた様の亡き父君である持氏朝臣の御形見で、春王・安王君の御遺物ですので、何とかしてあなた様に献上せよと教えた亡き父の志を、今果たしたわたくしの喜びは、何事がこれに勝るでしょう。ともかく、以前の誤ちがありますので、本当に村雨丸かそうでないのか、御面前に試みましょう、お許しを」といいながら、そのまま少し退いて、袋の紐を解いて取り出

し、例の刀を引き抜くと、九十センチほどの氷のような刃が夏もなお冷ややかな稀世の名刀が現れ、灯火はたちまち光を増して、辺りも光り輝くばかりになり、信乃がその柄をきっと握り持って、りゅうりゅうちょうとうち振ると、怪しいことに、切先からさっと迸る水気があった。露か雫か、はらはらと、この席上に降り注ぐのを、成氏主従は思わず袖で急いで打ち払うと、灯火に撥ねて火が消えようとする。その時、軒端を過ぎる村雨の音が凄まじく、風さえ激しく吹き、雷がおどろおどろと鳴り渡る、四月下旬の暗い夜に、窓の隙間から洩れ入る雷光があり、走りゆく雲の様が見え、それかとははっきりと分からないが、外の嵐と村雨丸とが瞬時に感応し、又言いようもない様子なので、成氏は思わず声をかけて、「これ信濃、疑いは解けた。まずその刃を納めないか」と言葉忙しく止めると、戌孝は「は」と応えて、用意した袱紗を懐から探り出して、濡れた刃を押し拭いながら鞘に収め、膝を進めて左右の手に捧げて、「さあ」と差し上げるのを、成氏は容易には受け取

らず、「これ義士よ。志はそうであっても、私にはわずかな恩もないのに、どうしてその名刀を受けられようか。どうかおまえの家に伝えて、子孫の宝にせよ」と辞退するのを、戌孝は聞くが早いか、「ご命令ではございますが、わたくしには家に伝わる桐一文字の短刀があります。また、近頃里見殿から賜った名刀もございますので、ほかの刀剣は欲しくはございません。この村雨丸は御家の重宝であり、他人の宝にしてはなりません。この故に匠作・番作父子二世の忠心を、わたくしに至って果たしたのです。断られることがありましょうか」と説かれて成氏は感謝に耐えず、「まことにそうだ。私が間違っていた。さあさあ」と答えながら太刀を受け取ると、主客の胸も空も晴れたのか、雷の音は消え、軒の溜まり水がなお残って滴る音だけが聞こえていた。

その時成氏は、感涙そぞろにさしぐみ、村雨の太刀を何回か掲げながら傍らに置いて、また戌孝に謝するには、「信濃よ、おまえのこの上ない孝行と強く正しい道義の心を思うといよいよ恥ずかしい、私の徳の薄さをどうしたらよいだろう。いまこのたぐい稀な宝に恵まれたのだが、旅の身なのでお礼の物もない。その旨を一筆記そう」と、傍に控えていた望見一郎に、旅硯を取り出させて、墨を摺らせて筆を染めると、科革七郎は心得て、紙燭を取って照らすと、成氏はそばの扇を開いて、筆を握りながら少し考えて、何行か書き付けたのを、自ら読み見て微笑みながら、「拙いけれどもこれを見よ」といいながら、肘を伸ばして開いたままに戌孝に授ける扇を、戌孝は急いで膝を進め受け戴き、さて灯火の下に身を寄せて、眼を定めてこれを見ると、まさにこれは成氏の自詠の歌で、

まくらかの許我《こが》の旅人むら雨のたちかへり来てぬらす袖かな

（許我の旅人と村雨丸が戻って来て、まるで村雨が降ったように涙が私の袖を濡らすことだ。）

又、その次に「同じ心を」とあって、

251 第九輯結局編巻之四十九第百七十九回下「村雨丸献上」

そらにしるき人のまことは雲ならでひとふりおくるむら雨の太刀

（村雨の空模様に明らかに示される、人の誠は雲ではないが、私に一降りならぬ一振りの村雨丸を贈ったことだ。）

と詠まれたので、戌孝は何回かうち吟じて、深く感じてまた言うには、「恐れながら当意即妙、この歌をまさに子孫に伝えて家の宝にいたしましょう。一度詠じて何度も感嘆する、あり余る興趣を自ら禁じえません。大変無礼ではございますが、御返しを仕ってもよろしいでしょうか」と言うと、成氏は「それはよいだろう。どうだどうだ」と問われて戌孝は「は」と答え、声朗らかに詠むことには、

今ぞほす身のぬれ衣はむら雨に親の遺せし言の葉の露

（今まさに干す身の濡れ衣は、村雨に降られたもので、また、私の無実の罪は、村雨丸に親が託し遺した言葉のためであったのです。）

戌孝が二度三度これを吟じると、成氏は耳を欹てて聞きながら思わず膝を打ち鳴らして、「ああ、すばらしく誠意を分かりやすく十分に述べており、あれこれと考えなくても自然とはかり知れないすばらしさが感じられる。どうかこれへ書き付けてくれ」と願いながら、刀の袋を取って裏を返して差し寄せるのを、戌孝は敢えてせずに、「その事はお許しください」と固辞するのだが、成氏はどうして納得しようか。望見《もちみ》・科革《しなかわ》は硯を勧めて「さあ」とばかりに戌孝を促すので、戌孝はついに逃れる術がなく、裏の絹目へその歌を書写して献上すると、成氏はその墨が乾くのを待って、太刀を袋に納めると、短夜はすでに更け始めて午後十時頃の鐘が聞こえてきた。

成氏は信乃に別れを告げ、許我へ戻っていった。六月一日、三浦の浜辺で両管領と里見家の和睦会盟が行れる。その後、義成・義実の名代として蜑崎照文と、大法師が八犬士とともに上洛して参内し、和睦恩命の御答と拝任の御礼を行う。八犬士には仮に昇殿に擬して天盃が下され、、大法師は大禅師号を賜り、伏姫のために富山姫神社《とやまひめのかみやしろ》の勅額が下る。

安房への帰途、、大法師らは美濃の金蓮寺《きんれんじ》で春王・安王と大塚匠作の髑髏を埋葬し、霊を弔う。また小篠《おざさ》村拈華庵《ねんげあん》にある信乃の外祖父井丹三直秀《いのたんぞうなおひで》の墓に参詣する。この庵はかつて信乃の父番作が宿を求め、破戒僧を殺して手束を助けた場所である。信乃は、庵室の壁に掛かる刀が犬塚家の家宝桐一文字《きりいちもんじ》であることに気付き、番作が祖父匠作の髑髏とともに埋めたものと知って刀を買い取る。また小文吾が井戸を塞ぐ大石を取り除くと、清水が湧き出したので、庵の人々は喜ぶ。、大法師は照文や犬士らは輿に乗って和歌を詠む。その後、八犬士はそれぞれの縁故の者の墓を弔う。

かくて八犬士・、大・照文は洲崎へ帰帆し、稲村城の義成に、京での首尾を報告する。義成は八犬士を所領一万貫の城主とし、家臣らにも昇進報酬を与える。また、富山の岩室に石の祠を建てて勅額を納める。また、八犬士には義成の計らいで八人の姫君を娶せることになり、縁組では八犬士が姫たちの名札のついた八本の赤縄を引いて御簾の中にいる妻を娶る。天縁により、親兵衛には静峰《しずお》姫、荘介には城之戸《きのと》姫、大学（大角）には鄙木《ひなき》姫、道節には竹野《たけの》姫、信乃には浜路姫、現八には栞《しおり》姫、毛野には小波《おなみ》姫、小文吾には弟《いろと》姫と、夫婦が決まる。また、孝嗣も真利谷《まりや》柳丸の姉葛羅媛《かつらひめ》との婚姻が決まる。

大田木《おおたぎ》の城主となった孝嗣は国中を遍歴し、雑色《ぞうしき》村金光寺に来ると、突然嵐となり、空から九つの尾を持つ竜に似た白石が落ちる。孝嗣はこれが孤竜となった政木狐の化石と知り、寺に埋葬を願う。また孝嗣は寺で出会った武田信隆《たけだのぶたか》に、竜の奇瑞にちなんで、かつて義実が白竜を見て賢佐腹心の八犬士を得たこと、また、国主とは民衆の父母心で国の安泰のみを思うべきであることを説く。

その後、杉倉氏元、堀内貞行が亡くなり、さらに四月十六日に義実が亡くなる。ある日、ゝ大は義成に、身の暇を願い、また、白浜に漂着した沈香《じんこう》の巨木で四天王と五十体の菩薩と仏を刻み、四天王の玉眼に八犬士の玉を入れ、長く里見家の守護神としたいと望む。八犬士はまた、和睦後、犬士の痣が年々薄くなっていることから、因果の尽きる時が近づいたと語り、それぞれの玉をゝ大に返す。親兵衛の神薬も無くなっていた。かくて義成は四天王の木造を鋸《のこぎり》山と安房の四隅に埋めさせる。その後、ゝ大法師は義成に最後の見参をし、伏姫神の勅額を富山の岩屋に納めたこと、今後は岩屋を封鎖し定に入る志であることを述べ、さらに八犬士に、致仕して隠逸を楽しむよう勧めて忽然と去る。その後、ヽ大法師を見た者はなく、時々岩屋で読経の声だけが聞こえるという。ヽ大法師の最後の言葉に、八犬士は退隠の思いがおこる。犬士らの子どもはそれぞれ成長する。やがて義成、義通が死去し、義通の弟の実尭《さねたか》が里見家を嗣ぐ。八犬士は実尭に身の暇を賜り、富山に隠棲し、二度と下山しなかった。二十年後、八犬士の妻たちは亡くなる。八犬士の子息たちは、ある日富山の庵を訪ねて八犬士に迎えられる。八犬士は息子たちに、里見家の仁義の余徳が衰え、内乱の兆しがあるので職を辞するように説き、忽然と姿を消した。下山した子息たちは身の暇を賜り、以降は長く他郷で暮らす。

　その後、実尭と義通の一子義豊《よしとよ》とに確執が起こり、房総は乱れるが、義尭《よしたか》の代に治まる。義尭は、ともに武勇智計に優れた三代目の犬士を召し出し、犬士たちは義尭・義弘《よしひろ》二代の国主に仕える。孝嗣四代目の政木大全時綱《まさきだいぜんときつな》も義弘に仕える。初代の八犬士はその終わりは不明で、人々は地仙になって富山にいると噂する。里見義尭は八犬士の功績を称え、犬士の位牌を義成のそれに並べ置き、春秋ごとに祀ったのである。

（巻四十九第百七十九回下〜巻之五十三上第百八十勝回下編大団円）

後の八犬士
倶不父の山
居を訪処

八犬仙
山中遊
戯図

編者略歴

湯浅佳子〔ゆあさ　よしこ〕
1965年生まれ。東京学芸大学准教授。
専門　江戸時代の説話、読本。

南総里見八犬伝名場面集　三弥井古典文庫

平成19年9月20日　初版発行

定価はカバーに表示してあります。

©編　者　　湯浅佳子
発行者　　吉田栄治
発行所　　株式会社 三弥井書店
〒108－0073東京都港区三田3－2－39
電話03－3452－8069
振替00190－8－21125

ISBN978-4-8382-7058-3 C3093　整版・印刷　富士リプロ